LES ENFANTS DE LA PATRIE

****

Sur le Chemin des Dames

PIERRE MIQUEL

Les Enfants de la patrie

****

Sur le Chemin des Dames

SUITE ROMANESQUE

FAYARD

Au gui l'an neuf

La pluie violente dégage des couloirs de lumière sur la verrière opaque de suie. Gare du Paris-Orléans-Midi, quai d'Austerlitz, Raymond Aumoine, pilote de chasse blessé au-dessus du champ de bataille de Verdun, grimpe dans son compartiment de seconde classe en compagnie d'une jeune infirmière blonde, à l'évidence chargée de le convoyer à bon port. Il est en permission de convalescence

Le train de Montluçon part à sept heures quatorze, ce 31 décembre 1916. Le jour est à peine levé, et la foule se presse le long du convoi interminable dont la locomotive crache sa fumée là-bas, loin vers l'avant, en plein ciel. Des groupes de voyageurs encombrés de valises, pressés de trouver une place, courent le long du quai pour s'engouffrer dans les wagons de troisième classe, le grand-père en tête, patriarche conduisant sa tribu, la femme, les enfants — des familles sans hommes.

La troisième année de guerre va commencer. Les Berrichons, les Bourbonnais, les Creusois émigrés dans la capitale reviennent au pays pour cueillir le gui de l'an neuf, hissant dans le

Paru dans Le Livre de Poche :

LES AMOUREUX DU BREVENT

LES ENFANTS DE LA PATRIE

1. Les Pantalons rouges

2. La Tranchée

3. Le Serment de Verdun

4. Sur le Chemin des Dames

fourgon à bagages des malles d'osier presque vides pour les rapporter pleines de victuailles après un séjour à la ferme de la parentèle. Avec le début des restrictions, le temps des fêtes est celui du ravitaillement.

— Porteur ! crie une femme excédée, contrainte de porter seule son bagage.

Les wagons de première classe sont en tête du convoi et le quai s'allonge désespérément devant elle. Son carton à chapeaux lui échappe, roule à terre, ramassé par un obligeant crieur de journaux.

Par la fenêtre du compartiment dont il a abaissé la vitre en tirant sur une sangle de cuir, Raymond la reconnaît : c'est la baronne de Hérisson, heureuse châtelaine propriétaire du plus beau manoir de la région montluçonnaise, qui voyage, fâcheux signe des temps ! sans le moindre domestique. Elle traîne péniblement son sac de cuir et sa valise aux coins renforcés de métal doré. Plus de porteurs, tous mobilisés. Que les femmes se débrouillent ! se dit un vieux bourgeois placide en achetant *Le Matin*. Quand on conduit les trams ou les taxis, on peut bien porter les bagages !

Tout en déplorant la disparition de la *galanterie française*, la baronne aperçoit Raymond, qui la salue de son bras bandé. Elle ne le situe pas exactement, pense qu'il s'agit d'un villageois de Hérisson et lui fait à tout hasard un signe d'amitié, un sourire un peu crispé, puis décide sur-le-champ de monter en seconde, plutôt que de s'épuiser sur un quai long comme un jour sans pain pour trouver les premières. A la guerre comme à la guerre ! Elle atteint le marchepied quand brusquement un caniche sort sa tête frisée du sac de cuir en aboyant. Le chef de gare se précipite :

— Les chiens sont interdits dans les wagons, regrette-t-il. Ils doivent être enfermés dans les compartiments spéciaux du fourgon. Dépêchez-vous, le train va partir.

Qu'un employé à casquette galonnée de la compagnie, dont la famille de la baronne est actionnaire, traite ainsi une dame de la société est encore un fâcheux signe des temps. Elle reste muette de surprise. Un homme d'équipe, les mains noires de graisse, a la charité de se saisir du cador pour le jeter sans trop de ménagements dans la cage grillagée où ses congénères l'accueillent crocs dehors. Il reçoit un pourboire princier pour prix de ses services et assure à Mme la baronne que le chiot est en route pour un voyage de rêve.

Le train partira en retard. Le chef de gare grogne, il ne parvient pas à lever son drapeau rouge. Encore un incident de dernière minute ! Deux agents expulsent d'un wagon un soldat en uniforme, sans armes, pour le conduire à la place militaire du gouverneur de Paris. Il se dit permissionnaire mais ses papiers ne sont pas visés alors qu'il a dépassé son temps.

— Déserteur ! crie le sergot, ton compte est bon. A la place, et au galop !

Tant d'empressement indigne Raymond. Il trouve étrange que des hommes en âge de porter les armes ne soient pas au front, inconvenant qu'ils traitent avec brutalité un poilu aux manches couvertes de brisques de laine rouge attestant plusieurs semestres de campagnes. Ridicule qu'ils considèrent comme déserteur un soldat qui a dépassé son temps de permission. Il sait que les retards dans les changements de trains, les attentes interminables dans les gares du front réduisent la durée des séjours en famille, sans qu'il en soit aucunement tenu compte. Il voudrait intervenir, mais à quel titre ?

Indifférente à l'incident, la baronne de Hérisson, exténuée, s'installe dans le compartiment. Un adjudant de la coloniale l'aide à placer sa valise dans le filet. Elle le remercie d'un sourire. Dieu merci, les cadres de l'armée ont gardé le sens des convenances. Un couple de rentiers ne lève pas les yeux pendant son installation. L'homme, un négociant assurément, lit les colonnes de la Bourse. Son épouse est plongée dans le déchiffrement du Chaix, déplorant sans doute que l'horaire du train ne soit pas respecté par les agents de la compagnie.

— Madame la baronne, dit Raymond, s'inclinant avec un sourire courtois, je suis Raymond Aumoine, de Villebret. Permettez-moi de vous présenter ma fiancée, Albertine Baroin.

Blottie frileusement sur l'épaule valide de l'aviateur glorieux couvert de cicatrices et de pansements, Albertine rosit d'aise. Elle reste emmitouflée dans sa cape bleue d'infirmière, tapote de ses semelles fines la large plaque de fonte qui tarde à chauffer le compartiment.

Le capitaine Durand a tout arrangé. Quand Albertine est venue, grâce à son autorisation, voir le blessé au service de santé des escadrilles, il a déclaré d'un ton péremptoire qu'elle était la mieux placée pour emmener le pilote en permission de convalescence. Ses plaies n'avaient aucune gravité, mais il aurait besoin de soins.

Le capitaine a écrit à l'hôpital temporaire du Panthéon, pour qu'Albertine fût mise en congé une semaine, au bénéfice de l'aviation. Pendant deux jours, à la base, elle a fait et défait les pansements sous la direction du major. Puis elle a pris le train sanitaire de Verdun qui les a débarqués à la gare de l'Est, bras dessus, bras dessous, son patient et elle.

Noël à Paris ! Le troisième de la guerre, le plus sinistre de tous dans la Ville lumière aux rues sombres, aux fenêtres aveugles. Les amoureux ne sont guère sortis, pendant deux jours, de la petite chambre de la rue de l'Ecole-de-Médecine, libérée par les trois autres jeunes filles retournées dans leurs provinces : Emma était partie faire la crèche au mont Ventoux, Isabel à Toulouse et Véronique au Grau-du-Roi, près de Montpellier.

Raymond et Albertine avaient aussi fêté Noël à la messe de minuit de l'église Saint-Jacques-du-Haut-Pas et participé aux prières publiques pour la paix. Raymond regardait à l'office les premiers scouts de France en tenue, jeunes gens de douze à quinze ans, utilisés comme secouristes au cours des bombardements de plus en plus fréquents sur la capitale. Il se disait que si la guerre durait encore deux ou trois ans, ces gosses en culotte courte, le col orné d'un foulard de couleur, les chaussettes égayées, à l'écossaise, de pompons, se retrouveraient au casse-pipe. On entraînait déjà le premier contingent de la classe 17.

Il avait connu avec Albertine deux jours de joie profonde. Elle avait décoré la chambre d'une crèche minuscule, garnie de santons — cadeau d'Emma — et illuminée de bougies. Raymond ne la quittait pas des yeux, trouvant à chacun de ses gestes de l'intelligence et de la grâce. Elle ne se souvenait d'aucune des soirées de Noël de son enfance. Elle ne cherchait pas à reproduire un rituel, prélevait dans les stocks de vivres de ses trois amies de quoi improviser un repas délicat. Elle ne savait pas où étaient ses parents, réfugiés de Lille au Havre.

Le Secours catholique avait enquêté. On lui avait dit que son père disparu se serait embarqué clandestinement sur un cargo pour l'Amérique. Il ne lui avait plus donné de nouvelles. Sa mère aussi s'était volatilisée. Elle ne s'était pas le moindrement préoccupée du sort de sa fille unique. La guerre avait précipité le naufrage d'une famille déjà désunie. Si jeune partie de Lille, Albertine avait laissé dans la zone occupée par les Allemands son grand-père de Valenciennes et ses grands-mères, à supposer qu'ils eussent survécu. Elle vivait à Paris comme une émigrante à New York. Ses amies avaient la chance de pouvoir retourner chez elles. Elle n'avait pas de chez-elle.

Seul Raymond, le tout fou au grand cœur, l'aviateur tombé du ciel dans son nid, lui offrait la chaleur dont elle avait si longtemps manqué. Elle n'était plus à ses yeux la petite sœur tirée du gouffre des beuglants pour soldats, et pas davantage la marraine de guerre des visites d'amitié, elle était devenue, en deux jours, sa femme. Ils ne pouvaient plus se passer l'un de l'autre, et se réjouissaient intensément de vivre ensemble. Le vocabulaire de l'amour ordinaire n'avait pas cours entre eux. Il n'était plus question de se prendre ou de se donner, dès lors qu'ils respiraient le même air et ne constituaient qu'un seul être.

A la fin du deuxième jour de cette harmonie parfaite, Raymond avait pensé à Marie Aumoine, sa mère. Non pas avec le remords de l'avoir abandonnée pour se consacrer exclusivement à Albertine, mais avec le désir ardent de lui faire partager sa joie. Il savait que son cœur généreux le comprendrait, et qu'elle accueillerait Albertine. Il devait la lui présenter, la conduire au village en grande pompe, la montrer, et non la cacher.

Le moyen d'y parvenir ? Une infirmière ? une marraine de guerre ? Tricherie que tout cela.

Elle était déjà sa femme. Qu'importerait à Marie qu'ils fussent ou non mariés, dès lors qu'ils entraient heureux dans son foyer, qu'ils la rendaient témoin de leur bonheur. Il avait choisi Albertine, elle était l'élue. Il n'avait pas d'explications à donner, de bans à publier, de photos d'identité à fournir. Son cœur et son âme lui tenaient lieu de passeport, aux yeux de Marie l'attentive.

Il avait facilement persuadé Albertine de l'accompagner. Que pouvait-elle faire d'autre ? Toute idée de séparation leur était une torture. Elle irait donc à Villebret, sans poser de questions. Il lui suffisait que Raymond le désire, et le juge bon. Il venait de trouver le moyen de la présenter. Elle serait, puisqu'il l'avait dit à la châtelaine de Hérisson, sa *fiancée*. Un mot signifiant *promesse*, qui avait valeur de contrat chez les bourgeois. Au village, on dirait sa *promise*.

La locomotive pousse des soupirs d'accablement à la gare des Aubrais-Orléans, où l'on rajoute des wagons pour les permissionnaires, nombreux dans les centres de recrutement, qui rejoignent leurs familles après avoir fait viser leurs titres. Le convoi s'arrête à toutes les gares du vieux pays pour y lâcher des grappes de soldats heureux. Lamotte-Beuvron, Salbris...

Les poilus chantent à la descente du train, grimpent avec leurs sacs sur les chars à bancs qui les conduisent au village. Les cochers brandissent des pancartes pour regrouper les voyageurs. La Ferté-Imbault ! Souesmes ! Les parents et amis ne peuvent les attendre à la sortie. Les soldats ont bien écrit pour prévenir, mais ils sont arrivés au pays plus vite que leurs lettres.

A Vierzon descendent tous ceux qui changent de train pour Châteauroux, les Berrichons mangeurs de fromage sec. A Bourges, le train se vide presque. Des artilleurs de la poudrerie, des aviateurs de l'école de pilotage... La plupart des permissionnaires et des convalescents sont attendus dans ce centre de recrutement aux nombreuses casernes.

— On dirait, ma foi, que la guerre est finie, s'étonne Raymond. Chacun rentre chez soi.

La locomotive, détachée par l'homme-tampons, change de voie pour s'accrocher à l'arrière du train. Elle repart en sens inverse, vers Saint-Amand-Montrond et Montluçon. Personne ne s'en étonne. Il en est ainsi depuis que le PO Midi existe. L'inversion du sens à Bourges n'a jamais été modifiée, comme si le train, franchissant quelque frontière invisible, entrait sans crier gare dans un autre pays.

Les wagons sont confortables, mais ils n'ont pas de couloir. Impossible de s'échapper, les voyageurs sont enfermés comme dans une diligence et s'observent à la dérobée les uns les autres, sans aménité. Le vieux couple se parle à voix basse, avec une discrétion affectée. L'adjudant de la coloniale ronge son frein, ne trouvant avec qui discuter, et sort de sa poche une boîte de ninas qui va lui permettre d'enfumer l'assistance.

Raymond et Albertine, heureusement placés côté fenêtre, se réfugient dans le paysage. L'une observe et découvre cette France des forêts et des druides, l'autre décrit le cours sinueux du Cher entre les collines douces, l'entrée magique en Bourbonnais, à partir de Vallon-en-Sully et de la grande forêt de Tronçais, où les cognées des charpentiers de marine, sous Louis XIV, ont condamné à la fuite éperdue fées et enchanteurs.

— Des bois et des prés, à perte de vue : chaque village est une niche, dit Raymond. Nous y serons au chaud. Les clairières sont des îles. La forêt les protège.

Le train s'arrête à l'entrée de Montluçon avant le pont sur le Cher, devant le passage à niveau de Saint-Paul, pour laisser passer l'omnibus de la ligne d'Eygurande, sans doute mal orienté sur la voie principale par quelque aiguilleur distrait.

Albertine ferme les yeux. Elle ne veut pas voir les cheminées à fumée opaque des usines Saint-Jacques, ni la sortie des ouvrières à bicyclette dans la rue centrale de La Ville-Gozet, à l'heure de midi. Raymond lui a dépeint son pays comme un paradis rural, voilà qu'elle tombe sur des usines de guerre. Elle se souvient du temps où, jeune ouvrière en poudrerie au Havre, elle coupait ras, pour tenter de les sauver, ses cheveux transformés en étoupe par les oxydes de cuivre.

Le soleil ne luit plus sur Montluçon tapie dans sa cuvette noircie de fumée. Seul échappe au désastre industriel, droit sur sa butte, le château blanc des Bourbons. Par groupes, les voyageurs s'engagent dans l'avenue de la gare, s'assemblent à l'arrêt des autobus. Vite ! Raymond affrète une voiture à cheval pour conduire sa compagne sur la route de Villebret. Le cocher leur recommande de se couvrir les jambes d'une peau de bique, car le temps est frais. Albertine se blottit aussitôt dans sa longue cape, tout contre l'épaule de Raymond.

Il la sent revivre après Lavault-Sainte-Anne, quand elle respire l'air frais du bois de Tigoulet. Ils sont presque arrivés et Raymond s'inquiète. La petite Lilloise ignore tout de la campagne. Pourra-t-elle vivre à la ferme, éveillée avant l'aube par le chant du coq ? Comment Marie, la rude fermière, accueillera-t-elle cette frileuse Flamande aux yeux trop clairs pour supporter le soleil d'hiver ?

Le cocher égaré demande son chemin. Raymond le renvoie aussitôt. Il veut faire seul son entrée, avec Albertine, sans bruit, comme s'ils sortaient du bois. Lui reviennent alors les vers d'un canonnier, Guillaume Apollinaire, que lui récitait le soir dans le hangar Carcopino-Carco : « De Chine sont venus les pihis longs et souples qui n'ont qu'une seule aile, et qui volent par couples. »

Surgir du bois sans le fracas des roues cerclées de fer, comme l'avion, ou l'oiseau, se pose en planant. Avec un sac pour tout bagage, ils peuvent suivre à pied l'étroit chemin de terre qui conduit à la ferme, marchant d'un seul pas, main dans la main, vers le portail toujours ouvert où le chien Capi reconnaît le premier Raymond, et jappe en fanfare.

Marie est là, souriante sur le seuil de la porte, sans marquer aucune surprise, comme si elle les attendait depuis longtemps.

— Entrez, mes enfants, leur dit-elle en les serrant dans ses bras.

Elle les recueille comme des oiseaux tombés du nid, comme s'ils avaient froid et faim. Marguerite accourt, portant Léon II, pourtant chaussé déjà de petits sabots rouges. On accepte d'emblée Albertine, comme si on la retrouvait après une longue absence.

Les pierres chaudes de la ferme, jaunies et noircies par l'âtre sont un refuge. La jeune fille s'y sent aussitôt en sécurité. A preuve ? Elle retire sa cape bleue quand l'enfant quitte sa mère pour venir dans ses bras, attiré par l'insigne flamboyant de la Croix-Rouge. Ses petites jambes battent de contentement la jupe d'Albertine. Il veut montrer qu'il sait marcher.

Devant la table où Marguerite dispose une nappe blanche, Raymond enlace sa promise.

— Elle s'appelle Albertine, elle vient de Lille et elle a vingt et un ans, dit-il d'une voix douce en caressant ses cheveux blonds.

Marie comprend. Il veut couper court à toute

question. Elle n'avait nulle intention d'en poser. Il lui suffit qu'ils soient là, sous son toit, heureux d'être ensemble. Qu'il ait tenu à lui présenter sa compagne marque une intention claire. Elle est admise d'entrée de jeu, sans qu'il soit besoin d'en parler. Marie prend les mains d'Albertine, les réchauffe dans les siennes. Elle est déjà sa fille.

A table, sous les yeux humides de Marie, Léon II découvre Raymond et ne le quitte plus. Il veut toucher du doigt sa médaille jaune et vert, ses brisques rouges, ses galons de sergent, ses insignes d'aviateur. Marie regarde son bras blessé, les traces encore visibles de contusions sur son visage. Elle ne sait rien de « l'accident » dont Raymond a été victime. Le courrier de Verdun est de nouveau bloqué.

Il la rassure. Il n'est pas pilote de chasse comme Guynemer, ou Nungesser, des as des as dont les terribles exploits remplissent les chroniques héroïques du journal *Le Centre*. Pas un jour où l'on ne publie le récit de leurs victoires. Raymond vole en groupe, dans des escadrilles organisées et son capitaine, Durand, est un modèle de sang-froid et de prudence.

— Notre rôle est de renseigner l'artillerie sur les mouvements de l'ennemi, et d'empêcher les *Taube* de rentrer chez nous pour y poser leurs bombes.

— Et c'est ainsi qu'on gagne une médaille, sourit tristement Marie.

Elle songe que Léon portait la même sur son

lit d'hôpital. Il était l'aîné, le plus fort des quatre frères. Cela ne l'a pas empêché de se faire tuer à la bataille de la Marne. Julien, son dernier fils, le bombardier, était aussi décoré. Engagé à dix-huit ans pour choisir son arme, il avait cru bon de prendre le parti le plus ingrat, le plus dangereux, celui des crapouillots, les canons de tranchées. Il a été porté disparu pour toujours.

L'arrivée du valet Germain fait diversion. Il vient de donner du foin aux vaches et approche de la table en traînant la jambe. Heureux de revoir Raymond rentrer sain et sauf et bien accompagné, il lui serre la main à la broyer, et baise dévotement celle d'Albertine. Il n'est plus en âge de labourer. Marie doit faire appel aux voisins. Mais il a gardé sa tête et rend encore bien des services. Il connaît tout des cultures et des soins à donner au bétail. De lui, la patronne tient son savoir.

Spontanément, Albertine aide Marie à servir les plats, pendant que Marguerite s'efforce d'endormir son enfant. Raymond ne la quitte pas des yeux. Ses gestes vifs, précis l'enchantent. Elle sait trouver le pain dans la huche, le saloir et la cruche d'eau. Marie n'a rien à lui dire, sinon de retourner vite à table, où elle est attendue. Elle trouve admirable qu'une aussi jolie fille, coiffée à la mode des villes, cheveux frisés et courts, mains blanches et soignées, soit aussi adroite aux travaux ménagers. Elle a dû travailler durement et faire peut-être tous les métiers, avant de devenir infirmière. Une fille capable de tels efforts est à coup sûr méritante.

Comme elle ne pose aucune question, Albertine se contente de sourire et de lever les yeux vers Raymond. L'aviateur n'a pas envie de parler de lui, mais bien de sa compagne. Il sait que tout ce qu'il peut dire de la guerre inquiète Marie, au lieu de la rassurer. Elle serait sans doute heureuse d'en apprendre un peu plus sur Albertine.

— Je suis une réfugiée du Nord, dit-elle sans se faire prier. Nous sommes très nombreux à avoir fui, par familles entières, quand les Allemands sont arrivés en 1914. On disait qu'ils prenaient les hommes en otages et violentaient les femmes. J'ai connu cet exode.

— Elle a travaillé en usine, coupe Raymond, avant d'être recueillie, exténuée et démoralisée, dans un foyer catholique qui l'a placée dans un hôpital. Elle a quitté sa famille au Havre, où elle s'était réfugiée. Elle n'a pu retrouver ses parents. L'organisme d'assistance lui a écrit qu'ils sont sans doute partis avec les Belges qui ont gagné l'Angleterre, et de là ils auraient émigré clandestinement aux Etats-Unis ou au Canada. Albertine est enfant unique. Elle n'a aucune nouvelle de sa parentèle restée dans la zone occupée, et notamment de son grand-père de Valenciennes, le seul qu'elle aime tendrement.

Marie a recueilli des Belges et des gens du Nord adressés par la mairie en août 1914. Elle connaît la détresse de ces familles séparées. A voir Albertine si belle, elle comprend bien que son garçon ne protège pas une orpheline. Il l'aime, tout simplement.

— Il faudrait atteler Pâline. Nous devions aller, pour la Saint-Sylvestre, chez les Bigouret à Huriel.

— Rien de changé au programme.

Raymond entraîne Albertine à l'écurie, et tous les suivent chargés de lainages et de peaux de bique. Il s'en veut de ne pas avoir encore rendu visite à Pâline, sa jument blanche, aveugle comme un blessé de guerre. Il est le seul à lui donner ce nom. Les autres l'appellent... Paquerette.

Elle s'ébroue dans la cour de la ferme, s'attend sans doute à être montée et s'apprête à caracoler. Raymond, blessé, ne peut supporter la selle, mais il place Albertine en amazone sur la jument docile, surprise d'un poids aussi léger. C'est alors que la jeune fille est vraiment adoptée par la famille, après ce rituel dont elle ignore le symbole. Marie réprime une larme. Antoine, son époux, y plaçait jadis ses quatre fils en croupe, de l'aîné au benjamin.

Le voyage d'Huriel est une expédition, cinq lieues, soit une vingtaine de kilomètres, en prenant des raccourcis. Partant à deux heures, on arrive à la nuit tombée. Aussi le char à bancs est-il recouvert de sa bâche en coupe-vent. Prévoyante, Marguerite a rempli d'eau chaude des bouillottes, préparé du café et du chocolat, du lait pour Léon II. Elle tient au chaud le biberon dans son manchon fourré. Marie recommande à Albertine d'enfiler par-dessus ses vêtements un gilet de mouton, comme en portent au front les poilus.

La jeune fille grimpe sur le banc élevé du conducteur, au côté de Raymond. C'est à lui de mener la jument, Germain garde la ferme. Raymond est à son aise. La température lui paraît à peine fraîche, au regard des moins vingt qu'il doit affronter à trois mille mètres au-dessus du sol. Sa veste de cuir lui suffit, et la chaleur d'Albertine.

Pâline n'a pas besoin d'être guidée, elle connaît le chemin d'Huriel par cœur. Jeune pouliche, elle cavalait au moulin du grand-père, à la Baudre, heureuse du picotin tout juste sorti des épis. Elle prend vaillamment le petit trot, sans qu'on le lui demande, sur la chaussée de Montluçon jusqu'à la ferme des Bigouret, à l'écart du village. Ainsi Marguerite ne passera pas devant la Toque d'Huriel, cette haute tour de granit où elle s'est promise à Léon, à la veille de son départ à la guerre. Tragique souvenir.

Son père, Gaston, est fou de joie. Le débarquement de l'équipage familial chez les Bigouret est une surprise. Les éclats de sa grosse voix réveillent Léon II qui braille de son mieux. Gaston s'en empare, le lève vers le ciel comme s'il était son propre fils et appelle Jeanne sa femme en tonitruant. Elle quitte ses fourneaux, s'essuie les mains sur le revers de son tablier, et arrache à son mari l'enfant effrayé, surpris par le froid. L'homme introduit pataudement son monde, Marie à son bras droit, sa fille Marguerite à gauche, dans sa belle maison de maître où l'excès de lumière semble avoir chauffé les murs à blanc. Il s'aperçoit alors qu'il lui manque Raymond, resté en arrière pour ranger la charrette et dételer Pâline.

Ce dernier fait son entrée dans sa vareuse d'aviateur cintrée à la taille, les bottes luisantes, le képi conquérant. A son bras, Albertine a pris le temps de retirer sa peau de mouton, de se recoiffer, de défriper ses vêtements d'infirmière ; ses boucles blondes scintillent de barrettes argentées, sa longue cape bleu sombre recouvre ses chevilles.

« Une parade, pour une noce », se dit Bigouret qui connaît son monde. L'adjoint au maire d'Huriel en a-t-il marié, depuis 1914, de ces couples inconcevables avant le conflit : des gars du pays avec leurs marraines de guerre venant de la ville et quelquefois de Paris, des réfugiés du Nord ou de l'Est convolant, au retour du front, avec des mignonnes de l'Allier rencontrées en 1914 quand ils n'avaient que dix-huit ans, rentrés dare-dare de l'armée pour des unions précipitées. Et même des Belges, mobilisés dans l'armée du roi Albert, retrouvant, par permission spéciale, leur fiancée perdue, et généralement enceinte, sur les routes de France ?

— Me permets-tu d'embrasser la sœur de Marguerite ? dit-il en baisant d'abord la main d'Albertine, puis quatre fois ses joues à la manière campagnarde. Est-il besoin de dire que vous êtes ici chez vous ?

Albertine se défait de sa cape, son chemisier blanc orné de l'insigne de la Croix-Rouge et sa longue jupe bleu marine éblouissent.

Gaston Bigouret, sans faire l'important, croit devoir montrer sa perspicacité.

— Laissez-moi deviner, belle infirmière... ces cheveux blonds, vous venez du Nord.

— De Lille, intervient Raymond.

— J'en aurais juré. Mais vous travaillez à Paris, n'est-ce pas ?

— A l'hôpital temporaire du Panthéon.

— C'est un bon lieu pour rencontrer les grands hommes, dit-il en écartant Raymond d'une bourrade. Laisse-moi la placer à notre table de famille.

— Entre maman et moi, précise Raymond, reprenant l'avantage. Je te préviens que nous ne nous quittons plus.

Un invité de dernière minute se présente, noir de suie. Il n'ose serrer les mains sans se les laver. C'est le cousin Gaspard Michot, le mécanicien de la ligne d'Eygurande. On lui a dit à la gare que Raymond était de retour. Il n'a pas voulu manquer l'événement

— J'ai sauté dans le train d'Huriel, dit-il, et me voilà.

Gaspard le cheminot est le messager, l'Hermès

de la famille. Il sait tout, informé au dépôt par les employés paysans qui partagent leur temps entre le service de la compagnie et les soins de leur propre terre. Il voulait voir Raymond, sans doute, mais aussi la belle infirmière dont les lampistes lui avaient signalé l'arrivée sur le quai de la gare, dans un nuage parfumé. Il n'est pas déçu, et ses yeux ronds comme des escarbilles expriment l'admiration que lui inspire Albertine. Sans avoir dit un mot, elle est déjà la reine d'un soir.

Gaston Bigouret a logé tout son monde dans l'immense ferme en pierre de taille, la plus belle de la région, survivance d'un autre siècle acquise à bon compte et ouverte à tous par un homme à l'hospitalité légendaire.

Au petit matin, l'adjoint au maire reçoit les hommages, tel Poincaré à l'Elysée, un usage conservé malgré la guerre. S'il n'attend pas ses hôtes sur les marches du perron, c'est qu'il fait trop froid. Il juge aussi qu'il n'est pas bon d'afficher un rituel de fête, quand les poilus grelottent dans les lignes. Il pense à Jean Aumoine, perdu quelque part à Verdun, dont Raymond a donné des nouvelles rassurantes. Les nôtres auraient repris le fort de Vaux.

Mais personne ne peut empêcher la tante Amélie, belle-sœur de Marie Aumoine, de quitter sa ferme d'Archignat en équipage, conduite par son valet pour tenir son rang dans le cercle de famille, d'autant qu'elle a refusé, la veille, de venir souper et dormir à Huriel. Pas plus que la cousine Henriette Aumoine, de la rue Bretonnie à Montluçon. Elle a pris le train avec son grand fils Michou, réformé définitif, habile horloger qui fait preuve, dans une boutique du boulevard de Courtais, d'une stupéfiante inventivité technique, au point que le recrutement lui a demandé de travailler sur les mécanismes d'explosion retard des bombes. Michou, qui a le cœur bon, aurait été désolé de ne pouvoir embrasser le petit Léon qui parcourt la vaste salle en faisant ses premières gambades ponctuées de chutes et de cris. Les fiancés ne sont pas encore réveillés que la ferme se remplit de jurons de cochers, de hennissements de chevaux et d'aboiements de chiens. Le défilé a commencé.

Le maire Bousquet, sur le coup de midi, survient dans l'automobile du sous-préfet toujours soucieux de ses devoirs envers les grands électeurs, même s'il n'y a plus d'élections jusqu'à la fin de la guerre. Quand on leur présente l'aviateur et sa promise, les officiels, très compréhensifs, n'ont pas besoin qu'on leur explique : ceux-là ont fait Pâques avant les Rameaux. Ils s'aiment avec la passion sauvage des couples séparés par la guerre, et d'autant plus ardents à se réunir. Une infirmière diplômée de l'Ecole de médecine de Paris, réfugiée de la zone envahie, est, pour le sous-préfet, un modèle social, la preuve de l'efficacité absolue de la République en guerre. Qu'elle soit belle de surcroît, au bras d'un aviateur héros de Verdun, mérite les honneurs de la presse. Par discrétion, il n'a pas averti les journalistes du *Centre*. Marie ne l'aurait pas toléré.

Bigouret n'avait pas prévu une telle affluence. Le bouche-à-oreille s'est répandu jusqu'en ville. Les Montluçonnais veulent tous le revoir, le Raymond du canal, dans son uniforme d'as des as. Marie n'y peut rien : un aviateur est une idole. Il ne manque pas même au cortège les blessés convalescents de l'hôpital, ceux qui en rajoutent à la visite du major pour gagner quelques jours de rabiot, avant de remonter en ligne. Le fils Bouguin, de la territoriale, qui a son propre fils pris sous les drapeaux dans la classe 17, est venu avec son épouse, son père, toute la famille. Les amis du lycée sont tous au front, avec le professeur Lacassagne, devenu capitaine comme son élève, Jean Aumoine. Puisque Raymond va les rejoindre dans les lignes prochainement, les parents le chargent de messages qu'il empile dans les poches de sa vareuse. Comme si l'on pouvait retrouver qui que ce soit à Verdun !

Par des blessés arrivés la veille à l'hôpital, Bouguin a des nouvelles du sinistre champ de bataille. Il est mieux informé que le sous-préfet. Oui, le 321e a participé à la reprise du fort de Douaumont, la grande victoire française de l'automne.

— Et Emile Dutoit ? lance une voix.

— Vivant, bien vivant.

Et Armand Berthon de Malicorne, devenu fusilier mitrailleur comme Roger Nigon ou le colossal Arsène Bonnichon, des usines Saint-Jacques.

Marie se rapproche du cercle autour du soldat, attendant que tombent de ses lèvres des nouvelles de Jean. Le fils Bouguin l'aperçoit et lui dit aussitôt :

— Le capitaine Aumoine est sorti indemne de la bataille.

Marie respire : son Jean, son deuxième fils, est une fois de plus épargné.

— Cet appel des vivants est indécent, dit le sous-préfet à Bigouret. Il n'ose pas parler des morts. Hélas, mon cher ami, le lieutenant Moulinet ne reviendra pas, pas plus que le caporal Javelon, du lycée de Montluçon, ou Jean Duval, le petit frère de Maurice, de Champignier.

— Vous avez la liste des victimes ? interroge l'adjoint au maire.

— Pas complète. Il y a les disparus.

Bigouret, pour faire diversion, tend un verre à Bouguin.

— J'espère au moins que Guy Beaujon continue à sonner du clairon.

— Du fusil-mitrailleur à gifles, tu veux dire, ou du tromblon à grenades. C'est le progrès !

Le maire Bousquet a lui aussi perdu un fils au front. Il s'approche de Marie, qui s'est rassise sur une chaise au fond de la salle, comme absente de la réception.

Elle ne peut en écouter plus. La liste des morts de Douaumont, personne n'ose la produire. Elle est heureuse, du fond du cœur, d'entendre que son Jean est cité parmi les survivants. Mais jusqu'à quand ? Et Raymond qui va repartir ? Comment s'attarder sur l'idée d'un mariage, alors qu'il peut être tué demain, sur ces avions fragiles qui n'ont pas besoin des Allemands pour capoter ? Jadis un mariage supposait un établissement durable. Aujourd'hui, c'est une assurance souscrite à terme par la veuve en puissance, au mieux un défi à la mort.

— Ils reviendront vite, dit le maire Bousquet à Marie Aumoine. Nous sommes sans doute arrivés au dernier quart d'heure.

— Mais non, regardez-les tous, le sous-préfet le premier. Ils célèbrent la victoire de Douaumont. Ils sont heureux que le 321e ait donné... ses pauvres vies.

— Notre malheureux régiment était la seule unité française sur le terrain, dit le maire, intégré à la division Passaga. Les autres attaquants étaient des Marocains, des Sénégalais, quelques bataillons métropolitains.

— Pourquoi encore nous ? Nos garçons n'en ont-ils pas assez fait ?

— Ils ont eu beaucoup de mal à reconstituer cette division Passaga. Les nôtres ont été rattachés à cette unité parce qu'il lui manquait un régiment. Encore les officiels ne trouvaient-ils que des territoriaux comme Bouguin pour boucher les trous. Ils ont été aux premières loges, les *pépères* de Verdun. Mais le combat va cesser, faute de combattants.

— C'est affreux, dit Marie, ils ont enlevé le fils de ce Bouguin, un gamin. Le voilà parti pour servir dans les bataillons exigés par la stratégie de l'usure. Jusqu'au dernier, ils partiront. A Paris, ils n'ont pas d'autre politique que de tenir et d'attendre. Attendre quoi ?

— Ils se sont fait tuer pour reprendre Douaumont. Ils sont morts aussi pour reprendre Vaux, confirme le maire. Et ainsi de suite, tant que le dernier Boche n'aura pas repassé la frontière.

Bousquet connaît le patriotisme de Marie Aumoine. La mort de ses deux garçons n'aurait aucun sens, si leur sacrifice ne devait sauver la patrie. C'était vrai sur la Marne, et à Verdun. C'est entendu, « ils » ne sont pas passés. La victoire des enfants de la patrie tient en ces quelques mots, au prix d'un million de morts et de gueules cassées.

— Ils ne sont pas passés, mais ils restent là, dit Marie. Et personne ne peut les en déloger. Faudra-t-il un autre million de morts pour qu'ils s'en aillent ?

Elle regarde Raymond, digne, résolu, sanglé dans sa vareuse stricte. Il ne plastronne pas, il écoute. La bataille de Verdun, Bouguin la raconte mieux que lui, grâce aux récits des survivants. L'aviateur n'a rien vu, du haut du ciel, que des petits hommes perdus dans la boue. A quoi bon parler de ses combats ?

Les autres le sollicitent, il se dérobe. Il n'est

pas un as des as et ne figurera jamais dans les rubriques ouvertes du journal *Le Centre* : « Le lieutenant Heurteaux a abattu son seizième avion boche, l'adjudant Bloch son cinquième. » Avec le capitaine Durand, les victoires sont celles de l'escadrille tout entière, qui décolle chaque matin pour faire son boulot de balayeuse du ciel.

Marie se réjouit de sa discrétion. Est-il devenu enfin raisonnable ? A-t-il perdu cette énergie féroce qui poussait aussi Julien à l'exploit ? Non par vaine gloriole, mais pour en finir au plus vite, en étant plus courageux, plus hardi, plus mobile, plus imprévisible que ces ennemis trop nombreux, trop riches, trop sûrs de leurs forces, gravant le nom de Dieu sur l'acier de leurs canons.

Julien, c'était le défi français. Son frère Léon était mort d'épuisement. Il ne savait qu'atteler, dételer et pointer, mais il avait lutté jusqu'au bout de ses forces. Julien croyait qu'il devait faire mieux encore, écraser de bombes, de *patates*, ces gens trop bien armés pour être honnêtes, faire encore mieux que Léon.

Raymond n'est plus le même. Marie ne le quitte pas des yeux, elle est surprise par son calme. Il n'a plus rien du fugueur de village. C'est un autre homme. Son engagement avec cette jeune infirmière n'est pas qu'une folie passionnelle. Elle est jolie, mais aussi attentive qu'il peut l'être. Si elle ne parle pas, ce n'est pas par gêne ou timidité, c'est qu'elle n'a rien à ajouter.

Dès qu'elle croit devoir intervenir, elle lâche une phrase précise de sa voix douce, qui remet les choses en place. Ils forment vraiment un couple, où chacun joue son rôle. Marie a tout de suite saisi le changement. Qu'a-t-il donc découvert, son Raymond, que ses frères ignoraient ?

— Ils ont compris, pas si bêtes, lui dit le maire Bousquet, qu'on pouvait éviter de se faire tuer en montrant, non pas moins de courage, mais plus d'astuce, de compétence, de connaissances techniques.

Pour lui, la victoire de Douaumont est celle de la liaison radio. Pour elle, la victoire contre la mort, c'est la transfusion sanguine. Marie est pleinement consciente qu'ils vivent déjà dans un autre monde.

Le notaire d'Huriel, à son habitude, parle de la guerre avec Jeanne Bigouret qu'il rencontre souvent à la société d'entraide aux prisonniers, ces mal-aimés des états-majors. Débordée par le flux des visiteurs, Jeanne a pris le parti de faire sortir par les filles de ferme des vivres et des boissons du cellier, et de reposer dans un fauteuil ses jambes lourdes sans s'épuiser à préparer un repas pour tant de personnes.

— Il me semble que cette année est bien la dernière, lui dit le notaire. On a couronné hier le roi Charles IV de Hongrie et la reine Zita.

Le nom de Zita fait plisser le front de Jeanne. Bien sûr, c'est la jeune épouse du nouvel empereur Charles d'Autriche, Charles de Habsbourg.

Il est en même temps roi de Bohême et roi de Hongrie.

— Croyez-vous que celui-là veuille la paix ?

— Sans aucun doute. Les soldats slaves, dans son armée, désertent en masse devant les Russes. Il n'aura bientôt plus que ses Allemands, et ils sont les moins nombreux dans l'Empire.

Jeanne est abonnée à *L'Illustration* et à *Lectures pour tous*, une livraison de Hachette où l'on ne cache rien au public sur la vie privée des « grands de ce monde ». Elle sait que Zita est une princesse de Bourbon-Parme née en Italie près de Viareggio. Son frère Sixte de Bourbon-Parme, né en Suisse, sert dans l'armée belge. Leurs ancêtres régnaient en Italie. Comment cette Zita, si bonne et si douce, ne souhaiterait-elle pas la paix ?

— Le tsar persiste à faire la guerre à nos côtés, dit le notaire. Pourtant, sa femme est allemande. Elle s'appelait Alice de Hesse-Darmstadt. Il l'a obligée à renoncer à son luthéranisme et l'a fait appeler, pour plaire à ses sujets russes, Alexandra Fedorovna. Croyez-vous que les Allemands se privent d'approcher le tsar pour conclure une paix séparée en utilisant tous leurs amis à la Cour de Saint-Pétersbourg, et peut-être l'impératrice elle-même ? Nicolas II les a toujours repoussés. La politique, ma chère Jeanne, celle des Etats-nations dépasse les désirs des souverains. Le tsar veut à tout prix Constantinople et les Allemands, amis des Turcs, ne peuvent le lui donner, voilà pourquoi ils ont perdu leur temps en lui proposant la paix. Ils ont enfin compris qu'ils avaient mieux à faire en payant les bolcheviks émigrés en Suisse. La révolution est pour eux la meilleure des paix séparées.

— Vous voilà bien pessimiste, s'impatiente Jeanne, tandis que le notaire, essuyant ses lunettes d'or, cherche des informations dans les colonnes du *Temps*, le journal parisien que Bigouret a cru bon d'acheter pour tenter d'y voir clair dans les conversations diplomatiques dont *Le Centre* ne donne guère que de vagues échos. L'Amérique entre en scène, proclame-t-elle.

Pour elle, l'argument est décisif. Comment résister aux propositions de l'Etat le plus puissant de la terre ? Quand le président Wilson parle, on l'écoute !

— Il ne parle pas, dit le notaire, il questionne. Les sous-marins du Kaiser coulent tous les jours ses bateaux de commerce, ses paquebots, et il lui demande poliment quels sont ses buts de guerre !

— Je l'ai lu comme vous dans *Le Centre* du 22 décembre, trois jours avant Noël : le président américain a adressé une note aux belligérants pour leur demander de « formuler leurs conditions pour le rétablissement de la paix ».

Elle cite de mémoire cette phrase qui lui tient à cœur et qu'elle a retenue mot pour mot.

Le notaire froisse nerveusement l'exemplaire du journal de la veille. Il lit, d'une voix sèche, presque impitoyable :

« Le gouvernement fait remettre par l'entremise de M. Sharp, ambassadeur des Etats-Unis, la réponse des gouvernements alliés à la note de M. Wilson. » C'est une fin de non-recevoir assez embarrassée. Ils se sont bien gardés de préciser leurs « buts de guerre ». Les Allemands, pour leur part, se refusent à évacuer la Belgique et l'Alsace-Lorraine. Comment voulez-vous envisager la paix dans ces conditions ?

— Le Sénat a tranché, ajoute le sous-préfet, toujours à l'affût des conversations politiques privées, qui lui permettent de nourrir son rapport hebdomadaire au préfet sur le moral de la population. Il a voté un ordre du jour pour préciser que la France « ne peut faire la paix avec un ennemi qui occupe son territoire, et veut donner à la guerre qui lui a été imposée une conclusion victorieuse ».

Jeanne se garde de poursuivre. On ne conteste pas la vulgate républicaine quand on est l'épouse d'un adjoint au maire socialiste, partisan de l'Union sacrée, admirateur d'Albert Thomas et de Marcel Sembat. Le sous-préfet et son chef transmettent les informations au ministre de l'Intérieur Malvy, un radical de gauche.

Quant au notaire, c'est un croûton de droite, il est pessimiste et obstiné. Mais sa lucidité n'est jamais en défaut : il est impossible de discuter, assure-t-il, avec un empire dont le Kaiser ne jure que par les volontés du Grand Etat-Major, où domine l'intransigeant Hindenburg, gloire nationale. Et Hindenburg ne lâchera jamais l'Alsace et la Lorraine, pas même la Belgique. Il en a besoin pour y baser ses sous-marins.

— Il faut s'y résigner, ma chère Jeanne. Nous ne pouvons sortir de la guerre que par la victoire des peuples libres. Vous savez que Joffre vient d'être limogé. Briand l'a fait nommer maréchal.

— Vieille coutume du Second Empire, dit le notaire. On couvre de plumes d'autruche ceux dont on veut se séparer. Quoi de plus naturel ? Joffre a cessé de plaire.

— Il a fait tuer trop de monde, dit Jeanne, ce qui fait froncer les sourcils au sous-préfet. Comment évacuer aussi facilement le vainqueur de la Marne ?

— Robert Nivelle le remplace déjà. C'est un bon général. Il a gagné, à Verdun. Pétain est oublié. Lisez la presse : Nivelle-Mangin, c'est le tandem de la victoire. A la Chambre des députés, ils veulent des fonceurs, qui l'emportent une fois pour toutes et permettent de signer enfin la paix grâce à leurs succès.

— Ainsi, conclut Jeanne, mélancolique, Joffre a été écarté non parce qu'il attaquait trop, mais parce qu'il n'attaquait pas assez.

— Il faut que nous parlions, dit Gaston Bigouret à Raymond Aumoine. Je viens de m'engager pour toi sans te consulter. Je suis allé peut-être un peu loin.

Il entraîne Raymond dans une pièce encombrée de piles de journaux, de lettres et de papiers qui lui sert de bureau.

— Je suppose que tu veux épouser très vite l'admirable Albertine ?

— Pourquoi si vite ? s'inquiète Raymond.

— N'est-elle pas consentante ?

— Comment le serait-elle, quand je ne l'ai pas consultée ? Notre union est au-delà du mariage. Je suis venu ici pour que Marie la connaisse, pas pour la traîner devant Monsieur le maire.

— Taratata ! J'ai l'accord verbal du sous-préfet. Albertine fait partie des cas, connus de l'administration, de réfugiés de la zone interdite. Impossible d'y publier les bans, si elle veut se marier. A Paris, peut-être, où elle est domiciliée. Mais les délais sont longs, les formalités impitoyables. Ici, nous arrangeons rapidement les affaires. Tout peut s'organiser à la mairie de Montluçon, sans tambours ni trompettes. Le maire en sera d'accord. Il l'a fait cent fois pour rendre service aux permissionnaires et aux jeunes filles réfugiées. La guerre a changé tout cela. Vous serez domiciliés à Paris, à Montluçon si vous le désirez. Nous n'avons que trop d'appartements vides et ta promise pourra se faire affecter à l'hôpital militaire.

Raymond réfléchit avec sa vivacité coutumière. Que Gaston Bigouret arrange ainsi son destin au coin d'une porte, réglant d'avance tous les détails, ne peut que l'irriter. Mais il pense à la situation particulière d'Albertine, à ses parents absents, à sa vie déchirée.

Pas d'épousailles traditionnelles. Marie la première ne les supporterait pas, elles lui rappelleraient trop les noces tragiques de Marguerite et de Léon, qui a dû partir au front dès le lendemain de la cérémonie, au petit matin, pour s'y faire tuer trois semaines plus tard. Marie sera la première heureuse que l'on abrège les formalités, selon la pratique discrète et rapide des mariages de guerre célébrés lors d'une permission. Pas de fêtes populaires, quand les gens meurent dans les tranchées.

Pas de tralala pour ceux que la guerre va désunir tout de suite après leurs noces, elle qui tolère seulement leur mariage comme une nécessité. On a vu des prêtres bénir des couples dans les chapelles bombardées, pour répondre à des situations d'urgence, ou dans les hôpitaux de gueules cassées, ou encore en plein air, dans une clairière, devant un aumônier militaire. Raymond pense qu'il doit tout faire pour ne pas raviver les plaies secrètes de Marie.

Il doit épargner aussi à son Albertine, l'enfant de personne, la fille de nulle part, une cérémonie pesante, éviter les retards et les complications, consacrer au plus vite une union dont Raymond souhaite profondément qu'elle soit définitive. Jamais il n'aurait osé s'avancer sur ce terrain difficile sans l'intervention bourrue, inattendue, de l'adjoint au maire pressé. Puisqu'il a pris l'initiative, autant le suivre avec reconnaissance et empressement. D'abord, convaincre Albertine, et persuader tendrement Marie.

Il plante Bigouret sans vergogne, enlève Albertine qui s'était assise auprès de Marie. Celle-ci, à l'instant, réalise la situation : sans l'avoir le moindrement consultée, sans doute pour ne pas la blesser ou l'inquiéter, Gaston Bigouret a pris sur lui de bousculer Raymond, il lui a mis en tête qu'il pouvait réaliser aisément, sans histoires, ce dont il rêvait, épouser Albertine. Marie est certaine que son Raymond va faire séance tenante sa demande en mariage.

Ils traversent la cour en se pressant l'un contre l'autre, vers l'appartement où ils ont été logés. La jeune fille ne soupçonne rien, elle pense seulement qu'il est las de son rôle de figuration en uniforme et qu'il est impatient de la retrouver.

Il se jette à ses pieds en prenant soin d'entraver ses jambes de ses bras, comme si elle était sa prisonnière.

— Réponds-moi d'un seul mot. Veux-tu m'épouser ?

— Bien sûr, à l'instant, ne sommes-nous pas unis déjà ?

Elle a répondu sans l'ombre d'une hésitation, comme si leur mariage allait de soi, un jour ou l'autre. Puisqu'il l'a présentée à sa famille comme sa promise, pourquoi pas ici, et tout de suite ?

Il la conduit aussitôt devant Marie, toujours seule sur sa chaise. Il n'a pas le temps d'ouvrir la bouche. Avec une moue charmante, Albertine a glissé dans l'oreille de sa mère :

— Chère maman, m'accorderez-vous la main de votre fils ?

Elle se lève pour l'embrasser tendrement, baise ses jolies mains blanches et lui répond à son tour, dans le creux de l'oreille :

— Dès que vous êtes entrée dans ma maison, j'ai compris que Raymond m'avait donné une fille.

— J'ai déjà demandé de publier les bans à la mairie de Montluçon, dit Bigouret, et à celle de Villebret, naturellement. Nous avons domicilié la petite, comme réfugiée, dans la maison de la tante Henriette. Cela ne fait aucun problème.

Bigouret arpente sa chambre de long en large, en chemise de nuit. C'est au petit jour qu'il prépare, devant sa femme, ses décisions capitales. Il la prend toujours à témoin comme si elle était sa conscience. Elle n'hésite jamais à le contredire.

— Ah ! si nous avions encore notre Jean Dormoy, quelle fête demain dans la ville, regrette Jeanne. Il aurait illuminé ces noces !

— Il avait l'éloquence du cœur, confesse Bigouret, qui a connu l'ancien maire guesdiste de Montluçon, originaire de Vierzon. S'il était de ce monde, il ferait trembler les planqués et les ganaches !

L'ouvrier de Saint-Jacques renvoyé de l'usine s'était fait marchand d'huile de noix. Et « Jean du crassier » avait été élu triomphalement en 1892, après six mois d'internement politique à la prison parisienne de Sainte-Pélagie. Trente mille personnes avaient assisté à ses obsèques en 1898. Il était la figure la plus populaire du département.

— Son fils est trop jeune pour lui succéder, déplore Jeanne, très attachée par son père, depuis son enfance, à la famille socialiste des vignerons de la Biache.

— Le petit Marx avait tout juste dix ans à la mort de Jean. Aujourd'hui il est aux armées, à la Cote 304 près de Verdun. Il est sapeur-mineur au 4e du génie.

— Il était au lycée avec Jean Aumoine. Peut-être se voient-ils au front...

— Le front, Jeanne, ce n'est pas le boulevard de Courtais. Les gens ne s'y rencontrent pas, sauf hasard miraculeux. D'ailleurs le petit Marx n'est pas resté longtemps aux études. Il n'a guère fréquenté le lycée. Il a travaillé très vite à la mairie. Militant, comme son père. Ils ont le feu sacré, dans la famille, et notre ville de Montluçon est devenue un terreau du parti.

Je n'oublie pas que Jules Guesde et notre Jean Jaurès ont pris la parole chez nous. Je suis fière et heureuse que l'on marie ces enfants à Montluçon.

— Ils se marieraient bien au diable, pourvu qu'on les marie.

— Aussi à l'église ?

— Pourquoi pas. Le curé de Saint-Pierre est d'accord. Je crois savoir, ou deviner, que Marie souhaite une cérémonie discrète à la mairie, et une simple bénédiction à Saint-Pierre, sans dragées ni choux à la crème. Et elle tient à sa bénédiction. D'ailleurs la petite a été placée à Paris par le Secours catholique. Je l'ai sollicité pour une intervention. Ils ont répondu aussitôt au curé, le bon père Carmouze, par une admirable lettre de recommandation pour que tout se passe au mieux et au plus vite.

— Je suis très étonnée de cette collaboration, dit Jeanne. Aujourd'hui le maire et le curé marchent main dans la main.

— Les choses ont changé, Jeanne. C'est la guerre. Vous ne pouvez soupçonner les sentiments républicains de notre nouveau maire, Paul Constans. Il est le digne successeur de Jean Dormoy. Fils du peuple, comme lui, fils d'un tisserand de campagne, Paul Constans est tout dévoué à notre cause ; il a demandé la création d'un vrai ministère de la Santé publique pour nos poilus blessés. Il a obtenu des mesures de protection de l'enfance abandonnée, l'hygiène à l'usine, la défense des travailleurs exploités des houillères. Inutile de te dire s'il s'est montré enthousiaste, quand je lui ai parlé du cas de Raymond Aumoine, frère de deux poilus tués au front, et de sa petite infirmière réfugiée du Nord.

— Il les unira dans la joie, c'est sûr, ponctue Jeanne d'un ton pénétré, comme l'aurait fait Jean Dormoy s'il était encore de ce monde.

— Quant à son évolution politique, il faut être très clair, poursuit, comme s'il se parlait à lui-même, le bouillant Gaston Bigouret. Si un Paul Constans soutient l'effort de guerre, alors qu'il a combattu, avec Jaurès, la loi militaire des trois ans de service avant 1914, c'est qu'il est aujourd'hui encore convaincu, comme après l'agression allemande de 1914 qui a tout changé, que cette guerre est juste, défensive, une guerre du droit des gens.

— Est-ce une raison pour embrasser nos ennemis de l'intérieur ?

— Pas d'exclusive pour des raisons de religion, tous les Français meurent à Verdun. Le front uni est la moindre des exigences. N'oublie pas que notre Jules Guesde, un marxiste, est ministre d'Etat de Poincaré depuis deux ans. Il vient à peine de quitter le gouvernement, sans doute à cause de son âge. Notre excellent ministre des Armements est un des nôtres, Albert Thomas. Avec lui nos poilus ne manqueront pas de canons. Les curés ont le sac au dos, ils se font tuer comme les autres. Ne t'inquiète pas de ce rapprochement avec la *calotte*, il est indispensable.

Bigouret est intarissable. Au petit matin, il fait toujours son point politique, une vieille habitude héritée de son père, après la lecture du *Centre* et du *Populaire du Centre*. De Raymond à Dormoy, de Dormoy à Jules Guesde, le voilà conduit à réagir aux dernières nouvelles du parti. Il lit à Jeanne le communiqué du *Populaire* : « "Le congrès clôt sa session le 29 décembre en votant par 1607 voix contre 1348 la motion qui précise la politique du parti, et répudie les opinions de Zimmerwald et de Kienthal." » Tu vois bien : la ligne des camarades n'a pas changé. Ils sont toujours au gouvernement. »

— Il reste, conclut Jeanne, que mille trois cent quarante-huit de nos délégués ont pensé qu'il n'était pas inutile de rechercher tout de suite la paix, pour arrêter le massacre. Ce n'est pas une minorité. Si la volonté des peuples l'emportait, répète-t-elle en se souvenant des éditos du *Populaire*, la paix serait conclue, notre aviateur rentrerait chez lui, son infirmière sous le bras, au lieu d'aller se faire tuer au-dessus de Verdun.

Bigouret voulait une cérémonie discrète, pour ne pas angoisser Marie Aumoine, une simple formalité, sans convocation bruyante du ban et de l'arrière-ban du cousinage et de la clientèle des amis. Le maire Paul Constans a convoqué les jeunes mariés à neuf heures du matin, ce samedi 6 janvier 1917, dans l'immense mairie de Montluçon, construite sur la place des fêtes populaires, comme un palais de la résistance ouvrière.

A cette heure matinale, la salle de la cérémonie est vide. Autour des mariés, les témoins, Jean Moreau, le maire de Villebret, pour Raymond, et François Bousquet, le maire d'Huriel, pour Albertine. Jeanne et Gaston Bigouret, Marie et Marguerite, le petit Léon dans les bras. Quelques amis seulement, le boucher Bouguin, le notaire Aucouturier, le docteur Ducroq, l'accoucheur de Marguerite, le secrétaire de la mairie Douin, et Picavet de Villebret.

Marie en impose par sa dignité. Elle a agrafé sur sa robe de deuil une rose, fleur d'espoir, et coiffé un chapeau à voilette, comme les dames de la ville, au cas où elle ne pourrait maîtriser son émotion. Le valet Germain, en habit de cérémonie, redingote de l'ancien temps et souliers vernis, se tient à ses côtés, prêt à la soutenir.

Le maire Constans parle peu, mais avec émotion. Il évoque les malheurs de la guerre, que les mariés ont l'un comme l'autre ressentis. Il entrouvre la lucarne lumineuse de l'espoir : oui, leur dit-il, ils marchent du même pas, renforcés par leur amour. Ils se sont rejoints dans la tempête, ils vivront ensemble le printemps des peuples, dans la paix retrouvée.

Quand ils descendent les marches de la mairie, la place est noire de monde. La rumeur s'est répandue en ville, mais aussi dans les villages des alentours. Chacun veut acclamer l'aviateur, le héros de Verdun, et voir de ses yeux la Parisienne — ainsi appelle-t-on la délicieuse Albertine, si belle dans sa robe blanche toute simple et raccourcie aux chevilles, selon la mode de guerre, un simple foulard de soie sur ses cheveux d'or.

Si modeste que soit l'attitude de Raymond, qui accompagne son épouse jusqu'à l'église de Saint-Pierre, ils ne pouvaient passer inaperçus. La ville s'est réveillée au bruit de leurs noces, aussitôt les gens sont sortis pour les voir, presque endimanchés. Tous les jeunes sont dans la rue, curieux de l'aviateur.

On n'imagine pas la passion de l'époque pour les aviateurs. Montluçon avait avant 1914 son aéro-club, où on allait voir voler les acrobates célèbres, intrépides. Après Verdun, c'est un vent de folie du public pour les pilotes. On sait à Montluçon que Raymond Aumoine est l'un d'eux. Les conversations s'arrêtent dans les cafés au passage pourtant discret de la noce en voiture à cheval. Une double haie se forme le long du boulevard. Les gens lancent des vivats. Raymond se dresse pour saluer, Albertine à ses côtés.

La petite place de l'église Saint-Pierre est si encombrée que les mariés doivent se frayer un chemin dans la foule. Raymond serre les mains qui se tendent. Des amis ou des inconnus, des gosses du lycée technique, des bourgeois en melon.

Le froid vif et le vent aigre soufflant sur le Cher ne les découragent pas. L'église est pleine, à la surprise du curé de Saint-Pierre, parée pour une courte bénédiction, sans jeu d'orgues ni tapis rouge. Des gens du canal, qui ne sont jamais entrés dans une église, s'y pressent les premiers pour revoir Raymond dans sa gloire d'aviateur.

Les parents que l'on n'a pas conviés par souci de réserve sont tous là. Henriette Aumoine et son fils Michou, la tante Amélie d'Archignat, les cultivateurs de Treignat, des cousins éloignés que l'on ne voit jamais, et les parents et amis des copains de Jean, de Léon, de Julien, tous réunis autour de l'Aumoine, le rescapé du massacre, celui qui monte au ciel pour en chasser les Boches plus vite qu'une fusée. Et les gendarmes de la brigade, heureux d'être à la fête, au lieu de porter le deuil. Et les maraîchers de Marmignolle, et ceux de Domérat. Ils sont venus même de Lavault-Sainte-Anne, ou de Malicorne, tous ceux qui ont connu les autres frères Aumoine.

Ceux-là veulent embrasser Marie, lui témoigner leur tendresse, leur amitié, elle n'a pas assez de mains pour les accueillir, les remercier, les yeux embués d'émotion. Jusqu'aux amis d'Antoine Aumoine, l'époux trop vite décédé de Marie, qui se sont donné rendez-vous à l'église. Par leur présence muette, ils rendent hommage au courage de la veuve, de la mère en deuil, et de la gardienne du domaine de Villebret, où pousse encore le blé de la survie.

Gaston Bigouret n'en croit pas ses yeux. Il n'a rien fait pour provoquer ce mouvement de masse, qui les dépasse tous, ceux d'Huriel et ceux de Villebret. Il reconnaît ses Biachais, ses camarades d'école et de combat politique, ses amis de toujours. Mais ils sont noyés dans la foule d'un peuple amoindri par les deuils, écrasé par le tragique, découragé par la durée d'une guerre impitoyable qui semble n'avoir pas de fin, tous soucieux, en acclamant le couple, de dire oui à la vie, à l'avenir que l'on croyait bouché, dans la grisaille perpétuelle du sacrifice.

Ils saluent les jeunes gens comme les poilus de Verdun pleurent à la levée soudaine des coquelicots semés par la brise de juin sur les tranchées. On n'y croyait plus, et pourtant la vie est là, elle ne demande qu'à reprendre. Ces jeunes s'en portent témoins, vive Raymond ! Vive Albertine ! Leurs noms, hier encore ignorés du grand nombre, sont connus de tous, répétés par mille voix. Ni le froid ni la pluie ne peuvent rien contre ce déferlement de joie, d'amour sincère, de passion partagée. Ils sont la France nouvelle, ce pays qui ne veut pas mourir. On leur souhaite un million d'enfants.

L'armée française, en janvier 1917, ne tolère guère les voyages de noces. Avant de repartir, Raymond veut rassurer sa mère, lui faire l'hommage de son nouveau savoir, la persuader qu'il ne risque rien aux commandes d'un Spad, rien de plus qu'un poilu des tranchées. Il veut qu'elle cesse de penser qu'un aviateur est un mort en sursis.

Il s'est renseigné. On a dégagé le camp de Villars de ses tentes d'infanterie, coupé à ras l'herbe des pistes pour permettre aux avions d'atterrir, et donner aux futurs pilotes les rudiments d'une instruction, avant de les expédier aux écoles.

Le capitaine Vrinat, responsable de l'aérodrome, lève les bras au ciel quand Raymond lui demande un avion. Il n'a guère de disponible qu'un biplan Farman du modèle FM 11, que Raymond connaît bien pour l'avoir piloté lors de ses premières expériences d'observation.

Le vieil officier d'extrême réserve ne peut refuser à l'as de Verdun de faire un tour en l'air, pour ne pas perdre la main. Raymond constate que l'avion est solide, répond bien aux commandes, et qu'il dispose de trois postes de passagers.

Vrinat a l'esprit large. Il a volé en acrobatie dans les meetings. Il est plus civil que militaire et n'a rien à apprendre à un breveté du front. Il a lui-même organisé, avant la guerre, des dimanches de baptême de l'air à Montluçon, où il choisissait de préférence les plus belles filles, flattées d'être distinguées pour un tour de ciel autrement plus excitant que les montagnes russes de la fête de septembre où elles se faisaient prendre en photo derrière un décor de carton représentant un avion, le visage souriant dans un rond percé à l'emplacement de la tête du pilote.

Mais quand Raymond veut embarquer pour un baptême sa mère et sa femme, sur un avion militaire, Vrinat fait la grimace. Par les temps qui courent, l'accès de l'aérodrome est interdit aux civils. Il finit par se résigner. Raymond ne lui demande qu'un instant d'inattention.

Le plus difficile est de convaincre Marie. Son fils la connaît bien. Il sait qu'elle repousse d'instinct tout ce qui rappelle la guerre. Elle ne peut pas assister au défilé d'un bataillon. Elle n'a de cesse, à Villebret, de prier Raymond de se mettre en civil. Aussi ne la prévient-il pas de ses intentions. Seule Albertine est dans la confidence.

Marie proteste quand on lui fait revêtir une peau de bique pour se rendre à Montluçon. Le froid n'est pas si vif, le soleil de retour. Elle s'étonne de voir Raymond engoncé dans sa veste de cuir, des gants fourrés de mouton en mains. Il a mis ses bottes d'uniforme, au lieu des chaussures basses de son mariage. Elle n'est pas inquiète. Sans doute se rend-il à la gendarmerie pour faire viser sa permission, et — qui sait ? elle n'ose l'espérer — demander une prolongation.

Quand la voiture à cheval, tirée par Pâline, se présente devant le camp de Villars, elle s'étonne. Raymond la conduit au pied de l'appareil que les mécanos préparent au vol.

— Il faut que la mère d'un aviateur sache prendre l'air, lui dit-il en profitant de sa surprise pour lui ajuster un casque Rolls. Couvre-toi bien les mains. Il fait très froid là-haut.

Elle proteste.

— Veux-tu me faire prendre en faute ? lui dit Raymond affectueusement. Je n'ai aucun droit à voler sur cet avion. Nous allons le prendre d'assaut, comme des pirates, et monter tous les trois à quatre mille mètres.

Elle ne craint pas le ridicule. Mais est-il de sa dignité de se lancer clandestinement dans un de ces « baptêmes de l'air » réservés aux jeunes filles de l'avant-guerre ? Est-ce bien de son âge et de sa condition ?

— Venez, dit Albertine, laissez-vous convaincre. Il sera tellement heureux.

Elle les regarde, tous les deux, et la tendresse la submerge. Elle va vivre avec lui, auprès de lui, ce qu'il connaît chaque jour. Il y tient. Pourquoi se dérober ? Il contourne avec elle l'avion aux ailes immenses, comme s'il lui présentait la septième merveille du monde. Marie aperçoit sans oser s'y attarder les roues très fragiles, la toile marouflée, les tiges de bois qui peuvent se briser comme des fétus sous les chocs. Elle comprend que chaque vol est un défi. Si ce gros moteur tousse et s'étouffe, l'avion plane jusqu'à terre et se pose comme il peut.

Elle n'a aucune peur. Bravement, elle s'installe au côté de Raymond, sur le siège réservé au mitrailleur. Heureusement, au camp de Villars, on ignore les Lewis et les Vickers. Pas la moindre arme à bord de cet avion d'entraînement. Rien qui puisse effaroucher Marie.

Les manœuvres de décollage la rassurent. Raymond répond aux questions des mécanos, attentif, calme, sans hésiter, sans se crisper. Albertine, derrière lui, attache sa ceinture, et celle de Marie.

Les cales volent, l'hélice est lancée, le moteur lâche les gaz. Départ en direction de l'ouest, face au vent. Raymond grimpe à quarante-cinq degrés, en trajectoire rectiligne, puis il vire sur l'aile, revient sur Montluçon à mille mètres. Pas un nuage. La ville est à leurs pieds, ouverte.

— Le château des Bourbons, dit-il à sa mère. Il est planté sur le *Mons Lucis*, la montagne de lumière.

— Et la petite église où nous nous sommes mariés, crie Albertine.

Il se guide grâce à la voie du chemin de fer de Néris-les-Bains et à ses nombreux viaducs, repère l'église romane à son clocher enjuponné d'ardoises. Prenant la route de Villebret, il aperçoit distinctement la ferme familiale à mille mètres, fait un passage au ras du sol qui effraie les vaches et la volaille. Le chien Capi aboie de toutes ses forces.

— Nous pourrions atterrir sur le pré aux colchiques, dit Raymond.

— Tu n'y penses pas ? Que diraient les voisines ? Que je me fais reconduire par mon fils en avion ?

Marie a la pudeur du peuple. Elle ne veut pas d'exhibition. Elle a suivi Raymond pour être près de lui, partager ses risques et ses joies. Que les gens du voisinage y soient mêlés la gêne.

Au sol, les habitants de Villebret, voyant pour la première fois de leur vie un avion dans le ciel, sortent par simple curiosité. Ils ne doutent pas un instant, à l'insistance de l'appareil qui tourne autour d'eux, qu'il ne soit piloté par Raymond. Aussi lancent-ils en l'air les bonnets et les chapeaux, pour souhaiter la bienvenue.

L'avion gagne de l'altitude, retrouve le Cher à Lavault-Sainte-Anne, où l'on peut apercevoir un attroupement sur le pont, et rejoint rapidement la piste du camp de Villars. Marie admire la maîtrise de son fils. Il a l'œil à tout, enchaîne les manœuvres avec précision, se pose sur l'herbe courte avec maîtrise. Le capitaine Vrinat sort de sa boîte vitrée, le poste de direction des vols, les bras levés en signe de victoire.

Il aide les femmes à descendre, en les prenant dans ses bras.

— Ma mère et ma femme, dit Raymond avec orgueil.

— Je m'en serais douté, dit Vrinat.

Il lui tend un message reçu au téléphone de la base de Vadelaincourt. Le capitaine Durand le félicite avec chaleur pour son mariage et lui donne rendez-vous dès lundi sur le terrain.

Pour Marie, la fête est finie.

L'opération Alberich

Jean Aumoine grelotte de froid, pendant la nuit de la Saint-Sylvestre. Le gel glace la couche de neige du cantonnement de la 133e division, retour de Verdun, près de Bar-le-Duc. Il vient de passer douze jours dans les tranchées et ne trouve pas vraiment le repos.

Surtout, le cœur lui saigne. Pas une lettre de Clelia, bouclée dans son ambulance anglaise d'Amiens. Il n'est d'ailleurs pas le seul à se plaindre du manque de courrier. Le vaguemestre reprend enfin, après la tourmente, le chemin des secteurs — pendant la bataille, il ne passait pas —, mais il délivre ses enveloppes non timbrées de la *poste aux armées* au compte-gouttes. L'inquiétude des familles provoque des accumulations monstrueuses de colis dans les dépôts. Chacun veut avoir des nouvelles.

Les poilus souffrent de l'isolement. Autant, faute de mieux, occuper le temps libre à nettoyer les armes et à épouiller, dans l'eau brûlante, les bandes molletières, véritables nids de lentes ; pour les plus courageux, les linges de corps. Le clairon Beaujon s'y refuse absolument. Il prétend avoir le cuir trop dur pour les poux, et clame à qui veut l'entendre, deuxième assertion, que la crasse préserve des maladies.

Loin du champ de bataille, le moral du bataillon d'assaut chute rapidement. Jean a beau se dire qu'il doit parfaire la formation des fusiliers mitrailleurs et des grenadiers, un accident sur lanceur VB qui vient de tuer un adjudant à l'entraînement refroidit son zèle. D'autant que les rumeurs de paix persistantes donnent à quelques poilus la trompeuse impression qu'ils ne passeront pas l'année dans la tranchée.

Les plus anciens du régiment, frisant souvent la quarantaine, évoquent leurs campagnes de 1914 qui semblent irréelles aux nouveaux arrivés de la classe 16. Comment a-t-on pu demander aux pantalons rouges d'attaquer par lignes, sous le feu des mitrailleuses ? raconter aux biffins que la baïonnette était la reine des batailles ? Au temps des grenades et des patates des *Minen*, cela paraît incroyable. Pourtant, tant de camarades en sont morts.

Les anciens ne constituent que le tiers de l'effectif du bataillon. Les autres sont pour moitié des tout jeunes et, pour l'autre, des hommes de vingt-quatre à trente-cinq ans. Trois générations du feu ! Le temps va vite, à la guerre, pour vieillir les hommes.

Tous guettent chaque matin l'arrivée de la voiture postale dans le campement. Le vaguemestre sort enfin de son sac, après plusieurs jours d'attente, une lettre de Villebret destinée au capitaine Jean Aumoine. C'est de Marie. Elle lui annonce avec émotion le mariage de Raymond et d'Albertine Baroin.

Jean réunit aussitôt les amis pour leur faire part de la bonne nouvelle : Raymond est sauf. Les poilus du 321e régiment, ses copains de la conscription, n'osaient même plus prononcer son nom. Scrutant le ciel, ils n'avaient pas revu le Spad battre des ailes. Nul n'avouait ses craintes, mais chacun le croyait mort. Tous se réjouissent bruyamment, d'abord que l'aviateur soit en vie et, de plus, marié et bien marié.

Bériot est sans doute le seul à n'être pas surpris de cette union. Jean l'est à peine davantage. Il sait que le lieutenant, ancien agent d'assurances, a jadis permis à son frère Raymond de sauver une jeune réfugiée du Nord d'un réseau de trafiquants de femmes. Il se doute que cette jeune personne doit se prénommer Albertine.

Ils en parlent ensemble : Bériot raconte en détail à Jean, déjà informé à demi-mot, comment son frère est vraiment tombé amoureux fou de cette fille, jusqu'à prendre des risques insensés pour la tirer du piège où elle était tombée.

— Elle s'appelle bien Albertine, n'est-ce pas ?

— C'est le prénom qui figure au dos de la photographie du mariage, répond Jean.

Le lieutenant Bériot regarde longuement le visage d'Albertine. Ses traits se sont détendus, purifiés, lavés des crispations de sa vie antérieure. Son regard est limpide, et non sans résolution. Elle a retrouvé ses cheveux de jeune fille. La métamorphose est incroyable.

Bériot se félicite de cet heureux dénouement dont il estime, non sans raison, qu'il l'a rendu possible par son intervention efficace. L'ex-agent d'assurances avait en effet placé la jeune fille au Secours catholique, lui permettant ainsi de devenir, grâce à son acharnement au travail, une infirmière exemplaire. Il ignorait qu'elle avait, depuis, revu Raymond Aumoine. Ainsi, tout a commencé dans un village de l'Aisne où, chaque nuit, Raymond s'absentait du cantonnement afin de rendre visite à Albertine.

Jean ne s'étonne pas du coup de tête de son aviateur de frère. Il connaît sa fougue et lui écrit donc, dans le style volontiers moralisant d'un aîné à son cadet, qu'étant désormais chargé de famille, il devra ménager ses loopings dans le ciel et prendre garde à mettre de l'huile dans son moteur pour ne pas se faire tirer en vol plané, tel un perdreau. Il faut qu'il n'oublie jamais que la femme de ses pensées l'attend, en bout de piste, sur son champ d'aviation, une fleur dans ses cheveux blonds.

Il a grande hâte, assure-t-il, de connaître sa merveille, la douce Albertine, assez heureuse pour avoir fixé un amour profond dans son cœur d'artichaut. Elle est si jolie qu'il ne lui sera pas difficile de lui être fidèle. C'est tout le bien qu'il lui souhaite.

Voilà Jean submergé de nostalgie. Il n'ose s'en ouvrir à Bériot, qui a pourtant désormais toute sa confiance. Quelle joie éprouverait-il, à son tour, de pouvoir épouser sa Clelia !

Mieux vaut ne pas y penser. Quel officier de l'armée française admettrait qu'un capitaine d'infanterie convole avec une Allemande, même si sa mère est suisse et italienne ? Comment présenterait-il, à Villebret et à Huriel, une *Grafin* von Arnim ? La voie royale du mariage lui est coupée, à supposer qu'elle soit tolérable pour les familles, et que la mère de Clelia ne lui oppose pas son veto hautain. Il doit attendre, au mieux, la fin de cette guerre pour seulement concevoir une union officielle.

Que lui importe ! Clelia est en France, ils s'aiment et ne doivent ce silence qu'aux désordres postaux. S'il reste sans nouvelles, il se sent prêt à braver tous les dangers pour rejoindre, dans Amiens, son amoureuse. Il lui a chaque jour adressé une lettre à l'Ambulance anglaise. Mais les sacs de courrier du secteur de Douaumont ont dû rouler dans la boue. S'il pouvait piloter comme Raymond, il aurait déjà détourné son avion pour mettre le cap sur la Picardie et atterrir sur le mail. Bar-le-Duc est si loin d'Amiens !

A la fin du mois de janvier, Jean est conforté. Il a reçu une multitude de lettres d'amour de Clelia, toutes plus tendres et passionnées qu'il ne pouvait en rêver. Le bruit d'une nouvelle offensive circule dans les popotes. Qui sait ? Peut-être Nivelle prépare-t-il une affaire du côté de la Picardie. Le risque ne lui fait pas peur, s'il lui permet au moins de se rapprocher de Clelia. L'intensité de sa passion lui donne un étrange sentiment d'invulnérabilité.

— Les Allemands sont bizarrement calmes, déclare le lieutenant Bériot en lisant le communiqué de l'état-major. On ne sait trop ce qu'ils mijotent. Au front, à cause du froid rigoureux, ils ne peuvent tenter grand-chose. Ils guettent le dégel. Tout ce qu'il faut demander, c'est que nous ne laissions pas les Boches prendre l'initiative les premiers.

Les coups de main deviennent rarissimes, les bombardements s'essoufflent vite, et les raids d'aviation sont surtout allemands, comme si les Français avaient abandonné la région pour installer ailleurs leurs bases aériennes, plus près des secteurs de la nouvelle offensive, sans doute. Le secret sur ce transfert a été gardé aussi soigneusement que possible. Jean ne sait pas où se trouve son frère Raymond, si toutefois, après son mariage, il est revenu au front.

Un agent de liaison de l'état-major de division se présente au colonel du camp, porteur d'un message du général Passaga, appelé lui-même à Beauvais, le nouveau QG du général en chef Robert Nivelle. Le messager ne voit pas Picart, introuvable. Il attend que Bériot et Aumoine veuillent bien l'entendre et l'aider. Mais ceux-ci sont trop occupés à discuter entre eux :

— Nivelle a quitté la maison bourgeoise de Chantilly pour s'installer provisoirement à

Beauvais, indique Bériot. Les critiques des journalistes et des parlementaires contre les « intrigues de Chantilly » et le secret imposé par Joffre ont poussé Nivelle à changer de lieu, montrant par là qu'il entendait diriger désormais l'armée dans un climat de collaboration très confiante avec le Parlement et le gouvernement, où le général Lyautey, ministre de la Guerre, prétend prendre les choses en main.

Le lieutenant Bériot, qui s'intéresse à ces mutations, explique tout par le menu à Jean Aumoine. Le major général des armées françaises n'est plus Pellé, qui a suivi Joffre en disgrâce, mais le général Pont. Les colonels Dupont et Ragueneau, promus tous les deux généraux, s'occupent toujours, l'un du 2e bureau, l'autre des transports. La continuité est en apparence assurée.

— Le général Passaga vous demande de vous préparer au mouvement, coupe un peu brutalement l'agent de liaison, excédé de cet aparté entre officiers et impatient de rentrer à sa base. Voici les ordres écrits pour le colonel Picart.

— Je reconnais ton accent, lui dit Jean familièrement, comme on parle à un *pays*. Tu es de Montluçon. Non, je me trompe. Les traînantes sont plus fortes, plus chantées, auvergnates plus que berrichonnes. Je dirais plutôt de Néris-les-Bains, ou de Durdat-Larequille. Comment t'appelles-tu, camarade ?

— Desfosses, se présente l'agent. Je suis

Laurent Desfosses, le fils d'Yvette. Mon père est contremaître dans la chimie à Commentry.

— Je connais ta mère Yvette, du chemin des Billoux. Elle est cousine par alliance d'un Bigouret.

— J'étais au 121e, dit fièrement Laurent. Ils m'ont détaché ici comme liaison. Il paraît que je cours plus vite que les autres.

— Tu tiens ça de famille, lui assure Jean Bériot en souriant. Les Desfosses sont toujours champions de course à pied. Même les filles. Donne-moi ton pli et file à ta base. Je le remettrai au colonel.

— Nous sommes bons pour l'offensive, annonce Jean à Bériot, en revenant de chez Picart. La 133e division n'entre pas immédiatement en secteur. Nous sommes priés de déguerpir dès le 9 février 1917 pour Heiltz-l'Evêque, un bled des contreforts des Vosges, à l'est de Vitry-le-François. On nous soigne : l'air pur des sapins !

— Il y a maintenant deux sortes d'unités dans l'armée française, remarque Bériot, sagace : celles qui tiennent uniquement les secteurs. Les hommes restent douze jours en ligne, et ils ont droit à cinq de repos, souvent consacrés aux travaux de renforcement.

— Et les autres, enchaîne allégrement Jean Aumoine, sont considérées comme des unités de choc. A l'allemande, même si nos généraux ne veulent pas en convenir. Nous sommes bien leur *Stosstruppe*, et ils nous traitent comme tels. Nous l'avons prouvé à l'attaque de Douaumont et dans la reconquête interminable des positions en amont du fort. Pour nous, le repos après le coup de chien est la règle. Et naturellement, l'entraînement très spécial.

On leur laisse tout le temps d'arriver à Heiltz sans prendre les grands itinéraires, par le chemin des écoliers, un peu rude tout de même : sans doute pour ne pas perdre une occasion d'entraîner les soldats à l'offensive, leur réapprendre à marcher sac au dos. Ils sont ainsi réveillés longtemps avant l'aube pour la première étape de nuit. Heureusement, des voitures chargent le gros matériel des grenadiers et des fusiliers mitrailleurs. La compagnie de mitrailleuses a sa propre intendance, ainsi que les crapouillots. Les mulets et les chevaux assurent les transports.

— Pas un seul camion, note Aumoine, qui précède son bataillon à cheval, avec son aide de camp, Jean-Marie Colonna. Le capitaine Doumenc, responsable depuis Pétain du parc auto, les réserve aux urgences, et en priorité à la *voie sacrée*.

— Il faut croire qu'on n'a pas besoin de nous avant longtemps, ajoute Bériot, pour nous faire ainsi emprunter les routes forestières.

Le dégel s'annonce au camp de Heiltz, au début de février. La température chute brusquement. La terre gelée se transforme en gadoue, les roues des chariots s'enfoncent jusqu'aux moyeux.

Aussi les exercices prévus au programme par

le général Passaga sont-ils exécutés sans aucun zèle. Les poilus en viennent à regretter les grands froids. Aumoine en est réduit à faire démonter et remonter par les spécialistes les fusils-mitrailleurs si éprouvés dans la précédente bataille, bien à l'abri sous le toit des granges. Il organise également, avec Roland Martin passé au rang d'instructeur, des séances de tir pour les grenadiers VB, dont on exige une précision absolue lors des manipulations afin d'éviter désormais tout accident.

— On dégarnit les lignes en secteur, dit un matin à Jean le capitaine Lacassagne, un vieux de la vieille. Il est clair qu'on nous rassemble en réserve générale d'offensive. Nous avons déjà changé d'armée. Nous ne sommes plus dans la IIe de Verdun, mais à la IVe du général Roques, située plus à l'ouest sur la ligne du front. Et le mouvement ne fait que commencer.

Lacassagne avait vu juste : le 15 février, le 321e régiment est convié à reprendre sa marche vers l'ouest en s'acheminant, à pied, vers le camp de Courtisols. Dans ce gros bourg riche en commerçants, situé à l'est de Châlons-sur-Marne, sont passés de longs convois d'artillerie, des voitures du génie, des fourgons d'obus et d'armes, qui se sont arrêtés avec plaisir pour boire à l'étape.

Le camp militaire est installé sur un plateau désert et venté avec des points culminants à près de deux cents mètres, où la neige donne aux vallonnements crêtés de sapins des aspects montagneux. Les artilleurs peuvent y placer des observatoires, et s'entraîner au contact par radio avec les avions qui décollent d'un camp tout proche et vrombissent à cinquante mètres du sol, s'exerçant au tir rapproché.

Les hommes, fourbus par les marches d'étapes, ne marquent aucun enthousiasme pour la reprise de l'instruction. Sortant victorieux d'une grande bataille, ils estiment tout savoir et n'avoir nul besoin de se perfectionner, même aux armes nouvelles. Sont-ils oui ou non une division d'élite, pour être ainsi traités non mieux que des conscrits ?

— Il faut vous y faire, dit Jean aux sous-officiers. Toutes les unités ici présentes ont reçu les mêmes ordres. Vous êtes bons comme la romaine pour le nouveau coup de torchon. Nous ne sommes pas les seuls. Il paraît que les Anglais reçoivent des renforts chaque jour. Ils marcheront avec nous, c'est sûr ! Si vous êtes loin des lignes, ce n'est pas pour vous la couler douce, mais parce que Passaga compte sur vous pour que vous décidiez du succès, quand votre tour sera venu.

Le 5 mars, la neige se remet à tomber.

— Cet hiver, note Lacassagne, est de loin le plus froid de toute la guerre. Nos poilus de Verdun ne l'avaient pas mérité.

— Tout est préférable à la boue, lui assure Emile Dutoit. Elle sape le moral des hommes. Le froid les empêche de penser.

Jean remarque que, dans un régiment voisin, les tirailleurs sénégalais d'une division coloniale claquent des dents et ne quittent pas les braseros installés en plein champ. Sans doute sont-ils concentrés ici comme troupe de choc, mais personne ne peut prévoir ni la date ni le lieu de l'assaut. Peut-être ne sont-ils diligentés sur la Champagne, par étapes successives, que pour tromper les incessantes observations aériennes de l'ennemi.

Depuis trois semaines, le régiment a fait le plein de munitions, de vivres, de matériel, et Jean, dans son bataillon, a réussi à reprendre les longues séances d'entraînement des grenadiers et des fusiliers. Le général Passaga a souvent assisté en personne aux exercices d'attaque. Jean, à chaque occasion, a osé exiger de lui son affectation au corps d'instructeurs supplémentaires.

— L'essentiel, lui explique le général comme s'il appartenait désormais au Grand Quartier et se prenait pour le porte-parole de Nivelle, est la liaison au sol avec l'artillerie. Le général en chef compte bien exiger des chasseurs Spad des attaques en rase-mottes, à la mitrailleuse ou à la bombe, sur les bataillons de contre-attaque. Vous devez pouvoir les informer de vos positions.

— Par quel moyen ? Je n'ai pas de poste de radio.

— Vous en aurez. Nivelle les a promis. Il attend des innovations importantes de la technique.

— Et en attendant ?

— Relisez l'instruction destinée à l'infanterie. La section est l'unité tactique de base. Approchez, lieutenant Bériot, ce discours s'adresse d'abord à vous. Aumoine me pose des questions sur la liaison à établir avec l'aviation. Chaque section en est responsable. L'avion de commandement à deux flammes et à bandes rouges et blanches peut vous envoyer des ordres par messages lestés. Je l'ai fait moi-même, je le referai. Mais vous devez sans discontinuer jalonner votre progression par des panneaux au sol, des lanternes, des feux de Bengale, et même, dit Nivelle, sans doute par boutade, « des mouchoirs agités, des lampes électriques et des miroirs de poche ».

— Je ne suis pas sûr qu'il ne le dise pas sérieusement, ose avancer Aumoine qui sait que Passaga aime qu'on lui parle franchement, d'homme à homme. Ces termes figurent dans l'instruction. Je l'ai lue de très près, mon général. Qu'il recommande ces pis-aller, au lieu de nous fournir convenablement en postes émetteurs de radio, marque la limite de notre action. Nous n'aurons pas, une fois encore, d'appareils efficaces de liaison. Les fils de téléphone une fois coupés par les trous des marmites, vous ne connaîtrez pas, mon général, la position des unités voisines, ni leur état, encore moins les effectifs opposés par l'ennemi.

— Nous avons renforcé les unités de téléphonistes et les équipages de projecteurs de campagne. C'est tout ce que nous pouvons faire, sur l'heure. Je puis vous assurer que Nivelle est très attentif aux livraisons de postes de radio. Je ne sais si l'intendance les servira à temps pour l'offensive. Car vous l'avez compris, il s'agit bien d'une nouvelle offensive, imposant le rassemblement méthodique, programmé, d'un million des nôtres. Je considère comme un honneur pour votre division que de marcher en tête, comme à Verdun. Nous le devons à l'excellente mémoire du général Mangin.

Réveillé au milieu de la nuit du 1er au 2 mars, le régiment se rapproche encore, toujours à pied, d'Epernay et de Reims. Il doit faire étape au camp de Juvigny.

Avant le départ, les chefs de bataillon et de compagnie ont reçu l'ordre d'entraîner les troupes au nouveau combat d'infanterie. Passaga a disparu de la division, comme s'il avait changé de poste. On dit qu'il est parti le premier en automobile, avec son état-major, pour organiser le cantonnement et s'assurer que les régiments de la *Gauloise* seront décemment reçus au camp.

On ne ménage pas le troupier, à croire que les ordres de Nivelle ou de Mangin sont de reprendre les marches accélérées, de réapprendre aux poilus leur mobilité dans la poursuite, en cas de succès de la « percée ». Les colonels ont demandé qu'on les débarrasse de leurs sacs trop lourds, chargés sur des charrettes. Ils ne gardent avec eux que leurs armes et les musettes.

Il gèle si fort que le cheval du capitaine Aumoine s'écartèle malgré ses seize crampons. Jean doit poursuivre à pied, comme les camarades. Les roues des charrettes patinent. A la fin de la nuit, la température tombe à moins vingt. Les hommes, emmitouflés dans leurs peaux de mouton, ont sorti du sac le passe-montagne, le cache-col, et se réchauffent à la gnôle. Ces « coups de fouet » sont-ils responsables des accidents ? Un attelage de huit robustes chevaux doit tirer du fossé, au passage, plusieurs pièces de 75 échouées. Le verglas est redoutable, et l'armée n'a aucun moyen de saler les chaussées.

Au petit matin seulement la température remonte, permettant à la neige de tomber et de faire de la route un tapis roulant. Les giboulées aveuglent les premières lignes, givrent les visages, quand on touche enfin Juvigny, un gros bourg relativement épargné par le canon.

Il est situé sur le canal, et carrément en vue de la Montagne de Reims, à une petite étape du confluent de la Marne et de l'Aisne. Il devient clair que l'offensive peut avoir lieu en Champagne, si l'on en juge par l'accumulation des troupes dans ce camp militaire de passage. L'état-major de la division a bien fait les choses : des granges tapissées de paille accueillent les poilus. Les roulantes du camp font déjà chauffer le café et les boulangers sortent les miches des fours. Plus loin, derrière le bois, des autobus parisiens livrent des quartiers de bœuf et des moutons que les bouchers dépècent. Le général veut-il s'installer dans ce camp balayé de bises polaires pour y attendre le printemps ?

Sacs posés en vrac, armes en faisceau, les poilus du 321e se précipitent vers la roulante sans que le colonel Picart songe à les retenir. Ils ont eu trop froid pendant ce voyage trop long.

Les souvenirs de Verdun ne les ont pas réconfortés. La dernière bataille a été la plus dure. La prise de Douaumont a été peu coûteuse, c'est vrai. Ils sont arrivés sans grosses pertes sur la carapace éventrée de l'éléphant, le 24 octobre 1916. Mais les mois suivants ont été interminables et très éprouvants. Ils sont repartis pour s'emparer du fort de Vaux, que le commandant Raynal avait défendu, avec une poignée de braves, jusqu'aux dernières cartouches. Vaux n'a été repris que le 2 novembre, et beaucoup des leurs y ont perdu la vie. Les combats se sont prolongés jusqu'à Noël. Passaga avait appris aux biffins, sur l'ordre de Mangin, comment adapter leur progression derrière le « barrage roulant » de l'artillerie et en fonction de la nature du terrain, grâce à un repérage minutieux des obstacles. Ils avaient été contraints d'assurer des liaisons constantes avec les autres divisions d'attaque. Les engagements autour de Bezonvaux avaient été sanglants, malgré les précautions prises. Les Allemands enterrés sur cette maudite position avaient conservé sur leurs arrières une artillerie nombreuse, pendant que leurs nouveaux avions de chasse, les Albatros, prenaient le pari de surclasser même les derniers Spad.

Les gars du 321e avaient dû remonter aux Chaumettes pour retrouver les lignes d'avant le 21 février 1916. Le 15 décembre, la *Gauloise*, « d'un seul élan » comme disait le communiqué, avait reconquis le redoutable massif d'Hardaumont, réputé imprenable, capturant onze mille prisonniers et cent quinze canons.

On disait de Passaga qu'il « collait au barrage ». Il avait exigé de Mangin tous les moyens nécessaires à une avance sans casse, à l'allemande. Son infanterie avait réussi à maintenir la marche rapide derrière le canon à laquelle il l'avait entraînée. Pour cette raison, elle était choyée, reposée, décorée, proposée en modèle aux autres unités.

Mais au 321e, on est peu sensible à la gloire affichée. Les hommes sont épuisés et songent seulement à tirer le meilleur parti des bonnes dispositions du commandement.

Trois avions allemands d'observation survolent le camp, aussitôt le soleil levé, virent plusieurs fois sur l'aile et prennent des photos de l'arrivée des unités. Les canons montés sur des trucks anglais tentent de les chasser du secteur, mais leurs tirs sont trop longs, ou trop courts. Ils semblent hors d'atteinte des flocons blancs et poursuivent tranquillement leur besogne. Jean s'en étonne. Où est passée la chasse française ? Ne serions-nous plus maîtres du ciel, comme à Verdun ?

Furieux de cette agression inattendue, le colonel Picart demande à la compagnie de mitrailleuses de mettre rapidement ses pièces en batterie, pour empêcher les importuns de descendre trop bas au-dessus du camp. Les mitrailleurs bougonnent, mais s'activent en professionnels. Leurs tirs ne gênent nullement les aviateurs photographes qui, mission accomplie, repartent sans avoir été vraiment contrariés.

— Si Nivelle recherche le secret, dit Aumoine à Lacassagne, c'est râpé ! Ils suivent nos concentrations à la loupe d'Iéna, avec les meilleurs objectifs du monde.

— Cela n'a pas d'importance, répond le prof de maths, tant qu'ils ne peuvent deviner l'axe de l'attaque. Et nous n'en savons rien nous-mêmes.

Passaga avait ses entrées à l'état-major de Nivelle. Son introducteur naturel était Charles Mangin, avec qui il avait travaillé en relation étroite à Verdun. Mais le général a quitté son état-major du fort de Regret, et Nivelle n'est plus à Souville. Le commandant de la *Gauloise* se sent perdu dans son PC. A Verdun, même le bois des Caures a été repris. Le boulot est terminé. Il n'y a plus de gloire à y gagner. Il est impatient de changer de secteur. On lui a fait des promesses, mais on semble l'avoir oublié.

Quand il reçoit, des mains d'Aumoine, le pli du GQG, Passaga comprend que son destin s'oriente vers une direction nouvelle, sans deviner laquelle. Le GQG, à son habitude, semble pressé : « Une voiture viendra vous chercher pour vous conduire à Beauvais. » Signé de la main de Charles Mangin. Pas d'autre précision.

Dès que la Renault grise se présente, il prend place, laissant Picart et les autres colonels sur le terrain d'entraînement de la *Gauloise*. Reverra-t-il jamais sa chère division ? Le voyage est long, très difficile sur les routes encombrées de colonnes montant vers l'Aisne. Passaga prend son mal en patience. Il sait que les officiers de haut niveau ne circulent jamais en train. Joffre lui-même, si peu mobile, se rendait au front en voiture depuis Chantilly. Les hommes chargés du secret militaire ne doivent pas échapper une seconde à la protection constante de l'armée et les routes sont, finalement, plus rapides.

Passaga, volontiers *causant* avec le soldat, parle au chauffeur, un sergent du train à l'accent parigot.

— Nous allons à Beauvais, n'est-ce pas. Le nouveau siège est-il plus près des lignes ?

— Pensez-vous ! Chantilly était plus proche, et surtout plus accessible. Beauvais est quarante kilomètres plus loin. Quant aux liaisons avec Paris, c'est l'enfer. Un officier me racontait hier qu'il avait mis la journée à faire l'aller-retour au ministère de la Guerre. Il faut au moins trois heures d'automobile pour abattre les quatre-vingt-dix kilomètres ! Vous verrez le lacis de ruelles où l'on doit s'engager pour gagner la vieille baraque de l'Institut agronomique. C'est là qu'ils se sont posés, les vénérables !

— Je croyais le GQG installé dans un lycée moderne.

— Que non pas. Ceux de la direction de l'arrière, pas fous, ont choisi le lycée, soi-disant pour laisser la place aux autres. Mais je puis vous garantir, mon général, que Nivelle se gèle dans son bureau. J'ai vu les camions livrer des appareils à pétrole. Le chauffage central ne marche pas. Ils ont réquisitionné sur tout le front, les files de camions nécessaires au déménagement des quatre cent cinquante officiers, huit cents secrétaires et militaires divers, sans compter le matériel de bureau, les archives, et toutes les lignes de téléphone à remplacer. Il paraît qu'ils ont acheté pour sept mille francs de rideaux afin de masquer les fenêtres !

Passaga ne se doute pas du désordre imposé par l'urgence dudit déménagement. Un choix politique. Nivelle et Mangin ne voulaient pas quitter Chantilly. On raconte que le puissant sénateur radical Gervais, probablement l'interprète de son président Antonin Dubost, est venu dans la ville en exigeant un départ rapide « pour raison de dignité morale ». La vie dorée des officiers d'état-major faisait honte, disait-on, aux poilus. Une légende dont la presse usait abondamment pour discréditer Joffre, et limoger ses collaborateurs.

En pénétrant dans la sombre bâtisse de l'Institut agronomique, après une heure d'approche automobile, Passaga n'est pas surpris de l'absence d'accueil du major Pont. Ce général, successeur du courtois Pellé, n'est pas l'affabilité même.

Placé d'abord comme colonel au 3e bureau de l'armée au début des opérations, Pont a remplacé Pellé dès l'arrivée de Nivelle. C'est tout juste s'il a risqué quelques phrases de réponse aux questions de Raymond Poincaré et du président du Conseil Aristide Briand, soucieux de marquer de leur présence, lors d'une visite un peu précipitée, la prééminence du pouvoir civil sur l'état-major : on installait personnellement, en quelque sorte, Robert Nivelle dans ses meubles.

La grosse voix bourrue du major général Pont, accablé de besogne, ne se fait guère entendre dans les couloirs, et s'il fait entrer le général Passaga dans son bureau, c'est pour laisser filtrer, derrière le barrage de sa forte moustache, de rares paroles.

— C'est Mangin qui vous cherche. Vous le trouverez au bout du couloir, à côté du bureau de Nivelle.

— Mangin n'est pas libre, déclarent les gendarmes-huissiers de service dans l'antichambre.

Passaga doit attendre que trois officiers supérieurs britanniques, derrière le général Wilson, sortent de son bureau, chargés de lourdes serviettes de cuir.

« Ainsi, se dit Passaga, les bruits d'offensive

proche se confirment et les Anglais sont dans le coup. Qui sait ? Peut-être en ont-ils pris l'initiative. Les communiqués font état d'attaques quotidiennes de l'armée britannique sur l'Ancre, à hauteur d'Arras. Ils sont sans doute en mesure de prendre l'offensive. »

— Excusez-moi, dit Charles Mangin qui reçoit enfin Passaga. Le général (il parle de Nivelle, son chef, dont il est en fait le binôme, tant ils constituent, dans la presse, « l'équipe gagnante de Verdun ») doit se rendre demain à Londres où l'attend une conférence au sommet. Tout doit être prêt dans le moindre détail. Il a refusé que je l'accompagne. Je reste ici pour engager nos propres préparatifs. Vous savez qu'il m'a confié l'une des armées d'attaque, la VIe. Et j'ai le plaisir de vous annoncer que votre division, la *Gauloise*, sera intégrée dès le 24 mars, rattachée au 20e corps du général Mazillier.

— Je vous en remercie, mon général.

— Ne me remerciez pas, car vous ne commandez plus la *Gauloise*. Je vous y maintenais dans l'attente de votre nouvelle prise de commandement. Considérez-vous d'ores et déjà comme général de corps d'armée, à la tête du 32e qui comprend les régiments de Reims, de Bar-le-Duc et de Châlons, renforcés par des Bretons de Quimper. Félicitations.

Sa déclaration faite, Mangin replonge dans ses multiples dossiers, tout en ajoutant :

— Veuillez voir le bureau des opérations pour

surveiller au plus près, avec votre successeur, le général Valentin, le rôle de la *Gauloise* dans notre affaire. Et prenez votre commandement le plus vite possible, à la Ve armée du général Mazel, prévue pour l'offensive sur le Chemin des Dames. Nivelle y a exigé votre présence. Vous êtes sa mascotte. Nous avons besoin de vous là-bas. Le temps presse.

A sa surprise, Passaga est abordé à sa sortie du bureau de Mangin par un officier empressé. Cet impressionnant lieutenant-colonel, de très haute taille, d'une excessive maigreur, est-il du 3e bureau ? Il salue le général avec déférence et l'incite à entrer dans son antre obscur et mal chauffé.

« S'agit-il de ce Baudinard que l'on présente comme l'âme damnée de Nivelle ? » se demande Passaga.

A peine rasé, le cheveu rare, le « Don Quichotte triste », détesté par l'attaché de presse du GQG Jean de Pierrefeu qui en parle à qui veut l'entendre comme d'un rêveur doctrinaire, se dit sous-chef d'état-major et prêt à éclairer l'ancien commandant de la *Gauloise* sur les conditions d'engagement de son corps d'armée chez Mazel, à la demande du général Mangin.

D'un coup d'œil, le général Passaga examine au mur la carte de la région de l'Aisne, surmontée par un éperon parallèle d'une vingtaine de kilomètres appelé le Chemin des Dames. Il repère le petit drapeau du 32e corps, planté entre l'Aisne et le canal de l'Aisne, sur le mont de Sapigneul près de Berry-au-Bac. C'est la trouée entre le Chemin des Dames et les monts de Champagne. Passaga réalise qu'on lui confie un secteur clé de la future attaque de la Ve armée, à la tête d'un corps où se sont illustrés avant lui les généraux Humbert, Duchêne, Berthelot et Debeney. Cette nomination est une éclatante promotion.

Il ne peut poser aucune question. Son interlocuteur est sans cesse appelé au téléphone, et bientôt convoqué auprès de Nivelle pour une consultation urgente. Le Grand Quartier général semble pris de folie. Des estafettes tambourinent aux portes dans les couloirs. Les bruits de bottes font craquer les parquets du vieil établissement agronomique.

Un adjoint jovial et courtois vient remplacer son chef au pied levé afin d'éclairer Passaga. Ce Georges Lecat vient de Bourgogne et n'ignore rien des usages de l'état-major. Nivelle n'a pas voulu recevoir Passaga lui-même, il en a chargé Mangin qui s'est défaussé sur Baudinard, lequel abandonne son hôte à un simple capitaine, embarrassé par sa mission.

— Vous devez comprendre, mon général, qu'il se passe d'étranges choses...

— Au GQG ?

— Non point, grâce au Ciel ! L'institution est solide. Mais sur le front lui-même ! Tous les bureaux sont en alerte, sauf le 2e qui reste muet et immobile, à son habitude. Vous savez qu'une offensive se prépare puisque vous en êtes l'un des fers de lance.

— Pas pour tout de suite ? s'inquiète Passaga.

— Non, certes. Il faut tout de même savoir que cette offensive est la réédition d'un plan conçu par Joffre lui-même avec sir Douglas Haig qui vient d'être fait maréchal par le roi George V. Ce plan a été remanié du tout au tout par Nivelle, qui l'a présenté le 15 janvier à Londres, devant Lloyd George et le gouvernement britannique. Il leur a juré qu'il abandonnerait s'il n'obtenait pas la percée en quarante-huit heures, mais qu'il avait de bonnes chances de gagner, en employant les nouvelles techniques de guerre : l'attaque d'infanterie à l'allemande dont vous êtes, mon général, l'un de nos meilleurs spécialistes. Il a évoqué d'abondance l'efficacité des canons de 155 court montés sur caterpillars. Nous devions attaquer le 15 mars.

— Il n'en est plus question, j'espère, nous sommes déjà le 3, et je prends le commandement d'un nouveau corps d'armée dont j'ignore tout.

— Quand on succède à Berthelot et à Debeney, on n'a pas de souci à se faire. Il suffit de prendre les manettes du commandement d'une des meilleures unités de l'armée. N'ayez aucune inquiétude. L'opération est de nouveau remise à un mois. Les Anglais nous ont promis de tenir nos lignes de la Somme jusqu'à Roye, le temps que nous puissions reconstituer des réserves. Ils exigent le dédoublement des voies de chemin de fer. Tout cela demande du temps. Nivelle a accepté de repousser la date jusqu'au milieu d'avril.

— Alors pourquoi cette agitation de couloirs ?

— Les Anglais sortent d'ici. Ils prétendent qu'ils avancent sur l'Ancre sans rencontrer de résistance. Les Allemands abandonneraient leurs positions.

— Impossible, répond Passaga. Hypothèse très improbable. Un Allemand ne lâche jamais ses gages territoriaux sans combattre.

— Voilà très exactement la position du général Nivelle. Il refuse d'y croire. C'est pourtant la vérité ! jette d'une voix monocorde le lieutenant-colonel Baudinard, de retour du bureau du général en chef. Dès la fin de janvier, le capitaine Renondeau, officier de liaison auprès de la Ve armée britannique, nous l'avait signalé : les Allemands évacuent discrètement leurs premiers postes au nord de la petite rivière Ancre. Personne n'a voulu le croire. Pourtant, les officiers anglais affirmaient qu'ils avaient découvert des emplacements d'artillerie abandonnés. Mais ils ne pouvaient avancer sans essuyer des tirs de mitrailleuses.

— En quoi est-ce inquiétant ? demande Passaga que cette agitation du GQG exaspère.

— Voilà le rapport de notre major général Pont à Nivelle, daté du 2 février. Les Allemands construisent une ligne fortifiée en profondeur, de Laon à Cambrai par La Fère.

— Simple précaution, sans doute, devant nos préparatifs d'offensive, conclut le général Passaga en enfilant ses gants, comme s'il craignait de faire perdre son temps à son interlocuteur.

— Veuillez m'accompagner, mon général, chez le directeur Dupont, du 2e bureau.

— Dupont est toujours là ?

— Pourquoi Nivelle se passerait-il d'un aussi précieux collaborateur ? Vous le savez sans doute, Dupont sait tout. Vous allez l'entendre.

Passaga reconnaît ce visage plat, blême, ridé, endeuillé par une moustache cendrée, ce regard lourd et énigmatique, ces yeux tournés vers l'intérieur. Il a déjà rencontré Dupont dans l'entourage de Joffre.

Comment Nivelle s'en passerait-il, en effet ? Il sait de quoi l'autre est capable. Avant d'attaquer, il faut toujours consulter Dupont pour tâcher de savoir qui l'on peut avoir en face. Il a en tête le plan de bataille détaillé de l'armée allemande, régiment par régiment. Si Dupont se tait, personne ne peut parler.

Le chef du 2e bureau explique d'un ton calme que les photos aériennes sont rarement des preuves formelles. Si les Allemands construisent à l'arrière, rien ne démontre qu'il s'agit d'une position continue et organisée. Quant aux évacuations annoncées par des témoignages contestables provenant de civils et recueillis par des officiers anglais crédules, elles ne sont peut-être que des précautions prises par les Allemands devant une offensive alliée dont ils connaissent les préparatifs, hélas !

La cause est-elle entendue ? Baudinard brandit un rapport venu de l'armée Gough qui établit que les Anglais ont commencé leur avance le long de l'Ancre, engageant les Néo-Zélandais ou les Australiens entre Bapaume et Bucquoy. Ils auraient trouvé un terrain désert, entièrement détruit par les mines.

— Le maréchal Douglas Haig, ajoute-t-il, en a profité pour expliquer à Nivelle que toute attaque lancée dans ces conditions, devant un ennemi qui se dérobe, est un coup d'épée dans l'eau. Ce sont ses propres termes.

— Vous voyez bien, dit le général Dupont sans hausser la voix. L'Anglais se dérobe. Il a trouvé un prétexte. Il n'a jamais voulu de cette offensive, qui contrarie ses propres plans.

Baudinard entraîne de nouveau le général Passaga dans son bureau.

— Vous venez d'être témoin d'un drame. Une opération programmée depuis trois mois, engageant un million d'hommes, risque d'échouer parce que les Anglais nous informent à leur manière du recul allemand, sans que nous puissions vérifier, et que notre général en chef n'y croit pas.

— Il me vient une idée, dit Passaga, plissant le front. J'ai dans ma division un lieutenant que j'ai nommé capitaine, spécialiste des coups durs et des opérations souterraines. Il a travaillé avec le commandant Latouche. Vous devez l'expédier immédiatement sur place, au besoin par avion, avec un ordre de mission fictif. Latouche est décoré de la *Victoria Cross*. Il arrangera cela avec ses amis britanniques. Ils vous rendront un rapport détaillé sur l'avance anglaise dans cette zone évacuée.

— Où est ce Latouche ?

— En Algérie, m'a-t-on dit, pour cause de mauvaise santé, et probablement de disgrâce passagère. Il aurait déplu à Fayolle.

Baudinard se saisit de son téléphone.

— Trouvez-moi, je vous prie, dans l'instant, la fonction et l'affectation du commandant Latouche.

La réponse tombe après quelques minutes.

— Rapatrié d'Algérie, en secteur depuis quinze jours à Bois-le-Prêtre, dans un bataillon d'infanterie du 15e corps.

— Latouche ? En secteur ? Quel gâchis ! lâche Passaga.

— Pouvez-vous demander à ce capitaine... ?

— Son nom est Jean Aumoine, interrompt le général, exaspéré qu'on donne à sa place des ordres à son subordonné.

— Pouvez-vous lui demander de sauter dans le train pour Reims et Amiens ? Il y rejoindra, à la mission franco-britannique, le commandant Latouche, que je fais expédier par avion. Les ordres pourraient être, poursuit-il en prenant cette fois des formes, de parcourir le front, de la Scarpe jusqu'à l'Oise, afin de définir avec exactitude les positions allemandes et, s'il y a lieu, l'avance des Alliés.

Baudinard rédige un ordre de mission en ce sens, le signe, l'estampille du sceau de l'état-major, sans plus se préoccuper de la susceptibilité du général Passaga, comme s'il voulait qu'il fût bien clair que le capitaine Jean Aumoine est désormais détaché à son service. Après tout, Passaga ne commande plus la *Gauloise*. Il n'a rien à dire.

— Ces émissaires, précise-t-il, devront me rendre compte personnellement, par radio sur fréquence spéciale et par texte codé. Les ordres secrets leur seront remis avant leur départ. En cas d'urgence, le téléphone... Cher général, ajoute-t-il en flattant de sa main l'épaule de Passaga, pouvez-vous maintenant m'accompagner chez notre chef à tous ?

L'ancien commandant de la *Gauloise* est trop fine mouche pour ne pas comprendre qu'il doit cette audience inespérée à l'idée miraculeuse qu'il vient de souffler à l'âme damnée du général en chef, et que celui-ci fera sienne, assurément.

Pressant la poignée de porte dorée, Baudinard se faufile dans la petite pièce où Robert Nivelle travaille à la lumière d'une lampe posée sur un meuble artistiquement fignolé par les ébénistes des ateliers du génie.

— Passaga ! Vous ici ! Quel bonheur ! Vous avez vu Mangin, je pense !

Nivelle s'est levé d'un bond, serrant sur son cœur l'ancien chef de la *Gauloise*, l'un des vainqueurs de Douaumont. L'élan est sincère, il traduit la franc-maçonnerie des baroudeurs — bien plus forte que celle des polytechniciens —, celle qui l'unit à un Charles Mangin, Nivelle ayant gagné ses premiers galons de général en s'exposant à la tête de ses batteries.

— J'en sors, mon général !

— Et vous alliez repartir sans me voir ? Vous sur qui je compte pour entrer à cheval dans Laon !

— Les Anglais y seront les premiers, si les Allemands continuent de reculer, lance Passaga, brûlant ses vaisseaux.

— Les Anglais ! Laissez-moi rire. Je les connais par cœur. Ma mère était anglaise. Leur langue est un peu ma langue maternelle. Je les ai mis dans ma poche à Londres. Le premier ministre Lloyd George attend tout de l'offensive. Il se voit déjà débarrassé de la guerre. Et voilà que ce Douglas Haig, qui a mis six mois pour prendre trois villages picards en bousillant un demi-million d'hommes, prétend m'empêcher de bondir sur le Chemin des Dames sous le prétexte futile que les Allemands abandonnent une partie de leur ligne. Quelle sinistre fable ! Un Hindenburg, ce vieux junker cupide, lâchant sans combattre un arpent de terre !

Passaga ne reconnaît plus Nivelle. Ce vieux jeune homme distingué, aux allures de gentleman britannique, toujours impeccable dans son uniforme et si soucieux de son self-control, laisse libre cours à sa colère.

« Le pouvoir change vite les hommes », se dit-il. Robert Nivelle, à coup sûr, ne doute aucunement de la véracité des informations fournies par les Anglais, mais celles-ci contrarient son plan. Il refuse de les admettre parce qu'il s'est battu seul contre tous, à Londres et à Paris, devant Lloyd George comme devant Briand, pour engager l'opération. Il a dû vaincre cent oppositions, dont celle du ministre de la Guerre Lyautey. Et ce Baudinard, officier de cour, au lieu de lui ouvrir les yeux, n'ose le dissuader, convaincu pourtant lui aussi de la justesse des observations britanniques.

« Il faudra que je prévienne Latouche, songe Passaga. Son rapport ne devra dissimuler aucun fait établi. C'est une affaire de sécurité qui concerne toute l'armée. Attaquer dans le vide, c'est assurément tomber dans un piège. »

— Quelle grossière manœuvre ! tonne le général en chef. Où sont les services de renseignements britanniques d'antan ? Ceux d'aujourd'hui sont à peine formés. Ils gobent tous les pièges de Ludendorff. Je l'ai dit sans détour à Franchet d'Esperey : qu'il cesse de croire à la lune !

Baudinard laisse passer le torrent verbal, si rare chez un homme aussi distingué, et expose d'une voix douce, en termes concis, la proposition du général Passaga.

— Latouche ! Mais bien sûr, c'est l'homme qu'il nous faut. Il connaît les *British* aussi bien que moi. Ils l'adorent. Qu'il aille voir sur place, et nous clouerons le bec au maréchal du roi.

Jean Aumoine s'est fait tirer l'oreille pour repartir en mission de renseignement. Il s'était pris au jeu de la bataille, heureux d'y entraîner des camarades moins vulnérables grâce à leur maîtrise parfaite des armes nouvelles. Voilà que Passaga l'envoie se promener dans les lignes anglaises.

Il apprend qu'il a rendez-vous non pas à la Mission franco-britannique, mais, pour gagner du temps, au buffet de la gare d'Amiens, avec le commandant Latouche. Il ne peut dissimuler sa joie. Revoir Latouche, son père adoptif dans l'armée, enfin rentré en grâce, le comble de bonheur.

Mais l'ancien officier des services spéciaux n'est pas au rendez-vous. Jean Aumoine demande le GQG au téléphone. Il parvient à obtenir Baudinard. L'officier lui exprime ses regrets. Le commandant Latouche n'était pas à Bois-le-Prêtre, mais en permission à Mont-de-Marsan où s'étaient réfugiés sa femme et ses enfants. Il le rejoindra au plus vite. Que Jean l'attende à la Mission.

Le capitaine Aumoine profite de ce délai inespéré pour se précipiter à l'Ambulance anglaise, où il demande Clelia Bellini (elle y est inscrite sous le nom de sa mère). On lui répond que la jeune fille n'est plus à Amiens mais à Arras, où les blessés des combats de la Scarpe affluent chaque jour.

Amiens est plus anglaise encore. L'état-major

de l'armée Gough l'a investie. Des files de voitures et de camions gagnent le Sud. Devant la ligne allemande, de Bapaume à Roye et au-delà, le maréchal Haig a dû accepter qu'il n'y ait plus un seul soldat français, mais seulement des Britanniques. Les *tommies* débarquent donc en masse dans les villes de l'arrière du front. Ils arrivent par régiments entiers à la gare d'Amiens et campent sur le mail, en attendant de grimper dans les camions qui les conduiront aux tranchées. Plus de cinquante-neuf divisions, avec leur matériel, constituent en France la plus grande armée que l'Angleterre ait jamais levée.

La gare est un chantier. Territoriaux, travailleurs annamites et prisonniers allemands s'acharnent à tripler la ligne Amiens-Arras-Calais, vitale pour l'armée britannique. Les locomotives et les wagons anglais relaient le matériel usé de la compagnie du Nord, et les dépôts de charbon arraché aux mines galloises s'accumulent dans les gares. Comment retrouver le commandant Latouche dans ce tohu-bohu de régiments australiens et canadiens débarquant des convois ? Assurément, Jean doit rejoindre la Mission où il attendra son arrivée. Mais il prend son temps pour s'y rendre, car il pense que Latouche ne se présentera pas de sitôt.

Malheureux d'avoir manqué Clelia, il s'attarde dans les rues de la ville où les garçons, aux terrasses des cafés, s'étonnent de voir encore un uniforme français. Il flâne place

Saint-Michel, devant la cathédrale dont la façade est bardée de sacs de sable. Le souvenir du concert d'orgue que la jeune fille avait improvisé sur l'immense chantier de déposition des vitraux ravive son émotion, et son impatience de la retrouver.

Il reconnaît parfaitement, attablé devant un verre de Noilly, le colonel Mac Cawley de la *Royal Artillery*. Cette rencontre n'est sans doute pas fortuite. L'Ecossais attend Latouche, averti de son arrivée et sans doute envoyé par l'*Intelligence Service*.

— *Hello, old chap, so glad to see you again !*

Jean est heureux, lui aussi, de le revoir. Le colonel était à la bataille de chars devant Albert. Il croyait à l'arme miracle et avait grimpé lui-même dans un des Mark 1. Il a ressenti durement leur échec mais n'en laisse rien paraître, mobilisé pour d'autres tâches, satisfait de voir les batteries de *long toms* débarquer en gare d'Amiens pour meubler décemment les lignes de la IVe armée.

Latouche surgit à l'heure de l'apéritif, frais comme la rose, grâce au relais d'avions qui l'a transporté depuis Mont-de-Marsan. Il embrasse Aumoine tel un fils. Il n'a pas changé, même si ses cheveux ont un peu blanchi. A son col s'inscrit le numéro de son nouveau régiment : 214e d'infanterie de Toulouse. Il n'est pas fâché d'avoir quitté le secteur de Bois-le-Prêtre et de retrouver du service dans le renseignement, même s'il ne sait pas très bien pourquoi le commandement l'a brusquement rappelé à des opérations spéciales.

A voir Aumoine rempiler, avec le grade de capitaine, dans une de ces missions hypocrites où l'on rencontre avec une chaleur affectée des officiers alliés que l'on doit en réalité espionner, il se doute que son jeune émule n'est pas pour rien dans son rappel. Un je ne sais quoi dans son regard trahit, sans insister, sa reconnaissance. Cet Aumoine est décidément un bon garçon : il n'a pas oublié le vieux singe qui lui a appris à faire des grimaces.

Mac Cawley est trop rompu au métier du renseignement pour être dupe de la cordialité un peu appuyée des Français. Sans doute est-il heureux de revoir Latouche, son complice, qui a rendu en son temps d'éminents services à l'*Intelligence* britannique. Tous deux sont compagnons d'armes et mènent le même combat. Ils n'ignorent pas les rivalités des commandements, la difficulté d'harmoniser des buts de campagne très différents.

Mac Cawley sait bien que les unités de choc de l'armée britannique sont au nord, dans les Flandres, et que le maréchal Haig ne rêve que de libérer la Belgique en dégageant les ports de Calais et de Boulogne, toujours sous le canon ennemi. Il ne s'est rallié au plan de Nivelle que du bout des lèvres.

— Les Russes nous abandonnent, avance Latouche, toujours informé. Un télégraphe vient de l'annoncer à Paris. C'est la révolution à

Saint-Pétersbourg. Le tsar n'est pas loin d'abdiquer. Nous ne pourrons plus compter sur eux très longtemps. C'est une raison pour attaquer ensemble. Dans six mois, il sera trop tard. Ludendorff fera rappliquer devant nous toutes ses divisions libres de l'Est.

— Pourquoi voyez-vous, en gare d'Amiens, débarquer cinquante mille tonnes de matériel ? Nous sommes prêts aussi pour l'offensive. N'ayez pas d'inquiétude ! Nous marcherons. Nous marchons déjà, même si votre Nivelle, qui est pourtant à moitié anglais, ne veut pas en convenir.

— Sa femme est anglaise ?

— Pas que je sache. Elle est, m'a-t-on dit, infirmière dans un hôpital du front. C'est sa mère qui est anglaise. Elle s'appelait Théodora Louise Sparrow, raconte Mac Cawley tout en marchant avec les Français jusqu'à la gare Saint-Roch, où les attend le train d'Arras. Son père était capitaine dans l'armée de Sa Majesté. Et elle a épousé un capitaine français, en garnison à Tulle. L'Entente cordiale, mon cher ! Votre Nivelle, ne trouvez-vous pas, ferait lui-même un très acceptable major dans le noble corps de la *Royal Artillery*.

Ils s'installent dans un compartiment de seconde classe réservé aux officiers. Mac Cawley, d'ordinaire si réservé, se montre prolixe, le nom de Nivelle constamment à la bouche : « Il saura tracer la voie de la victoire », assure-t-il.

Il en parle comme d'un général anglais, avec son optimisme résolu de commandant amoureux des chars.

— Robert Nivelle, poursuit-il, est toujours ouvert à l'innovation technique. Qu'on ne compte pas sur lui pour un massacre immobile. Il vient souvent à Londres, on l'a vu à Calais et jusque dans nos lignes. Savez-vous ce qu'il a dit à nos *tommies* : « *Dear boys,* vous remporterez demain sur les Allemands une victoire *élégante*. »

— Croyez-vous qu'il pense aux armes nouvelles ?

— Si les chars ont échoué, dit Mac Cawley, d'autres viendront, plus maniables, mieux adaptés au combat d'infanterie. On dit que vous préparez des prototypes chez Renault.

— Nous n'en sommes pas là ! Le général Etienne semble être le seul à y croire. En attendant ces petites merveilles, il pousse les gros Schneider et les Saint-Chamond sur la ligne de l'Aisne. Plus utiles sont les canons tractés, estime Latouche, prudent. Mais ils ne montent pas vite au front.

— Ils arriveront en même temps que les Américains. Vous savez qu'ils sont à deux doigts de nous rejoindre. Le président Wilson est ulcéré : le kaiser Guillaume est devenu fou furieux, ses sous-marins n'arrêtent pas de couler les bateaux américains.

— Sont-ils dangereux à ce point ? demande Aumoine.

Le Montluçonnais, comme la plupart de ses

camarades, n'a jamais vu la mer. Il n'imagine pas qu'une partie décisive puisse se jouer dans l'Atlantique.

— Un seul de ces petits engins peut être extrêmement meurtrier, précise le major, comprenant que les Français ignorent tout de la guerre en mer. Les sous-mariniers de retour de croisière sont fêtés à Kiel.

— Ils sont devenus des vedettes, comme les aviateurs !

— Mieux encore, on les exhibe en tête des revues militaires, à Berlin. Le public allemand connaît les noms des submersibles cités chaque jour dans les journaux, photographiés à leurs retours de mission. Connaissez-vous le *Möwe* ? Cela veut dire « la Mouette » en allemand. Une fameuse mouette, *indeed*, commandée par le comte Dohna. A lui seul, il nous a coulé cent vingt-trois mille tonnes de navires. Il a même capturé le *Yarrowdale*. Croisant dans l'Atlantique Sud, il a envoyé par le fond des quantités de cargos américains. Vous comprenez pourquoi notre général Haig met tout en œuvre pour libérer les Flandres, où l'amiral allemand von Tirpitz a installé ses bases de sous-marins. Pour nous, c'est un objectif prioritaire.

Le train entre en gare d'Arras. Le major évoque le bombardement incessant de cette capitale où, comme les habitants, l'armée anglaise campe en permanence dans les caves. Ils pénètrent en zone de bataille, et la ligne de chemin de fer est sous la menace des pièces à longue portée.

— Vous verrez bien d'autres ruines, assure Mac Cawley. Je sais que Nivelle nous soupçonne de mettre en scène, par des communiqués truqués et des photographies trompeuses, un recul allemand auquel il ne croit pas. Vous m'accompagnerez dans nos lignes et vous pourrez témoigner.

— Aurons-nous le choix des itinéraires ? demande Jean Aumoine.

— Absolument. Nous n'avons rien à vous cacher. Rappelez-vous l'attaque des chars. N'avez-vous pas assisté à tout ? Pas de bon mariage, mon cher, sans confiance absolue des parties. Cela évite les malentendus.

Des soldats en chapeaux de boy-scouts prennent l'alignement le long du train. Vêtus de kaki, pourvus de bons chevaux et de nombreuses batteries d'artillerie, ils partent d'un pas sûr, enjambant les ruines d'Arras mal déblayées. Ces hommes parfaitement reposés, résolus, bien équipés, réconfortent les officiers français. Les Canadiens sont les premiers *Américains* à prendre part à la Grande Guerre.

— Les autres suivront, précise Mac Cawley. Ceux de Wilson, qui ont aussi des chapeaux de boy-scouts. En août 1914 ils partaient déjà en guerre, mais contre le Mexique. Aujourd'hui, ils sont prêts à débarquer à leur tour. Le Nouveau Monde est en marche.

— Où vont les Canadiens ?

— Passer la Scarpe, répond le major, dans l'armée du général Horne, pour prendre position au nord. Quatre divisions armées de pied en cap par le dominion.

— Des cavaliers ? s'étonne Aumoine en voyant défiler un régiment monté de superbes chevaux, comme on pouvait en voir dans l'armée britannique en août 1914.

— Ils tiennent à leur cavalerie. Nous n'arrivons pas à persuader leurs colonels qu'on ne peut charger ici sabre au clair, ils sont capables de s'obstiner. Les Canadiens sont sans peur. L'année dernière, sur la Somme, un de leurs régiments a défié un nid de mitrailleuses. Arrêtons-nous un instant dans une des caves d'Arras. Je veux vous présenter une vieille dame.

Jean avait vu de ses yeux les destructions partielles de la malheureuse cité d'Albert. Ici, la ville entière est en ruine et cependant les habitants vont chercher du ravitaillement sous une tente dressée par l'armée britannique.

— Vous l'avez remarqué, dit le major Mac Cawley. Ils n'ont plus peur des bombardements. Pourtant, ils les subissent depuis plus de trente mois. Les Allemands sont en train de déplacer leurs pièces lourdes. D'où ce répit, très provisoire. Demain, peut-être, ils recommenceront.

Ils passent devant le beffroi, un chef-d'œuvre du XVIe siècle, entièrement détruit depuis octobre 1914. La cathédrale a été incendiée, ainsi que l'hôtel de ville. Sans parler des quartiers du centre, dont il ne reste à peu près rien.

— Le maire nous assure qu'un peu moins de trois cents maisons, sur quatre mille cinq cents, sont indemnes, précise Mac Cawley.

Les rues n'existent plus. On se faufile entre les blocs, comme en montagne le guide cherche un passage entre les éboulis de rochers.

Des balayeurs de la municipalité déblaient des tas d'immondices sorties des caves pour les brûler dans les faubourgs.

— Pourquoi ceux-là sont-ils restés ? s'étonne Jean, voyant des mères faire la queue devant une voiture à bras chargée de bidons de lait.

— Le maire est là, mais l'évêque ? s'interroge à son tour le commandant Latouche à la vue de vieilles femmes oscillant sur leur canne à travers les décombres d'une chapelle de la Vierge, dont la statue s'est brisée au sol.

— Il est mort au dernier Noël. Mgr Lobbedey, jusqu'à son dernier soupir, a soutenu ses ouailles. Il était très célèbre dans la ville. Nous lui donnions du ravitaillement que le saint homme, tirant son âne par la bride, allait porter lui-même aux malades et aux nécessiteux.

Le major est attendu à l'entrée d'une cave par un sergent qui semble faire sentinelle.

— La visite est préparée, souffle Latouche, méfiant, à Jean Aumoine. Ils n'ont rien négligé pour nous impressionner. Restons calmes !

Ils descendent l'escalier de brique, se retrouvent dans un vaste couloir donnant accès à une enfilade de caves aménagées, pourvues de lampes à acétylène et de poêles. Dans la dernière, éclairée d'une simple bougie, une femme vêtue de noir repose sur un lit de camp. A l'entrée du sergent elle se redresse, lisse ses cheveux blancs et tend aux officiers une main fine et décharnée, dépourvue de toute bague, même d'alliance.

— Mme Loquin habitait Drocourt, explique Mac Cawley. Elle a été déportée début mars en Belgique, avec tous les habitants de cette localité située sur la nouvelle ligne Wotan construite à l'arrière par les Allemands. Nos agents de l'*Intelligence* l'ont fait évader du convoi et rapatrier par mer.

La vieille dame raconte :

— Ce jour-là, ils nous ont tous réunis sous la neige pour nous avertir qu'ils nous emmenaient à la gare du chemin de fer avant de nous rapatrier en France par la Suisse. Nous avions droit à dix kilos de bagages, nous devions tout laisser. Pas d'argent ni de bijoux. Ils ont tout récolté en nous remettant en échange des bons de réquisition.

Elle montre ses mains nues :

— Ils m'ont dit d'enlever mon alliance. Rien de précieux ne devait rentrer en France. Nous avons attendu six heures sous la neige. Puis on a rassemblé toute la population, les vieux, les enfants et même les malades, pour les conduire vers des wagons à bestiaux munis de paillasses. De braves Belges nous ont hébergés, nourris.

Là, je me suis évadée quand les autres ont été dirigés, contre la somme de cinquante francs, vers un train qui devait les conduire en Suisse.

— Pourquoi ces départs ? questionne Latouche.

— Le village de Drocourt, ruiné, incendié, a été entouré de casemates. Ils y travaillent depuis novembre 1916, explique Louise Loquin. Ils installent l'eau et l'électricité dans des carrières creusées à trente mètres au moins, de véritables villes souterraines. En surface, rien d'apparent, des blocs de béton et des meurtrières, recouverts de paille.

— Les avions d'observation ne peuvent pas identifier clairement les forteresses, explique Mac Cawley. Mais ils surprennent les convois de travailleurs, les fournitures de bois et de béton. La ligne est depuis des mois en construction. Elle se prolonge jusqu'à Fauconcourt, jusqu'à l'Ailette, une rivière derrière le Chemin des Dames, par la ligne Hindenburg : quatre rangs de défenses parallèles, difficiles à repérer, entièrement enterrées. Une énorme entreprise de travaux publics qui entraîne le déplacement forcé des populations.

— A Saint-Quentin, dit encore Mme Loquin. Ils se préparent à déporter les habitants vers la Belgique. Les hommes sont forcés de travailler pour abattre le bois Savy.

— La ville n'est plus en arrière du front, dit le major, mais sur la ligne elle-même. Elle est menacée d'une destruction totale, comme Arras.

— Montez dans la voiture, dit le major aux officiers français, nous allons entrer ensemble dans Péronne.

Plus de soldats français en ligne, remplacés par les *tommies* du général Rawlinson qui rament, tranquilles, sur la Somme, dans leurs longues barques à fond plat, jusqu'au cœur de la cité.

Il est sept heures du matin. Ce 18 mars, les Allemands ont vidé les lieux ! Pas un seul habitant pour accueillir les Anglais. Tous ont été évacués vers l'arrière, comme ceux de Saint-Quentin. Les destructions ont dû être menées méthodiquement depuis plusieurs jours, rien d'utilisable ne devant subsister aux mains des Alliés.

La Banque de France a gardé ses caisses ouvertes, mais le bureau des postes et télégraphes a été incendié, comme la chambre de commerce. Les écoles et les bâtiments publics ne sont plus que ruines fumantes.

— Nous avons bombardé longtemps Péronne, confesse le major, ces destructions ne sont pas entièrement de leur fait. Les vieilles maisons de bois de la rue Saint-Fursy ont brûlé, on ne sait quand. L'église Saint-Jean, éventrée, a perdu sa tour carrée. Les Allemands se sont plutôt employés à détruire les canalisations d'eau et les installations électriques. Ils se sont acharnés contre le château. Regardez la façade du musée ! Ils ont accroché cette énigmatique inscription en allemand : « Ne vous étonnez pas ! Admirez plutôt ! »

Jean Aumoine, en bon ancien élève de l'école primaire de Villebret, se souvient que Louis XI y a jadis enfermé Charles le Téméraire. Le château n'est plus que gravats et tas de fumier. Une lourde tour de grès coiffée de poivrières s'est écroulée. Les autres sont décapitées, défoncées.

Les toits de la grand-place attenante sont arrachés, soufflés par les obus. La voiture du major a peine à se frayer un chemin dans les ruines. Seul reste debout un pan de la porte de Bretagne. Les trois officiers y stationnent pour voir défiler le gros des bataillons qui suit les éclaireurs. Les hommes ont l'arme à la bretelle, le sac au dos. Un *captain* demande au major si l'on peut poursuivre.

— *Keep cautious !* répond-il.

Il explique à Latouche que l'ennemi a dynamité les ponts et placé des mines sur les routes.

— Vous en avez vu assez pour savoir que nous ne plaisantons pas : les Allemands ont véritablement abandonné Péronne entièrement détruite. A présent, venez avec moi à Bapaume.

Même spectacle. Jamais les Anglais n'auraient cru possible d'entrer un jour dans la ville imprenable, un des objectifs de la meurtrière offensive de juillet 1916. Ses ruines sont à l'encan. Il en est de même à Ham, dont le donjon historique est effondré. Le recul des Allemands a éliminé du paysage une histoire vieille de mille ans.

— A Coucy, précise le major, ils ont fait sauter la vieille tour du Connétable, haute de plus de trente mètres, aux murs épais de douze. Un bataillon pouvait s'y tenir à l'aise, à l'abri des plus lourds obus. Il dominait toute la vallée de l'Ailette. Le château a été entièrement rasé. Il leur a coûté très cher : trente tonnes d'explosifs, pas moins de cent vingt mille marks.

— Il en coûtera beaucoup plus pour le reconstruire, fait remarquer Latouche. Et pourtant, il faudra le faire, à moins de condamner à l'errance le fantôme du sire de Coucy.

— Le beau malheur ! ne peut s'empêcher de lâcher Jean Aumoine.

— « *Roi ne suis, ni prince, ni duc, ni comte aussi, je suis le sire de Coucy.* » Crois-moi, petit, dit à Jean Aumoine le commandant Latouche le plus sérieusement du monde, quand on est de ce pays, on ne peut laisser disparaître un tel site. Il incarne la résistance. On ne vit que de symboles. Les Allemands le savent aussi. Pour détruire un peuple, il faut lui faire oublier son histoire.

Mac Cawley n'épargne aux Français aucun site dévasté, comme pour les punir de leur incrédulité. La population civile a été entièrement évacuée par les soins brutaux de l'armée allemande. Les officiers obéissant aux ordres de Hindenburg sont manifestement tenus par leurs chefs de réduire avec méthode, sans aucun scrupule, le pays abandonné en terre dévastée.

— Ils appellent cela l'opération *Alberich*. Pas un âne ne doit pouvoir boire l'eau des puits, plus un chemin carrossable, plus un gué praticable. Tels sont les ordres donnés aux officiers. Il leur est seulement interdit, sur recommandation expresse de Ludendorff, d'empoisonner les sources. Les châteaux sont brûlés, pour que les états-majors ne puissent s'y installer. Même les églises de villages sont rasées, du moins celles que nos canons ont épargnées, afin que leurs clochers ne servent pas d'observatoires. Les instruments aratoires sont détruits, les arbres fruitiers coupés. A Margny-aux-Cerises, les maisons ont été démolies à coups de bélier. Elles gênaient le repérage d'artillerie. Naturellement, les usines et les ateliers ont été systématiquement pillés. Vous pouvez visiter, si vous le désirez, tous les pays entre l'Ancre et l'Oise. Ils ont subi la loi de la guerre totale, celle qui n'épargne pas plus les biens que les personnes. Etes-vous convaincus ?

Le commandant Latouche n'en demande pas plus. Il s'inquiète cependant de savoir jusqu'où les Anglais ont « libéré » les territoires abandonnés. Ils remontent dans l'automobile pour regagner Arras, d'où Mac Cawley les conduit au quartier général de Horne, dans les lignes canadiennes.

— Impossible d'avancer au-delà de Rœux,

explique un officier d'état-major connu d'eux, le lieutenant David Damish.

Celui-ci leur montre la maquette de la ligne Wotan, reconstituée à partir des observations venues de plusieurs sources et présentant un compte exact des positions. La population civile réquisitionnée a travaillé durant plusieurs mois, avec des milliers de prisonniers russes, pour couler le béton des ouvrages construits selon l'art de la poliorcétique, revu par les ingénieurs allemands. Trois ou quatre lignes bétonnées, avec des blockhaus enterrés, sont distantes de deux à trois kilomètres. Aucune partie du terrain n'est à l'abri des canons lourds de la dernière ligne, ni des *Minen*, très nombreux sur les positions avancées.

Cet ensemble de fortifications interdit, à l'évidence, l'accès de Cambrai et de Douai, et permet à Ludendorff de raccourcir le front tout en récupérant quelques dizaines de divisions en réserve. Le recul est donc une opération mûrement préparée dans ses moindres détails et programmée depuis la prise du pouvoir par Hindenburg, en août 1916. Après le désastre de Verdun et le massacre de la jeunesse allemande sur la Somme, le premier quartier-maître général de l'armée du Kaiser a calculé que la dépense en béton de la fortification construite en France économiserait beaucoup d'hommes.

— La ligne Siegfried s'appuie vers le sud sur le massif de Saint-Gobain, signale Mac Cawley. Hélas, vous n'aurez plus de glaces ni de vitres de couleur ! Regardez ces photos de la manufacture de Chauny. Vous voyez qu'il n'en reste rien. Toutes les usines de la vallée de l'Oise sont détruites. Les Allemands n'oublient pas, en se retirant, d'éliminer des concurrents.

— Avez-vous testé la ligne de défense ? demande Latouche.

— Bien entendu. Les Australiens sont montés à l'assaut vers le nord, après une forte préparation d'artillerie. Ils ont laissé beaucoup des leurs sur le glacis des forteresses. Impossible d'avancer, même en utilisant la vallée. Voyez les clichés : les Allemands ont même coulé des péniches dans le canal de la Somme. Tous les ponts ont sauté. L'organisation du terrain abandonné par les *Huns* (ainsi les Anglais baptisent-ils les Boches) demandera plusieurs semaines de travail acharné. Cela retarde l'offensive d'autant.

Le commandant Latouche s'estime assez bien informé pour alerter aussitôt l'état-major de Nivelle. Il est indéniable que les Allemands se sont retirés, et qu'ils ont construit une ligne d'arrêt infranchissable. Le mouvement s'est déroulé dans l'ordre, et les destructions sont totales. L'offensive alliée sera sans doute encore reculée, pour préparer de nouveaux axes d'attaque.

Le major Mac Cawley propose à Latouche de le raccompagner en gare d'Amiens, pendant que le lieutenant Damish fait un pas vers Jean Aumoine :

— Quant à vous, venez donc avec moi à

Armentières. Vous y verrez le corps australien. Un spectacle à ne pas manquer.

Le commandant Latouche est perplexe : Armentières est à l'ouest de Lille, beaucoup plus au nord, loin de la ligne Wotan. Il se demande si le capitaine Aumoine, en acceptant avec empressement cette suggestion insolite, soupçonne un piège. Une forte concentration de troupes britanniques et d'artillerie lourde dans cette région laisserait en effet supposer que les intentions véritables de Haig restent concentrées sur le champ de bataille des Flandres. Pourtant, Damish, en proposant ce détour par Armentières, semble démentir d'avance une telle hypothèse.

Mac Cawley a reçu l'ordre de satisfaire pleinement, sans rien leur cacher, la curiosité des Français. Il ne contrarie nullement David Damish et trouve même l'idée excellente. Un parcours dans les lignes anglaises les convaincra que les renforts arrivent constamment d'Angleterre. Il faut qu'ils mesurent à l'œil nu l'importance de l'artillerie lourde, qu'ils voient défiler les brigades canadiennes, australiennes, néo-zélandaises.

Cette mobilisation des ressources du Commonwealth sur la terre française est une première mondiale, qui précède le débarquement escompté des Américains. Mac Cawley n'est pas un officier traditionnel de l'almanach militaire de la *gentry*. La guerre n'est pas pour lui un devoir de caste. Il n'a pas, pour sir Douglas

Haig, le favori du roi George V, une admiration obligée.

Pour lui le devoir militaire n'est pas seulement de se faire tuer, les Anglais à Thiepval comme les Français à Verdun, mais d'étudier ensemble les moyens les plus sûrs et les plus rapides d'en finir avec les *Huns*. Il veut montrer *de visu* à ces officiers français que la guerre dépasse désormais l'affrontement franco-allemand. Le monde anglo-saxon tout entier a donné rendez-vous à ses fils dans les plaines des Flandres et de Picardie.

— Séparons-nous ici, déclare Latouche après réflexion. Aumoine vous suivra seul. Je dois rejoindre au plus tôt Beauvais. Notre état-major doit prendre au sérieux le recul allemand.

— Je crois que vous ne serez pas déçu du voyage, dit Damish à Jean en souriant. Armentières est une si jolie ville anglaise.

Jean répond à son sourire. Il se souvient qu'il s'était servi de Damish sans vergogne, lorsqu'il cherchait comme un fou sa chère Clelia dans les lignes britanniques lors de l'attaque des chars de Braye et d'Albert. Le lieutenant anglais s'était alors indigné de son insolence. Pour l'amour d'une fille, il lui avait fait perdre son temps. *Damned Frenchy !* Jean Aumoine se demande ce que lui réserve son compagnon de route, le candide officier au teint rose de l'*Intelligence Service*. Un chien de sa chienne ?

Les Australiens sont au repos dans une prairie, pas très loin de la rivière Ancre. Pourquoi Damish a-t-il donc parlé d'Armentières ? Les artilleurs font boire leurs chevaux sur la berge et les étrillent avec soin, comme s'ils préparaient des offrandes vivantes pour la visite d'un dieu. Ils les montent à cru, presque nus dans la rivière. Se croient-ils en plein mois d'août ? Comment ces hommes solides gardent-ils leur bronzage d'été ? Sans doute reviennent-ils du front d'Orient.

Ces chevaux anglo-normands de belle race vont courir, en ce dimanche après-midi, comme à Epsom ou à Flemington, près de Melbourne. Autour du champ de courses improvisé, sur un plateau dénudé qui s'étend à perte de vue, les *huts* des Australiens, petits abris de tôle ondulée, en demi-cercles longs de quatre ou cinq mètres sur deux de large, forment une sorte de village. Elles détonnent au milieu des batteries de canons de 90 alignées comme à la parade, près des écuries où les hommes pansent les chevaux de trait.

Damish dirige Jean Aumoine vers la *hut* du général John Ruse, chef de l'artillerie de la brigade. Son abri ne se distingue en rien des autres. L'intérieur, glacé, est réchauffé par un poêle à pétrole. Au sol, posé sous les pieds de la table d'hôte, un tapis persan décore le parquet cloué sur des traverses. Le couvert est dressé, il est presque raffiné : fourchettes convenables et authentiques verres pour la dégustation du *vin mousseux* dont les Australiens raffolent.

— Vous tombez bien, dit le général Ruse à ses hôtes. Vous savez, comme nous, que nous montons prochainement en ligne. Une grande affaire se prépare et nous devons l'emporter, car il ne faut plus compter sur les Russes. Mais est-ce une raison pour ne pas célébrer aujourd'hui le *cup-day* ?

C'est un concours hippique dans la pure tradition britannique. Le général entraîne ses visiteurs dans la prairie où les artilleurs ont tracé une piste soigneusement rasée par des tondeuses mécaniques, comme un terrain de golf. Des bancs sommairement assemblés figurent la tribune. Jean remarque quelques coussins de velours, disposés au premier rang. Le général a sans doute des invités de marque, des femmes peut-être. Les hommes sont déjà en place, prenant des paris, *betting* sur le *turf*. Ils discutent avec animation au passage des chevaux recouverts de chaudes couvertures de l'armée.

— La course est un *jumping*, précise le général.

Jean Aumoine, emmené parfois, dans sa prime enfance, par son père amateur de chevaux sur le champ de courses de Montluçon, reconnaît les haies d'obstacles, et même le ruisseau traditionnel, prévu selon les règles.

— Les pur-sang viennent d'Australie, lui confie David à voix basse, comme s'il commentait les capacités du canon de 90. Ils les bichonnent mieux que des voitures de course.

— Tout Australien est un éleveur, assure John

Ruse. De moutons, de kangourous ou de chevaux. Je crois pouvoir dire que nous avons porté le pur-sang anglais à sa perfection, grâce à nos croisements. Nous aimons aussi le cricket, mais chez nous, les courses ont un bon succès.

— Y a-t-il des *bookmakers* ? demande Jean à David.

— Naturellement, répond l'Anglais. Croyez-vous donc que le cheval soit seul passionnant ? Les Australiens sont aussi des chercheurs d'or.

Au repas servi dans la *hut* du chef, le général Ruse n'est préoccupé que de la révolution en Russie. L'alliance des bolcheviks et des agents impériaux allemands ne fait à ses yeux aucun doute. Entre le plat de hareng et le saumon fumé en conserve, apportés par les marmitons en vestes blanches, il lance sa diatribe :

— Je vois la main de l'Allemagne dans l'agitation de Saint-Pétersbourg, assure-t-il en se versant lui-même du whiskey de sa réserve, et je ne crois pas à une république russe. Une révolution violente guette le régime, que mènent des anarchistes intellectuels aigris par l'exil. Si les Allemands ne démembrent pas la Russie, elle le fera d'elle-même. Rien de bon ne peut venir de ce côté-là.

Jean n'a pas d'opinion précise sur la révolution russe. A Montluçon, les mieux informés des lecteurs du *Populaire* ne distinguent pas les noms de Lénine et de Trotski des minoritaires de tous les pays qui se sont réunis en 1915 à Zimmerwald en Suisse. Il pense que les socialistes russes soutiendront la guerre, comme les Français, contre l'Empire de Berlin, et que leur armée tient toujours ses lignes.

Il se garde d'interrompre le général australien, qui du reste n'attend pas les desserts pour se lever, sans avoir le temps de porter des toasts aux officiers qui vont monter leurs pur-sang. Le *horse show* n'attend pas et déjà, les lads préparent le défilé des cracks.

John Ruse époussette sa *jacket*, coiffe sa vaste casquette kaki à bord rouge, vérifie d'un geste machinal sa cravate ornée d'une perle. Une automobile noire, tous chromes étincelants, s'avance vers le camp sur la route de gravier.

Un aide se précipite pour ouvrir la portière. Le général s'approche, avec ses officiers d'état-major.

— Est-ce la Rolls du roi d'Angleterre ? interroge Jean à voix basse.

— Non pas. Celle de la duchesse de Sutherland, précise David Damish.

— Confuse de ce retard, mon cher Ruse ! s'exclame la dame recouverte de pied en cap de fourrure grise, ces routes sont affreuses. Mais je n'aurais voulu pour rien au monde manquer votre *cup-day*.

Pendant que le général baise la main de la noble dame, Jean Aumoine voit descendre de la voiture une infirmière aux cheveux blonds, le chapeau surmonté d'une plume blanche. Sa très chère Clelia accompagne la duchesse ! Damish lui lance un rapide coup d'œil. Le Français réussit à contenir sa joie. Il s'incline, comme les autres officiers, devant la duchesse.

— Nous nous reverrons vite, parvient à lui chuchoter Clelia. Je suis nommée à Arras.

Les dames prennent place aux côtés du général radieux qui donne le coup d'envoi, debout, bras levé et revolver pointé vers le ciel.

Damish serre Aumoine dans ses bras.

— Excusez-moi, sourit-il, je n'assisterai pas à la *cup-day*. Je ne vous ai tendu ce traquenard australien que par devoir d'amitié. Je vous laisse entre bonnes mains.

Demain, les hommes monteront en selle pour le carnage. Mais dans cet après-midi de dimanche ensoleillé, la duchesse de Sutherland, un général venu de Melbourne et tous ses soldats bronzés regardent courir les plus beaux pur-sang d'Australie sur une prairie française.

Le wagon de Compiègne

A peine libérée par la duchesse de Sutherland, Clelia Bellini s'est hâtée de prendre le train d'Arras pour y retrouver Jean. Mais l'intensité du bombardement allemand rendait la capitale martyre de l'Artois inaccessible. L'*Ambulance Millicent Sutherland* n'a pu résister à ce pilonnage, elle a été contrainte d'installer ses services plus à l'ouest, dans le village de Marœuil, à l'abri du canon.

Une journée entière, Jean a cherché la jeune infirmière dans les caves d'Arras, sans la découvrir ni obtenir le moindre renseignement. Il s'est donc embarqué le gris dans l'âme dans le train d'Amiens, où il n'a pas davantage trouvé le commandant Latouche, envolé sans doute vers Beauvais.

A la Mission franco-britannique, le capitaine Aumoine prend l'initiative d'expédier un long message personnel codé à l'intention du lieutenant-colonel Baudinard. Il peut témoigner que l'armée britannique est déjà engagée dans une opération d'envergure, et que les Allemands réagissent de tous leurs moyens. S'ils ignorent encore la date et le lieu de l'offensive française, ils ne peuvent se tromper sur l'intention marquée des Anglais de remonter à toute force le cours de l'Ancre, plus au nord celui de la Scarpe, et de dégager Arras. Ces charmantes petites rivières rougiront à coup sûr, prochainement, du sang de milliers d'hommes.

Baudinard lui a fait répondre, toujours en message codé, qu'il devait certes rentrer sur Beauvais en automobile, mais en multipliant les étapes dans les villes libérées de l'Aisne et de l'Oise, notamment Noyon, pour lui rendre compte de l'état des lieux avec le plus de précisions possibles.

Le capitaine Aumoine, conduit par un sergent de l'armée britannique et non moins obsédé par son rendez-vous manqué avec sa douce amie au regard si tendre, prend donc la route de Roye, libérée par l'armée française depuis le 18 mars.

Il pénètre bientôt sur le territoire de la IIIe armée du général Humbert, dont les soldats sont encore occupés à déblayer les ruines des destructions allemandes et à réparer les lignes du téléphone. Un capitaine obligeant, au vu de son ordre de mission, l'embarque dans une voiture qui le conduit à Noyon.

— Je suis René Poussier, lui dit-il, de la coloniale. Je sers le général Humbert depuis les guerres du Maroc. Nous étions ensemble sur l'Ourcq, sur la Marne, dans l'Artois et à Verdun. J'ai vu beaucoup de villes bombardées, de villages détruits, mais jamais des régions entièrement anéanties, sans aucune trace de vie, rayées de la carte, telle cette malheureuse zone évacuée.

A perte de vue, sur une dizaine de kilomètres de profondeur, pas un village intact, pas un arbre sans cicatrices. Ici ou là, des groupes humains sans troupeaux ni écuries, sans charrettes ni charrues. Plus de meules, de granges, hormis des poutres calcinées. Plus de coqs au village, ni même de chiens de ferme : ils errent, sauvages, sur les routes défoncées, entravées de troncs d'arbres que les travailleurs étrangers, annamites surtout, s'emploient à dégager. La région entière est sinistrée : le capitaine Poussier l'appelle « la zone de la mort ».

— Dire qu'on écrit dans les journaux que nous avons libéré nos villes ! Qu'ils viennent constater *de visu* l'état dans lequel ils nous les ont abandonnées !

Noyon, surtout, fait peine. La cathédrale du sacre des anciens rois de France n'a plus sous sa houlette qu'une succession bosselée de maisons en ruine. Les Allemands pressés, assure Poussier, ont tout raflé, sous prétexte de réquisitions. Ils ont même forcé les coffres des banques au chalumeau pour en emporter les valeurs.

Des colonnes de poilus traversent l'antique cité en butant sur les décombres des rues mal déblayées. Sur la place de l'hôtel de ville, quelques centaines d'habitants piétinent la neige fondue, en rang, pour quérir des vivres auprès d'une cantine militaire débordée.

— Le dernier cadeau des Allemands, ironise le capitaine. Ils ont rassemblé ici les invalides, les assistés et les malades qu'ils ont abandonnés sans soins et sans vivres avant de partir. Ce n'est certes pas à nous, IIIe armée, de nous en occuper. Nous n'en avons pas les moyens. Quant à l'administration civile, elle est défaillante. Elle a pratiquement disparu. Nous allons évacuer ces pauvres gens sur Compiègne.

— Avez-vous pu progresser vers les nouvelles lignes allemandes ? demande Jean.

— Difficilement. Les ponts ont tous sauté, les routes sont piégées. Je sais qu'ils nous reprochent, au GQG, d'avoir poursuivi mollement les Boches. A chaque bosquet, des mitrailleuses ennemies nous lâchaient des rafales avant de se retirer. L'artillerie lourde nous matraquait. Leur aviation nous narguait, osant attaquer nos convois à la bombe. Croyez-vous qu'ils soient partis si facilement ?

— Sûrement pas ! dit Jean, conciliant.

Il cherche à faire comprendre au bon capitaine Poussier qu'il n'est pas là pour juger. Il a seulement des informations à fournir.

Mais l'autre poursuit son *lamento* sans faiblir :

— J'ai failli perdre cinq hommes dans un ancien cantonnement allemand de Plessis-Cacheleux, déplore-t-il. Ils ne se méfiaient de rien, alors que des grenades à manche traînaient partout, soigneusement piégées. Si nous ne sommes pas entrés dans Saint-Quentin, comme on l'a pourtant raconté sans vérifier, croyez-moi, c'est que nous avons devant nous un obstacle de taille.

Pourtant, les communications ne sont pas restées longtemps coupées, l'armée fait diligence : à Noyon, le génie répare la voie ferrée. Un pont de bois vient d'être jeté sur l'Oise. La circulation reprend, peu à peu rétablie grâce au travail incessant des équipes mobilisées par le général Humbert.

Mais la remise en état de la zone est loin d'être achevée. Sur la route de Guiscard, Jean Aumoine et son chauffeur doivent attendre l'installation de rondins sur une portion de chaussée, effondrée par une charge de cheddite.

— Quand nous avons pénétré les premiers dans la zone interdite, reprend Poussier, les fausses nouvelles pleuvaient. Des civils nous annonçaient la prise de Saint-Quentin. En fait, un barrage nous attendait à chaque coupure de route. Des fusils-mitrailleurs embusqués tuaient nos hommes et disparaissaient aussitôt. Nous avons dû mettre au point un tir roulant de 75, à seule fin de pouvoir avancer sans pertes. Nous l'a-t-on assez reproché ! Nous ajoutions nos trous d'obus aux destructions des Allemands, et notre progression était jugée trop lente en haut lieu.

La voiture traverse des villages morts, désertés, avant de gagner les faubourgs de Tergnier, presque entièrement sinistrée.

— Les Allemands sont juste là, désigne Poussier, sur l'autre rive du canal Crozat, qui joint la Somme à l'Oise devant La Fère. Les premières fortifications de la ligne Siegfried s'alignent sur la rive gauche de l'Oise. Vous ne pouvez les voir à l'œil nu. Elles sont enterrées.

Désireux de présenter un rapport complet, Jean Aumoine demande à visiter les premières lignes, de Tergnier à Coucy et jusqu'au moulin de Laffaux.

— Attention, prévient Poussier au bout de quelques kilomètres de tapecul sur le terrain défoncé, nous avons franchi l'Ailette. La ligne Siegfried s'arrête là, à Fauconcourt. Vous ne verrez plus âme qui vive dans ces ruines de village. Les Allemands ont creusé dessous, jusqu'à vingt mètres. Ils nous guettent déjà. Nous ne pouvons plus approcher.

Sous le soleil, l'acier des champs de barbelés scintille. Jean Aumoine, l'œil rivé à ses jumelles sur le glacis de la ligne Hindenburg, n'aperçoit pas le moindre mouvement suspect. Les arbres sont coupés, la vue dégagée pour les batteries de l'arrière, invisibles.

— Trois ou quatre lignes superposées, lui précise Poussier. Impossibles à prendre. Il faudra que Franchet d'Esperey, commandant le groupe des armées du Nord, nous donne beaucoup de canons s'il veut que nous puissions avancer vers Saint-Quentin. La ville est prise entre deux lignes de défense ennemies. Elle est inabordable.

Ils ne restent pas longtemps sur la rive de l'Ailette. Le canon commence à tonner derrière Coucy. Les 155 français testent les fortifications. Les Allemands répliquent aussitôt.

— Notre artillerie se met en place lentement, faute de pouvoir s'abriter sur le terrain dévasté, explique encore Poussier. Le génie se hâte de poser des lignes téléphoniques pour joindre les batteries, mais les éléments avancés sont toujours sans liaisons commodes avec le PC d'Humbert.

Jean Aumoine a le sentiment que le décor de la bataille est planté. En se retirant sur la ligne Siegfried dans un ordre remarquable, les Allemands l'ont de fait déjà engagée. Ils ont obligé les Alliés à se découvrir en avançant, bon gré mal gré, sur un terrain exécrable, inutilisable, où plusieurs mois de travaux seraient nécessaires pour ériger une vraie ligne de défense, à l'abri du feu de leurs maudites batteries que le mauvais temps empêche nos aviateurs de repérer.

Les gros obus commencent à pleuvoir. Le capitaine Poussier se hâte de franchir l'Ailette sur un pont de bateaux. La voiture avance lentement plein sud, vers Crouy et Soissons. Elle doit fendre les colonnes du 37e corps qui vont prendre position entre le moulin de Laffaux et le confluent de la Vesle et de l'Aisne.

— Ici commence, aligné d'ouest en est, l'éperon du Chemin des Dames, indique le capitaine Poussier en tendant le bras vers les lointains.

Les Allemands tiennent les pentes du côté de l'Ailette. Nous occupons en grande partie les rives de l'Aisne.

Le 37e corps est à l'ouvrage, les territoriaux creusent à la hâte des tranchées. Il s'agit de construire une ligne de défense infranchissable, a exigé le commandant de la IIIe armée.

— De son état-major de Noyon, poursuit Poussier, Humbert vient en personne surveiller les travaux. C'est une vraie course contre la montre. On ne peut envisager une offensive en laissant grande ouverte sur son aile gauche, sans défenses sérieuses, cette zone libérée par l'ennemi.

A la fébrilité des équipes de restauration, Jean Aumoine mesure l'impatience du GQG à maintenir coûte que coûte son offensive. Il n'est pas douteux, dans l'esprit du jeune capitaine, que celle-ci sera engagée dans un secteur proche, sans doute sur l'Aisne. Il a vu marcher des bataillons de tirailleurs sénégalais — les troupes de la VIe armée de Mangin —, dans cette direction. Il est clair que le glacis d'avant Soissons, jusqu'à Noyon, doit être organisé en profondeur pour éviter la rupture du front.

Jean Aumoine estime qu'il dispose désormais d'informations suffisamment précises pour rédiger son rapport au GQG. Il n'a plus qu'à sauter dans la voiture fournie par le capitaine Poussier pour regagner directement Beauvais. Mission accomplie. Les Français et les Anglais n'ont pu que suivre, sans les harceler, les Allemands dans leur retraite programmée. Malgré leur relative passivité, les nôtres ont malgré tout subi des pertes en essayant de bousculer l'ennemi. Mais ils n'ont en rien contrarié l'opération Albe-rich.

A Beauvais, au petit matin du 3 avril, impossible d'accéder aux locaux du Grand Etat-Major. Des camions de déménagement chargent meubles et dossiers pour une destination inconnue. Nivelle réside-t-il encore à l'Institut agronomique ? On peut en douter. Les voitures ne pénètrent plus dans les rues étroites conduisant au GQG. Elles sont barrées par la prévôté.

— Un accident ? demande Aumoine à un gendarme.

— Consignes de sécurité. Personne ne peut approcher, sauf laissez-passer spécial.

Le capitaine Aumoine se réveille comme d'un mauvais rêve. Un officier supérieur proche du général Nivelle lui a donné ici même, quelques jours auparavant, un ordre pour une mission dont il s'est acquitté de son mieux. Et voilà l'état-major, s'il existe encore, devenu inaccessible. Volatilisé, en quelques jours...

Jean Aumoine voit les gendarmes lever les barrières pour permettre aux voitures de la télégraphie militaire de quitter la ville, vers une destination inconnue. Se peut-il qu'à peine installé le GQG ait déjà changé de résidence, qu'il soit parti sans laisser d'adresse, à la cloche de bois ?

Une voiture, surgissant du lacis des ruelles, s'arrête à hauteur de Jean Aumoine.

— Monte ! lui lance Latouche.

Bienheureux hasard, Jean a retrouvé son patron. Le voilà rassuré.

Ils prennent la route, sous une bourrasque de neige. Le froid est revenu, le front a sa blancheur hivernale. Le commandant, qui a déjà déposé son rapport au lieutenant-colonel Baudinard, l'âme damnée de Nivelle, demande à Jean des nouvelles des territoires français abandonnés par l'ennemi. Le jeune homme parle d'abondance de son voyage au plus près des lignes allemandes avec le capitaine Poussier.

— Tu as accumulé de précieuses informations, le coupe Latouche, et ils n'attendent que cela à la grande cabane. Leur point de vue a changé. Au début, ils faisaient dire dans les journaux que l'ennemi reculait sous la pression des forces alliées, et qu'on avait libéré Péronne, Bapaume et Noyon.

— Absurde ! dit Aumoine.

— Ils ont vite compris que personne ne donnait dans cette fable, puisque la poursuite engagée n'aboutissait à aucun résultat. Poincaré va visiter Noyon demain. Tout l'effort de propagande du rédacteur du communiqué, Jean de Pierrefeu, porte aujourd'hui sur le vandalisme allemand, la frénésie de destruction. Des photographes de presse sont sur place. Ton rapport tombe à point. Tu as bien fait de le coder et de l'expédier tout de suite d'Amiens, sans perdre de temps. Baudinard est content.

— Où allons-nous ? demande Jean.

— Tout près, à Compiègne.

La file des camions est continue sur la route de la ville impériale. Car le GQG s'est installé dans le vaste palais de Napoléon III, au débouché de la forêt, sur les rives ombragées de l'Oise.

Le chauffeur est satisfait : aucune difficulté d'accès dans ces avenues larges comme des boulevards.

— Le déménagement est une réussite, assure cet honnête sergent-conducteur, bavard de nature, à l'instar de tous ceux qui approchent de près ou de loin l'état-major de Compiègne. Tout doit être réglé dans la journée.

— C'est bien près des lignes, dit doucement Latouche, avec un brin d'inquiétude. J'espère que nous ne serons pas obligés de déménager une troisième fois.

— Les officiers du 3e bureau sont aussi de cet avis, enchaîne le sergent. Ils disent « qu'ils ne moisiront pas dans ce patelin », et qu'ils seront à Laon avant peu.

— Laon est de l'autre côté du Chemin des Dames, observe Latouche. Entre nous, glisse-t-il à l'oreille de Jean, je doute qu'il soit si facile d'y entrer.

Il trouve étrange qu'un simple sergent-chauffeur puisse évoquer l'offensive aussi délibérément. On la commente peut-être aussi sur les comptoirs des bistrots de Compiègne... Le secret demandé par Nivelle n'est pas respecté, à l'évidence. Mais comment tenir secrète une opération de déplacement de plus de mille officiers, dont le général en chef, dans une région toute proche des lignes où les troupes se concentrent, la nuit, depuis trois mois ?

— On m'assure, s'indigne le commandant Latouche, que les citadins regardent chaque jour le baromètre, pour savoir si l'offensive ne sera pas encore reportée à cause du mauvais temps. On en parle depuis la fin mars. Où sont les consignes de discrétion absolue du général Nivelle ?

Un groupe de civils tremble de froid sous la pluie, place de l'Hôtel-de-Ville. Ils ont été débarqués là par les camions militaires durant la nuit, et personne ne s'est occupé d'eux. Beaucoup de femmes et d'enfants, de malheureux vieillards, qui cherchent à s'introduire dans le bâtiment officiel.

— D'où viennent-ils ? demande Latouche à un gendarme qui leur barre la route.

— De Noyon. Nous n'avons pas d'ordres. Nous ne savons qu'en faire.

Le sous-préfet descend d'une voiture officielle, escorté d'agents municipaux. Toute la nuit il a tenté de réveiller les habitants, pour leur faire accepter ne serait-ce qu'une famille de réfugiés. Un certain nombre a pu être recueilli et logé chez le bourgeois. Les autres grelottent encore sous les rafales glacées.

— L'armée n'a pas fait son devoir, remarque Jean.

— Elle considère que c'est l'affaire des autorités civiles.

Le préfet Raux survient à son tour peu après. Coiffé d'un chapeau melon, abrité sous son parapluie, il jaillit de son automobile et fait ouvrir les portes de l'hôtel de ville. Huit heures sonnent à l'horloge. Les malheureux habitants de Noyon, après une nuit abominable, ont enfin trouvé un toit.

— Inutile d'essayer de pénétrer dans le palais, dit Latouche. Chacun y cherche son bureau. Nous ne trouverons pas le colonel de sitôt.

— Si vous le permettez, mon commandant, suggère le sergent-chauffeur, je puis vous conduire à la villa où est logé le lieutenant-colonel Baudinard. Je l'ai moi-même installé dans la journée d'hier.

Il les débarque avenue Thiers, devant une noble maison bourgeoise gardée par les gendarmes. Ils réussissent à passer. Latouche sort sa montre :

— Il est midi. Sans doute est-il au mess.

— Non, répond Jean. On le sert sur place. Ne sentez-vous pas l'odeur de cuisine qui monte de la cave ?

Baudinard leur offre de partager ses agapes rapides, et rouvre les pages du rapport de mission qu'il parcourt de ses yeux noirs brûlants, enfoncés dans les orbites.

Il incite Jean Aumoine à évoquer la région de Noyon, mais n'accorde qu'une attention distraite à ses paroles. A l'évidence, leur mission ne sert plus à rien. Nivelle a digéré l'opération Alberich et s'est résigné à l'impuissance des troupes alliées devant la ligne Siegfried dont plus personne ne songe enfin à contester l'existence, pas même le chef du 2ᵉ bureau, le général Dupont.

— Je vous demande quarante-huit heures avant de vous renvoyer dans vos corps respectifs, déclare Baudinard. J'ai peut-être une nouvelle mission urgente à vous confier. Rendez-vous au palais ce soir à dix-huit heures, dans l'antichambre du général Nivelle. Vous la trouverez facilement. Il a été le premier installé avec son secrétariat, depuis hier, dans l'appartement de l'Empereur.

A peine restauré par l'en-cas du colonel, Latouche propose à Jean la popote accueillante des officiers du 3ᵉ bureau, établie dans une villa voisine. Ne portant pas les insignes de l'état-major, ils y sont admis mais pas vraiment reçus. Les conversations ne cessent pas à leur approche mais deviennent anodines. Méfiance, plus que discrétion.

Seul un capitaine du nom de Lecat leur fait des signes d'amitié. Chaleureux et disert, tout prêt à les mettre à l'aise, il commence par les féliciter de leur mission efficace à l'arrière des lignes britanniques. C'est lui-même qui a reçu et transmis leurs rapports sous la forme d'une note au général en chef.

— Vous l'avez compris, dit-il à Jean Aumoine, les bonnes relations avec nos alliés dépendent de contacts directs, et non de négociations par missions interposées. Voilà pourquoi Baudinard vous garde sous son coude. Sa force est d'avoir des informations exactes plus vite que les autres, par tous les moyens possibles.

— Nous ne réussirons pas sans nos alliés, glisse Latouche l'anglomane.

— Sachez qu'à la conférence de Londres, les 12 et 13 mars derniers, ajoute Lecat le Bourguignon en leur servant un excellent chambertin, Robert Nivelle a obtenu de sir Douglas Haig qu'il lance le premier son attaque sur la Scarpe, afin de fixer les réserves allemandes et de rendre possible notre propre opération.

— Les Anglais s'y préparent, dit Jean Aumoine. Les batteries de l'artillerie australienne sont en place, avec les corps canadiens.

— Nous le savions, et grâce à vous, capitaine, nous en sommes sûrs. Cette fois, nous ne voulons pas manquer notre coup. Connaissez-vous les chiffres de Dupont ? Sur ce point, on peut lui faire confiance. Il annonce cent cinquante-deux divisions allemandes seulement sur le front de l'Ouest, contre cent quatre-vingts alliées. Mais soixante-trois sont britanniques, et si elles ne donnent pas massivement, nous sommes en infériorité. Ludendorff a raison, la victoire est une affaire de calculs exacts.

— Mais aussi de volonté de vaincre, souligne Latouche. De vigueur de l'attaque...

— Précisément. De cela, nous ne sommes pas sûrs, et nous n'avons aucun moyen officiel de le vérifier auprès de nos alliés. Se donneront-ils à fond, au lieu de respecter seulement un contrat passé au sommet ? Nous le saurons à l'heure dite, sur le terrain.

— Le moral de l'armée britannique est bon, croit pouvoir préciser Jean Aumoine. Je n'ai vu que des troupes fraîches et bien armées.

— Je n'en doute pas. Mais vous n'avez rencontré que les artilleurs australiens. Où étaient leurs bataillons d'infanterie ? Il est dommage que vous n'ayez pas poursuivi vers Armentières.

— L'infanterie australienne est au sud d'Arras, affirme Latouche. Elle est entrée la première dans les rues de Bapaume. Je les ai vus de mes yeux.

— Admettons ! coupe l'officier, gêné de son ignorance. Mais nous n'avons aucun contrôle opérationnel sur l'emploi que sir Haig entend faire, au juste, de ses divisions. Il n'y a pas de commandement unique, et il le refuse de toutes ses forces. Les accords de mars ont été négociés sous la pression des politiques anglais. Haig a dû s'y soumettre à contrecœur.

— Nivelle le connaît, tempère Latouche. Il a appris à le manipuler.

— Cela n'empêche pas les retards de s'accumuler, du fait de la mésentente avec Haig. Le « bel Ecossais lucide et résolu », comme l'appelle Poincaré, croyez-moi, est une sacrée tête de mule.

Le jovial capitaine bourguignon s'est pris d'amitié pour ces deux officiers du front d'apparence simple et candide, qui semblent ignorer les arcanes du haut commandement. Il s'amuse à déployer devant leurs yeux le spectacle en ombres chinoises des responsables de l'armée, dont il est l'un des serviteurs et les entraîne vers son bureau, les invitant à s'armer de patience, car celui-ci ne s'annoncera qu'à l'extrémité du dernier couloir du troisième étage du palais... pour ainsi dire sous les combles.

Montant gaillardement le tapis rouge de l'escalier d'honneur, ils croisent Robert Nivelle, très à l'aise dans ses *leggins*, qui le descend en souriant, ses petits yeux plissés, affable comme à son habitude, et qui ne les reconnaît nullement car il est pressé.

Il est difficile de se faufiler dans les couloirs. Des employés du conservateur Gabriel Mourey, revêtus de blouses grises, déménagent les bustes de la pulpeuse impératrice Eugénie, accrochent les tableaux célèbres au premier étage réservé aux bureaux de Nivelle, aux hommes de son cabinet et aux pontes du 3e bureau ; vastes pièces avec vue sur le parc. Des militaires sanglés de cuir ordonnent le mobilier national, installent des tapisseries sur les murs, aménagent des cloisons mobiles pour les secrétaires, pendant que les téléphonistes font courir leurs lignes sous les Aubusson.

Il faut du temps et du souffle pour parvenir jusqu'à l'antre minuscule de Lecat, après un dédale de petites pièces mansardées où s'entassent les services de l'aviation, de la radio et du renseignement.

Les rafales de pluie cinglent les lucarnes du toit qui éclairent chichement le « bureau » où le capitaine invite enfin ses hôtes à prendre place, sur de simples chaises de cuisine, le château étant plein à craquer, comme on dit d'une salle de théâtre à la veille d'une grande représentation.

— Heureusement, l'offensive est reportée, déclare-t-il, serein, en tirant une bouteille de fine Napoléon d'un carton de dossiers.

Il leur verse une ration de naufragé dans des verres douteux, et poursuit une mise en scène des principaux personnages de l'armée française qui laisse Jean Aumoine pantois :

— Savez-vous que le projet d'offensive remonte à novembre 1916 à Chantilly ? L'affaire était montée par Joffre, et acceptée par nos alliés. Une première fois, le 15 janvier 1917, pour être précis, Nivelle a dû faire le voyage de Londres pour obtenir du cabinet britannique un accord de principe sur son plan d'attaque.

— Le cabinet ? réalise soudain Latouche. Cela veut dire le gouvernement ? En êtes-vous sûr ?

— Parfaitement ! Le général français, notre chef, a plaidé devant Lloyd George, mais aussi devant lord Curzon et lord Balfour.

— Comment le savez-vous ? demande Latouche, méfiant et incrédule.

— Baudinard était présent, comme expert. Il m'a longuement raconté que le patron avait eu recours à toute son éloquence pour obtenir de

Haig — opposant constant au cours de la réunion — que la ligne anglaise fût prolongée sur le front jusqu'à Roye afin de permettre aux Français de constituer leur masse de divisions de réserve. Les Anglais ont repoussé cette relève, pour nous indispensable, au 1er mars. Déjà deux mois de perdus.

— Mais Nivelle a gagné, souligne Latouche. Les Anglais se sont engagés à attaquer.

— Haig a toujours freiné des quatre fers. Les retards se sont accumulés.

Le capitaine extrait d'un dossier différents feuillets tapés sur carbone à l'encre violette et les leur distribue :

— Conférence de Beauvais. 29 janvier. Haig allègue que les transports sont insuffisants. Notre Ragueneau se voit contraint de promettre un triplement des voies ferrées. Nivelle insiste : les Anglais doivent percer le front en direction de Cambrai, sur la Scarpe. « Entendu, répond Haig, mais pas avant le 15 mars. » Premier recul grave !

— Tout de même, objecte Latouche, l'Anglais a promis d'attaquer.

— Le général des Vallières, chargé en permanence à la Mission des rapports officiels des deux commandements, a réussi à obtenir des précisions, explique posément Georges Lecat, sans avoir conscience de trahir un secret : tout le monde le sait dans la maison. Sur ses soixante-quatre divisions, Haig n'en affectait que treize, sur un front de six kilomètres le long de la Scarpe ! Une misère ! Encore les Anglais nous soutiennent-ils, alors que l'achèvement des travaux de chemin de fer est à prévoir pour le 15 avril seulement.

— Nous y sommes presque, coupe Latouche, excédé. Comment un maréchal de l'armée britannique peut-il ainsi se jouer de son propre gouvernement ? Il ne peut pas y croire.

— Le 27 février, à Calais, notre Nivelle, faisant agir le sien, a obtenu satisfaction sur le papier. Il a été doté du commandement suprême pendant la durée de la campagne, avec Haig sous ses ordres. Le maréchal britannique, très choqué, a offert sa démission à George V, qui l'a refusée. Voilà Nivelle maître du jeu. Il ne se fait pas d'illusions : à cause de la crise des transports, l'opération ne pourra démarrer qu'autour du 10 avril. Nouveau retard accepté des deux parties. Les Anglais ont gagné trois mois et demi.

— Ils sont désormais liés à notre cause.

— A quel prix ! Le gouvernement français a dû promettre de fermer toutes les usines du Nord qui ne travaillent pas pour la guerre. Il a obtenu de justesse que nos malheureuses populations ne soient pas entièrement évacuées, il a protégé celles d'Arras et d'Amiens. Les Anglais ont exigé les moyens de transporter deux cent mille tonnes de plus par semaine, en fournissant, il est vrai, les machines et le charbon.

— Je trouve normal, intervient Jean, qu'ils aient exigé, avant de risquer la peau de leurs hommes, de pouvoir leur fournir tout ce dont ils ont besoin et au-delà ! C'est la moindre des choses !

— Certes, convient Lecat. Mais du 15 au 19 mars, un autre maréchal, Hindenburg, nous sortait Alberich de son chapeau ! Haig en profitait pour prendre le large ! Tout était à recommencer. Heureusement, le cabinet britannique, Lloyd George le premier, a soutenu Nivelle et contraint Haig à prendre ses dispositions.

— Alors, tout va bien ! conclut Latouche sur un ton sans réplique.

Le commandant apprécie peu que l'on critique ses amis anglais, dont il admire au plus haut point le courage tranquille et l'esprit de sacrifice.

— Rien ne va plus, mes chers amis, déclare le Bourguignon, soudain las. Croyez-vous que Baudinard vous aurait retenus dans nos murs, si tout était pour le mieux dans les royaumes de France et d'Angleterre réunis ?

Personne ne demande aux deux chargés de mission de repartir. Le 6 avril, ils traînent encore dans les couloirs du palais où le commandement se met lentement en place.

Le capitaine Lecat part à leur recherche, descend à toutes jambes des escaliers qui aboutissent à des cours intérieures condamnées, regrimpe en pestant jusqu'au premier étage où il trouve enfin Latouche et Aumoine, assis sur un banc dans l'antichambre, sous le feuillage d'un philodendron.

— Baudinard vous cherche !

Latouche se redresse.

— Non, pas vous ! Le capitaine Aumoine ! Vous êtes bien un ancien du 121e d'infanterie ? Suivez-moi.

Le capitaine Lecat fait volte-face et marche d'un pas rapide vers chez Baudinard. En vain, le bureau de celui-ci est vide. Il entre dans l'antichambre de Nivelle. Les gendarmes gardent bouche cousue. Le général est sorti.

Peut-être s'est-il rendu discrètement au bel hôtel La Perche, 14 avenue Thiers, où il est logé par le maire de Compiègne, Fournier-Sarlovèze, heureux et digne époux d'une demoiselle Laperche. Il arrive au général en chef d'y recevoir, en toute discrétion, des hommes politiques.

Lecat n'insiste pas. Il remonte sous les combles, cherche le général Dupont, du 2e bureau, dans sa taupinière : absent lui aussi. Disparu également Ragueneau, le spécialiste des chemins de fer. En dernier ressort, Lecat sort du palais pour s'informer auprès des chauffeurs, généralement bien renseignés. Où donc les chefs sont-ils partis ? Pas de réponse. Personne ne sait.

Le capitaine Lecat rejoint, sous la pluie, l'entrée du palais et s'abrite sous le parapluie du lieutenant Jean de Pierrefeu qui attend sa voiture.

— Où allez-vous ? demande-t-il, trempé jusqu'aux os.

— A la gare, comme tout le monde. C'est un spectacle à ne pas manquer.

Une solide barrière continue interdit aux voyageurs l'accès au quai. Un cordon de gendarmes barre l'entrée. A l'intérieur, des biffins du 1er régiment de France présentent les armes, avec des Marocains du régiment colonial encadrant le drapeau. Quelques photographes de presse triés sur le volet sont admis sur le quai n° 1 où entre en gare la locomotive noire aux parements rouge vif, décorée de drapeaux français, belge et britannique, attelée à deux voitures : celle du président, et le wagon-restaurant qui la suit.

— Le train présidentiel ! dit Jean de Pierrefeu.

— Je m'en serais douté, répond le capitaine Lecat, ulcéré d'être le seul à n'avoir pas été prévenu.

Quand le convoi s'arrête, des vivats saluent Poincaré qui saute prestement de son wagon, accompagné du nouveau président du Conseil Alexandre Ribot, à la barbe biblique, ainsi que de Paul Painlevé, l'actif ministre de la Guerre radical de gauche.

De son pas véloce de chasseur à pied, le président, tête nue, en habit noir, vient s'incliner devant les drapeaux, pendant qu'une fanfare entame *La Marseillaise*. Les photographes se précipitent. Poincaré prend son air résolu, barbiche tournée vers l'est, le temps de la pose. Puis il regagne précipitamment son wagon, suivi des ministres exténués qui se bousculent sur les marchepieds ; et le train quitte aussitôt la gare. La cérémonie n'a pas dépassé le quart d'heure.

— Une visite express ! commente finement Lecat.

Il abandonne la recherche de Baudinard. A quoi bon ? Il est clair qu'un coup se prépare et que le lieutenant-colonel a été mobilisé pour cette visite imprévue, aux côtés de Nivelle, précisément.

— Il y a du grabuge, confie Latouche à Aumoine en le retrouvant. Rien ne va plus pour l'offensive. Les généraux se bouffent le nez, c'est sûr ! Poincaré est venu pour arbitrer.

Avec obligeance, Jean de Pierrefeu propose aux officiers sa voiture, sans autre commentaire. Ils s'entassent dans la spacieuse Renault grise et, bizarrement, voient le chauffeur s'engager dans la forêt au lieu de prendre l'avenue de la gare.

Puis il tourne dans les allées, comme pour s'assurer qu'il n'est pas suivi, franchit l'Oise sur le pont de Choisy-au-Bac gardé par les militaires, emprunte la route de Margny-les-Compiègne, fort encombrée de charrois d'artillerie. Chacun comprend que Pierrefeu leur réserve un tour à sa façon — car le jeune homme est espiègle —, mais nul ne pose de questions.

La voiture rejoint la gare de marchandises par le nord, en franchissant des barrages de gendarmes sur présentation d'un ordre de mission. Le commandant Latouche s'en aperçoit le premier : le train présidentiel stationne seul, à l'écart, sur la voie extérieure. Il a fait une fausse sortie et s'est infiltré dans le triage, très capillarisé et bourré de longs convois militaires.

Pierrefeu s'avance vers le piquet de garde, stoppe sa voiture, invite ses amis à le suivre. Ils prennent place dans un wagon de voyageurs, sur une voie proche de celle du convoi officiel.

— Je dois attendre ici pour un éventuel communiqué, annonce-t-il, si toutefois on me demande d'en rédiger un. Restez avec moi, vous serez aux premières loges.

Jean Aumoine n'aurait jamais imaginé pouvoir être témoin d'une scène historique. Il voit grimper dans le wagon officiel, l'un après l'autre, à quelques minutes d'intervalle, les officiers généraux les plus connus de l'armée française, accueillis par le général Pénelon, aide de camp personnel du président Raymond Poincaré.

— C'est le comité de guerre au grand complet, indique Jean de Pierrefeu. Même l'amiral Lacaze, le ministre de la Marine, est dans le train, avec Albert Thomas.

— Nivelle est déjà là, suppute Lecat. J'ai vu sa voiture à fanion blanc stationnée à l'entrée de la gare.

— Les autres ne vont pas tarder. La réunion est prévue à dix heures trente.

Le premier arrivé, démarche alerte malgré

son âge mûr, est le général de Curières de Castelnau.

— Je le croyais en mission en Russie, s'étonne Lecat.

— Il est rentré pour prendre le commandement du groupe des armées de l'Est. Normal qu'il soit le premier, explique Latouche, il vient du front de Lorraine, le plus éloigné. Il a sûrement pris toutes ses précautions pour être à l'heure.

— Je ne savais pas qu'on dût attaquer aussi dans les Vosges, glisse Lecat. Que vient faire ici l'adjoint de Joffre ? Il n'est plus rien au GQG !

— Mais son influence reste grande dans l'armée et, pour Poincaré, il est le sauveur inoubliable de Nancy. Rappelez-vous l'affaire du Grand-Couronné, en août 14. Sans Castelnau, Nancy serait allemande, comme Metz et Sarrebourg.

Franchet d'Esperey arrive à son tour.

— La tâche de celui-ci n'est pas facile, affirme Latouche. Il commande le groupe des armées du Nord, qui doit attaquer avec les Anglais la ligne Siegfried. Il est rendu en premier responsable de la trop lente poursuite des Allemands en recul dans son secteur.

Pétain le talonne, impeccable dans sa longue capote bleu horizon, suivi de son aide de camp qui ploie sous le poids de deux énormes serviettes.

— Celui-là ne vient jamais sans ses plans, commente Lecat.

— Messieurs, dit solennellement Pierrefeu, je vous présente le futur général en chef des armées françaises.

Jean Aumoine est fort surpris. Il n'est pas familier des foucades des brillants sujets du GQG, qui ne s'embarrassent pas de prudence ni de retenue dans leurs propos.

— Nivelle est-il déjà limogé ? demande-t-il d'une voix blanche.

— Je prends les paris, répond Pierrefeu. Et voilà son exécuteur des basses œuvres, le dévoué Micheler, l'adjoint de Nivelle qui ne cesse de le trahir. Un personnage de mélodrame qui aurait fait florès sur les boulevards au temps de Pixérécourt. Toujours prêt à alerter les politiques sur les défauts du plan d'offensive. L'âme damnée de Foch, présentement au rancart, chargé par Nivelle d'étudier l'invasion éventuelle de la Suisse par l'armée allemande. Comptez sur lui pour torpiller le GQG ! C'est un expert ! Sa serviette est bourrée de dynamite.

Le commandant Latouche réprime son agacement. Il estime inconvenant que l'on traite les grands chefs avec malveillance ou désinvolture. Il cherche à connaître l'opinion de Georges Lecat, mais le Bourguignon reste muet. Peut-être a-t-il l'expérience, étant du sérail, de ces séances d'exécution au lacet dans les lieux secrets d'où sortent les décisions capitales de la guerre. Lui, si disert, mâchonne sans piper mot sa Dunhill, cadeau d'un officier britannique, aide de camp du général Wilson.

La familiarité des journalistes, plus que la vie mondaine qu'on lui prête, a sans doute déteint sur Jean de Pierrefeu, qui poursuit son monologue incisif en prenant Lecat à témoin.

— Nous devons attaquer dans les jours qui viennent, l'interrompt Latouche, bougon. Un million d'hommes piétinent dans la boue glacée des parallèles de départ. Ils ne vont tout de même pas remettre l'affaire en question ?

— On a vu pire, rappelle Pierrefeu. Personne ne voulait de l'offensive de Joffre en Champagne, en octobre 1915. Il s'en est fallu d'un cheveu.

« Cent mille hommes vont peut-être mourir demain, se dit Jean, sans oser élever la voix. Et leur sort dépend du conciliabule de cinq sexagénaires qui ne sont pas d'accord entre eux. »

— Vous n'êtes pas sans savoir, poursuit Pierrefeu, que Micheler critique depuis le début le plan d'attaque du Chemin des Dames.

— Voilà qu'il révèle le lieu de l'offensive, glisse Aumoine à Latouche.

Pierrefeu a l'ouïe fine. Il réplique aussitôt, haussant les épaules :

— Tout le monde le sait au palais. Même les Allemands sont au courant. Ils ont saisi les plans d'attaque dans la sacoche d'un zouave. Mais ils n'y croient pas. On ne se fie jamais aux découvertes de ce genre. Ils font la part de l'intoxication.

— Facile à dire, grommelle Latouche.

— Micheler prétend qu'il est utopique de vouloir enfoncer si vite, en quarante-huit heures, une position aussi solide, continue l'attaché de presse du GQG. Il prévoit un désastre sur la position charnière de Soissons. Les Allemands y auraient massé leurs quarante-quatre divisions de réserve. Franchet d'Esperey est sensible à l'argument. Cette partie du front dépend de lui. Ils feront bloc contre Nivelle.

— D'où l'importance de l'attaque anglaise, intervient Latouche avec autorité, pour clouer le bec du gandin. Seuls les *British* peuvent fixer devant eux ces réserves.

— Les Anglais ne sont pas chauds, objecte Pierrefeu. Haig est hanté par le souvenir du désastre de la Somme. Quant à Pétain, il attend l'arrivée des Américains, qui viennent d'entrer dans la guerre. Pourquoi se précipiter ? Le ministre Paul Painlevé, entièrement acquis aux réticences de Pétain, prêche, paraît-il, pour une « percée sans exploitation ». C'est une notion que l'on n'avait jamais entendue dans la bouche d'un ministre de la Guerre.

Le seul à quitter le wagon avant l'heure du repas, la mine préoccupée, est le général de Curières de Castelnau. Il a sans doute une bonne excuse pour partir si vite : son quartier général est trop éloigné vers l'est et il n'est que peu concerné par l'offensive du Chemin des Dames.

— Ce n'est pas le moment de lâcher les photographes, dit Pierrefeu. Les généraux vont tous sortir dans une heure. Avec Poincaré, pas question d'agapes de longue durée. Le repas ne va pas les dégeler. Pétain a sûrement démontré par A + B, selon son habitude, que les moyens n'étaient pas réunis pour un succès.

Le chef du groupement des armées du Centre apparaît le premier à la portière du wagon, impavide, marmoréen. Lecat apprendra plus tard, de la bouche du lieutenant-colonel Baudinard, plus sombre encore qu'à l'accoutumée, que Nivelle a dû offrir sa démission pour maintenir son projet, contre l'opposition déterminée et argumentée de Pétain.

Ni vote ni procès-verbal, et surtout pas de commentaires de presse. Le patron a fixé la date de l'attaque française au 12 avril. Les Anglais partiraient le 9 au lieu du 8. Tout cela au conditionnel, si le temps le permet.

Le lieutenant-colonel Baudinard, dernier invité à quitter le repas présidentiel, aperçoit en sortant du wagon Latouche et Aumoine.

— Montez dans ma voiture, dit-il, s'adressant à Jean et plantant là les autres officiers, Latouche compris. J'ai à vous parler.

Silencieux et préoccupé, il roule jusqu'aux portes du palais où Jean le suit à son bureau. Là, il désigne au capitaine la carte du Soissonnais affichée au mur.

— Le point faible de la bataille, dit-il. Nous ne pouvons rien sans les Anglais.

Un coup d'œil vif et rapide apprend à Jean Aumoine que la 26e division, son unité d'origine, celle qui comprend le 121ᵉ régiment d'infanterie de Montluçon, se trouve en limite du front, juste au contact du 4ᵉ corps d'armée britannique, et devant les gros traits bleus figurant la ligne Hindenburg.

— Les Anglais doivent attaquer dans trois jours, précise Baudinard. Ils s'y sont engagés. Mais nous ne savons rien de leur état d'esprit, ni des moyens mis en œuvre dans ce secteur vital. Votre rôle est simple : ancien du 121ᵉ, vous rejoignez votre vieux régiment, si éprouvé par les batailles. Vous n'aurez pas le temps d'être désigné pour commander un bataillon ou une compagnie. Deux heures après votre arrivée, votre colonel recevra un ordre de détachement pour l'état-major de division, mentionnant votre titre d'officier de liaison avec le corps d'armée anglais. Vous comprenez la langue ?

— Très mal, répond Jean, à peine quelques bribes apprises au lycée. Le commandant Latouche serait mieux désigné.

— Il est déjà parti. Vous le retrouverez au QG anglais d'Arras. Je veux, heure par heure, des nouvelles de l'offensive des Anglais et de l'armée Humbert. Soyez au front, s'il le faut dans les attaques, pour me rendre compte au plus près. Ne ménagez pas votre peine pour assurer la liaison. Envoyez des pigeons si vous n'avez pas d'autre moyen de nous joindre ; nous avons encore recours à eux. Ne comptez pas sur les Anglais pour transmettre. Vous ne devez vous fier à personne.

— Où se trouve le 121e ?

— En secteur depuis le 31 mars dans la région du canal Crozat, sur la zone abandonnée par les Allemands. Ne perdez pas une minute. Vous appartenez désormais au 13e corps de la IIIe armée commandée par le général Humbert. Votre régiment est actuellement en opération devant la ligne allemande, dans les villages de Dallon et de Giffecourt. Sur la Somme, juste devant Saint-Quentin. Vous serez bercé le soir au son des 210. Nous comptons sur ces attaques franco-britanniques pour fixer entre Saint-Quentin et Laffaux les réserves allemandes. Nous devons absolument savoir si les Anglais ont prévu des moyens d'artillerie suffisants pour leur propre offensive, et pour soutenir, comme ils s'y sont engagés, celle du général Humbert.

— Vous n'en êtes pas certain ? hasarde Jean.

— Aurais-je besoin de vous, si je l'étais ?

Le capitaine Aumoine n'a plus d'interrogations à formuler et prend congé, édifié. Une fois encore, il surprend les responsables de l'armée française en flagrant délit d'impuissance et d'improvisation.

Le capitaine Lecat l'attend dans le hall du palais.

— Vous allez au front, je vous envie, semble regretter celui-ci. Le climat du GQG a toujours été débilitant. On y étouffe, comme à Saigon avant la mousson. Ne jugez pas trop sévèrement nos camarades de l'état-major. Compiègne est près du front, mais Paris n'est pas loin, et la politique a fini par rejoindre la guerre. Nous n'avons plus un Joffre pour nous défendre.

— C'est vrai, le général Joffre savait les écarter, répond Aumoine, conciliant mais un brin suspicieux.

Il se demande où veut en venir le Bourguignon. Il ne saurait deviner qu'à l'état-major ces discussions à bâtons rompus, ces supputations sur la lutte des réseaux d'influence sont le pain quotidien des officiers. Ceux-là vivent la guerre à l'ombre des pouvoirs.

— Que voulez-vous ! De nos jours, et après trois ans de guerre interminable que les généraux sont incapables de conclure, les hommes politiques veulent être responsables. Ils doivent l'être, le pays l'exige. Mais ils ignorent tout de nos problèmes. Ainsi se constituent des coteries. Poincaré a fait confiance à Nivelle parce que la Chambre exige une « offensive de paix », comme disaient les Allemands de Verdun. Et Painlevé n'a confiance qu'en Pétain, parce qu'il redoute une nouvelle hécatombe.

— Alors, pourquoi laisse-t-il partir l'offensive ? coupe Aumoine, que ces discours sur les mouvements vertigineux et imprévisibles des sphères supérieures finissent par irriter.

— Il est trop tard pour l'arrêter. Personne au monde ne s'y risquerait. Le dernier venu des poilus est convaincu que la France a les yeux fixés sur lui et que cette offensive du Chemin des Dames sera victorieuse.

— Je vais rejoindre les camarades, dit Jean Aumoine. Ils m'attendent.

— Prenez ma voiture. Je dors au palais, n'en sors jamais et n'en ai nul besoin. Vous serez plus vite au front. Les trains sont si encombrés.

— Auguste Lachaume, du train des équipages, natif de Charenton-sur-Seine ! Pour vous servir, mon capitaine !

Aumoine reconnaît le chauffeur bavard qui l'a conduit de Beauvais à Compiègne.

— Nous allons au front, lui dit-il. Ne prenez pas la route d'Amiens. Quand on veut rejoindre les lignes, le plus direct est de passer par Noyon et Tergnier.

— Du diable ! s'écrie Auguste, il faut que je prenne mon casque et mon masque à gaz. Vous ne m'aviez pas prévenu que nous allions au casse-pipe.

— Vous en reviendrez vite.

— J'y ai fait mon temps, fait remarquer Auguste Lachaume en montrant fièrement ses brisques. J'ai conduit les camions de Bar à Verdun.

Ils évitent Noyon, trop encombrée de troupes de passage, en empruntant des vicinales défoncées jusqu'à Lassigny et Tergnier. De là, ils suivent la route du front, serpentant entre les longues colonnes d'infanterie qui vont, sac au dos, prendre position dans les tranchées creusées à la hâte le long de la ligne Hindenburg et que les Allemands appellent, paraît-il, Siegfried.

Auguste bifurque, docile et sans mot dire, exécutant l'ordre de Jean, aussitôt après avoir franchi le canal de Saint-Quentin. Il s'engage à petite vitesse, à cause des cahots, en direction de Clastres et de Seraucourt-le-Grand.

Jean lui fait bientôt signe d'arrêter : ils sont arrivés au PC provisoire du colonel Corneloup, un ancien dragon qui a remplacé Migat à la tête du 121ᵉ régiment. Auguste Lachaume respire en s'étirant : l'air est sain, pas de bombardements ni de gaz asphyxiants. Il peut reprendre tranquillement sa route.

— Je vous attendais, dit à Jean le colonel. J'ai reçu un message radio m'annonçant votre arrivée. Les Anglais ne sont pas loin, mais les Boches sont encore plus près. Mettez votre casque. Ils arrosent tous les matins.

Le clairon Biron, son conscrit, accueille Jean Aumoine, sans pouvoir s'empêcher de sonner le rappel. Aussitôt, les têtes sortent de la tranchée, aux aguets. Une alerte ? Aucune attaque n'était prévue...

A la vue du revenant, tout danger oublié, les anciens, jaillissant comme des diables hors de leurs trous, se précipitent à sa rencontre. Le lieutenant Gérard, fait capitaine à la Marne et chef de bataillon sur la Somme, siffle en vain le maintien à son poste. Mais rien ne peut retenir Jules Massenot, Maurice Duval et Jules Bousquin, tous conscrits de Jean, de se ruer sur lui à l'étouffer et comme si la guerre n'existait plus. Depuis l'affectation d'Aumoine au régiment gigogne du 321e, ils pensaient qu'il ne serait plus jamais des leurs.

Voilà qu'il revient, l'enfant du pays, le camarade. Jean pense au jeune frère de Duval, mort dans ses bras, enterré de ses propres mains. L'ancien champion cycliste ne peut retenir ses larmes. Et Massenot, Bousquin, ses complices des opérations spéciales, ces volontaires des aventures infernales dans les lignes allemandes, survivants de tant d'affaires pourries ou sanglantes. Et l'ancien déserteur Maurice Lefort qui, à la tête de la section de mitrailleuses, a remplacé le pauvre Bouin tué dans les Flandres, fils de l'instituteur de Villebret.

Ils ont essaimé leurs vies dans les offensives sans fin, les mobilisés de 1914. Ceux-là sont déjà des survivants, on les compte sur les doigts de la main. Ils attendent, dans la tranchée, la dernière offensive décidée la veille par les galonnés de Compiègne, celle qui doit les porter en masse sur la ligne imprenable construite par Hindenburg.

Bousquet n'en finit plus de serrer la main de Jean :

— Tu tombes bien ! Avec toi, ils n'ont qu'à bien se tenir, ceux d'en face, endormis dans leur béton. Tu sais qu'on a formé un corps franc de quarante volontaires, pour aller se promener chez eux la nuit. On a pu les voir de près, les Boches. Ils ont raclé chez eux les fonds du recrutement et embrigadé les très jeunes. Crois-moi, ils ne sont pas mieux lotis que nous !

— Pas besoin de lever les gosses de la classe 18, ajoute Duval, nous en aurons fini avant. Tout est prêt pour la finale.

— Tu sais que nous avons libéré la zone interdite, dit le mitrailleur Lefort. Ils se sont conduits comme des sauvages. Empoisonner les puits ! Des copains sont morts de la manière la plus ignoble, piégés par les Boches. Marcel Dupuis, mon caporal, a perdu la vie en récupérant une pelle neuve laissée sur un tas de vieux outils. Une bombe l'a déchiqueté. Il faut en finir avec la horde des militaristes d'outre-Rhin, clame l'ancien anarchiste. Ils conduisent leur pays à la ruine. Ces junkers qui les mènent au casse-pipe sont prêts à tuer et tuer encore, jusqu'au bout, dans leur folie de dominer le monde.

— On croyait prendre Saint-Quentin sans tirer un coup de fusil, mais il a fallu déchanter, raconte Biron. Ils n'ont pas du tout l'intention de repartir chez eux. Ils se trouvent bien chez nous. Il faudra les sortir de leur tanière, si l'on veut un jour respirer autre chose que leur gaz moutarde. Et Dieu seul sait dans quel état ils laisseront nos régions envahies.

Assailli de toutes parts, Jean le revenant s'efforce d'écouter le point de vue de chacun. Ils sont si heureux d'avoir enfin à qui se livrer du fond de leur cœur qu'ils se disputent la parole, comme à un meeting.

— Nous voulons tous la fin de la guerre, assure Maurice Cazenave, le vacher de Montmarault. Il faut en finir une fois pour toutes. A l'arraché. Tu peux leur dire à l'état-major : nous partirons tous, mais il ne faut pas qu'ils se trompent. Nous en avons assez des occasions manquées. Ce coup de collier doit être le dernier. Après, nous rentrons à l'écurie !

Jean Aumoine n'a pas le temps de placer un mot. Tous veulent exprimer combien ils en ont assez de la guerre et comment, pour cette raison même, ils vont reconduire les Allemands à la frontière. Jamais leur moral n'a été plus haut.

La neige recommence à tomber, pour fondre aussitôt dans la tranchée et se transformer en eau glacée. Au début d'avril, c'est plutôt rare. Un hiver comme on n'en a jamais vu au front. Dans son abri de rondins qu'il ne parvient pas à réchauffer, le commandant Vincent accueille Jean.

— Nous nous sommes arrangés pour les effectifs, lui dit-il. Le 121e est toujours là, même s'il est fortement réduit. Tu sais que les brigades ont été supprimées ?

— C'est une bonne économie de téléphones, commente Jean sobrement. Je n'ai jamais compris à quoi pouvait servir un général de brigade.

— Donc, trois régiments au lieu de quatre, dans la division. Et nous dépendons tous — je veux dire tous les biffins des trois régiments — d'un seul colonel commandant l'infanterie de la division.

— Je vois, note Jean : les dix ou douze mille poilus sont dans la même main, reçoivent les mêmes ordres. Et probablement, les artilleurs de toutes les batteries obéissent à un seul général commandant l'artillerie de la division.

— Tu as tout compris. Les bataillons sont aussi réduits à trois, comprenant trois compagnies. On garde le numéro du 121ᵉ sur nos écussons, mais le régiment de Corneloup n'est plus celui du pauvre Trabucco. En trois ans, il a fondu.

— Il a perdu en effectifs, mais gagné en puissance, fait observer Jean, technicien des armes modernes. Fais le compte des mitrailleuses, des fusils-mitrailleurs, des lance-grenades et de l'artillerie de tranchée, divise-le par sections, et tu verras que le chef de section est en réalité le meneur principal de la guerre. L'action vraiment efficace est entre les mains de petits groupes de quarante ou cinquante hommes, trois ou quatre escouades armées jusqu'aux dents.

— A la limite, constate le commandant Vincent avec une certaine amertume, notre vrai patron n'est plus Corneloup, simple courroie de transmission, mais le colonel Lebienheureux, qui commande toute l'infanterie de la division.

— D'où sort-il, celui-là ? demande Jean, déconcerté par ce bouleversement du dispositif, qui lui semble de la poudre aux yeux.

« On veut cacher les réductions réelles d'effectifs, se dit-il, en gardant nominalement des unités qui devraient être dissoutes. » Quant à

Lebienheureux, son nom lui rappelle le libraire à blouse grise qui fournissait aux lycéens les livres scolaires, avenue de la Gare, à Montluçon.

— Lebienheureux, notre colonel en chef, l'informe Vincent Gérard, vient d'Aurillac, où il commandait en second le 139ᵉ. On dit qu'il ne s'entend pas du tout avec Corneloup, mais les chefs de section savent bien que le succès de l'attaque dépend d'eux seuls. Peu leur importent les querelles de galonnés, qui n'ont souvent pour motif que l'inscription au tableau d'avancement, à la guerre comme en temps de paix.

Jean s'étonne d'une telle âpreté dans les propos de Vincent, qu'il a connu jeune saint-cyrien en gants blancs, plein de respect pour la hiérarchie militaire. Le front a aiguisé son jugement sur ses supérieurs. Il respecte les bons, mais ne passe rien aux autres. La loi du front.

Trempé des bottes au casque, le major Claude Montagne fait une entrée tonitruante dans l'abri obscur et glacé.

— Avez-vous tout vérifié, dans les fortins que nous avons hérités des Boches ? interroge-t-il, essoufflé. J'apprends qu'à Bapaume l'hôtel de ville n'a pas été détruit immédiatement par les Allemands. Il a sauté deux jours après, quand le député-maire, rentré en hâte de Paris, couchait dans son bureau sur un lit de camp. Il a été tué net par une bombe à retardement.

— Nous avons tout passé au peigne fin, le rassure Vincent. Vous pouvez vous asseoir tranquille.

— J'ai tout de même soigné plusieurs hommes blessés par des mines ou des grenades. Excusez ma prudence. Elle me paraît légitime. Les hommes ont un moral magnifique. Ils s'attendent à monter en ligne, les pieds dans l'eau, pour la « der des der ». Et voilà qu'ils sont mutilés par des colis piégés en prenant leurs positions d'attaque.

Jean étreint cordialement le major. Il aime cet homme aux manières brusques qui dit toujours ce qu'il pense.

— Vous avez raison, lui dit-il. On n'est jamais trop prudent. Nous ne moisirons pas ici. Je reviens de Compiègne. Le grand départ est imminent. Du moins pour les Anglais, et aussi pour nous qui sommes, en quelque sorte, les *boys* du général Humbert.

— Folie furieuse ! s'insurge Montagne en tapant nerveusement sa pipe sur la caisse de munitions vide qui leur sert de table. Les Anglais ont déjà essayé d'attaquer la ligne Siegfried. Ils s'y sont cassé le nez.

— En fait, précise Vincent Gérard, nous sommes arrivés, les Anglais et nous, presque aux portes de Saint-Quentin, ce qui n'est pas si mal. Mais nous butons sur les premières organisations infranchissables de la ligne allemande. Ils ont transformé la ville en un véritable bastion. Leurs défenses sont creusées et bétonnées à contre-pente, à l'abri des tirs de nos canons lourds. Les habitants sont évacués de force. Leurs ingénieurs ont tout prévu et leurs foutus aviateurs nous survolent tous les jours, sans être contrariés par les Spad.

— C'est bon ! lance Jean. Je vois que le général Humbert nous a réservé le secteur le plus pourri.

— Le 1er avril, Humbert, peut-être mal informé par les Anglais, envisageait encore un nouveau repli allemand, résume, comme à une réunion d'état-major, le commandant Gérard.

— Poisson d'avril ! raille Jean.

— Humbert voulait qu'on les poursuive. Il semblait sûr de son fait. Toujours l'information défaillante ! Personne ne comprend ce qui se passe dans le secteur voisin. S'il avait été renseigné, il aurait su que les Anglais étaient déjà bloqués, et que la ligne Siegfried se révélait imprenable. Mais il l'ignorait. Le 3 avril, nous avons donc participé à une attaque meurtrière dans les faubourgs de Saint-Quentin. Nous avons réussi à y prendre pied. Humbert croyait alors pouvoir s'emparer de la ville entière par surprise.

— C'est vous dire si les renseignements étaient nuls, coupe le major Montagne. Heureusement, les huiles ont semble-t-il renoncé à une attaque directe de la ville dans ce secteur depuis le 4 avril. Ils ont bien dû se rendre compte que l'artillerie boche était très supérieure, et que les réseaux de barbelés tendus en face de nous sont d'une exceptionnelle profondeur. On le voit à l'œil nu.

— Et nos éléments avancés se sont heurtés à des mitrailleuses sous casemates.

— Qu'ont fait les Anglais ? s'inquiète Jean.

— Nous l'avons appris depuis par les communiqués. Sur le moment, nous n'en savions rien. Ils ont attaqué Saint-Quentin par l'ouest et le nord-ouest. Ils ont occupé des villages détruits, grimpé sur la cote 138, un bon observatoire. Leur artillerie pouvait matraquer les défenses allemandes, mais seulement sur leur partie du front. Ils n'avaient pas assez de *long toms* pour nous aider. Si tu veux savoir où sont exactement les Anglais, tu aurais dû arriver plus tôt. Le commandant Latouche sort d'ici.

— Latouche ? Où est-il allé ?

— Les Anglais se sont arrêtés. Le général Rawlinson n'a pas voulu poursuivre l'attaque vers le Fayet. Latouche a gagné la zone de liaison des deux armées, sur le chemin de terre de Savy à Saint-Quentin.

— Qui peut m'accompagner ? demande Jean. Je dois le rejoindre.

Sous les bourrasques de neige et de pluie, Jean Aumoine réussit à retrouver le commandant Latouche le 8 avril au soir. Guidé par son ami fidèle, Jules Massenot, un ancien de la campagne d'août 1914, volontaire pour cette mission, il finit par le rejoindre dans un PC d'artillerie, à l'ouest de Metz-en-Coutures.

Le commandant ne quitte pas d'une semelle de botte son ami anglais Mac Cawley, artilleur émérite qui surveille les tirs des batteries lourdes anglaises contre la ligne Hindenburg. Depuis le début d'avril, les *long toms* tirent chaque jour, matraquant les villages proches de Saint-Quentin, les faubourgs et les défenses repérées par l'aviation. Il est interdit de tirer sur la cité.

Heureux de revoir Aumoine, Latouche lui montre le plan de tir des artilleurs anglais, et dit en élevant la voix pour couvrir le bruit assourdissant des canons :

— C'est le dernier concert des *long toms*. Leur infanterie attaque demain 9 avril à cinq heures trente.

— Il me semble que les nôtres partiront plus tard, lui crie Aumoine. Je reviens du PC de Gérard. Ils ne seront pas prêts aussi vite.

— Pas de panique, hurle Latouche en se bouchant les oreilles. A partir de demain, leurs batteries ouvrent la route à notre infanterie. Haig l'a demandé à Rawlinson. Mac Cawley est là pour surveiller l'application des ordres. Je ne le quitte pas.

— Quelle est leur direction d'attaque ?

— Je te conseille de les suivre en première ligne, et de rendre compte au général commandant la 26ᵉ division. Les ordres reçus par les officiers anglais ne sont pas très nets. Ils n'avanceront qu'en fonction des succès obtenus par nos propres troupes, de Metz-en-Coutures en direction de Saint-Quentin. Ils ne savent pas ce qu'ils trouveront devant eux.

— C'est mince, comme soutien, objecte Jean.

— Mac Cawley m'a montré l'ordre du lieutenant général Kiggel, chef d'état-major de Haig. Il le tient de Rawlinson lui-même. L'attaque en force des Anglais est au nord, à hauteur de la Scarpe. Selon eux, Saint-Quentin est un front secondaire et Rawlinson n'a pas touché de renforts substantiels. Sir Douglas Haig lui a écrit de sa main : « Je me rends compte de ce que les moyens à votre disposition et les conditions de votre progression vous empêchent d'entreprendre une attaque d'infanterie importante contre la ligne Hindenburg. »

— Il ne faut donc pas s'attendre à des miracles !

— Ils ont seulement l'intention de nous soutenir si l'occasion se présente. Demain matin, ils partent au contact pour tâter les défenses allemandes.

— *Hello !* dit en rejoignant les deux officiers Mac Cawley, visiblement enchanté des résultats des tirs d'artillerie. Si vous voulez suivre notre véritable attaque, je puis vous faire conduire à Arras. Vous y verrez Gough le cavalier de la 5e, et Allenby le magnifique, de la IIIe armée.

Jean Aumoine saute sur l'occasion. Il a déjà expédié un message au château pour détailler, grâce aux renseignements donnés par Latouche, les moyens d'action de la IVe armée anglaise.

Mais n'a-t-il pas reçu l'ordre de rendre compte, à Compiègne, de l'importance de *tous* les moyens anglais mis en jeu ? Il doit poursuivre sa mission, au moins jusqu'à Arras.

Un sale temps. La voiture avance difficilement sur les routes de Picardie, couvertes de boue neigeuse et encore jalonnées de pièges. La journée du 9 avril n'est pas de trop pour se faufiler entre les convois de renforts et de ravitaillement qui montent au front, et pour rejoindre les zones du purgatoire et de l'enfer où les Britanniques affrontent les forteresses enterrées.

Sur le front de la Ve armée du général Gough, Jean suit des yeux plusieurs lignes de chemin de fer à voie étroite, plus rapides à construire qu'une route, où les artilleurs ont chargé les canons démontés. Les munitions sont transportées par des chevaux de bât.

Bien au-delà de Bapaume, à Beaumetz et Croisilles, à Lagnicourt, les Australiens ont poussé vers la ligne Hindenburg et occupé tous les villages incendiés par l'ennemi. Ils se sont arrêtés à distance d'assaut de la fortification, mais leur objectif, en cette journée du 9 avril, est de percer, s'ils le peuvent, en direction de Cambrai et de Douai.

De Bapaume, on entend le canon tirer sur Bullécourt, le secteur de la ligne Siegfried que les Australiens de la 4e division vont attaquer.

Jean Aumoine fait signe au chauffeur. La voiture suit patiemment une colonne de onze chars qui se préparent à rompre les défenses de barbelés et à nettoyer les nids de mitrailleuses.

Le sergent-conducteur anglais stoppe. A la jumelle, Jean suit la progression des engins blindés. Sur l'espace désert du plateau enneigé, les silhouettes noires des tanks se découpent, bien visibles. Les canons allemands s'acharnent sur ces cibles mouvantes dont l'approche est très lente. Des nuages de fumée. Six chars sont incendiés par les obus avant d'avoir pu atteindre le vaste champ de barbelés.

Les autres tracent de larges avenues avant d'être immobilisés à leur tour. Les Australiens profitent des brèches ouvertes pour s'emparer de la position de soutien, non sans pertes. Jean voit défiler vers l'arrière un millier d'Allemands prisonniers. L'assaut a réussi, mais la contre-attaque est immédiate.

— Nous ne pouvons pas rester ici, déclare le sergent. Le canon allemand précède toujours de peu la troupe. Ils vont attaquer juste derrière le barrage roulant. Il n'y a pas une minute à perdre.

Jean se rend à ces raisons. Ils reculent en hâte. Les files d'ambulances, qui stationnent devant le village de Lagnicourt afin de transporter les blessés vers Bapaume, doivent évacuer précipitamment la position où les combattants se retranchent pour faire face à la contre-attaque allemande. Toutes les voitures refluent sous le canon vers les villages abandonnés de Vaux et de Marchies, où sont dressées à la hâte les tentes des postes d'urgence. La bataille fait rage. Dans une Ford T où l'on charge les premiers Australiens blessés, Jean reconnaît Clelia.

On pourrait la confondre avec un jeune combattant dans son uniforme fripé, déchiré, noirci, son chapeau enfoncé jusqu'aux yeux écrasant ses longs cheveux roulés en boule.

Elle a le teint pâle, les traits tirés, et son premier mouvement est de se jeter dans les bras de Jean. Mais les blessés affluent, les infirmières les piquent d'urgence pour éviter les infections, garrottent les membres déchirés. Le major John Smith hèle Clelia par son prénom. Un des blessés va mourir si l'on n'intervient pas sur-le-champ. Elle s'arrache à l'étreinte de Jean pour regagner la voiture. Il n'a pas le temps de s'en approcher. Elle part aussitôt en direction d'Arras.

— Elle risque la mort, frémit Jean en suivant des yeux la Ford cahotante. Ce n'est pas son rôle. Pourquoi est-elle volontaire pour aller jusqu'au front ? Je n'ai pas vu d'autre femme dans l'équipe.

— La suivons-nous ? demande le sergent.

— Conduisez-moi le plus vite possible à l'état-major d'armée.

A regarder les morts s'amonceler sous la neige, à entendre les cris des blessés appelant à l'aide, Jean Aumoine se doute que ses copains du 121e vont partir à leur tour, dans quelques heures, à l'assaut de ces blocs de béton, avec bien peu de chances d'en revenir. Sa place est parmi eux. Vite, en finir avec cette mission et retrouver une compagnie au combat, avec Duval de Champignier et Jules Bousquin de la Genebrière.

A peine arrivé dans les ruines de la ville, il saute de la voiture, descend dans le PC du général Allenby, commandant la IIIe armée. Il y retrouve David Damish, content de lui annoncer la victoire :

— Les quatre divisions canadiennes de l'armée Horne ont attaqué au nord de la Scarpe, explique-t-il, avec les chars. Ils ont enlevé en grande partie la butte de Vimy. Au sud de la rivière, les deux premières lignes de la position Hindenbourg sont enlevées aussi. Nous avons fait dix mille prisonniers.

Jean Aumoine regarde la carte. Les Anglais, en certaines zones, ont avancé de dix kilomètres sur un terrain impossible, hérissé d'embûches. Pourront-ils se maintenir ?

— La plupart des chars sont malheureusement détruits, regrette Damish, et les renforts allemands ne cessent d'affluer. Nous avons dû retirer la 4e division australienne où les pertes sont de plus de 60 %. Nous avons contre nous sept divisions ennemies.

Allenby est un général énergique et mobile, toujours en mouvement sur le front, donc souvent absent de son état-major. Jean Aumoine y rencontre le général des Vallières, chargé de la Mission française de liaison.

Détendu malgré le climat crispé de l'offensive, celui-ci le reçoit avec l'amabilité d'un grand seigneur et lui transmet les renseignements indispensables qu'il a pu recueillir.

— Vous voyez comme moi que les Anglais ne trichent pas. Leurs meilleures troupes sont à l'assaut de la plus redoutable forteresse qu'il nous ait jamais été ordonné d'affronter. Les pertes sont déjà lourdes. L'attaque anglaise est violente et courageuse, mais limitée à ce secteur précis. Disons en gros, pour aller vite : entre Lens, qu'ils commencent à investir, et Lagnicourt, que les Australiens s'apprêtent à défendre.

— Ont-ils quelque chance de réussir ?

— Je ne crois pas. Les défenses sont en profondeur. Mais leur but n'est pas nécessairement de percer. Ils doivent immobiliser le plus possible de forces ennemies afin que nous puissions partir à notre tour, dans quelques jours, sur le Chemin des Dames.

— Ont-ils mis toutes leurs forces dans la bataille ?

— Nous en sommes très loin. Faites le compte : Haig vient de faire monter en ligne, pour respecter les engagements pris devant Nivelle, un total de dix-neuf divisions sur les soixante-trois de l'armée britannique. Pour un front de vingt-quatre kilomètres.

— C'est une très forte attaque, estime Jean, mais limitée.

— Haig n'a pas lésiné sur l'artillerie : trois

mille pièces ! Il a voulu protéger ses hommes au maximum.

— Peut-on parler d'un succès ?

— Oui, si l'on considère que l'effort se maintiendra jusqu'au départ de notre offensive. Vous pouvez dire à Compiègne que le contrat est rempli. Les Anglais se sont très bien comportés. Les Canadiens et les Australiens ont laissé beaucoup des leurs sur la butte de Vimy et sur les bords de la Scarpe. Ils poursuivent leur offensive, sans espérer la percée, et leurs canons lourds sont désormais orientés plus au sud, pour secourir l'attaque du général Humbert dans le secteur de votre cher 121ᵉ.

Jean n'en demande pas plus. Le général des Vallières lui a fourni les éléments nécessaires à la transmission de son rapport. Il le fait, de plus, reconduire dans les lignes du 121ᵉ où il veut se rendre à tout prix.

Il y parvient le 13 avril, au soleil couchant.

— La 26ᵉ division a passé la Somme, l'informe un prévôt. Vous la trouverez sans doute du côté de la ferme de Pontchu. Vous n'avez qu'à suivre les ambulances.

— De la casse ? s'inquiète Aumoine.

— Pour sûr, mon capitaine. En face, ils avaient toute l'armée de von der Marwitz. Elle s'était planquée bien à l'abri, dans Saint-Quentin « sacrée pour nos canons », pendant la préparation d'artillerie. Ils étaient indemnes quand nous avons attaqué à l'aube. De la basilique, ils pouvaient étudier avec soin nos mouvements.

Jean distingue, sur la neige, des cadavres à demi recouverts. Les camarades du 121e à n'en pas douter. De la ferme de Pontchu, il ne reste qu'un tas de pierres. Le chaume, la charpente brûlent depuis le matin. Des cadavres français et allemands témoignent d'un affrontement au corps à corps.

Le commandant Gérard a installé son PC à trente mètres de la ligne des combats sous un abri de tôle ondulée des plus précaires. Les Allemands se sont retirés sur leur deuxième ligne, abandonnant la première position.

— Nous avons conquis la tranchée de Brandebourg, mais nous n'avons pu aller plus loin. Trois cent cinquante morts dans les bataillons d'attaque.

Aumoine aperçoit la tente du docteur Montagne, marquée de la Croix-Rouge. Les blessés attendent leur tour sur des brancards déposés à même la neige. On n'évacue que les cas graves et urgents dans les ambulances.

— Pourquoi ce massacre ? demande-t-il à la vue des monceaux de morts entassés devant la ferme.

— Pas assez de canons, ou plutôt inefficacité de nos pièces. Humbert avait réussi à rassembler deux cent cinquante 155 sur cette petite partie du front. Mais les destructions n'ont pu être contrôlées. Pas d'observatoires, et nos avions se sont fait descendre très vite par les chasseurs allemands.

— Les Spad ? demande Jean, tremblant soudain pour son frère Raymond.

— Hélas ! Ils ont des moteurs plus rapides, sur les Albatros. Ils n'ont fait qu'une bouchée de notre malheureuse escadrille d'armée et nous n'avons reçu aucun renfort. De plus, leur tranchée d'arrêt était à contre-pente.

Le commandant Gérard, accablé, épuisé, presque humilié, lâche ce qui lui tient à cœur :

— J'ai reçu l'ordre de l'infanterie divisionnaire de lancer l'attaque à mille mètres !

— Comme en Lorraine, en août 14, quand nous avons perdu la moitié du régiment !

— Oui, soupire Vincent Gérard.

Aumoine se souvient de cet épisode qui avait conduit Joffre à limoger deux généraux. On pouvait croire que le commandement s'était amélioré. Non pas ! On a encore fait charger des mitrailleuses par l'infanterie après un kilomètre de course insensée dans la neige !

— Je n'arrive pas à comprendre. Sont-ils tous devenus fous ?

— Le général a expliqué qu'en attaquant au point du jour, notre avancée ne serait pas repérée par l'observatoire allemand de la basilique de Saint-Quentin.

— Ainsi, les hommes ont été abattus par les mitrailleuses, comme au bon vieux temps !

— A ceci près, précise Vincent Gérard, que la nouvelle tactique de Hindenburg consiste à truffer le terrain d'attaque, bien avant la ligne de tranchée, de petites coupoles de béton enterrées, non repérables et à l'épreuve des obus de 155. Il appelle cela l'aménagement du champ de bataille. Imparable !

— Quelle hécatombe !

— Ils ont arrêté la casse. Le général Humbert a reçu l'ordre de Nivelle de s'abstenir désormais d'attaquer la ligne Siegfried.

— Il est bien temps, quand les nôtres sont morts.

Jean Aumoine s'avance, seul, vers la ferme. Il éclate en sanglots. A la porte d'entrée, un cadavre est resté debout, percé d'une baïonnette comme en 1914. Il reconnaît ses traits crispés. C'est son camarade d'école Maurice Duval, de Champignier. Il ne courra plus jamais le Tour de France, Maurice. Il est allé rejoindre son jeune frère Jean au paradis des martyrs.

La chute des anges

« Capitaine Aumoine affecté 11e corps de Maudhuy, VIe armée Mangin, 321e d'infanterie, colonel Picart. Stop. Se présenter demain 14 avril au général Valentin, commandant la 133e division, à son PC de Longueval au nord de Fismes. Stop. Signé Mangin. Stop. »

Jean se voit signifier, par cet ordre téléphoné, de quitter immédiatement le 121e qu'il vient de rejoindre pour rallier le régiment frère de Montluçon, le 321e. Le colonel Corneloup est soulagé de ce départ, au moins pour deux raisons. D'abord, il n'a pas de commandement de compagnie à offrir à ce capitaine nommé à titre temporaire, et il répugne à le rétrograder comme chef de section. Ensuite, la popularité de Jean Aumoine dans les rangs est telle qu'il commence à en être agacé — lui qui passe aux yeux des bleus pour une baderne, et à ceux des anciens pour une pantoufle. Il n'est donc pas fâché de se défaire du fringant officier.

Abandonner les copains est pour Jean Aumoine un déchirement. A peine l'ont-ils revu qu'il est déjà reparti, et il leur a fait le coup plusieurs fois. Le sergent-major Etienne Rebuchon, un ancien conscrit de Domérat qui consigne, le soir, l'événement dans le journal du régiment, n'hésite pas à écrire en pleins et déliés, comme sur un livre d'or : « Le meilleur d'entre nous nous quitte. »

— Comme tu y vas, sourit Jean, je ne suis pas mort. Tu n'es pas fainéant de la plume !

— Jamais, mon capitaine. Toujours poilu, sauf dans la main !

Agglutinés autour de lui, les conscrits le retiennent encore un peu, chacun veut lui souhaiter bonne route, à sa manière.

— Tu as deux régiments à toi tout seul, le félicite Vincent Gérard. Et tu passes de l'un à l'autre, tel un général de brigade. On pourrait te donner les deux étoiles.

— Tâche de garder tes pieds au sec, recommande Massenot. Il paraît qu'il pleut de l'acier sur le Chemin des Dames. Prends bien garde à toi, pense à nous.

— Et reviens-nous vite ! ajoute le clairon Biron.

Débarqué du train en gare de Soissons, Jean Aumoine retrouve, au buffet de la gare, le commandant Latouche qui déjeune seul, l'œil nostalgique.

A peine rentré de sa mission, Compiègne lui a ordonné de se mettre à la disposition du général Mangin, commandant de la VIe armée, celle qui doit attaquer sur le Chemin des Dames.

Pour le renseignement, exclusivement. Il est chargé, avant l'offensive toute proche, d'un travail ingrat de fichier : le recoupement des interrogatoires des prisonniers ennemis. Il s'ennuie ferme dans son petit bureau de Belleu où Mangin tenait très provisoirement ses assises. Il va partir aujourd'hui même, à la suite du général, pour le rejoindre à son nouveau QG de Fismes, tout près des coulées d'attaque.

Un large sourire éclaire son visage à la vue de Jean Aumoine, qu'il considère comme son poulain :

— J'en étais sûr, tu nous rejoins !

— Détrompez-vous, répond Jean d'un ton ferme, comme s'il ne mangeait pas de ce pain-là. Je change seulement d'unité, et je voudrais bien savoir à qui je dois cette mutation. Je ne connais aucun des généraux sous lesquels je suis affecté, ni Maudhuy ni Valentin.

— Ainsi, tu t'obstines à rester dans le rang. Dans la « ligne », comme on disait avant 14.

— Je vais rejoindre mes camarades.

— Je ne voudrais pas que tu te fasses tuer, dit gravement le commandant. Le 11e corps du général de Maudhuy auquel tu es provisoirement rattaché est en soutien du 20e de Mazillier pour l'assaut du Chemin des Dames, le secteur le plus pourri du front offensif, en face de la sucrerie de Cerny. Ta division va passer incessamment au 20e corps, dès qu'ils auront perdu la moitié de leurs effectifs, ce qui doit être déjà prévu dans les calculs des statisticiens de Robert Nivelle.

— Pourquoi m'ont-ils muté ?

— Passaga aura parlé de toi à Valentin. Ils cherchent des officiers pour les armes nouvelles. Tu as une réputation de lion dans ce domaine. N'oublie pas l'assaut de Douaumont qui t'a valu une citation à l'ordre de l'armée. Ils veulent te mettre, toi, Jean Aumoine, à la tête d'une compagnie d'élite de grenadiers et de fusiliers. Ils comptent sur toi pour entraîner tout le bazar.

— Merci du cadeau !

— En face, les troupes de choc de von Boehn, des Prussiens très aguerris. Ils tiennent tout le haut du Chemin, jusqu'au-dessus de Berry-au-Bac. Ils circulent la nuit, se cachent le jour dans les grottes qu'ils appellent ici des creutes. Nous ne savons pas au juste combien nous avons de corps d'armée devant nous. Ils peuvent disparaître et revenir, ils communiquent entre eux facilement par des passages souterrains, d'une grotte à l'autre, sous l'éperon. L'affaire sera très dure.

— Et vers Reims ?

— L'armée de Fritz von Below, celui qui a pris son commandement à Saint-Quentin pendant ta petite escapade de l'année dernière. Ils ont eu tout le temps de se retrancher, ils se sont bien embusqués sur les hauteurs. Ils tiennent le mont Spin, le mont Sapigneul et la cote 108, les meilleurs observatoires de la région. Et bien sûr, ils ont du canon à profusion. La famille Krupp n'a jamais fait d'aussi bonnes affaires. Dès qu'on casse du canon dans leurs lignes, il en arrive d'autres, en plus grand nombre. Je t'en prie, Jean, reviens au renseignement. Pour Mangin de la VIe et Mazel, le chef de la Ve armée, c'est la grande affaire, leur angoisse majeure. Ils attaquent un peu à l'aveuglette, sans savoir au juste ce qui les attend. C'est notre devoir d'aider ceux qui ne voient pas clair.

— Il en est toujours ainsi, remarque Jean, blasé.

— Sans doute. Mais Micheler, l'adjoint de Nivelle chargé de l'organisation de l'offensive, pousse à la roue. Il répète au GQG de Compiègne que deux ou trois divisions nouvelles — « peut-être quatre ou cinq », affirme-t-il sans plus de précision —, sont arrivées au Chemin des Dames. Il ajoute généralement, très sûr de lui, que d'autres réserves peuvent surgir à tout moment, de la région de Laon.

— Et Nivelle et Mangin écoutent ces bobards ? Ils n'ont donc rien à lui répondre ? Ne voient-ils pas qu'il veut discréditer l'offensive, fournir de l'eau au moulin des politiques hésitants qui cherchent à l'empêcher de partir ?

— Ils le voient, mais ils n'ont pas les moyens de répliquer, parce qu'ils sont dans une ignorance tragique des effectifs allemands et des mouvements de troupes en face, faute d'observations incontestables. Même Dupont, au 2e bureau, y perd son latin. L'ennemi marche de nuit et atteint la perfection dans l'art du camouflage. Les avions d'observation ne peuvent décoller sous la pluie et la neige. Nos généraux en sont réduits à multiplier les patrouilles de corps francs pour essayer de faire des prisonniers. Nous n'avons que des informations partielles. Rien sur les renforts d'en face.

— Quand attaquons-nous ?

— Le 16 avril, dernier carat. Dans quarante-huit heures. Ils ont déjà changé plusieurs fois la date, en raison du mauvais temps. Les artilleurs se disent impuissants à contrôler les destructions. Pourtant, ils tirent sans arrêt, depuis des jours et des jours. Les sections d'assaut ont passé quelques nuits blanches les pieds dans l'eau des parallèles. On leur dit seulement à l'aube, d'un jour à l'autre, que le départ est décommandé.

Le commandant devine que Jean Aumoine hésite. Personne ne monte volontiers au casse-pipe. Il insiste :

— Je peux te faire déposer en avion du côté de Laon pour une mission précise de renseignement. Nous en avons les moyens. Tu rendras de bons services, et Mangin sera d'accord.

— Non, répond Jean. Les copains sont déjà en ligne. On leur a sans doute annoncé mon arrivée. Les nouvelles vont vite au front. Je leur ai trop souvent fait faux bond. Ils attendent tout de cette « dernière ». Cette fois, ma place est avec eux.

Quand il débarque, sac au dos tel un simple biffin, à la gare de Fismes sur la Vesle, Jean Aumoine est submergé par un bataillon de chasseurs à pied qui franchit la rivière pour grimper, plein nord, vers Vendresse. De nombreux attelages d'artillerie font la queue devant le pont avant de s'installer à l'abri des crêtes de l'autre rive. Un convoi d'autos-canons se présente, venant de Soissons. Les prévôts tentent de lui ménager la priorité.

Ils ont les pires difficultés à ventiler les courants multiples qui convergent vers la petite ville. Un officier d'état-major, venu du quartier général de Micheler installé plus au sud à Dormans, s'efforce en vain de mettre de l'ordre. Les officiers consultent leurs cartes pour s'assurer de leurs positions.

Les derniers débarqués sont en retard, à cause des embouteillages. L'offensive a déplacé un million d'hommes sur toute la ligne du front, et les unités n'en finissent pas de bouger. A preuve : Jean Aumoine ignore encore combien de temps sa division va rester dans le corps de Maudhuy avant de passer dans celui de Mazillier. Il sait seulement qu'il doit rejoindre le PC de la première, installé près du village de Longueval.

L'officier d'état-major de Micheler lui procure une voiture et un chauffeur, afin qu'il prenne son poste au plus tôt :

— Hâtez-vous de rejoindre. L'attaque, cette fois, ne sera pas remise.

A Longueval, le général Valentin est absent. Il vient d'être convoqué chez Mazillier, au 20e corps, où ils doivent arrêter ensemble les dernières dispositions du grand départ. C'est déjà ici qu'il prend toutes ses directives. Mazillier se réserve la 133e division du général Valentin comme renfort immédiat. Même s'ils ne sont pas en première ligne, les biffins du 321e doivent se préparer à donner l'assaut.

Son bureau d'ordre, installé dans une salle de la mairie du bourg, indique à Jean la position présumée du 321e : au sud de l'Aisne, à Villers.

Le colonel Picart s'inquiète : s'il doit s'avancer d'urgence en renfort, le pont de Bourg-et-Comin sera très encombré. Et les consignes sont d'éviter l'entassement.

— Il faut bien coller à Mazillier, puisque c'est lui que vous devez secourir, explique l'officier d'état-major de Valentin au colonel. Les régiments du corps Mazillier occupent tout le secteur au sud de Vendresse, ils prennent déjà leurs positions dans les parallèles, prêts à l'attaque sur la sucrerie de Cerny.

Le colonel Picart rejoint son unité sans informations plus précises. Se tenir prêt à intervenir. Il affronte la tempête en capote, son képi ruisselant, ses bottes pleines de boue, pour s'assurer que les crapouilloteurs ont bien reçu leur contingent de torpilles.

Sous le préau de l'école publique de Villers qui lui sert de PC, le colonel retrouve Jean Aumoine, auquel il indique aussitôt la position de la compagnie qu'il doit commander.

— Vous êtes attendu avec impatience ! Prenez les sections d'assaut en main sans perdre une minute. Et réveillez-les, que diable ! Faites vérifier de nouveau le matériel. Les fusils-mitrailleurs surtout. Nous en aurons besoin.

— Sous la pluie ? demande Jean.

— Où vous pourrez. Les granges ne manquent pas au village. Il faut espérer que la pluie cessera un jour.

Elle est si glacée, cette pluie d'avril, qu'elle se transforme en neige au premier courant d'air. La compagnie, recroquevillée dans les maisons abandonnées de Villers, ne met plus les pieds dehors. Personne ne veut affronter inutilement la tempête.

L'unité a bien été constituée telle que Jean la souhaitait : trois sections, dont la première est aux mains du lieutenant Bériot, qu'il retrouve avec chaleur.

— Picart a nommé l'aspirant Jean-Marie Colonna à la deuxième, l'informe Bériot. C'est un bon choix. Ce jeune homme a du cœur. Pour la troisième, l'adjudant Leynaud fera l'affaire. Il oubliera ses téléphones, le temps de l'assaut. Le colonel l'a nommé sous-lieutenant à titre temporaire, une promotion amplement méritée. André Leynaud est un responsable. Sans sa maniaquerie de technicien, il serait depuis longtemps lieutenant.

— Le moral ?

— En acier trempé, c'est le cas de le dire. Ils pataugent dans les tranchées. Les coloniaux sont en tête, comme d'habitude. Nos soldats sont satisfaits d'être affectés au groupe des divisions de seconde ligne. Ils gardent les pieds au sec et ne souffrent pas des retards dans le départ de l'offensive. Pourtant, ils s'attendaient au bond en avant ce matin même, 14 avril.

Mais Micheler est, paraît-il, intervenu pour demander un délai, en raison de la crue de l'Aisne, qui faiblit à peine et envahit les rivages. Il n'est pas sûr que l'on parte le lendemain. Les poilus sont fatalistes. Ils jouent à la manille dans les granges.

— Ils se rendent bien compte qu'on ne peut attaquer sans l'aviation.

— Pourtant, le canon tonne sans discontinuer, des milliers de pièces lourdes. Et personne ne peut dire où tombent les obus. Hier, Nivelle est venu en personne à Fismes, au nouveau QG de Mangin. Micheler, son adjoint pour l'offensive, était présent, avec Mazel et Duchêne. Ils ont tous demandé, paraît-il, un nouveau délai de quarante-huit heures. L'attaque aurait donc lieu le 16. Ces retards sont éprouvants pour les nerfs.

Jean Aumoine suit Bériot dans sa visite du cantonnement. A son entrée, les cartes à jouer volent en l'air, les biffins se bousculent pour lui serrer la main. Jean-Marie Colonna interrompt sa correspondance pour lui souhaiter la bienvenue d'un sourire hâtif, en homme qui attend l'action. Roger Nigon lui montre fièrement son fusil Chauchat impeccable, et Guy Beaujon le Nérisien lui donne une bourrade à le jeter à terre.

Ils sont là, les anciens de Douaumont : Arsène Bonnichon le colosse, Etienne Débarbat le vacher, le téléphoniste Laplanche, ainsi que l'abbé Balmont accouru aux nouvelles. L'aumônier blessé à Verdun vient de l'hôpital. Quelques visages nouveaux, timides, et fatigués : les bleuets de la classe 17, tout juste sortis de l'instruction, entourent l'adjudant Casta, un revenant.

— Nous attaquons dans deux jours, annonce Jean, comme au regret de briser ces retrouvailles. Inspection d'armes dans une heure.

— As-tu vu le Chemin des Dames ?

Le lieutenant Bériot entraîne Jean Aumoine pour une promenade à pied sur les hauteurs de Pargnan.

— Pire qu'à Verdun ?

— Devant toi, la vallée de l'Aisne, foisonnante de convois, de canons, de camions. C'est l'artère de notre armée. Elle distribue les coulées d'hommes en bleu horizon qui grimpent dans les adjacentes, par des ravins souvent profonds, des entrailles d'éboulis, jusque vers l'éperon, là-haut, derrière les grands arbres morts. De là, si tu y arrives jamais, tu peux apercevoir, par temps clair, les tours de la cathédrale de Reims. Et même, en grimpant un peu, la butte de Laon.

— Un barrage ? Nous en avons connu d'autres. Des forêts au-dessus ?

— Pas la moindre. Un plateau désolé, sans arbres, la courtine d'un rempart festonné de corniches imprenables. Une falaise de craie dure, allongée sur vingt-quatre kilomètres, truffée de cavernes, creusée en labyrinthe. Depuis le néolithique, les tribus s'y cachent. Les Boches tiennent à l'abri une brigade par creute, deux régiments qui guettent notre arrivée ; en tout, six mille hommes enfouis sous le tuf prêts à nous assaillir. Tu connais les catacombes de Paris ? Un espace souterrain immense, et cent sorties dissimulées. Les dames de chez Maxim sont là ; elles nous attendent, calottées de béton à l'ouverture des gouffres, la mort dans la gueule. Bonne grimpette !

— Pourquoi faire monter tant d'hommes par des passes aussi étroites ? interroge Jean. Plus l'accès est resserré, plus le barrage est aisé.

— Mais le front est large. Nous attaquons à partir du moulin de Laffaux, au-dessus de Soissons, jusqu'à la montagne de Reims, où le couple Anthoine-Pétain affûte les canons de la IVe armée. Chaque rigole descendant du Chemin des Dames est une voie d'accès pour une division. De l'autre côté, la plaine de Laon, la victoire.

— J'ai compris, dit Jean : tout se résume au forçage de l'éperon.

— Forçage, forcerie, forcement, fracture, forage pour les creutes... Inventorie tous les termes de violence, le contrat est le même, dit l'ancien assureur. Il faut faire passer le fil bleu horizon dans le chas de l'aiguille. De force.

— Sur quoi comptent-ils ?

Jean essaie de comprendre les intentions d'un Nivelle ou d'un Mangin, ce dernier installant déjà son PC sur la butte au-dessus de Blanzy-les-Fismes, pour être plus près de la percée.

— Tu te trouves ici à Pargnan, où sera demain notre général de corps d'armée, Mazillier. Ils comptent sur le coup de poing donné par surprise, sur le canon avancé au plus près, sur l'attaque absolument simultanée de groupes d'assaut par tous les ravins de l'éperon, sous la protection du feu roulant à deux cents mètres, comme à Verdun.

Ils grimpent toujours dans la direction du Chemin des Dames, cette terrasse du Soissonnais mise en place au temps du Déluge, et dépassent le gros bourg ruiné de Jumigny où l'artillerie tire sans arrêt. Ils renoncent à poursuivre leur repérage vers le bourg de Paissy, où la montée atteint déjà cent quatre-vingt-dix mètres.

— Où sont les forteresses allemandes ? demande Jean, habitué aux ouvrages de la ligne Siegfried.

— Tout, ici, est forteresse : à main droite, la ferme dite Hurtebise et le village de Craonne, à main gauche, jusqu'au fort de la Malmaison, le moindre obstacle est fortifié. Par exemple, la sucrerie de Cerny, l'objectif de notre division, au-dessus de Vendresse et de Troyon. Sur ces chemins, à la saison des betteraves, tu ne ferais pas avancer un canon. La pulpe sirupeuse enrobe le moindre caillou. Il faut se cramponner pour ne pas glisser.

Bousculés par les poilus du 418ᵉ, ils aperçoivent Pellé, en discussion animée avec un colonel de tirailleurs marocains.

— Ce Pellé était chez Joffre, j'en suis sûr, dit Jean Aumoine. Le voilà en tête de l'assaut, avec les zouaves, les Marocains, et les biffins de Verdun.

— Les trois régiments de la 159ᵉ division, confirme le lieutenant Bériot. Elle attaque la sucrerie. C'est elle que nous devons suivre, Picart te le dira. Les bataillons partent à une demi-heure d'intervalle. Les seconds dépassent les premiers et ainsi de suite, jusqu'à la disparition complète du régiment, haché par la mitraille.

— Mission de sacrifice, dit Jean. Ce n'est pas Verdun, c'est la Marne. Où sont les petits groupes progressant par bonds ? Il n'en est plus question.

— Non, les ordres sont très différents et le lieutenant cite de mémoire les instructions du colonel Picart, comme s'il les avait apprises par cœur : « Les vagues d'assaut se succéderont sans arrêt, suivies, à courte distance, par les petites colonnes de réserve, de manière à former un courant ordonné, rapide et cohérent. »

— Tu parles comme un manuel d'état-major, lui fait remarquer Jean. Je vois que rien n'a changé.

Le 16 avril 1917 au matin, les hommes du 321e régiment d'infanterie sont sur le pied de guerre. Les ordres sont d'avancer, malgré la pluie, jusqu'à Moussy-sur-Aisne, petit village situé à l'entrée du ravin creusé entre les hauteurs de Baulne et de Chivy.

Le colonel Picart, juché sur un tertre pour voir défiler ses trois bataillons, a déplié sa carte d'état-major. Si l'on prend Cerny, on peut, par Courtecon, déboucher sur la plaine par la route centrale de Fismes à Laon. Il attend l'ordre d'attaque de la division, scrute le ciel bas d'où les avions sont absents.

Les hommes se répartissent par escouades à l'abri des pentes, redoutant les tirs de contre-batteries ennemis. Ils attendent leur tour de valse, le visage crispé sous le casque. Les mulets de la compagnie de mitrailleuses prévus pour l'escalade des pentes abruptes s'agitent, rendus nerveux par le grondement du canon.

Jean se sent bizarrement rasséréné. Son repérage de la veille lui a bien mis la géographie du secteur dans la tête. Rien n'est pire que l'ignorance des lieux avant une attaque.

Des attelages de huit chevaux gravissent la pente, au plus près des combats, pour battre à coup sûr l'ensemble du Chemin des Dames.

— C'est bon signe, cela veut dire qu'on avance, dit Jean.

— Ordre spécial de Mangin à Mazillier, précise Bériot : les artilleurs se mettent en batterie très vite, et commencent à relayer le tir de barrage des batteries installées plus bas. Il faut écraser le point de résistance de la Sucrerie, qui arrête la progression.

Des groupes de brancardiers se mettent en route pour enlever les premiers blessés du 20e corps. Les bleuets s'inquiètent. Ceux de la classe 17 n'ont jamais vu le feu, mais ils ont été abondamment abreuvés de récits d'anciens de la bataille de Verdun. Vont-ils subir le même sort que les poilus du bois des Caures, dont on leur a rebattu les oreilles ?

Un Fokker à croix noire sorti des nuages vrombit à basse altitude, au-dessus des poilus qui ajustent leur Lebel. Comment l'insolent ose-t-il se présenter seul sur les lignes, alors que nos Spad ne peuvent — paraît-il — prendre l'air ?

— Feu à volonté sur le *Fantôme-As* ! crie l'adjudant Casta.

Les bleuets tirent aussitôt. Leurs visages se détendent. Ils oublient le danger, l'attente fébrile, le harcèlement du canon, et vident leur magasin avec des cris de joie. Surpris par cette mitraille, l'aviateur, dont on distingue parfaitement le casque, cherche à redresser son appareil. Une balle le frappe en pleine tête. Le Fokker tournoie et s'abat dans une tranchée, à deux cents mètres. Les bleus électrisés hurlent en élevant leurs fusils à bout de bras.

Leur joie est de courte durée. Les premières files de blessés descendent de Cerny, brancardiers en tête, portant des zouaves qui geignent sur leurs civières vers les postes de secours. Des biffins du 418e, la tête bandée de linges sanglants. Un sergent boitille, appuyé sur son fusil, une balle dans la cheville.

— Ne va pas plus loin, l'arrête le major Montagne. Tu perds ton sang.

Ordres de Nivelle : des équipes d'enlèvement ont été prévues, très nombreuses, mais il recommande de donner les premiers soins dès que possible afin de différer l'évacuation vers l'arrière ; organiser celle-ci pour éviter « l'arrivée simultanée d'un trop grand nombre de blessés ».

Le major Claude Montagne a reçu des moyens et des territoriaux de renfort pour installer un petit centre d'accueil et de premiers soins. Il a regroupé des lits de camp dans un abri.

Le sergent du 418e est son premier client : garrottage, piqûres. L'homme le remercie, bon pour être opéré à l'arrière. Deux brancardiers le chargent.

— Sale affaire ! grimace-t-il à Montagne.

La douleur hache sa parole. Jean Aumoine s'approche. Devant un gradé, le sergent se croit obligé d'expliquer, en ménageant ses forces :

— Les copains, morts. Quatre-vingts pour cent de pertes. Tous les officiers tués ou blessés. Attention aux fourrés du bois de Paradis. Truffés de mitrailleuses sous coupoles.

L'attaque du 418e a été meurtrière. Le colonel Picart a reçu un coureur de ce régiment qui demande de l'aide.

— Deux compagnies, avançant par petits

groupes derrière le barrage roulant, raconte l'homme épuisé, ont franchi sans trop de pertes les deux premières lignes, mais les grenadiers ont été fauchés par les mitrailleuses intactes de la tranchée de Hambourg. Un massacre ! Nous avons pris la position, il y en avait une autre derrière ! Une section de reconnaissance s'est infiltrée par les boyaux. Elle a découvert une quatrième ligne, que nous ignorions tout à fait. Les prisonniers allemands l'appellent tranchée de Munster !

Picart hoche la tête. Ce secteur du Chemin des Dames semble savamment organisé sur toute l'étendue de l'éperon, en une suite sans fin de tranchées. Certaines lignes de défense en comptent trois chacune, imbriquées dans un lacis de boyaux. Le colonel interroge encore le coureur.

— La Sucrerie est intacte, affirme l'autre sans hésiter. Défenses bétonnées, fils de fer non détruits. Trois chefs de section sont morts sur les barbelés de la Misaine.

Pourquoi cet échec ? Le commandant Latouche, transformé par Mangin en officier de liaison et envoyé du QG d'armée de Fismes pour rendre compte, en donne les raisons au colonel Picart :

— Préparez-vous à monter en ligne. Votre tour va venir.

— En êtes-vous bien sûr ? s'étonne Picart. Nous sommes en état d'alerte depuis ce matin trois heures et demie, et rien ne se passe.

— Les troupes d'assaut sont parties à six heures, indique Latouche. Elles devaient suivre le tir de barrage à raison de cent mètres toutes les trois minutes. Impossible, les obstacles étaient trop nombreux. Un fusil-mitrailleur enterré donnait la réplique à une mitrailleuse sous coupole, et ainsi de suite, tout le long du champ de bataille : de connivence, si vous voulez. Les trous précédaient les lignes. Les angles de tir étaient calculés, les approvisionnements en munition assurés dans des abris creusés à l'avance.

— Mais les renforts ?

— Les deuxièmes vagues ont surgi selon le plan prévu, sur un parcours encombré par les morts et les blessés de la première attaque. La division Pellé pataugeait dans le bois de Paradis. A huit heures dix, j'ai réussi à joindre Mangin pour obtenir du secours. Il a demandé à Mazillier d'avancer son artillerie, et à Pellé de déborder les obstacles. Le régiment marocain avait bien réussi à prendre pied sur la crête, mais Pellé le maintenait, cloué sur place, sous prétexte qu'à sa droite le corps colonial de Blondlat n'avançait pas. Il attendait l'alignement.

— Vous l'avez dit à Mangin ?

— Il a donné l'ordre à Pellé de prendre le village de Chivy pour déborder la position et rejoindre la division voisine. Les Marocains ont réussi, mais les Allemands ont gardé la Sucrerie et leurs retours offensifs sont incessants. Le

418e a perdu quatre cents hommes dans le premier assaut et il continue le combat. Mais ce soir, il sera presque entièrement détruit. Les deux régiments de zouaves accusent déjà soixante pour cent de pertes. Le général Mazillier a vu fondre en une journée les meilleurs régiments de son corps d'armée. Vous pouvez être sûr qu'il vous attend avec impatience.

Le 16 avril, le 321e n'a pas bougé. Il s'est tenu à l'abri du canon ennemi. Même immobilité le 17. Ce jour-là, en fin d'après-midi, alors que les poilus de sa compagnie, excédés par l'attente interminable, commencent à perdre le moral, Jean Aumoine rencontre, sur la butte de Moussy, le commandant Latouche, toujours en mission d'information. Celui-ci a le front soucieux :

— Nivelle s'était donné quarante-huit heures pour réussir. Il n'est pas certain qu'il poursuive, dit-il à Jean.

Dans le vallon défilent des convois sanitaires tirés par les chevaux. Les pertes sont effroyables. Les Sénégalais sont les premiers touchés. Quand ils ne sont pas blessés, ils ne peuvent plus marcher ; on les évacue pour enflures des jambes et des pieds, causées par l'eau glacée des tranchées.

Leurs officiers sont morts, leurs fusils inutilisables. Ils n'ont pris ni nourriture ni liquide chaud depuis le début de l'action. Leur état physique est effrayant. Ils grelottent, claquent des dents, demeurent prostrés dans la boue sans qu'on puisse les en déloger. Des roulantes leur offrent pourtant du café et des boules de pain. Des cavaliers, vers l'arrière, rapatrient les compagnies débandées.

— Près de cinq mille ont été tués en deux jours, commente Latouche. A Verdun, ils avaient repris Douaumont.

— Que dit Mangin ?

— Nivelle vient de lui donner l'ordre d'arrêter, et de se consolider sur les positions conquises. Il lui retire son artillerie lourde, et même ses crapouillots. Tout l'effort de la journée du 17 avril a porté vers l'est. Mazel a trinqué, plus encore que Mangin. Ses meilleurs régiments se sont fait décimer sur les plateaux de Californie et de Vauclerc. Dans l'armée du général Anthoine, aux monts de Champagne, la Légion, les Marocains et les zouaves se sont sacrifiés pour prendre le mont Sans-Nom, un observatoire. Pétain exige déjà que l'on relève ses divisions.

— A quoi nous destine-t-on ?

— Ta division va relever celle de Pellé, pour grignoter les positions du Chemin des Dames et attaquer enfin la sinistre Sucrerie.

— Comment réussir, alors que les mulets porteurs de munitions sont massacrés par les tirs d'interdiction des Allemands ?

Latouche hausse les épaules :

— Pellé vient d'écrire à Mangin : « Des opérations de ce genre ne conduiront qu'à des pertes inutiles. »

— Pourquoi ne pas arrêter les frais ?

— Impossible, le gouvernement presse Nivelle de poursuivre. Il faut faire oublier les pertes par des succès, suivre Pétain qui s'en prend aux observatoires de Champagne, pouvoir annoncer à la presse que le front est consolidé, rassurer... Tu peux être sûr qu'à Compiègne, notre ami Jean de Pierrefeu affûte ses crayons. Il va nous parler des quatre mille prisonniers de Mangin, des canons pris à l'ennemi, et nier la débandade des Sénégalais tout comme le massacre de la brigade russe au fort de Brimont. Rassurer l'arrière fait partie de l'art de la guerre.

L'ordre de mouvement est enfin arrivé, le 18 avril, au PC de Picart. Le régiment de Jean monte en ligne dans les tranchées du Chemin des Dames, prenant position dans les trous creusés par les fantassins de Pellé. Les survivants du 418ᵉ comptent leurs morts : trente et un officiers et onze cents hommes en trois jours.

La relève, dans la nuit, est d'autant plus difficile qu'on ignore tout des positions du 418ᵉ, éclatées sur le terrain au hasard des trous, des abris allemands récupérés, des cratères de 210.

Jean Aumoine doit arrêter quatre bleuets prêts à courir vers l'arrière au risque de se faire massacrer. Ils ont trébuché dans un trou bourré d'équipements, de sacs, de musettes et de cadavres. Pendant qu'ils essayaient de s'en dépêtrer, leurs godillots ont glissé sur un magma d'entrailles et de membres arrachés, éclairés brusquement par une fusée. Un jeune soldat, butant sur un casque, l'a poussé du pied. Une tête a rebondi vers ses camarades. Pris de panique, ils se sont rués au bord du trou. S'ils en sortent, ils seront tirés comme des lapins.

— Suivez-moi, leur ordonne Jean, revolver au poing. Il les oblige à galoper par un chemin creux jusqu'à un poste de secours, à l'abri du canon, où des blessés sont alignés sur des civières. L'odeur de poudre, d'éther et de sang les achève. L'un d'entre eux tourne de l'œil. Un infirmier lui fait boire quelques gouttes de gnôle. Il repart, soutenu par les copains.

A deux heures du matin, la roulante fume. Aumoine y conduit les recrues. Du jus, du vin, une boule de pain. A moitié hébétés, ils tendent leur quart au cuistot qui leur crie :

— Buvez encore ça, les gars !

Il faut repartir pour assurer la relève. Jean Aumoine croise un lieutenant du 418e, prostré dans la tranchée de Munster. A ses pieds, les cadavres de ses soldats que personne n'a pu enterrer depuis le 16 et qui se décomposent lentement sous la pluie. Les obus allemands pleuvent sans arrêt. Jean Aumoine doit ramper, suivi des plus anciens de la compagnie, le mitrailleur Beaujon et les pourvoyeurs Débarbat et Bonnichon, afin d'installer un poste de tir devant l'ennemi.

Le lieutenant du Montcel ne sort pas de son abri. Son camarade Palmier non plus.

— Sans doute serons-nous tués tous les deux ensemble, lui dit-il. A quoi bon partir ? Nous restons avec vous jusqu'au bout !

— C'est la relève ! lui lance Aumoine. Les vôtres sont déjà évacués. Ils n'en peuvent plus !

— La relève ? Mais nous serons pulvérisés en une seconde par le tir d'interdiction. D'ailleurs, qui peut se lever et marcher ? Tous les nôtres sont morts.

On a recommandé à Valentin, le chef de la 133e, la plus grande prudence. Mais il doit faire face aux efforts puissants de l'ennemi pour reprendre le terrain perdu, et le 321e y use ses forces.

Les Allemands bombardent jour et nuit, lancent des contre-attaques malgré les giboulées de pluie glacée qui reprennent de plus belle. Les 210, les 150 tonnent sans répit. Il faut défendre la tranchée de Munster, où tant de braves gens ont péri.

Le jour se lève, enfin ensoleillé. Les tirs allemands semblent encouragés par les *Drachen* dressés nombreux dans le ciel.

— Mais où sont donc nos avions ? Nos saucisses ? Nos pièces lourdes ? demande Picart au commandant Latouche venu contrôler la relève du 20e corps. Mangin s'est laissé déposséder. Nous n'avons plus rien pour tenir. Il a même repris mes crapouillots !

Comme pour le démentir, un Spad paraît dans le ciel, seul. Il abat un *Drachen*, qui tombe en flammes, puis pique sur les positions allemandes, lâchant une longue rafale au ras du sol avant de reprendre de l'altitude. Aussitôt, trois Albatros DIII surgissent au-dessus de lui. Les biplans foncent sur le Spad, mitrailleuses en action, qui finissent par atteindre son réservoir. L'avion prend feu, le pilote est tué.

— Vous pouvez constater, déplore Latouche, que nos chasseurs ne soutiennent plus le choc : une mitrailleuse contre deux. On en construit de plus rapides, les Spad SXIII, mais ils ne seront pas livrés aux escadrilles avant la fin de l'été.

— Ainsi, nous avons engagé l'offensive avec un matériel périmé.

Latouche fait un geste las.

— Nous ne sommes pas les seuls. Savez-vous quelle est aujourd'hui l'espérance de vie d'un pilote anglais ? Un mois à peine.

Derrière les lignes, les aérostats français, profitant du départ des Albatros, lâchent un ballon qui grimpe aussitôt, un officier d'artillerie dans sa nacelle.

— Mangin est impatient d'y voir clair, dit Picart. Il serait temps que nos canons puissent localiser leurs cibles, au lieu de tirer à l'aveuglette, et jusque dans nos lignes.

Aussitôt, les trois Albatros réapparaissent. En quelques passes, ils abattent la saucisse dont l'occupant saute dans le vide, parachute au dos.

— Ils ont été avertis par radio, note le colonel.

— Ils ont même les moyens d'intercepter les radio-télégrammes expédiés par nos avions, soutient Latouche. Les Anglais viennent d'en avoir la preuve. Un de leurs coucous renseignait par radio les *long toms* sur la position d'une batterie allemande. Le message a été capté, transmis aussitôt à un « poste central avertisseur de la station de TSF ». Le commandant de la batterie a été alerté. Les hommes ont pu se mettre à l'abri. Les Albatros, c'est sûr, viennent d'être rappelés par des observateurs à terre.

Dans la tranchée, Jean Aumoine fait mettre en batterie vers le ciel le fusil-mitrailleur de Beaujon. Il tire en rafale sur le dernier Albatros, celui qui a piqué sur la saucisse et qui se redresse très près du sol. L'avion ennemi est abattu en flammes. Beaujon, Débarbat et Bonnichon se congratulent.

Aumoine, au lieu d'exulter, s'inquiète. A prendre de tels risques, les aviateurs allemands doivent être sûrs de leur impunité. Il ne sait si Raymond vole sur ce champ de bataille. Où qu'il soit, son frère est menacé.

— Nous avions tout de même neuf escadrilles au début de l'affaire, observe Picart. Mazillier me l'a dit hier. Où sont-elles passées ?

— Chaque jour, les généraux de division protestent auprès de Mangin. Ils n'ont plus d'aviation pour se protéger. Les artilleurs sont les plus furieux. Il faut dire que les Albatros sont à l'apogée de la technique. Pas un modèle allié qui puisse leur être comparé, en armement et en altitude. Le nouveau Spad SXIII, équipé d'un Hispano, vient seulement de voler en prototype. Nos pilotes volent toujours sur le Spad SVII, surclassé.

— Boelke en a profité pour s'emparer du ciel, conclut Picart qui lit rarement les journaux.

— Vous retardez, mon colonel ! Il est mort en octobre dernier. Les Allemands lui ont fait des funérailles de héros dans la cathédrale de Cambrai. Mais leurs *Jagdstaffeln* ont d'autant plus facilement conquis les airs, avec ou sans Boelke, que leur système de TSF est parfaitement au point. Ils décollent à point nommé pour barrer la route aux nôtres, et disparaissent dès qu'ils ne se sentent plus en force.

— Que fait donc le commandant du Peuty ? Il est responsable !

— Ses ordres sont d'attendre, loin des lignes, l'arrivée des chasseurs allemands, et de les intercepter avant qu'ils n'attaquent nos saucisses. Suicidaire. Ils se font abattre en territoire ennemi et nos coucous n'ont plus aucune sauvegarde. Nous comptons déjà plus de cent morts dans nos équipages d'observation depuis le début de l'année.

— Comment savoir où se trouve mon frère ? demande Jean Aumoine, angoissé par ces propos.

Le commandant Latouche s'en veut d'avoir

oublié, dans son discours, l'existence de Raymond l'aviateur.

— Où veux-tu qu'il soit ? A Verdun, bien entendu.

Ce jour-là, 21 avril 1917, le commandant Durand a reçu l'ordre d'abandonner le terrain de Vadelaincourt pour se poser en Champagne, au camp de la Monnelle. Les pilotes sont enchantés du changement. Ils en ont assez de voler sur un champ de bataille désaffecté, pour protéger des coucous archaïques dont les postes de TSF tombent sans cesse en panne. Ils n'ont pratiquement plus d'adversaires sur le ciel de Verdun, depuis que la bataille s'est déplacée vers l'ouest. Raymond a pu bénéficier d'une permission supplémentaire, pour revoir Albertine, son épouse. Il est le seul à ne pas se plaindre de l'inaction de l'escadrille.

Il pleut des hallebardes sur la bruyère du terrain quand les pilotes, la première nuit, plantent leurs tentes dans un bosquet de pins. Etendu sur le lit Picot, au-dessus du sol détrempé, Raymond n'ose se plaindre. Dans les tranchées de l'Aisne, un demi-million d'hommes encagnardés dans des trous bordés de rondins attendent la reprise de la tuerie collective, en préférant la pluie aux éclats d'obus et aux giclées de balles. Quand elle tombe dru, aucun repérage n'est possible et les canons se calment.

Le vent secoue les tentes et les rafales réveillent en sursaut les pilotes. Croyant à une attaque, Raymond cherche machinalement à armer sa mitrailleuse. La première nuit à la Monnelle est une lutte serrée contre le déchaînement climatique.

— Suivez-moi, dit le capitaine Durand à ses onze pilotes. Autant dormir dans le cambouis.

Les cent mètres qui les séparent des deux hangars Bessonneaux où ils ont abrité leurs Spad semblent infranchissables dans la tempête. Trempés, essoufflés, transis de froid, ils réveillent en jurant bruyamment les mécanos de garde enfouis sous leurs couvertures.

— Alerte de nuit, mon capitaine ? interroge Joss Goalès, premier des deux à s'ébrouer.

Ce Breton aux larges épaules était de son métier mécanicien d'autos au grand garage de Châteaulin, en Finistère.

— Non pas, restez couchés, ou plutôt aidez-nous, dit Durand.

— Un petit noir arrosé ?

Guénolé, son collègue, ébouriffé et barbu comme le Christ de Crozon, s'est déjà précipité sur un réchaud à pétrole où la cafetière réchauffe en permanence. Il retourne à son pajot pour en extraire le bidon de gnôle sortie de l'alambic de Quillien, un hameau perdu sur un promontoire de pins et de genêts au-dessus de la baie de Landevennec.

— Quel est votre nom ? demande le capitaine, qui tient à connaître personnellement les mécanos sachant qu'il doit pouvoir compter sur ces hommes, essentiels à la survie de l'escadrille.

— Il s'appelle Goalès, comme moi.

— Il est muet ?

— Non, mon capitaine, mais il ne comprend pas le français. C'est mon cousin, sans doute.

— Pourquoi « sans doute » ?

— Parce que tous les habitants de Quillien, particulièrement ceux d'Argol, s'appellent Goalès, ou Capitaine, ou Salaun.

— Familles nombreuses ?

— Plus autant qu'avant, dit Joss en regardant ses bottes. Avant la guerre, nous étions quatre frères. Je reste seul en vie.

Raymond, épongeant les poils noirs et bouclés de son torse nu sous le gilet de mouton qu'il vient de revêtir, lui serre la main à l'écraser.

— J'ai aussi perdu deux de mes frères.

— Vous tombez bien, les gars, dit l'autre aux pilotes réconfortés par le café. Il y a de l'ouvrage au groupe. Hier, ils ont abattu Baldamus, l'as des as boches, dans une *saucisse-party*. Ils vont revenir en force, c'est sûr, avec leurs foutus Albatros. Les avions de réglage de tir y sont presque tous passés. Beaucoup des nôtres ne sont pas rentrés, ces jours derniers. Ils se sont fait tuer pour abattre les *Drachen*.

— Malgré le temps ?

— Pour sûr ! A la moindre éclaircie, en l'air ! Retour parfois au ras des peupliers ou des pins parasols, avec des giclées de balles dans les stabilisateurs. Car vous remarquerez, mon capitaine, il y a toujours des files de peupliers devant les pistes des champs d'aviation.

— Combien d'escadrilles, au GC42 ?

— Quatre, mon capitaine. Des Spad et des Nieuport.

— Lesquels préfères-tu ?

— Les Nieuport, bien sûr. Le moteur rotatif, ce n'est rien à démonter. Hier, Guénolé et moi, nous avons mis huit heures, suant sang et eau, pour réparer un avaro sur l'Hispano d'un Spad. Ils les ont placés n'importe comment, leurs moulins. Inaccessibles. Il faut un palan. Heureusement, avec Guénolé, nous formons une équipe de pointe.

Les pilotes s'endorment au fond du hangar, allongés sur des couvertures, protégés par des peaux de biques contre le froid très vif. Le capitaine Durand préfère coucher dans sa carlingue.

Il est réveillé par le commandant Hermant, chef de groupe, un ancien de l'aviation au physique un peu lourd, à l'énergie inépuisable, qui dirige les batailles aériennes et vole en solitaire sur son Spad.

Car désormais, dans le ciel de Champagne, les sorties sont collectives, pour répondre à la tactique des *Jagstaffeln*. Les Français, très provisoirement inférieurs par la technique, ne veulent pas se laisser surprendre. Ils prennent l'air à la douzaine, et apprennent à voler groupés. Ils savent qu'un chasseur isolé est un chasseur mort.

Hermant est dépité de cette arrivée nocturne. Il n'a pu accueillir Durand et ses *boys*.

— Suivez-moi, leur dit-il au petit matin, pendant que les Goalès, déjà à l'ouvrage, s'affairent sur le moteur d'un Nieuport.

Il conduit les pilotes en voiture à deux kilomètres, s'arrête au bord d'une route près d'une râperie de betteraves abandonnée. Des ordonnances allument les poêles à pétrole, car la température est glaciale dans les chambres aménagées sous le toit, juste au-dessus de l'aire.

— C'est le coin des officiers, dit Hermant. Les mécanos nous ont fabriqué des meubles.

— Nous avons déjà rencontré les Bretons.

— Les Goalès ? Les meilleurs du groupe. Formés par la marine. Rien ne leur résiste. Vous pouvez partir tranquille. Avec eux, les moteurs tournent rond.

A la popote installée dans la cuisine de l'ancien gardien, ils retrouvent d'autres pilotes affamés, les reins meurtris, certains encore endormis.

— Il faut savoir, explique posément Hermant, que pour Pétain et pour Anthoine, notre rôle est uniquement d'assurer la sécurité et de protéger les avions de corps d'armée qui renseignent les artilleurs, ainsi que nos saucisses.

— Il n'y en a plus guère dans le ciel.

— Les pertes sont lourdes. La bataille est très dure à terre. Les nôtres se sont fait massacrer dans les monts de Champagne, à force de partir à l'assaut du moindre mamelon pour enlever son observatoire. Pétain a obtenu des renforts. La preuve, vous êtes ici.

— Avec nos Spad de la première génération, ricane Durand.

— Chaque escadrille, quand le temps le permet, couvre un secteur du front à trois niveaux durant deux heures. Les taxis se croisent sans cesse, prêts à l'attaque dès qu'un groupe d'Albatros surgit. Le but est de protéger les coucous qui nous restent.

— Des Caudron ?

— Hélas, nous avons aussi des Farman.

— En 1917 ?

— On les utilise encore dans les lignes, pour les photos. Ils sont tellement lents qu'elles en sont plus nettes. Les artilleurs les préfèrent.

— Pas de missions d'attaque chez l'ennemi ?

— Bien sûr. Les ordres sont de faire des balades en corps chez le Boche, pendant que des volontaires nettoient les *Drachen*. Ceux-là sont des acrobates, des voltigeurs. Il faut piquer à l'arrière, pendant que les treuils descendent les ballons en vitesse. Un as a réussi à abattre deux *peaux de bouc* hier, en se redressant à deux cents mètres, sous les balles des mitrailleurs de tranchée. Un boulot intéressant pour les risque-tout. Voilà pourquoi il faut des volontaires.

— Vous n'en manquerez pas chez nous, dit sobrement Durand.

— J'en suis sûr. Une de ces têtes brûlées, Louis Picolec, a loupé sa saucisse. Vingt ans, à peine vingt heures de vol sur les lignes. Un Albatros lui tombe dessus. En se redressant, il cogne le plan supérieur du Boche avec sa roue droite.

Il réussit à poser son Nieuport pendant que l'autre s'écrase au sol. C'était Baldamus.

— Un as en herbe, opine Durand, toujours agacé par le récit des exploits des autres escadrilles. Avez-vous des « as des as » ?

— Ils n'ont pas la cote ici, dans l'armée Anthoine. Nous n'aimons pas les vedettes qui se mettent des bas de soie sous le casque et des foulards de prix autour du cou. Il nous faut des pilotes solides, ayant l'œil partout, car les Boches sont très rapides et bien entraînés. Leurs triplans Fokker rouges fondent comme la foudre. Heureusement, ils sont rares par ici. Von Richthofen, le *baron rouge*, est dans les Flandres.

— Ils volent, malgré le temps ?

— On les voit surgir des nuages. Ici, les rencontres ont lieu entre deux cents et six cents mètres au-dessus de Beine ou de Pontfaverger, car nous volons presque uniquement chez l'ennemi. Nos fantassins imaginent qu'on se prélasse, dans les Bessonneaux. Vous verrez qu'il n'en est rien. Pour empêcher les Albatros d'attaquer, il faut aller les chercher loin dans leurs lignes, et ces bougres peuvent grimper en un rien de temps au-dessus de cinq mille mètres.

Raymond Aumoine garde le silence. Il comprend, comme ses camarades, que cet Hermant a ses raisons de ne pas leur dorer la pilule. Il veut les voir à l'ouvrage.

Sa première sortie l'édifie sur les capacités des

Albatros. Trois pilotes ont pris l'air, en dépit du plafond bas. A mille cinq cents mètres, Raymond, Max Lenoir et Jérémie Moch surplombent les nuages collés au sol.

A trois mille mètres, le ciel est parfaitement clair. Ils aperçoivent une patrouille de cinq avions au-dessus des lignes ennemies. Raymond le premier part en flèche, désireux de faire des signes d'amitié aux pilotes des patrouilles de relève. Mais plus il s'approche, plus les autres grimpent, comme s'ils cherchaient à l'éviter.

Il a le soleil dans les yeux et ne reconnaît qu'au dernier moment les Albatros en forme de cigare jauni. La patrouille ennemie le survole déjà pour l'attaquer par-derrière.

Les Spad de Moch et Lenoir le rejoignent, enclenchent les mitrailleuses. Les Albatros se dérobent en prenant de l'altitude. Ils ont cent mètres d'avance à la montée sur Raymond et ne se laissent pas rejoindre. Aumoine pousse en vain son moteur Hispano, enrage d'être distancé et, bientôt sans doute, dominé par les appareils allemands plus puissants.

Les attaquer à trois contre cinq est une folie. Les autres ne semblent d'ailleurs pas en profiter, comme s'ils refusaient l'engagement. Ont-ils une mission plus impérieuse ? Sans doute ces Français les détournent-ils de leur route, car ils semblent vouloir passer à tout prix. Pour franchir l'obstacle, ils gagnent encore en altitude.

Ils atteignent ainsi les cinq mille mètres sans effort apparent et les Spad ont du mal à les suivre. L'altitude transforme peu à peu leurs pilotes en statues de glace. Les lèvres gercent, les crânes se ratatinent, compressés par le casque. Le nez est comme brûlé par le soleil. Les lunettes recouvertes de givre collent à la peau. Jérémie Moch donne des signes de faiblesse, prend du retard. Il a voulu, retirant son gant, saisir la pompe de pression. Son pouce et son index sont gelés. Il hurle de douleur dans sa carlingue.

Les Spad ne peuvent dépasser les quatre mille huit cents mètres. Les Albatros gagnent encore, restent en position dominante. Leurs pilotes ont-ils un équipement spécial contre le froid ? Encore un effort. Raymond Aumoine parvient à atteindre cinq mille deux cents mètres. Jamais il n'est monté si haut. « Plus haut que le mont Blanc », se dit-il.

Le moteur ou l'altimètre vont-ils exploser ? Les Allemands poursuivent leur ascension. Le premier, le Spad d'Aumoine décroche. Inutile de poursuivre, il n'en a pas les moyens. Ses camarades le suivent dans sa descente. Il se demande où leur course folle a pu les entraîner. Se sont-ils aventurés à cinquante kilomètres dans les lignes ennemies ?

A deux mille mètres, ils surprennent un biplace d'observation qui se dirige tranquillement vers les lignes du front, s'apprêtant à percer la nappe de nuages pour tomber à cinq cents mètres au-dessus des tranchées françaises, à hauteur de Prosnes.

Derrière lui, le mont Cornillet haut de deux cents mètres, d'où les batteries allemandes règlent leur tir sur les tranchées de la IVe armée du général Anthoine. A deux cents kilomètres-heure, le paysage défile très vite. Sous le couvert des nuages, Raymond ne voit rien que les champignons de poussière soulevés par les obus et les départs des pièces, clignant comme des éclairs avortés.

De la ligne fortifiée construite par les Allemands de Nogent-l'Abbesse au fortin de Vaudesincourt vers l'est, les Français ont fini par s'emparer, au prix de lourdes pertes, de plusieurs mamelons : les monts Blond et Cornillet, le mont Haut, le mont Sans-Nom, le Casque, le Téton. Raymond les avait repérés sur la carte avant de prendre son vol, pour connaître les limites de la ligne française.

Personne n'avait pu lui indiquer l'emplacement précis de nos troupes. La Légion étrangère, les zouaves, les Marocains, les *joyeux* du général Naulin avaient pris et repris chacune de ces buttes sanglantes. Ils se terraient dans leurs trous d'obus avec leurs mitrailleuses et leurs lance-grenades. Ils se gardaient bien de se manifester, de peur d'être arrosés par les Allemands.

Cet avion d'observation ennemi est certainement envoyé par les artilleurs du Kaiser pour tâcher de se reconnaître dans ce désordre. Même si les Français n'ont pas conservé les observatoires installés par l'ennemi sur les monts, ils sont sûrement détruits.

Raymond retrouve devant lui le biplan lourd et lent qui perd encore de l'altitude afin de prendre des clichés. Il a perdu Jérémie Moch et Max Lenoir qui cherchent sans doute, égarés dans les nuages, à rentrer à la base.

L'avion allemand franchit la route de Suippes à Reims encombrée de convois militaires, s'attarde pour ses photos. Raymond prend de l'altitude afin de surgir sur ses arrières. Au moment où il vire pour attaquer, trois Albatros surgissent des nuages et l'accablent de rafales de mitrailleuses. Il pique à deux cents mètres pour les éviter et s'éloigner à toute vitesse en direction du camp, pendant que le biplan-photographe poursuit paisiblement sa mission.

Gelé jusqu'aux os, il ôte son casque à grand-peine, le caoutchouc de ses lunettes arrachant de petits lambeaux de peau malgré ses précautions. Moch et Lenoir sont déjà à l'infirmerie pour soigner leurs cloques et leurs engelures.

— Sous aucun prétexte, le sermonne le capitaine Durand, vous ne devez livrer combat seul. Vous connaissez maintenant les Albatros, ils peuvent grimper à six mille deux cents mètres et ils ont deux mitrailleuses. Tenez-vous-le pour dit.

— Pourtant les as en abattent tous les matins !

Raymond prend à témoin Joss, le mécano.

— J'ai soigné le taxi de Pégoud. Il m'a confié, un soir de fatigue, qu'il n'avait eu son premier Boche homologué qu'à son quarantième combat.

Guénolé s'applique. Un pinceau à la main, il repasse du rouge sur la comète décorant la queue d'un fuselage.

— L'avion de Durand, explique Joss. Il a choisi la comète comme insigne de l'escadrille. Les autres ont une main de Fatma, un tigre, une croix de Lorraine. C'est bien pour se reconnaître à trois mille mètres.

— Les Allemands aussi peuvent nous reconnaître.

— Surtout Pégoud. Il tient à se faire remarquer. Il m'a fait repeindre son Spad entièrement en noir. Une lubie, ou une provocation.

— As-tu revu le moteur de mon taxi et refait le plein ?

— Prêt pour la java ! confirme le Breton.

Sous prétexte de vérifier un « crincrin » entendu dans le moteur, Raymond le fugueur prend l'air. Il n'a pas digéré son échec de la veille et cherche une revanche. Le capitaine Durand, occupé à écrire une lettre à sa femme sur une table de la salle de contrôle, lève la tête au moment où le Spad décolle.

— C'est Aumoine, dit-il au sergent Giquel. Il est encore parti tout seul. Envoyez deux avions à sa suite. Ce fou va se faire massacrer.

Durand ne supporte pas que Raymond Aumoine risque sa vie stupidement, qu'il brave ses ordres par gloriole, par envie de tester son courage, ou peut-être encore par désespoir. Il coiffe son Rolls et saute dans son Spad, prenant la tête de la patrouille.

L'avion du fugueur est déjà à trois mille cinq cents mètres, sur la ligne Beine-Auberive, la route des observateurs ennemis qui croisent au-dessus du massif de Moronvilliers, enjeu de la bataille. Il guette une proie facile pour inaugurer son séjour en Champagne par une victoire.

A Auberive, il remonte la Suippe, contournant l'est du massif. Les dieux sont avec lui : il aperçoit deux points noirs dans le ciel clair à hauteur de Pontfaverger, derrière les lignes allemandes. Les biplans se rapprochent. Des Albatros, mais de modèle particulier : des coucous à deux places, mitrailleuses à l'arrière, camouflés aux couleurs de la terre. Des observateurs, à coup sûr.

Leur vol est prudent, presque hésitant. Ils ne veulent pas franchir la ligne du front et se contentent de la suivre pour rejoindre le Moronvilliers. Raymond leur colle au train, abrité par les rideaux de nuages fugitifs. Il ne veut pas attirer l'attention des artilleurs français sur eux, pour éviter que les autos-canons ne les mettent en fuite.

Les observateurs allemands se suivent à deux mille mètres. Raymond a entendu Joss raconter que les tocards s'étonnaient de ne pas abattre d'avions ennemis, alors qu'ils ne s'en approchaient pas à moins de quatre cents mètres. Les as des as leur tiraient dans la queue à trente mètres avant de se redresser en catastrophe.

Il pique de trois mille mètres et voit grossir le

dernier avion, tout près, dans la ligne de mire de sa Vickers. Les balles traçantes encadrent le coucou. Le mitrailleur allemand n'a pas le temps de répliquer que son appareil pique pour s'échapper par un brusque à gauche.

Raymond le talonne, opère un renversement pour ne pas le rencontrer, revient sur lui et lâche une nouvelle rafale. Il pique tout droit, une fumée sort du fuselage, le Boche se met en vrille et s'écrase. A ce moment, le Spad du capitaine Durand, surgissant des nuages, rejoint le fugueur pour le déborder et lui faire signe de rentrer.

Tous deux grimpent à trois mille mètres au-dessus d'Auberive, quand Raymond aperçoit, au-dessus des lignes françaises, le deuxième observateur allemand. Faussant compagnie au capitaine, il plonge sur l'Albatros qui suit le tracé de l'ancienne voie romaine d'Auberive à la rivière Tourbe. Les flocons blancs des balles explosives du mitrailleur arrière encadrent le Spad qui tire toujours, sans résultat. A cinq cents mètres, en zone allemande, Raymond doit redresser d'urgence.

Son moteur ne suit pas : il a piqué trop long, la pression est à zéro, l'eau s'est refroidie, l'Hispano tousse. Le présomptueux pilote serre le manche à balai entre ses genoux, titille la manette de pression du réservoir, malmène celle des gaz. Aucun résultat. Le sol se rapproche, le Spad n'est pas un planeur. Les sapins à trois cents mètres ! Le tac-tac des mitrailleuses boches qui visent l'appareil. Des coups de canon ébranlent la carlingue, tant ils sont proches.

Le moteur ne répond pas. Sept cents au compte-tours ! Deux cent cinquante mètres ! Raymond désespéré sort la tête de la cabine pour chercher à terre un coin de verdure sans trous d'obus. Du diable ! S'il lui est donné d'atterrir, il rejoindra à pied les lignes françaises.

Une balle perce un trou dans son aile droite, suivie d'une rafale. La mitrailleuse le suit à la trace, du sol. Le *Hauptmann* doit voir son visage défait dans ses jumelles.

A deux cents mètres seulement du sol, le moteur consent à repartir. Raymond, galvanisé, remet la sauce, la poussée le plaquant à son siège. Il remonte à deux mille mètres, cherche la voie romaine de sinistre mémoire et rejoint, par Auberive, le camp où atterrissent, aussitôt après lui, le capitaine Durand et ses deux camarades.

— Tu l'as eu, je l'ai vu tomber ! crie le premier Giquel en sautant à terre.

Durand, furieux, arrive trop tard. Comment blâmer un pilote que ses copains portent en triomphe ? Ils partagent, à la tente-bar, une bouteille de mousseux.

— Je n'aimerais pas que tu recommences, lui glisse le capitaine, entre deux toasts. Je n'ai pas vocation pour écrire aux veuves.

Emu, Raymond lui serre la main longuement. Il a parfaitement compris qu'il était venu à son secours, avec les copains.

Voler à cinq mille mètres fatigue. Se battre à cinq cents mètres épuise. Les pilotes, quand ils ne volent pas, dorment en permanence.

On les réveille dès le lendemain pour un nouveau départ. Pétain exige que le ciel soit français. Quatre kilomètres d'avance dans le massif de Moronvilliers, mais l'infanterie piétine, faute de soutien des canons. Et celle-ci compte fermement sur les aviateurs pour être renseignée, puisque la pluie a enfin cessé.

Deux escadrilles ont pris de la hauteur à l'ouest, au-dessus du secteur du fort de la Pompelle : vingt-quatre appareils groupés, aux ordres de Durand. Deux autres, venues de l'Argonne, ont rejoint les premières vers Pontfaverger.

Le Spad de Raymond suit immédiatement celui du capitaine. Les formations se séparent en patrouilles, devant l'absence d'avions ennemis, et s'éclatent au-dessus des lignes pour descendre les *Drachen*. Etagement des patrouilles : deux mille cinq cents, trois mille, quatre mille cinq cents mètres. Raymond est au milieu.

Douze Albatros surgissent, attaquant les trois Spad. Le capitaine fait un renversement. Raymond le croit touché, mais l'autre se récupère plus bas.

Quatre mitrailleuses s'acharnent en même temps sur l'avion de Raymond. Il sent les balles miauler à ses oreilles. Il a déjà viré à plat sans gauchissement, et amorcé des tours de vrille. La formation bousculée se retrouve à deux mille mètres au-dessus de la voie romaine parfaitement rectiligne qui avec la Suippe leur sert de repère.

Au-dessus d'eux, la meute des Albatros. Plus au-dessus encore, d'autres Spad, mais pas assez en force pour attaquer. Raymond suit le capitaine qui réussit à rameuter des Spad perdus, afin de faire front.

Sept appareils se regroupent pour fondre sur l'ennemi. Les chasseurs allemands prennent de la hauteur et refusent l'affrontement. Un seul est touché. Le combat se termine, faute de combattants. Les chasseurs des deux camps n'ont que deux heures d'autonomie d'essence.

Les Français n'ont pas réussi à dominer. D'autres groupes d'Albatros se profilent dans le ciel, qui n'ont plus d'adversaires à prendre en chasse. La *harka* des quatre escadrilles vient de subir une défaite. Les avions ennemis étaient trop nombreux.

— Nous n'avons ni la supériorité technique, ni celle du nombre, déclare à Hermant le capitaine Durand. Si Pétain veut des résultats, il faut qu'il bouscule les usines et forme dare-dare de nouveaux pilotes.

— Nous avons tout de même descendu six *Drachen* et trois coucous, répond le chef de groupe. Ce n'est pas si mal.

— Demain, d'autres viendront, pour nous tenir la dragée haute.

Raymond Aumoine est seulement heureux,

comme Giquel ou Moch, de s'en être sorti encore une fois. Pris sous le feu quadruple, il a cru sa dernière heure arrivée. Sans être pieux, il remercie le Ciel d'avoir eu le réflexe, au quart de dixième de seconde, de se mettre en vrille.

Trois pilotes ont été tués, deux blessés. Parmi les morts figure Max Lenoir, tombé en flammes chez l'ennemi. Raymond le regrette, il s'était pris d'amitié pour ce Parisien discret, un des plus forts à la voltige. La veille encore, il avait décollé derrière Giquel et Durand pour voler à son secours.

La soirée est triste à la Monnelle. Raymond reste à l'écart, cherchant à se faire oublier. Il était ainsi, enfant, à la fin de ses fugues, rassemblé en boule dans une encoignure, à se demander à la fois comment et pourquoi rentrer. Pour refaire tous les jours les mêmes gestes, dire les mêmes paroles ? Il aurait pu mourir, comme ses frères, comme Max Lenoir. Il s'en est fallu d'un cheveu qu'il ne revoie jamais Marie, sa mère, ni Albertine, sa femme.

Cette pensée lui est intolérable. Il imagine les larmes de Marie, à l'annonce de la mort de Jean et de Julien. Que n'a-t-il, comme tant d'autres, attendu la fin de la guerre dans des secteurs tranquilles, les Vosges, où ses copains du 321e étaient si heureux ? Comme les rives poissonneuses de l'Aisne étaient calmes, quand le régiment s'y tenait au cantonnement, avant qu'un million d'hommes ne s'y affrontent.

— J'ai reçu des nouvelles du front, dit Giquel,

les pensées non moins sombres que celles de son ami, en approchant une chaise de Raymond. Pas du vaguemestre, mais de la bouche du nouveau cuistot qui revient de la Ve armée. Une catastrophe, m'a-t-il confié, sur le plateau de Craonne ! Un corps entier, le premier et le meilleur de l'armée, y a perdu toutes ses divisions. Les biffins ont été reçus par des mitrailleuses casematées, toutes planquées dans des grottes, des replis de terrain. Les rues du village de Craonne regorgent de cadavres. Le sang coule dans les caniveaux.

— Et la VIe ? demande Raymond qui, accablé, songe à son frère Jean.

— Elle a échoué aussi. Les coloniaux se sont fait massacrer. On parle de cent mille hommes effacés. Les Boches étaient cachés dans des grottes, à l'abri des canons les plus lourds. Ils envoyaient les renforts frais et dispos par des réseaux de souterrains qui tiraient dans le dos des nôtres.

Raymond réfléchit à sa propre expérience des champs de bataille. Il a connu Verdun, et maintenant la Champagne.

— On ne peut pas gagner, dit-il. Quand tu voles au-dessus des lignes allemandes, les trous d'obus ne sont pas jointifs, comme à Verdun. La préparation n'a pas été complète. Pour cette raison, les pertes sont lourdes chez nous.

— Pourtant, nous avons beaucoup de canons, objecte Giquel. Il paraît qu'ils sont à touche-

touche, dans certains secteurs, autant qu'à Verdun chez les Boches.

— Le front n'est pas le même. Nivelle a vu grand, comme Joffre à la Marne. On se bat de l'Artois jusqu'aux Vosges. Les Allemands attaquaient dans un mouchoir de poche, vingt kilomètres seulement à Verdun. Ils pouvaient concentrer les tirs. Ici, deux cents kilomètres de front ! Pétain se dispute les canons avec Mangin. Humbert se plaint d'être dépouillé et Mazel n'a que ses chars à faire bousiller.

— Alors, tout est perdu ? Tant de morts pour rien ?

— Non ! Pétain et Anthoine ont pris des observatoires ici, en Champagne. C'est vital pour l'artillerie, et il nous reste une armée intacte, la dixième.

La lassitude des pilotes est telle que chacun songe à regagner son lit Picot. Mais la voix sonore du commandant Hermant retentit :

— Messieurs, la danse va recommencer, hurle-t-il, pour être sûr d'être entendu de tous. Le GQG a décidé de reprendre l'offensive. Dès l'aube, nous partons en tournée sur le massif de Moronvilliers, toutes escadrilles réunies.

Le 28 avril, il fait très chaud dès le matin sur la base de la Monnelle, en Champagne. Un été précoce, inattendu après les bourrasques de neige. Les pilotes ont passé une mauvaise nuit dans la râperie, sous les toits. Raymond

Aumoine n'a pas cessé de chasser les moustiques.

La grande fiesta du commandant a été décommandée durant la nuit par un coup de téléphone du QG de Pétain.

— Encore des bisbilles à l'état-major, grommelle Giquel. Depuis qu'ils ont limogé Joffre, ils tirent à hue et à dia, et Nivelle a manqué son coup.

— On a peut-être un nouveau général en chef, suggère Raymond.

Il a retrouvé son moral. Sa victoire de la veille lui donne envie de renouveler l'exploit. Que tant de fantassins soient morts sans résultats l'incite à prendre une sorte de revanche à cette mesure. Même si elle ne doit servir à rien.

Il pense aux récits de Verdun. « A chacun son Boche ! » criaient les sergents quand les *Feldgrau* attaquaient en masse au bois des Caures. Et Raymond se dit : « A chacun son Albatros ! » La victoire n'est jamais la conséquence des offensives, ratées d'avance, mais du courage des hommes. Le sauveur de Verdun n'est pas Nivelle ni Pétain, mais le poilu. A l'heure où tout sautait, il était le seul à tenir le terrain. Et le terrain de Raymond, c'est le ciel.

Il ajuste ses bretelles et coiffe son Rolls. Joss lui a briqué son Spad, qui brille comme neuf, et son moteur ronronne comme un chat.

— L'Hispano pousse moins haut que le Mercedes, lui assure le mécanicien, mais il va plus vite et surtout, tu montes plus rapidement.

— Je sais, dit Raymond, grâce à toi, tu me l'as poussé ! Pas besoin de supermodèle avec Joss, le mécano des concours ! Tu sais faire d'un animal de paddock une bête de course.

Aumoine s'élève gracieusement par-dessus le bois de pins en fin de piste, embûche négligeable pour les as, sauf par temps de forte brume. Il pique droit sur Moronvilliers, passe en rase-mottes au-dessus des lignes, sur cette double bande de terrain de trois à quatre kilomètres — dix au plus en comptant les deux camps — où le sol est retourné par les obus, dépourvu de toute végétation, labouré dans le sang. Jamais un homme n'est visible à cette vitesse. Seulement ce qui brille, brûle et fuse.

A la tente des renseignements, avant le départ, le commandant a prévenu que les Albatros seraient nombreux dans le ciel pour empêcher les réglages, et qu'on devait à tout prix les descendre.

— Si les Spad sont les plus rapides, a-t-il expliqué, nos coucous sont encore des Farman qui se traînent au sol, donc des cibles faciles. Les observateurs allemands disposent d'avions modernes qui peuvent se faufiler entre deux patrouilles, prendre leurs photos et revenir. Tous les jours, un de leurs Albatros passe nos barrages pour filer sur Châlons. Personne ne l'a jamais intercepté. Peut-être vole-t-il à cinq mille mètres ? On l'appelle « l'avion de Châlons »... Rien de tel chez nous. Les chasseurs sont notre seul atout. Vous tenez la situation en main. Pas un de leurs photographes ne doit passer. Faites tous comme Pégoud, qui en descend un par jour ! Mais restez groupés, a ajouté aussitôt Durand, sinon, c'est vous qui serez descendus.

A trois mille mètres, ils sont tous rassemblés. Ils remontent la ligne du front, le long du massif de Moronvilliers, repérable aux nombreux départs de canons lourds, aux tirs de fusées. Pas un Allemand dans le ciel. Il faut croire qu'ils se faufilent entre les patrouilles, ou qu'ils volent trop haut.

Au-dessus de la Suippe, Raymond aperçoit deux points noirs. Il descend, suivi de Jérémie Moch, et de Louis Picolec qui a remplacé Max. Deux forts biplaces, des photographes... puissants et rapides. Le premier, attaqué par-derrière, descend sur le bourg de Beine. Sa mitrailleuse arrière crache le feu. Une balle passe sous le palonnier de Raymond qui lâche son manche et la détente de la Vickers. Il a senti comme un coup de fouet sur son bras droit.

Il se sert du gauche et vire d'un coup de pied, puis remet les gaz. Par chance, le moteur répond. A basse altitude, il est poursuivi par un Albatros, protecteur de ses petits cousins photographes. Au sol, les mitrailleurs, les artilleurs ennemis se mettent de la partie. Mais Moch et Picolec surgissent derrière l'Albatros qui s'envole en virant vers les cimes pour échapper à leurs tirs croisés.

Raymond pousse son moteur à seize cents

tours pour s'échapper de cet enfer. Une rafale inattendue le cueille par surprise. Un deuxième Albatros lui barre la route et ses mitrailleuses doubles épuisent leurs bandes.

— Cette fois, se dit-il, je suis pris !

Il est blessé, son bras gourd ne le fait pas souffrir mais il ne réagit plus. Il est à cinq cents mètres dans les lignes ennemies. Il suffirait de se retourner sur le ventre, de virer sur l'aile, et de pousser le moteur à fond pour rejoindre le terrain, mais d'une seule main, il se sent gauche, impuissant.

Un Spad descend en trombe sur l'Albatros. C'est Picolec. Il tourne autour, revient à la charge, double sa rafale, oblige l'adversaire à se défendre.

Raymond est libre. Son bras droit tombe immobile sur ses genoux. Au bout, des doigts roides, impossible de les bouger ; de la chaleur sur le poignet ; c'est du sang, qui lentement devient poisseux et lourd. Il commence à souffrir. S'il se laisse aller, sans choisir son terrain d'atterrissage, il est perdu.

Il tourne et retourne, à la recherche du terrain de la Monnelle. Rien en dessous, sauf une fumée qui grimpe du sol. Sans doute celle de l'Albatros abattu. Picolec plonge, rejoint Raymond, bat des ailes en signe de victoire. Il cabriole joyeusement en acrobate. Il ne peut pas savoir que Raymond est blessé. Il monte en chandelle, sûr d'être suivi par son camarade.

Raymond met la gomme pour reprendre de la

hauteur. Il retire son gant en grimaçant de douleur. Sa main est poissée de sang séché, un filet noir coule sur chacun de ses doigts. Il respire de plus en plus mal, comme si ses poumons étaient bloqués.

Sur le terrain, la patrouille est rentrée. Le capitaine Durand s'est aperçu de l'absence d'Aumoine, qu'il cherche dans le ciel, prêt à décoller pour le sauver s'il s'est perdu dans les lignes ennemies.

Enfin, le Spad surgit, presque au ras du bois de pins. Ce n'est pas le style de Raymond. Il doit être en difficulté. Pourtant, l'hélice et le moteur de son appareil tournent. Mécanos et pilotes convergent, prêts à lui porter secours, au vu de la toile arrachée de ses ailes.

Le Spad touche lourdement le sol, mais résiste. Il roule sur deux cents mètres et s'immobilise, moteur coupé. Personne n'en descend.

La petite troupe se précipite, Joss le premier. Il repère tout de suite la vitre brisée de la carlingue, la tête de Raymond retombée sur la pointe de chasse. Sa main droite, couverte de sang, est roide. La main gauche est crispée sur le manche.

Le capitaine Durand se penche sur le visage creusé, les yeux hagards, le pâle sourire figé de ses lèvres. Une balle a traversé sa fourrure. Sa poitrine est en sang. Par miracle, il a pu trouver la force d'atterrir. Mais il est mort.

Marie Aumoine vient de perdre son troisième fils.

La valse des généraux

— Nivelle, Mazel, Mangin, Micheler, quel jeu de massacre ! Ils vont tous y passer, prédit Latouche, lugubre. Les politiques ont pris le pouvoir au GQG. Je sens revenir les temps de la Terreur où l'on guillotinait les généraux.

— Croyez-vous ? dit Jean Aumoine. Ils seront mutés, tout simplement, et personne ne leur cherchera noise. Leurs successeurs n'auront qu'une idée, les faire oublier. Où les enverra-t-on ? Peut-être en Algérie ? N'est-ce pas là-bas qu'ils vous ont mis au ban, mon cher Latouche, quand vous aviez cessé de plaire au général Fayolle, l'année dernière, en Picardie ?

— Merci de me rappeler les bons souvenirs, mon jeune ami. Mais vous perdez votre temps, je suis trop vieux routier pour en être affecté.

Ils sont seuls à la popote du 321ᵉ, à échanger ces propos aigres-doux dans un abri de rochers défoncés par le canon, à quelque cinq cents mètres du Chemin des Dames. Les camarades survivants de l'hécatombe sont épuisés. Ils dorment dans les cagnas. Le soir tombe. La bataille s'est ralentie, en attente d'un second souffle. Reprendra-t-elle jamais ?

Le 321e a trinqué. Salement. Appelé en renfort du 401e, il a été engagé dans l'armée Mangin sur le Chemin des Dames pour s'emparer de la Sucrerie et tenir la tranchée de Munster prise aux Allemands. Il a essuyé le tir de l'artillerie lourde française, très mal informée par l'aviation de l'état exact des lignes. Une erreur qui exaspère les poilus et sape leur moral.

A l'ouest, la VIe armée enregistrait pourtant des succès, avançait de six kilomètres du côté du fort de Condé et du moulin de Laffaux. L'état-major de la division ne manquait pas de claironner ces résultats dans les oreilles du colonel Picart, pour réconforter les hommes.

— Chez nous, explique le capitaine Aumoine après la bataille, la progression était nulle. Les ordres étaient de serrer l'ennemi, mais nous n'avions pas d'artillerie de barrage, ni même de crapouillots. On les avait enlevés à Mangin. Les 18, 19 et 20 avril, nous avons combattu sans relâche, mitrailleurs ou grenadiers, avec des obusiers de 58 en petit nombre.

— Votre spécialité, le fusil-mitrailleur ! Vous faites merveille comme instructeur, m'a-t-on dit. Avez-vous subi beaucoup de pertes ?

— Parmi les mitrailleurs, presque tous. Ils avançaient les premiers, d'un trou à l'autre. L'abbé Balmont n'arrêtait pas d'expédier les agonisants. Beaujon, mon meilleur tireur, est mort. Il avait été clairon dans ma section. Son père est gendarme.

— Il n'aura pas à annoncer la nouvelle à une

famille, il sera informé le premier, commente tristement Latouche.

— Etienne Débarbat, le plus solide de mes pourvoyeurs, a eu la tête arrachée. Le jeune Jean-Marie Colonna a été blessé d'une balle dans la jambe, devant la Sucrerie. Il entraînait ses hommes à l'assaut. J'espère qu'ils pourront le sauver. Le Ciel l'a protégé dans son malheur : s'il avait été touché au bras, finie sa carrière de pianiste ! Car ce virtuose du Chauchat est premier prix du Conservatoire de piano.

— Cette attaque est une catastrophe !

— Si je vous donne la liste exacte des pertes, elle est édifiante : soixante pour cent dans ma seule compagnie, y compris l'adjudant Casta qui ne reviendra plus. Le baroudeur de la coloniale est parti définitivement. On n'entendra plus, dans le Rif, les chants corses qu'il entonnait de sa belle voix grave. Au bataillon du professeur Lacassagne, plus de la moitié de tués ou de blessés. Leynaud a failli mourir étouffé. On l'a dégagé, presque asphyxié, d'un trou d'obus recouvert de boue. Il était touché à l'épaule. Voulez-vous que je poursuive ?

— Les mitrailleuses sous abris ?

— Sans doute. On ne distinguait pas les servants des Maxim, ils se retiraient à notre approche en se faufilant dans l'entrée des creutes. Nous avions enfin reçu l'ordre de les nettoyer.

— Mangin avait changé son fusil d'épaule. Le

16 avril, il prescrivait de contourner les obstacles.

— Il fallait, au contraire, les éliminer l'un après l'autre, pour se rendre entièrement maître du Chemin des Dames et des observatoires.

— Mangin imite désormais Pétain dans la prudence efficace. A-t-il été aussi heureux ?

— Nous avons pris la Sucrerie, au prix d'une montagne de cadavres. Mais nous n'avons pu la garder. Au soir du 19 avril, l'ennemi était de retour.

— Pas de renforts d'artillerie ?

— Très peu. Il faut dire que les pentes étaient devenues inaccessibles. J'ai vu de mes yeux une pauvre petite batterie de 75 tirée par dix-huit chevaux ! Les animaux pataugeaient, tombaient dans les trous d'obus. Impossible de les tenir en ligne sous le harnais, ils culbutaient, se blessaient et ne revenaient plus.

— Les pieds-noirs de la 38e d'Alger ont tout de même pris le monument Hurtebise ?

— Sans doute, mais comptez les tirailleurs algériens survivants de la division. Une poignée !

La bataille de la VIe armée s'est reportée sur son aile gauche, où elle obtient plus de succès. Un corps d'armée, commandé par le général Taufflieb, a réussi à verrouiller cette partie du front. Dans le secteur du 321e, à la division Valentin, le calme est revenu dès le 20 avril. La soirée est presque tranquille. Les fusées éclairent tragiquement le champ de bataille, pendant que les territoriaux commencent à recueillir les cadavres, puis à les rassembler sur des toiles de tentes avant de les enfouir dans des fosses communes.

Une silhouette de Sénégalais se présente à l'entrée de l'abri d'Aumoine.

— Vous n'êtes pas de la 6e compagnie ? demande l'homme, un tirailleur seulement armé d'un coupe-coupe.

Il cherche son unité accablée, éparpillée depuis la retraite de la Sucrerie. Elle a fondu, ou disparu. Il s'appelle Lamine Diouf et il est caporal.

— As-tu perdu aussi ton fusil ? l'interroge Jean. Repose-toi ici. Demain, il fera jour, tu retrouveras les tiens. Tu prendras le fusil d'un mort.

— Jamais ! répond Lamine Diouf. Chez moi, à Ziguinchor, on enterre le défunt avec ses armes. La mort n'existe pas. Les guerriers se retrouvent tous ensemble pour la grande chasse des ombres, conduits par l'antilope aux cornes d'or. Chez nous, même les arbres sont en or, au paradis du Bambouk.

Il tend l'oreille, sort de son sac une gamelle tendue d'une peau de bête, l'effleure de ses paumes, puis tape de plus en plus fort. Dans la nuit de la défaite, un autre soldat perdu répond, un autre encore, tout un concert sur la crête qui réveille les renards au gîte, perturbe les garennes, provoque des envols de chauves-souris et de chats-huants, la fuite éperdue des furets et des fouines, la panique des rats de tranchée.

Ce raffut fait craindre à l'ennemi un assaut subreptice par une armée spécialement formée de « nègres coupeurs d'oreilles ». Ainsi les Sénégalais, les plus beaux guerriers du monde avec les Sikhs des Indes et les Rifains du Maroc, sont-ils appelés par la presse allemande.

— Dans la brousse, raconte Lamine Diouf, tu ressens au toucher les sentiments du frère qui parle avec ses mains. Il annonce la guerre, il la dénonce. La guerre des sauvages qui ne prennent pas la peine d'enterrer les corps, des barbares qui coupent en morceaux les cadavres, détroussent les chefs défunts, ceux qui font pleurer ta mère avec des gaz qui sentent la charogne et t'arrachent les yeux.

Jean Aumoine s'efforce de retenir ce Sénégalais au grand cœur. S'il part seul dans la nuit, il se fera descendre, c'est sûr !

— Le canon va tonner. J'ai retrouvé mes camarades, dit Lamine Diouf en frappant son tambour sur un rythme allègre, je cours les rejoindre.

— Les Sénégalais n'ont qu'un ennemi, la pluie et la neige, explique Jean Aumoine, quand le caporal a disparu à la recherche des siens. Celles-ci étouffent les sons, les enveloppent dans du coton, empêchent les frères de parler avec leurs mains. Ils se sentent perdus, isolés, sans âme. Ils s'agenouillent pour pleurer des larmes de sang. Quand la neige tombe, quand la terre devient glissante, les dieux les ont abandonnés, pensent-ils. Alors, le désespoir s'empare de leurs âmes : ils ne sont plus rien, moins que rien, les chasseurs de phacochères. Ils attendent, immobiles, d'être dépecés par les termites, comme les baobabs morts, sous les rayons froids de la lune.

Un charroi sur le rocher. Des hommes poussent et tirent à la corde, à la bricole, des pièces de 77 retournées contre l'ennemi.

— Mangin nous a ordonné de mettre en batterie quatre-vingts canons pris à l'ennemi, en utilisant leurs réserves d'obus, explique Jean. C'est vous dire si nous manquons de renforts. Les munitions elles-mêmes deviennent rares. Roland Martin pleure ses grenades, il n'en reçoit pas. On nous demande impérativement, par ordre écrit de la main du général Valentin, d'économiser les chargeurs de Chauchat. C'est la mouise !

— Vous avez tiré vos « dernières cartouches » dans la journée ? demande Latouche.

— A la tranchée de Munster, que les Allemands nous ont disputée avec acharnement. Des gaillards blonds et roux de la Garde de Berlin, ceux qui défilent au pas de l'oie, en tenue bleu de Prusse, au son des tambours plats sous la porte de Brandebourg. Nous avons tenu. Mais les sections ont dû se retirer sous le feu des obus de nos propres canons.

Latouche reste silencieux. Dans la nuit tombante, les hommes entendent monter jusqu'à eux le bruit assourdissant des moteurs de tracteurs. Le commandant s'interroge. Que se passe-t-il dans ce secteur ? La nuit semble calme, mais tout s'agite autour de lui.

— Les seuls tracteurs sur *caterpillars* dont l'armée Mangin ait jamais été dotée, lui dit Jean Aumoine, désabusé. Des 155 tout neufs. Quatre groupes. On les lui retire pour les donner à Pétain. Que voulez-vous ? Les vrais vainqueurs de Verdun, Nivelle et Mangin, n'ont plus la cote.

— Et Nivelle croit qu'il peut encore poursuivre. Quelle folie !

Lacassagne, le visage tiré, le regard anxieux, surgit dans l'abri. Il demande au commandant Latouche quel climat règne à Compiègne.

— L'état-major, l'interroge-t-il, peut-il se représenter la détresse des hommes ? Ils sont partis résolus, confiants, persuadés par le discours officiel qu'ils allaient chasser les Allemands jusqu'à la Meuse, et voilà qu'ils se retrouvent dans le pire état de détresse et d'impuissance. Pour les anciens, les souvenirs des offensives ratées et meurtrières de 1915 remontent. Les généraux savent que si l'on persiste, on accroît d'autant le désastre. Nivelle l'a-t-il compris ? Le supertechnicien de la guerre peut-il admettre qu'il faut poser l'avion d'extrême urgence, si le moteur a des ratés ?

— Je ne suis pas retourné au GQG pendant les deux premiers jours de l'offensive, précise Latouche, embarrassé. Le 17 au soir seulement.

Il n'a visiblement pas envie d'évoquer les

grands chefs, qu'il n'a pu rencontrer à Compiègne. Il les imagine sans doute débordés, déçus, incapables de faire face à l'échec.

Il connaît le capitaine Lacassagne, ancien professeur de mathématiques de Jean au lycée de Montluçon, et a tout de suite jugé que le vieil homme ne se paie pas de mots et sait tenir sa langue. Pourquoi ne pas l'éclairer franchement ?

— J'ai vu le capitaine Lecat, avoue-t-il d'une voix presque blanche, où se reflète son désespoir. Il n'a pas pris de gants : « Hindenburg vient de nous donner une leçon de tactique. Avez-vous lu les communiqués dans la presse ? A croire que rien ne s'est passé. »

Jean de Pierrefeu, responsable de l'information, avait l'ordre, chaque jour, de ne rien dire aux journalistes avant le soir. On espérait pouvoir annoncer quelque succès. Mais aucun village pris, pas de canons enlevés, nulle nouvelle encourageante ne remontait des différents secteurs du front. Tout juste pouvait-on avancer, en le grossissant, un nombre élevé de prisonniers, ou parler de la « vive résistance opposée par l'ennemi ». Rien sur les pertes subies, bien évidemment. Comment masquer l'échec ? Il était aveuglant.

— Au 3e bureau, poursuit Latouche, ils ont enfin compris, au soir du 17 avril, qu'ils étaient victimes de la dernière tactique allemande, la *contre-attaque de profondeur*, qui expliquait, selon nos experts, les résultats foudroyants de l'ennemi.

— Ils ont au moins inventé une notion nouvelle, grince Jean. Tout n'est pas perdu, assurément, si nous découvrons la théorie de la contre-attaque en *profondeur*. Demandez le programme ! Comment faut-il entendre la profondeur ? Les Boches, selon les découvertes récentes de l'état-major, sortent-ils de terre ?

— Non pas, corrige Latouche impatienté. Lecat me l'a expliqué : Hindenburg aménage les champs de bataille en multipliant les obstacles en profondeur, pour user l'élan des attaquants. Ses réserves sont loin derrière, hors de portée de canon. Quand il lance la contre-attaque, elle vient du fond du champ de bataille d'armée, et les troupes arrivent ainsi toutes fraîches. Sois certain, dit-il à Aumoine, que Pétain fera son profit de cette leçon. Il a déjà traduit en son langage : « champ de bataille d'armée ». Mais cela demande de l'organisation, des travaux, de l'entraînement, du *temps*. Et nous n'avons pas le *temps*.

— Nous trouvons seulement celui de mourir, dit Jean, très sombre. L'arrière se doute-t-il de nos épreuves ?

— Le communiqué diffusé à Compiègne les 16 et 17 avril assurait que nos soldats s'étaient emparés de la première ligne, entre Soissons et Craonne. Faux : nous étions rejetés sur nos tranchées de départ à peu près partout.

— Qu'ont-ils imaginé comme riposte, autour

de Nivelle ? Comment ont-ils analysé l'échec ? s'inquiète le professeur.

— Certains affirmaient que notre infanterie avait perdu ses qualités d'hier : « Ce ne sont plus, disaient-ils, les soldats de la Somme. »

— Les salauds ! dit Jean. Qu'ils viennent voir les cadavres des nôtres à la Sucrerie de Cerny, à la ferme Hurtebise. Je ne sais pas si l'infanterie a changé, mais eux, certainement pas, toujours la même incompétence !

— Vous exagérez, dit Latouche. Nous avons manqué de moyens, à cause du temps.

— N'était-il pas le même pour les Allemands ?

— N'oubliez pas le regain du 18 avril, la contre-attaque de Mangin sur l'ouest, la prise d'une ribambelle de villages et d'un grand nombre de canons. Ces succès, comme ceux, très relatifs, de Pétain et d'Anthoine en Champagne, ont dû donner à penser à Nivelle qu'il pouvait sauver la situation. Les communiqués avaient alors repris espoir. N'avait-on pas conquis le fort de Condé ? On oubliait de dire que les Allemands l'avaient évacué. Les nôtres ne l'ont pas occupé tout de suite, craignant qu'il ne fût miné. Le petit jeu des mensonges à la presse a continué. Les chefs la rendaient responsable de l'offensive ratée, du mauvais effet dans le pays, et surtout à la Chambre des députés.

— Je croyais, dit Lacassagne, que nous pouvions emporter la décision grâce aux chars d'assaut.

— Le général Mazel l'a tenté, au premier jour, dans sa V^e^ armée. Il n'a pas réussi. Les gros Schneider sont trop lents, trop vulnérables. Un massacre atroce. Imaginez, professeur, les corps brûlés, réduits au volume d'un chien crevé, recroquevillés dans un cercueil d'acier percé et incendié par des obus spéciaux, calorigènes. Le commandant Bossut conduisait la charge. Les engins, pataugeant dans les trous d'obus, sont arrivés jusqu'à la ferme Mauchamps. Ils offraient des cibles faciles, et Bossut a été l'une des premières victimes. Les autres ont attaqué jusqu'à la nuit, ils ont franchi une position mais sont tombés en panne devant la seconde.

— Si je ne me trompe, dit Lacassagne, le général du corps d'armée attaquant derrière les chars était notre cher Passaga.

— Il n'a pu renouveler son exploit de Douaumont. Les tanks l'ont aidé à enlever les ruines de la Musette, devant Juvincourt. Huit engins seulement sont revenus de cette équipée, dont Edern Hallier, un jeune de la cavalerie, plein de fougue et de courage. Tous les autres ont été détruits par les canons Krupp.

— Ainsi, Passaga a dû reculer, constate Jean avec amertume.

Il aime ce général qui a le souci de ménager la vie des hommes et ne s'en cache pas.

— Il est venu se plaindre au QG de Mazel. Il lui a reproché l'absence de pièces lourdes et d'avions. Il s'est avancé à la tête de son corps d'armée, obéissant aux ordres, dans l'ignorance des positions ennemies et de ses ressources, avec le seul appui des tanks qui s'est révélé catastrophique.

— D'abord pour les malheureux tankistes, remarque Jean. Ne peut-on convenir que ces lourds engins ne sont pas faits pour avancer sur un terrain ravagé par les obus ? Les Anglais ont échoué. C'est notre tour.

— Vous faites erreur, dit Latouche, fervent partisan de l'artillerie d'assaut, comme son ami anglais, le major Mac Cawley. Les Schneider, les Saint-Chamond ont échoué. Mais Pétain sait fort bien que les petits Renault essayés sur les terrains de manœuvre par le général Etienne donneront un jour de bons résultats.

— Ils n'étaient pas au rendez-vous, conclut Jean. Nivelle aura tout manqué.

Au matin du 21 avril 1917, le commandant Latouche est de retour dans Compiègne. Il tente de se faire recevoir par Baudinard, accablé de besogne. On lui dit qu'il doit patienter.

Bras droit de Nivelle, le lieutenant-colonel est très occupé. Quand les officiers du 3e bureau des opérations doutent de l'issue de l'offensive et, déjà, de l'avenir du général en chef, l'éminence grise poursuit sa tâche, les traits creusés, le teint cireux, au bord de l'épuisement.

Lecat, le capitaine bourguignon qui a l'oreille fine et sait provoquer les confidences, a prévenu Latouche : les limogeages ont commencé.

Il l'invite sous les combles, dans son antre,

pour l'affranchir des derniers événements. Latouche se laisse entraîner. En bon tacticien, il veut prendre d'abord le climat des lieux, et Lecat est le meilleur des baromètres.

Il le laisse parler : le Saint-Simon de Compiègne ne passe rien aux galonnés, ses propos sont acides. Il raconte en préambule l'histoire du major général Pont, homme de devoir et de courage.

— Cet officier supérieur irréprochable a vu entrer chez lui à l'improviste, sans convocation d'aucune sorte, son vieux camarade Debeney, qu'il avait connu jadis à Saint-Cyr et à l'Ecole de guerre. Il l'a reçu avec plaisir, mais non sans surprise : Debeney commandait la VIIe armée, loin du Chemin des Dames. Que venait-il faire à Compiègne ? Pont, après quelques propos empreints de la plus vive cordialité, le lui a demandé. « Tu ne sais pas ? dit l'autre. Je viens te remplacer. »

Il exhibe alors sa feuille de service, le nommant major général à sa place et signée de la main de Nivelle. Nul n'avait averti le général Pont. On le priait de se retirer à Senlis, sans autre affectation dans l'immédiat.

La mutation d'un major général signifie sans aucun doute le remaniement immédiat et complet du haut commandement, songe Latouche. Est-ce le début de la fin pour Nivelle ? Il aimerait le savoir.

Lecat ouvre avec peine son fenestron à poignée rouillée. Aussitôt, un bruit confus monte du perron d'entrée du palais. Latouche jette un œil : l'agitation est à son comble, les gendarmes refoulent les journalistes venus aux nouvelles vers le bureau de presse où ils n'obtiennent pas d'autres renseignements que ceux du communiqué. Ils tempêtent, protestent, insistent, brandissent leurs appareils photos, présentent leurs accréditations, rien n'y fait.

— Dupont, le chef du 2e bureau, a pris en main le service de presse, explique Lecat, et nous interdit toute indiscrétion.

— Croient-ils pouvoir empêcher la vérité de se faire jour ? Que diront les poilus défaits, décomposés, perdus dans les trous d'obus, s'ils apprennent, en lisant les journaux et une fois sortis de l'enfer où sont tombés leurs camarades, qu'ils n'ont subi aucun échec ?

Latouche rejoint le bureau du lieutenant-colonel Baudinard, tout proche de celui de Nivelle, à l'étage d'honneur des chambres de l'Empereur et de l'impératrice.

Baudinard est seul, assis à sa table de travail, installé dans un cabinet, sorte de salle de bains aménagée. Il accueille Latouche d'un regard bref, lui fait signe de la main de s'asseoir. Le tumulte des journalistes persiste, mais la vaste fenêtre étant close, le bruit de leurs protestations est très atténué.

— Nous n'avons rien à leur apprendre que des échecs, déclare sombrement l'éminence en triturant son stylo et comme s'il parlait seul. Faut-il désespérer le pays ? Est-ce le moment de couper les jarrets de nos soldats ? Ils ne savent que trop qu'ils ont perdu la bataille.

— Il faudra bien que le pays l'apprenne, avance Latouche. D'une manière ou d'une autre.

— Sans doute, mais le plus tard possible.

La voix caverneuse de l'officier devient véhémente, persuasive, comme s'il avait soudain un public à convaincre :

— Laissez-nous nous retourner. Tout n'est pas perdu. Il faut, comprenez-le, transformer un demi-échec en succès. Nous avons reçu hier le ministre de la Guerre. Paul Painlevé est d'accord pour reprendre l'affaire du Chemin des Dames et des massifs champenois. Il faut faire cesser tout effet de panique, tout découragement.

Ce brusque accès d'éloquence s'arrête aussi brutalement qu'il a commencé. Le colonel retourne à ses signatures.

Latouche se demande alors pourquoi Baudinard l'a convoqué, quelle idée tortueuse mijote sous son crâne déplumé. L'autre paraphe, en faisant crisser sa plume, ordres et circulaires, sans lever les yeux.

— Parlez-moi du moral, jette-t-il enfin à son interlocuteur ! Je compte sur vous pour m'en informer. C'est la préoccupation majeure du général en chef. Les soldats repartiront-ils ?

Latouche est stupéfait. On l'utilise ordinairement pour des missions d'information, pas de délation. Le collaborateur occulte de Nivelle n'aurait-il plus confiance dans les rapports des commandants d'armée ? Il semble désireux de se créer des filières de renseignements à l'intérieur de son propre camp, et de connaître au plus juste les réactions de la troupe. Comme si le général craignait d'être trompé, ou lâché.

Sans doute cherche-t-il des rapports susceptibles de rassurer son chef qui nourrit d'autres projets offensifs. Latouche, de retour du front laminé par le canon, a-t-il le droit et les moyens de l'encourager ?

Il réfléchit que le Chemin des Dames, ce n'est pas Verdun. Là, on se défendait. Ici, on attaque, pour gagner la « der des der ». Quand le Boche pesait sur la Meuse afin de forcer l'une des portes de la France, le devoir de tous était de résister jusqu'à la mort. Lorsqu'il est question de reprendre une *offensive* déjà condamnée à l'échec, c'est une autre affaire.

— Où en est la *Gauloise* ? interroge Baudinard, qui lève enfin les yeux, conscient du silence embarrassé du commandant.

— On compte les morts, et l'on attend la relève, comme partout.

— J'ai cru entendre que certaines unités, il est vrai particulièrement éprouvées, renâclaient devant l'effort. On m'a parlé, chez le général Valentin, de l'état d'esprit fâcheux du 321e d'infanterie, du recrutement de Montluçon. Pouvez-vous voir, et me rendre compte ?

— J'en reviens, dit Latouche. Je puis vous assurer qu'aucun régiment n'a donné avec plus d'allant. Est-ce sa faute s'il a été exposé, sans soutien d'aucune sorte, dans le secteur le plus difficile ?

— L'assistant de votre dernière mission dans les lignes britanniques sert, je crois, dans cette unité. Passaga m'en a dit grand bien. Comment s'appelle-t-il ?

— Capitaine Jean Aumoine. Il a conduit l'assaut à la tête des grenadiers et il a perdu soixante pour cent de ses effectifs.

— Pourriez-vous faire en sorte, dit Baudinard reprenant ses signatures, de prendre contact avec ce capitaine, et de le prier de venir rendre compte ici même dans la plus grande discrétion ? Le général tient à être informé à la source sur les sentiments réels des poilus.

— Jean Aumoine commande une compagnie en pleine bataille !

— La bataille s'est calmée. Il ne se passera rien dans les cinq jours. Le capitaine a tout le temps de venir en référer. Je l'attends et j'y compte.

Latouche sort du bureau, perplexe. Son jeune ami acceptera-t-il cette singulière confession ? Laissera-t-il ses hommes penser qu'il déserte son poste à l'heure de la défaite, qu'il s'enfuit le premier ?

Georges Lecat n'est pas loin. Il n'est jamais loin. Il guettait la sortie du commandant, impatient de connaître le contenu de l'entretien.

Il attire de nouveau Latouche dans son bureau, lui propose un excellent marc de Bourgogne et tente de savoir pourquoi Baudinard, submergé par la conjoncture, l'a fait revenir, toutes affaires cessantes, à Compiègne.

— Sûrement pas pour vous introduire dans le bureau du général en chef, lui dit-il, pour provoquer la confidence. C'est impossible ! Nivelle est à l'Elysée.

— Fichtre ! s'exclame Latouche. Est-ce là qu'il prend ses ordres ?

— Il cherche sans doute à obtenir le blanc-seing de Poincaré et du président du Conseil Ribot. Cela se dit dans ces murs, où il n'a plus autant d'amis.

— Nivelle serait-il menacé ? lance Latouche, une pointe de fausse indignation dans la voix.

— Il peut mettre en avant, estime gravement Lecat, les succès de la Xe armée Duchêne, qui vient d'enlever la première ligne allemande entre Hurtebise et Berry-au-Bac. Cela lui donnerait sans doute les moyens de lancer la toute nouvelle opération d'envergure qu'il tient prête dans ses cartons.

Le ton dubitatif du capitaine en dit long sur ses sentiments réels. A l'évidence, il ne croit guère à la perspective qu'il vient d'énoncer.

— Nivelle espère encore qu'il peut réussir et se maintenir, ajoute-t-il avec lassitude, comme s'il dénonçait une erreur persistante.

— Qui l'en empêcherait ?

— Les Allemands peut-être, suggère Lecat, sarcastique.

Au mess des officiers d'état-major, le silence

est presque total. Pas de conversations enjouées sur des sujets frivoles, aucune connivence, sinon pour se garder d'une imprudence de langage. Une atmosphère de changement de règne.

— Ceux qui vont partir, glisse Lecat presque à voix basse, guettent l'arrivée des premiers nommés pour faire leur cour.

— Je ne vois aucun des vrais chefs.

— Dupont ne déjeune jamais, Debeney se cloître dans son bureau et ne parle à personne. Quant au colonel Renouard, l'estimé chef du 3e bureau, il attend dignement sa feuille de route. Voilà qui rappelle les mauvais jours de la disgrâce de Joffre.

Un major portant les insignes du génie reconnaît Latouche. Ce Lucien Delmas était rue Saint-Dominique, dans la suite de Joffre, au temps où Joseph Caillaux, président du Conseil, avait placé Jacques Césaire Joffre, fils d'un tonnelier de Rivesaltes, à la tête de l'armée française. Un officier de gauche, assurément.

— Prenez garde, souffle Lecat, il est officieux au cabinet Painlevé.

Latouche revoit son camarade avec un tel plaisir que Lecat, débonnaire mais avisé, se demande aussitôt s'ils sont de la même secte.

Il se retire délibérément, sans demander son reste. Il veut éviter, pour une fois, d'être le témoin d'un rapprochement qui, demain, pourrait être présenté comme un complot. La situation est trop grave, les responsables trop nerveux pour risquer sottement sa carrière.

— Il faut que nous parlions, dit Delmas à Latouche, en homme qui sait le prix de la discrétion.

Latouche reconnaît là l'indice du vrai pouvoir. Les militaires placés dans l'entourage immédiat des chefs peuvent être bavards, les politiques restent secrets. Ils ne parlent qu'à demi-mot, craignant d'en dire trop ou que leurs propos ne soient rapportés avec malveillance. Leurs confidences ont force d'arrêts en conseil.

Delmas travaille avec le commandant Heilbronner, un maître des requêtes du Conseil d'Etat tout-puissant au cabinet Painlevé. L'homme a jadis obtenu de vive force la tête du général Pellé. Il aura, c'est certain, celle de Renouard, le chef du bureau des opérations, le personnage le plus important du GQG.

Il est de ceux qui pensent que l'armée ne doit pas être dirigée par des généraux de terrain, mais par des créatures du pouvoir politique, seul légitime. Delmas est son agent de liaison, très dévoué à la *grande cabane*. Par lui, il se tient au courant de tout.

Il sait, par exemple, que Nivelle fait la tournée des politiques pour obtenir de l'aide. Il surveille son retour, pour en peser aussitôt les conséquences. Au trébuchet des nouveaux ordres donnés, on ne manquera pas de mesurer la rallonge de crédit obtenue.

— Nous ne pouvons discuter au palais, assure Delmas. Les oreilles sortent des murs.

Il entraîne Latouche dans une vaste allée

cavalière, où jadis l'empereur Napoléon III, trop las pour monter à cheval, suivait la chasse en voiture.

— Ce Duchêne est impayable, commence Delmas.

— Duchêne ? Le général de la Xe armée ?

— Lui-même, celui qui tient Hurtebise grâce au sacrifice de ses soldats. Nivelle compte sur lui pour la relance. Il est, dans l'esprit de Foch, offensif à tous crins. Je lui objectais les obstacles accumulés par les Allemands, et notamment les creutes du Chemin des Dames. Sais-tu ce qu'il m'a répondu, ce candide ?

— Qu'il n'en avait pas peur.

— Mieux encore : qu'il bombarderait les « entrées de cavernes ». « Nous en avons maintenant le relevé », a-t-il ajouté. Tant d'inconscience désarme. Fallait-il perdre cent mille hommes avant de reconnaître à coup sûr, sans même parler de le détruire, le terrain de l'attaque du 16 avril ?

Latouche comprend alors pour qui travaille son ami Delmas. Il reprend les termes — sans doute au mot près — dont doit se servir Painlevé pour convaincre le président du Conseil Ribot que la reprise de l'offensive est impossible dans l'immédiat, et que la priorité des priorités est de changer de général en chef.

Le défenseur de l'attentisme est Pétain. Painlevé travaille pour lui. Il veut, comme Pétain, *attendre* les chars et les Américains et n'a que faire de la brusque reprise d'une offensive d'avance condamnée. Quand Nivelle parle d'une « série de petites opérations bien préparées » sur Craonne et sur Brimont, Painlevé fait aussitôt creuser des sapes par ses affidés pour le faire sauter.

— La reprise, pourtant, se prépare, assure Latouche. Les corps de la Xe armée sont sur les dents. L'artillerie attend les munitions. Dans quelques heures, tout peut repartir.

Dans la chaleur soudaine de cette fin d'avril, les frondaisons de Compiègne évoquent le retour à la paix. Une escadrille de chasseurs traverse le ciel à faible altitude, mais à grande vitesse, en direction du front.

— La base de Lépinois, près de Soissons, explique Latouche. Ils sont appelés en renfort. La préparation d'artillerie va commencer.

— Tous nos avions y passeront, répond sombrement Delmas. Ceux-là volent vers Craonne, ils sont sans doute la dernière réserve. Le temps est magnifique. Les Albatros peuvent donner toute leur mesure, abattre nos saucisses, détruire nos Spad.

— Pourquoi ce pessimisme ?

— Les Spad reprendront des couleurs quand les nouveaux prototypes SXIII rejoindront les escadrilles. Là encore, mon cher, il faut attendre, précise Delmas, bien informé. Trois mois sans doute. Les Spad, les chars Renault et les Américains.

Latouche reconnaît le programme de Pétain. Quoi d'étonnant s'il séduit le mathématicien

Painlevé, le promoteur de l'aviation de combat, le rationaliste assuré que la victoire ne dépend pas seulement du nombre des bataillons, mais de la supériorité de l'armement.

— Nos aviateurs vont pouvoir donner leur mesure, dit Latouche. La météo, le 16 avril, ne leur permettait pas de prendre l'air. Aujourd'hui, ils volent.

— Je tiens à ta disposition l'état des pertes des escadrilles dans la bataille, dit Delmas qui a réponse à tout. Les journaux impriment le nom des pilotes vainqueurs, jamais celui des vaincus. Je peux compléter le palmarès, dit-il en tirant de sa poche un bulletin semblable à un faire-part de deuil. Je viens de recevoir l'information. Hier, sur la ligne de l'armée Anthoine, dix des nôtres ont été descendus.

Latouche blêmit : il a reconnu, sur la liste, le nom de Raymond Aumoine.

Un coup de téléphone à la base de la Monnelle le confirme : le jeune pilote a bien été tué en mission. Comment l'annoncer à Jean sans provoquer une crise de désespoir ? Latouche hésite à peine. A-t-il d'ailleurs le choix de le laisser dans l'ignorance ? Et s'il l'avait déjà appris d'une autre source ?

Le commandant fait diligence, regagne Fismes en automobile, gêné par les troupes de la Xe armée qui montent vers le Chemin des Dames pour attaquer de nouveau le plateau de Craonne. La VIe armée a été rejetée vers l'ouest et le secteur du 321e occupe les positions peu enviables de Cerny-en-Laonnois à Courtecon.

Celles-ci sont battues presque en permanence par le canon, même si les tirs, depuis le 19 avril, ont diminué d'intensité. L'ennemi aussi doit attendre renforts et munitions. Les poilus se préparent à tenir le choc des contre-attaques. Ils se protègent dans leurs trous, où ils commencent à manquer d'eau et de vivres.

La chaleur assèche la boue, tarit jusqu'aux sources. Les tonnes d'eau ne peuvent arriver jusqu'aux premières lignes. Des corvées charrient les bouthéons, les gourdes, les gamelles, les seaux remplis d'eau et les hissent jusqu'aux défenseurs de l'éperon sanglant.

La compagnie de Jean Aumoine est de garde quand Latouche parvient enfin à la rejoindre, cette nuit-là. Jean et le lieutenant Bériot partagent le même abri, dans les ruines de la Sucrerie. Le téléphone vient d'être rétabli par les *desperados* de la section. Mauvais indice. Quand Latouche réveille Jean, il comprend, à voir sa mine défaite, qu'il sait déjà.

— Le capitaine Durand vient de lui apprendre la nouvelle, murmure Bériot, comme s'il veillait un mort. Il s'est endormi aussitôt, sans réaction. Je ne suis pas sûr qu'il s'éveille vraiment, il est en état second. Quand il revient à lui, c'est pour appeler sa mère.

Latouche a recours au vieux remède des poilus, la gnôle. Il fait respirer sa gourde à

Aumoine. Jean ouvre les yeux, le reconnaît, le repousse aussitôt.

— Laissez-moi seul, je n'ai plus besoin de personne. La mort rôde, elle m'attend. Pourquoi pas moi ? Vous préviendrez la mère qu'elle n'a plus de fils. C'est elle qu'il faut aider.

Il est plus facile de tirer un soldat d'un trou d'obus que du fond de son désespoir. Latouche, ému, cherche en vain le moyen de secourir son jeune ami prostré. Clelia ? Jean ne l'a même pas évoquée. Comme s'il écartait à dessein de son naufrage son image de grâce et d'amour, pour qu'elle n'en soit pas marquée. Raymond, son frère chéri, celui qu'il a toujours protégé, est mort à cause de lui. Pourquoi n'était-il pas à ses côtés pour l'empêcher de partir ? Il aurait dû tout abandonner, courir à sa recherche, sonder les puits, battre les ronciers, l'attacher à un arbre. Il a manqué au plus vital de ses devoirs. Raymond est mort sans lui.

Dans son semi-coma, les souvenirs les plus déchirants accablent le soldat brisé. Son jeune frère avait le premier vu venir la guerre, grimpé sur le plus haut peuplier d'Huriel. Il avait signalé le lugubre tocsin à la noce joyeuse et inconsciente de Léon Aumoine. Sur le moment, personne n'avait voulu le croire. Il était parti comme un fou aux nouvelles. Sans le savoir, il portait au retour le deuil de ses frères ainsi que le sien propre. Raymond, l'enfant chéri de Marie, le plus charmant, le plus réussi des Aumoine. La mère en mourra, c'est sûr.

Latouche, immobile près de Jean, médite et se tait. Il sait que trop de souffrance tient les corps plaqués à terre. Ils subissent une sorte de pesanteur, comme s'ils voulaient perdre leur troisième dimension. L'eau des fleuves en crue se retire, laissant la berge asséchée. La vie aussi peut abandonner les corps, glacer le sang. Il ne peut rien pour Aumoine.

Personne au monde ne peut le tirer de son néant. Bériot aide Latouche à relever la tête de Jean, sous laquelle ils glissent doucement son sac, puis ils recouvrent son corps d'une couverture et s'éloignent de deux pas sans bruit, le laissant dormir. Une fauvette égarée se pose sur lui, sans craindre de réactions. Elle a l'habitude des morts. Elle sait quand ils sont retournés à l'état de nature, qu'ils font partie du grand tout, comme les arbres décharnés ou les rochers éclatés.

Son gazouillis réveille Jean. Il la suit des yeux. Elle sautille sur la couverture, se rapproche de son visage. Il la tolère, l'encourage. Elle a des ailes, elle peut voler. Il la saisit par surprise, enferme sa chaleur dans sa main. Sa douceur lui rappelle Clelia.

Il la libère. L'oiseau s'ébroue, effrayé, bat des ailes vers l'arrière, porteur d'un message d'amour. Que la gentille fauvette la retrouve, surtout. Qu'elle dise à sa bien-aimée, en picorant le miel de ses lèvres que l'attend de toute son âme un soldat perdu dans les lignes.

La fauvette s'envole quand l'aube se lève. Un

oiseau de paix, qui a livré son timide message : « Relève-toi et marche. Il existe encore des êtres qui ne vivent que pour toi. Tu n'as pas le droit de défaillir. » Se plaint-il, l'oiseau du ciel, contraint de planer au-dessus des miasmes de corps décomposés, de faire son nid d'avril, faute de ramures, dans les débris des fourgons brisés, les alvéoles vides des caissons sans roues ?

Les copains sont là. Ils l'attendent patiemment, l'entourent, exigent sa présence. Ils se réveillent les uns après les autres, s'approchent à pas lourds, le regardent sans oser lui parler et repartent en silence.

— C'est bien, dit-il en s'arrachant au sol.

Il considère son ombre profilée par le soleil, portant comme elle aussi le deuil. Il prend la main de Latouche, le remercie sans mot dire.

Il faut tenir, reprendre son rang, faire un signe de tête rassurant à Roland Martin qui s'inquiète, régler la fourche de son lance-grenades, vérifier les armes pointées hors des trous, s'inquiéter de l'arrivée des caisses de munitions, réveiller les crapouilloteurs endormis.

— Il revit, chuchote Latouche à Bériot. Il est sorti seul du précipice. Veillez sur lui ! Pourvu qu'il tienne !

Il n'est bien sûr pas question pour le commandant Latouche de revenir avec Jean à Compiègne. Il y aurait une singulière indécence à mêler cet homme meurtri aux querelles du palais.

Georges Lecat l'accueille. Que faire d'autre, en cette fin de règne, que de chercher partout des lumières ? Le chroniqueur du palais est ravi de cette aubaine. Il est friand de nouvelles fraîches.

— Comment va le front ?

— Mieux que l'état-major, à l'évidence, grommelle le commandant qui, à l'air de conspirateur blasé du Bourguignon, s'attend à de nouvelles révélations déprimantes, à des traits féroces sur l'impuissance de l'équipe en place.

— On m'a raconté la scène de la rencontre Nivelle-Micheler, enchaîne le capitaine. Un sommet !

Latouche a du mal à le suivre. Il songe à Jean Aumoine, aux poilus courageux qui se lèvent, prêts à reprendre le combat, alors qu'à cent kilomètres du front les généraux s'arrachent le képi et se disputent rageusement les commandements à venir.

— Un sommet ! répète Lecat, à peine indigné, comme s'il racontait une crise ministérielle. Je tiens le récit de Pierrefeu en personne.

Le regard intelligent du Bourguignon pétille. Il est à son affaire. Dans le mélodrame qu'il raconte, le dénouement s'annonce.

— Nivelle est arrivé à Dormans, accompagné du colonel Favier, porteur des archives. Deux sacs de cuir bourrés de feuilles d'ordres. Micheler était à son état-major, affairé à son habitude. Il s'attendait à la visite du général en chef. Dès que celui-ci a gravi le perron, il a ouvert grandes les fenêtres de son bureau pour que ses officiers réunis dans les pièces voisines ne perdent pas un mot de la conversation. Il savait que Nivelle voulait sa peau, qu'il tentait d'obtenir son départ volontaire par une manœuvre d'intimidation.

— Favier vous l'a-t-il confirmé ?

Latouche a confiance en cet ancien archiviste qui ne commet jamais d'erreur et s'avance toujours à bon escient, sans jamais se trahir.

— Absolument. Il a assisté à toute la scène. Micheler fixait Nivelle de ses yeux de chat, lissant sa longue moustache si ridiculement mince. A peine le général en chef a-t-il commencé à parler qu'il lui a coupé la parole d'une voix perchée, forçant le ton : « Je comprends parfaitement le sens de votre visite. Vous voulez que je m'en aille. C'est une infamie que vous commettez. Vous cherchez à me rendre responsable des fautes commises, moi qui n'ai cessé de vous les signaler. Cent témoins vous le confirmeront, et des mieux placés. Savez-vous comment qualifier une telle démarche ? Une lâcheté ! »

— Nivelle a-t-il insisté ?

— Il est sorti, pâle comme un linge, et sa grise automobile l'a emporté aussitôt dans un nuage de poussière. Micheler avait gagné.

— Jusqu'à quand ? Il commande l'attaque de la Xe armée. Duchêne est sous ses ordres.

— Voulez-vous dire que la reprise n'a pas la moindre chance d'aboutir ? Que nos soldats vont repartir à l'assaut sans la moindre promesse de succès ?

— Non pas, se rétracte Latouche, honteux de sa prudence. Que dit Mangin ?

C'est un test. Si Mangin le fonceur se décourage, tout est perdu.

— Mangin ? Ignorez-vous que le général, déjà réduit à la portion congrue, n'a plus la confiance du milieu politique ? Votre ami Lucien Delmas me le disait encore hier soir : le ministre Painlevé ne veut plus entendre parler du vainqueur de Douaumont. Il lui reproche le massacre des Sénégalais. Et, au lieu de le couvrir, Nivelle l'accable. Il veut aussi sa démission, pour jeter du lest et passer à la phase suivante.

— Est-ce chose faite ?

— Quasiment. Nivelle boit le calice jusqu'à la lie. Il s'est rendu au PC de son vieux camarade de bataille, qui lui a jadis donné la victoire. Lucien Delmas fait courir, peut-être sur ordre, des bruits infamants. Il raconte par exemple que Nivelle aurait supplié Painlevé de relever Mangin de son commandement. Il aurait intrigué auprès de Maginot, ministre des Colonies, pour le faire nommer gouverneur de l'Afrique-Occidentale.

— C'est indigne ! s'exclame Latouche.

— La politique commande, et les militaires s'exécutent, si haut placés soient-ils. Le premier ministre anglais, Lloyd George, est venu à Paris en personne pour exiger la reprise de l'offensive française, conformément aux accords signés. Poincaré et Ribot ont dû obtempérer. Nivelle a accepté de repartir, sous la tutelle étroite du ministère. On a exigé qu'ils se débarrassent de Mangin, devenu bouc émissaire.

— Il l'a fait ?

— Que pouvait-il faire d'autre ? Ribot parlait ouvertement dans les couloirs d'une « crise du commandement ». Mangin a donc reçu une lettre écrite de la main de son chef. On dit que Clemenceau a protesté. En vain. Poincaré a lâché.

— Comment connaissez-vous les termes de cette lettre ? demande Latouche, sceptique.

— Votre ami Delmas s'est chargé de les divulguer, sous réserve naturellement. Le ministre n'ignore rien des moindres faits et gestes de Nivelle, tenu sous surveillance permanente.

Lecat cite de mémoire : « Mon cher Mangin, vous n'avez plus la confiance de vos subordonnés. Je me vois contraint, d'accord avec le ministre de la Guerre et à mon très grand chagrin... »

— Il a dit *chagrin* ?

— Je le crois. Il lui a rappelé qu'ils avaient été compagnons d'armes sur la Somme et à Verdun, avant de l'assurer de sa « cordiale accolade ».

— C'est le moins qu'il pouvait faire.

— Il a tout de même signalé que l'initiative de ce limogeage cruel n'était pas entièrement son fait. « La Patrie seule compte, et nous devons nous incliner. »

— Qui est nommé à la VIe armée ?

— Maistre, sous la tutelle directe du général Franchet d'Esperey.

— Et Mazel ?

— Limogé. Il aurait trahi Nivelle en défendant une sorte de fronde de généraux.

— Et Micheler ?

— Le vieux bougre a de la ressource. Il a perdu son rang de chef de groupe, mais remplacé Mazel à la tête de la Ve armée. Toute l'affaire est bouclée. Le train peut repartir, les wagons sont chargés.

— Peut-on réellement continuer ?

— Il le faut, les Anglais attendent.

Latouche ne veut pas quitter Compiègne sans en savoir davantage sur cette « fronde des généraux ». Passaga est-il dans le coup ? Il demande à voir le lieutenant-colonel Baudinard. On lui répond qu'il est absent.

Latouche insiste. Il connaît l'état d'esprit des premières lignes. Les hommes exténués ne peuvent repartir à l'assaut, ils ont besoin de reprendre des forces, et les régiments touchés d'être recomplétés. Le départ d'une nouvelle offensive serait une catastrophe, malgré les renforts et les changements du commandement. Il a besoin de savoir qui s'y oppose dans l'armée.

Baudinard a-t-il renoncé à son poste ? Nivelle l'a-t-il également congédié ? Georges Lecat le renseigne bien volontiers et lui explique que le général en chef ne vient plus du tout à son bureau, fuyant la presse et les hommes politiques. Il se retranche dans l'hôtel mis à sa disposition par la famille du maire, entouré de ses collaborateurs les plus proches. Baudinard est de ceux-là. Il l'aura sans doute rejoint.

Impossible de pénétrer dans le saint des saints, protégé par les gendarmes. Latouche doit passer par les cuisines. Il finit par découvrir le lieutenant-colonel, théâtralement installé dans une pièce minuscule, derrière une table en bois blanc montée sur tréteaux, près d'un lit de camp en fer : Napoléon en bataille.

« Activité, activité, activité ! » scande-t-il en haussant la voix. Il lit un texte préparé pour Nivelle. Le mot d'ordre des offensives de demain. Il sent le souffle de la reprise, veut lui donner une âme. Les soldats perdus sous les ruines du Chemin des Dames doivent savoir qu'un général peut encore les conduire à la victoire la plus éclatante, pourvu qu'ils le suivent dans son rêve épique, encore capable de faire bouger les montagnes. Quand les bourguignottes des poilus couronneront de leur bleu d'acier les crêtes du Chemin des Dames, des monts de Champagne, du moulin de Laffaux, alors les fusées partiront dans la nuit pour annoncer le début de la fin aux Allemands, réduits à s'embusquer dans le béton pour échapper aux tirs vengeurs des canons enfin dressés en position dominante.

C'est le dernier rêve que le lieutenant-colonel Baudinard a soufflé dans son sommeil au général Nivelle épuisé. Il prépare pour lui les télégrammes, vérifie les départs d'offensives sur la carte immense affichée face à lui, bouscule les aides de camp au téléphone pour qu'ils s'assurent des liaisons nécessaires, dicte à toute vitesse à trois secrétaires en même temps les ordres de mise en place du nouveau plan de bataille.

« Au général Franchet d'Esperey, commandant le groupe des armées du Nord. Stop. Vous avez autorité sur la VIe armée du général Maistre. Stop. »

— Allons, Nissart, prenez immédiatement en note ce télégramme téléphoné !

Et l'intéressé se précipite, comme si l'ordre donné allait provoquer instantanément un mouvement réel sur le champ de bataille.

« Au général Micheler à son quartier général de Dormans. Stop. Veuillez prendre les dispositions nécessaires pour que la Ve armée dégage Reims par une attaque minutieusement préparée. Stop. Priorité d'action au plateau de Craonne. Fin. »

Dans son coin, Latouche est muet de stupeur. Baudinard croit-il vraiment qu'il conduit encore la bataille ? Le commandant se souvient d'un vieux livre de Houssaye racontant les ultimes batailles de Napoléon. Dans les dernières heures de la campagne de 1814, l'Empereur multipliait ainsi les ordres, sans voir que, sur le terrain, les généraux faiblissaient et que les maréchaux le trahissaient.

Latouche se gratte la tête. Mille questions s'y bousculent. Les officiers qui rédigent des télégrammes sous la dictée du lieutenant-colonel

Baudinard les envoient-ils seulement ? Et s'ils sont expédiés, sont-ils reçus, lus, exécutés ? Se trouve-t-il encore des généraux dans l'armée française pour attendre des directives de Nivelle ? Ne sont-elles pas considérées comme des velléités de reprise en main dont il est inutile de tenir compte, puisqu'elles seront demain démenties par les nouveaux titulaires des leviers de commande ? Le commandant a observé : les officiers-secrétaires notent en sténo, l'esprit ailleurs. Sans doute vont-ils téléphoner les messages, sans y croire...

L'énergie de Baudinard ne se dément pas. Le géant se lève pour encercler au crayon rouge, sur la carte, les trouées triomphales de demain. La victoire est inscrite dans la géographie, elle est incontestable, incontournable, à condition que cette armée découragée se redresse, qu'elle offre au général Nivelle, par une *activité sans relâche*, son ultime billet de crédit.

— Le mot d'ordre, répète-t-il de sa voix caverneuse en regardant Latouche, le mot d'ordre reste toujours : « Activité, activité, activité ! »

Il se redresse, s'avance vers le commandant et l'étreint :

— Partez au front. Vous êtes l'envoyé *extraordinaire* du général. Ils doivent savoir, dans les lignes, que nous les conduisons plus que jamais à la victoire, et que nous exigeons la confiance. Coupez les têtes tremblantes, cherchez les énergiques, nommez-les sur le tambour et rendez-moi compte. Vous avez tout pouvoir. Vous et moi, Latouche, nous transformerons l'essai en éclatant succès. A condition d'y croire.

Il assume seul le poids d'une entreprise démesurée, qu'il est le dernier à tenir entre ses mains. L'ampleur de la tâche l'écrase, sans pour autant refroidir sa foi. Une énergie de croisé au milieu d'un état-major défaillant où chacun songe à tirer son épingle du jeu, à mettre en place un autre puzzle.

Baudinard ne faiblit pas. Le tremblement de terre a pulvérisé le palais, mais il a laissé subsister en marge cette caverne minuscule où, soudain gigantesque, l'homme de confiance de Nivelle maintient droite, en attendant d'être frappé par la foudre, la lance flammée du général en chef.

Ses yeux noirs lancent des éclairs, ses mains chaleureuses sont moites, sa parole hachée, sa démarche mal assurée comme s'il devait, d'un instant à l'autre, tomber foudroyé.

— L'activité, Latouche, l'activité !

Le commandant n'a pas rencontré Nivelle. Absent de Compiègne, il court les états-majors et les bureaux du pouvoir pour convaincre qu'il tient bien en main la clé de l'énigmatique reprise.

Latouche ne sait que faire de l'ordre signé Baudinard lui confiant le pouvoir exceptionnel détenu en 1914 par les *missi dominici* de Joffre. Comment s'engager dans cette voie sans connaître la situation exacte du commandement ? Qui consulter dans le bordel de Compiègne ?

Il n'a qu'un chef hiérarchique : le général Dupont, du 2e bureau. Mais il sait d'expérience que le sphinx du renseignement est plus difficile à joindre que Nivelle lui-même.

Le hasard sert son propos. Dupont est en train de se faufiler dans le parc des voitures pour se faire conduire à Paris. Latouche l'aperçoit et se hâte de sauter sur son marchepied. L'autre ouvre sa vitre, contrarié.

— Mon général, permettez-moi de vous accompagner. C'est trop grave ! Je ne puis rejoindre le front sans vous avoir parlé.

Dupont grogne mais lui fait place, sans mot dire. La voiture quitte Compiègne, en direction de Paris. Une vitre épaisse, dissimulée par un rideau, isole les passagers du chauffeur. Le général, sans forcer sa voix, lance quelques mots dans un cornet. Le conducteur s'arrête discrètement dans une clairière de la forêt.

Latouche déplie l'ordre de mission écrit de la main de Baudinard et le tend au général. Dupont jette un coup d'œil, hausse les épaules, toujours muet, et semble réfléchir. Il reprend le cornet, fait sursauter son chauffeur, et la voiture repart à grande vitesse vers Paris.

Elle stoppe dans la cour du ministère de la Guerre, rue Saint-Dominique. Les gendarmes ont dû être prévenus, ils lèvent les barrières. Dupont descend, fait signe à Latouche de le suivre. Le bureau du ministre, au rez-de-chaussée. Les huissiers aussi sont au courant de la visite du puissant chef du 2e bureau. Ils introduisent aussitôt le général.

Paul Painlevé interroge Dupont du regard, en désignant Latouche.

— Le commandant est mon courrier spécial au front, déclare-t-il sans préciser.

Dupont connaît son Paul Painlevé. Il sait qu'il a sa confiance. Il observe son ancien professeur. Le ministre lui enseignait les mathématiques à l'Ecole polytechnique.

Il reconnaît à certains tics du maître sa perplexité, sa nervosité. S'est-il perdu dans l'intrigue des généraux ? Compte-t-il sur lui pour tirer les fils de l'écheveau, clarifier la situation ?

Dupont a toujours trouvé étrange que son prof de maths fût attiré par la politique. Ses travaux sur les équations différentielles ne l'y incitaient guère. Il est vrai qu'il s'est pris de passion pour l'aviation, qu'il a défendu l'arme nouvelle bec et ongles. C'est ainsi qu'il s'est laissé embarquer par Aristide Briand, en pleine guerre, pour devenir ministre de l'Instruction publique.

Dupont se demande soudain si le vieux Ribot a eu raison de placer rue Saint-Dominique cet homme sincère, honnête, trop intelligent pour ne pas se montrer hésitant, prêt à suivre qui le rassure par des arguments *raisonnables*.

— L'intrigue des généraux passe les limites, dit Painlevé, il faut y mettre un terme. Avez-vous des informations ?

— Tout vient d'Hirschauer, le commandant du 18e corps d'armée.

— Je le connais bien. Un Alsacien patriote, défenseur actif de l'arme aérienne. Le courage, l'intelligence, la rigueur. Que dit Hirschauer ?

— Son corps est dans la Xe armée du général Duchêne, celle qui doit attaquer le plateau de Vauclerc, près du village ravagé de Craonne, sur le Chemin des Dames.

— Hirschauer est l'ancien chef d'état-major de Foch, assure le ministre. Il ne saurait s'élever contre une offensive. C'est dans l'esprit de son patron.

— Justement, il fait des réserves. Il affirme que la Garde prussienne est embusquée sur ce plateau de telle sorte qu'une puissante préparation d'artillerie peut seule rendre l'attaque possible.

— C'est parler d'or, souligne Painlevé.

— Pour parler, il parle. Il a fait part de ses craintes au député très patriote des Basses-Pyrénées, Ybernegaray.

— Excellent, dit Painlevé, heureux que, pour une fois, il ne puisse être soupçonné de combattre Nivelle, avec l'appui logistique de Pétain. L'affaire suit une autre filière : Foch-Hirschauer-Poincaré.

— Nivelle a reçu ce matin une note télégraphiée de l'Elysée, poursuit Dupont en montrant le double du document.

Poincaré se dit « très ému par des exécutants qui considèrent comme tout à fait prématurée et comme impossible la reprise des attaques sur Craonne et sur le plateau de Vauclerc. La préparation d'artillerie sera très insuffisante, la dotation du 18e corps en munitions est, du reste, trop faible. Il faudrait plusieurs jours de préparation intensive ; sinon, on recommencera, disent les généraux, ce qui s'est passé. La première attaque perdra beaucoup de monde, sans aucun résultat. Il convient d'interroger, d'extrême urgence, sur cette situation, non seulement Duchêne, mais le général Hirschauer ».

— Ainsi, Poincaré intervient directement sur l'état-major, note Painlevé. Naturellement sans m'en parler, sans même peut-être avertir Ribot. C'est un abus de pouvoir qui en dit long sur ses relations privilégiées avec Nivelle. Connaissez-vous la réaction du général en chef ?

— Il a d'abord protesté auprès de Poincaré. « Il ne m'est pas possible, a-t-il écrit au président, d'exercer un commandement dans de telles conditions. » Il a mené son enquête. Les généraux se sont calmés, contre la promesse d'un délai pour le départ des opérations. Ils ont tous juré qu'ils ne manquaient pas de munitions.

— La grande affaire est le fort de Brimont, dit Painlevé. Nivelle veut l'attaquer en engageant vingt-sept bataillons. Il croit le succès certain. Une folie ! Malgré mes représentations, il semble persister.

— Oui, affirme Dupont. Duchêne attaquera sur Craonne le 3 mai.

— Les hommes du front sont-ils prévenus ? s'inquiète Painlevé.

— Le commandant Latouche part à l'instant pour enquêter sur la Xe armée. Il est chargé d'un rapport sur le moral.

— Vous avez compris ! dit le général Dupont en entraînant Latouche dans sa voiture. Nous sommes aujourd'hui le 29 avril. C'est la fin de Nivelle. Le siège du gouvernement est fait.

Latouche n'a guère d'informations sur le milieu dirigeant parisien. Il ne peut pas savoir que les directeurs de presse commencent à s'agiter. Une bataille d'opinion risque de se propager sur des bases inquiétantes, illustrant la crise profonde du commandement.

— Vous pouvez considérer comme nul, précise Dupont, l'ordre de mission du lieutenant-colonel Baudinard. S'ils maintiennent Nivelle en poste, il sera aux ordres du gouvernement. Ribot parle de lui « avec tristesse », m'a confié Painlevé en sortant, non sans satisfaction. Ils mijotent déjà une commission d'enquête sur les fautes du général en chef.

— Qui va venir ?

— Ils sont indécis. Painlevé voudrait Pétain. Cette nomination d'un général temporisateur, d'une sorte de liquidateur, serait une douche froide pour la Chambre. Les députés vont penser que nous renonçons à toute offensive, et ils n'y sont pas encore résignés. On leur a trop fait croire en la victoire.

— La politique de la guerre ne se fait pas à la Chambre, ose avancer Latouche.

— Ce n'est pas la seule raison du maintien possible de Nivelle. Le renvoyer brutalement inquiéterait aussi les Anglais. Cela voudrait dire que l'on démonte complètement, unilatéralement, l'offensive arrêtée en commun. Ils trouvent d'ailleurs Pétain peu communicatif. Même Painlevé hésite. Lloyd George a exigé la reprise de l'offensive et affirmé toute sa confiance en Nivelle.

— On ne peut hésiter longtemps, proteste Latouche, indigné. Nos poilus ont quelque droit à savoir par qui ils seront commandés.

Dupont tire sa montre :

— Ils le sauront à dix-neuf heures, dit-il, au plus tard.

Arrivé à Compiègne, il monte à son bureau et demande à Latouche de prendre un ordre de mission pour un départ immédiat.

Georges Lecat n'est jamais loin quand on circule dans les couloirs du palais. Il retient le commandant en bas de l'escalier d'honneur.

— C'est fait, lui dit-il. Voulez-vous assister au départ du général Nivelle ?

— Qui est nommé ?

— Pétain, bien sûr. Avec le titre provisoire de chef d'état-major général de l'armée.

— Qui remplace Pétain au groupe des armées du Centre ?

— Le jeu de taquets ne fait que commencer. Fayolle a pris sa place. Debeney tient les rênes. L'équipe dirigeante est presque au complet. Il est prévu, non sans hypocrisie, que Pétain sera chargé « d'éclairer le ministre de la Guerre sur la valeur technique des programmes qui seront établis par le haut commandement ».

— En ce cas, Nivelle reste. Il accepte le double pouvoir.

— Il sait qu'il n'en a aucun. Pétain décidera de tout. S'il reste, c'est à la demande du gouvernement. Il leur sert d'alibi, vis-à-vis de l'opinion publique et des Anglais.

— Je pense aux poilus, dit Latouche, qui vont repartir à l'assaut en croyant qu'ils n'ont pas changé de général en chef. Que devient l'opération de Brimont ?

— Elle est naturellement annulée. L'attaque de cette position serait trop coûteuse.

— Et Craonne ?

— On ne peut encore rien affirmer. Je pense que l'attaque du plateau de Vauclerc est en discussion. Ils ne sont pas sûrs d'aboutir.

Dans l'escalier d'honneur mal éclairé par le ciel crépusculaire, une ombre s'éloigne, sans saluer personne. Le colonel Baudinard s'en va. Epuisé, malade, il rentre chez lui. Quelques minutes plus tard, un officier général sort discrètement du palais. Il marche d'un pas assuré, s'assied lui-même au volant de sa voiture pour bien marquer qu'il est redevenu un soldat parmi d'autres.

— C'est Renouard, dit Lecat, le chef du 3e bureau. Il a reçu le commandement d'une division.

— Qui le remplace ?

— Nous n'en savons rien. L'état-major est démantelé.

— Et Nivelle ?

— Il est rentré à son hôtel. On ne le voit plus. On se demande même s'il est toujours à Compiègne.

Le palais semble désert. Les gendarmes, les huissiers donnent des signes d'impatience. Ils sont les gardiens d'un temple désaffecté, d'un musée de la guerre. Les ordres ne partent plus d'ici. Le GQG restera-t-il en place ? Nul ne saurait le dire.

Beaucoup d'officiers, apprenant le départ précipité de Renouard, l'ont rejoint à la gare en cortège, pour lui manifester leur sympathie.

— Jugez-vous cette situation tolérable ? demande Latouche.

— Je ne juge pas, dit Georges Lecat. Je constate et, comme vous, je déplore.

Jean Aumoine s'étonne que le 321e régiment, malgré ses pertes, occupe toujours en ligne le même secteur très exposé au nord de Cerny. Depuis le 19 juillet, les opérations sont, il est vrai, ralenties, au point de mettre le régiment au repos près de Paissy, mais il faut croire qu'elles vont reprendre, puisque les renforts en munitions se succèdent. Les hommes ont été ravitaillés, mais uniquement en conserves. Plusieurs jours ont été consacrés à l'ensevelissement des morts dans des fosses communes.

L'abbé Balmont, aumônier de l'unité, a passé son temps à secourir les blessés et à dépêcher les agonisants.

— Ils en resteront là, confie-t-il à Jean au soir du 30 avril. Le colonel Picart m'apprend à l'instant que Pétain vient d'être nommé chef d'état-major général. Cela sonne le glas de l'offensive Nivelle.

— Ainsi, dit Jean, les nôtres sont morts en pure perte.

— Songez aux familles, répond l'abbé. Leur direz-vous, de sang-froid, que leurs enfants, leurs pères, leurs époux se sont fait tuer pour rien ?

Jean Aumoine pense à sa mère, à la jeune Albertine, à Gabrielle, la marraine de Julien. Non, impossible ! On ne peut tenir ce langage. Ils sont partis au combat en croyant de toute leur âme que cette guerre serait la dernière, et que ce coup de collier suffirait à libérer le pays.

— Tout de même, tant d'efforts sans résultats mettent en question la responsabilité des chefs. On n'a pas nommé Pétain sans raisons.

— Que ceux qui n'ont jamais péché leur jettent la première pierre ! Nivelle s'est trompé, comme Joffre en 1915, comme Foch et Pétain lui-même en 1916. Il a manqué son offensive de l'Artois, ne l'oubliez pas, parce que les renforts ne sont pas arrivés à temps. Il est bien difficile de tout prévoir, dans le tohu-bohu du mouvement de centaines de milliers de soldats. Ils ont cru de bonne foi en finir en perçant le mur de béton. Ils n'en avaient pas les moyens.

— Pourquoi persévérer, en sacrifiant tant de vies ?

— Faut-il attendre, et ne rien faire ? Les Allemands ont perdu cinq cent mille hommes à Verdun, et beaucoup dans les Flandres. Ils croyaient eux aussi en finir.

— On n'en finira jamais, assure Jean. Nous venons d'en avoir la preuve. Tous les gars sont montés à l'assaut en étant sûrs de l'emporter. Ils avaient vu passer les convois d'artillerie lourde, défiler les tanks, s'accumuler les réserves d'obus. Ils croyaient à la revanche de Verdun. Enfin, on les tenait ! Les Anglais se renforçaient, attaquaient durement sur la Scarpe. La victoire était au bout du fusil. Comme à Verdun. Le leur a-t-on assez répété !

L'aumônier reste muet. Il connaît mieux que personne la souffrance des hommes. Il n'est pas loin de penser, comme son cher Teilhard de Chardin, que seul le Christ « peut recueillir, exprimer et consoler, ce qu'il y a d'horreur, de beauté, d'espérance et de profond mystère dans un pareil déchaînement de lutte et de douleurs ». Peut-il répéter à Jean ces paroles qu'il garde au fond de son cœur ? Comment lui affirmer que Dieu n'a pas voulu le mal, et que la rédemption passe aussi par ces sacrifices ?

— Je mesure votre souffrance, lui confie-t-il. Je veux vous aider à espérer, et je sais combien cela vous est difficile. Tant qu'il reste un homme vivant, il faut croire qu'il peut encore tout changer, en obtenant la grâce de la miséricorde divine.

Roland Martin, le grenadier, fait irruption dans l'abri du capitaine Aumoine et lui demande de le suivre. Jean coiffe aussitôt son casque. Si ce soldat, qu'il sait calme et pondéré, demande du secours, c'est que l'affaire est grave.

Ils serpentent dans le boyau encombré de ferrailles, de cailloux et de débris de toutes sortes, jusqu'aux premières lignes où, dans un trou d'obus, Emile Dutoit est assis par terre, sans armes, sans casque. Si les Boches expédient une charge de cheddite, il est mort.

— Impossible de le raisonner, murmure Martin. Il vient d'enterrer Beaujon.

L'ouvrier de l'usine des fours à chaux est un copain de longue date, dont Jean connaît le courage à toute épreuve. Cent fois, Emile s'est sacrifié pour sauver un camarade.

Dutoit semble ne pas reconnaître Aumoine. Les yeux fixes, il psalmodie des mots sans suite. Il faut le tirer en douceur par les bras pour l'entraîner dans l'abri. Il se laisse faire sans protester. L'abbé lui parle. Il ne répond pas. Jean lui glisse un remontant entre les lèvres ; quand enfin Emile remercie, d'un pâle sourire, une salve d'obus gicle au-dessus de leurs têtes.

— J'en fais le serment devant vous autres, balbutie Dutoit. Je n'y retournerai pas.

La révolte des braves

Il y a longtemps que le clocher de Paissy ne sonne plus l'angélus. Et pour cause, l'église est écroulée, des poilus bivouaquent dans ses ruines. Les survivants du 321e régiment de réserve de Montluçon attendent ici le signal de la montée en secteur.

Pour être au plus près de sa troupe et donner ses ordres en direct, le colonel Picart a aménagé son PC cinq cents mètres à l'arrière, dans un trou d'obus recouvert de rondins et de tôles. Il peste car son fil de téléphone est souvent coupé par des éclats. La division doit lui expédier des coureurs en cas de plis urgents.

Le 1er mai 1917, les soldats ne cueillent pas le muguet dans les bois. La montée des sèves fait éclater çà et là des bourgeons sur les moignons des arbres, mais les prairies sont défoncées par les cratères. Seules réussissent à égayer le gris verdâtre du champ de bataille quelques volées de fleurs sauvages, les premiers myosotis, mariés à des reines-des-prés qui s'obstinent, sous les obus, à déployer leurs couronnes de perles blanches.

Une porte de buffet Henri II, récupérée dans

une maison dévastée et posée sur deux piles de caisses de munitions, tient lieu de bureau au colonel. Il y étale, devant ses chefs de compagnie Jean Aumoine, Arsène Lacassagne et Jean Bériot, la carte au cinq millième du secteur, où figurent les positions françaises et allemandes.

— Il n'y a pas de temps à perdre, leur dit-il. L'attaque se prépare. Nous suivons les régiments d'assaut, comme d'habitude. L'état-major est aux mains de Pétain qui doit poursuivre l'offensive relancée par Nivelle avec le minimum de casse. Je viens de recevoir un message de la division. On annonce l'arrivée à Compiègne du nouveau chef d'état-major général, sans tambours ni trompettes.

— Exact, dit Latouche, qui fait à ce moment son entrée dans l'abri. J'en viens. Pétain est là. Quelques-uns l'ont reconnu dans l'avenue plantée d'arbres qui conduit au Rond Royal. Pour le reste, il est passé quasi inaperçu, les photographes de presse ne l'ont même pas vu entrer. Une arrivée par surprise.

— Ses bureaux ? demande Picart.

— Il est provisoirement logé rue Saint-Dominique, puisque le chef d'état-major général dépend directement du ministre. Il n'a pas à s'installer, pour l'heure, à Compiègne. Le général Debeney se charge d'actionner la machine. Pétain, son chef, a vidé la coquille de Compiègne en plaçant ses hommes à la place de ceux de Nivelle. Sous ses ordres, bien sûr. Il est devenu le maître absolu de l'appareil, au prix de quelques mutations.

— Donc, Nivelle reste théoriquement en place. Il a conservé son poste de général en chef.

— Oui. L'affaire a été bien montée, la transition se fait sans éclats. Serrigny, le chef de cabinet, a déjà visité le palais pour rendre compte à son maître. Pour ce mondain, pas question de changer les tapis. On prend les lieux tels qu'ils sont, avec la nonchalance qui convient. A quoi bon modifier ce qui n'est que transitoire ? Serrigny est tout à fait sûr que Pétain ne fera pas de vieux os sur les bords de l'Oise, si jamais il s'y installe.

— Qui a pris la tête du 3e bureau ? demande Picart, intéressé.

— Le général de Barescut. Une brute laborieuse. Douze heures par jour au bureau.

— Il était avec le général à Verdun, dans l'état-major de Souilly, se souvient Picart. Un organisateur sans faille.

— Pétain joue sur du velours, poursuit Latouche. Nivelle continue à porter le chapeau à Compiègne, et c'est lui qui donne les ordres d'opérations. S'il échoue, il enfoncera un peu plus son prédécesseur, car il va lui succéder, ce n'est plus qu'une question de jours.

— Le temps de faire tuer assez des nôtres pour se justifier aux yeux des Anglais ? demande Jean Aumoine.

Le colonel Picart lui jette un regard réprobateur. Est-ce un langage convenable pour un chef de bataillon ?

— Messieurs, reprend-il d'une voix tranchante, faisant fi de l'intrusion de Latouche, nous dépendons toujours du 20ᵉ corps, VIᵉ armée. Nos chefs sont Maistre et Mazillier, sous la responsabilité de Franchet d'Esperey. L'attaque est prévue dans notre secteur en liaison avec le 18ᵉ corps de la Vᵉ armée sur Craonne.

— Je ne me trompe pas, coupe de nouveau Latouche. Ce corps d'armée est bien celui du général Hirschauer, qui a pris la tête de la résistance du parti des généraux contre la reprise de l'offensive ?

— Où voulez-vous en venir ? s'énerve Picart. Le général Hirschauer est unanimement respecté pour son énergie et son patriotisme. Ses régiments viennent du solide Sud-Ouest. Une unité de choc. Placer les 20ᵉ et 18ᵉ corps en tenaille dans une attaque, c'est lancer à l'assaut des troupes d'élite, sous un chef irréprochable, avec toutes les chances de l'emporter. Hirschauer a fait ses preuves à Verdun. Pétain le sait. Nos soldats et les siens doivent s'emparer du Chemin des Dames et des observatoires.

— Et pousser sur l'Ailette, précise Latouche, décidé à brûler ses vaisseaux pour modérer, s'il le peut, les ardeurs du colonel. C'est-à-dire redescendre du haut de l'éperon jusqu'à la vallée située au nord. Franchet d'Esperey n'était pas d'accord. Conformément aux vues prudentes de Pétain, auxquelles il s'était bien volontiers rallié, il voulait se contenter d'occuper les sommets pour « *liquider* au mieux, en tenant compte des opérations engagées et du *moral de la nation* ».

— Où est le problème ? s'impatiente Picart.

— Si Nivelle ne commande pas, il écrit encore. Il a répondu à Franchet qu'il comptait « sur son activité, sans aucun souci du moral de la nation ». Il a trouvé inconvenante la remarque de son subordonné. « Les exécutants, a-t-il précisé, n'ont pas à se préoccuper de l'exécution des ordres donnés. » Excusez ces précisions, mon colonel, elles viennent en droite ligne des bureaux de Compiègne.

— Je ne vois pas en quoi elles nous sont utiles, tranche Picart. Nous exécutons en effet strictement les ordres. Et le départ pour l'offensive est prévu pour le 5 mai, dans quatre jours francs. Veuillez y préparer dès aujourd'hui les hommes.

Jean Aumoine ne peut faire la moindre objection, même si Latouche prétend que l'attaque de Craonne est aussi risquée que celle des Anglais contre la ligne Hindenburg. On dit que les Australiens et les Canadiens rassemblent leurs forces pour foncer, dès le 4 mai, sur les bords de la Scarpe. Leur objectif est de tenter d'y fixer le plus possible de divisions allemandes, en facilitant ainsi la deuxième vague d'assaut des Français.

— Je vais rendre visite aux bataillons de choc

de la division de fer, qui vous précéderont dans l'attaque, dit Latouche : les régiments et les bataillons de chasseurs de Nancy. Ils doivent prendre « d'un bond » le Chemin des Dames. Vous n'aurez plus qu'à exploiter leur percée sur Craonne, où le 18e corps d'Hirschauer mène la danse. Il se peut que celle-ci réussisse, si les Allemands n'ont pas reçu trop de renforts. Pour nous, c'est la dernière chance.

Craonne ! Le seul nom de ce village entièrement détruit, plusieurs fois pris et repris, terrorise les poilus. Combien de cadavres des leurs y pourrissent déjà !

— Il vaut mieux leur parler du bourg de Chevreux, moins connu, comme axe d'attaque, dit à Jean le lieutenant Bériot, promu chef de compagnie. Personne ne s'attend plus à la reprise des combats. Les bruits du limogeage de Nivelle donnent à penser qu'il s'écoulera du temps avant qu'on ressorte les fusils-mitrailleurs.

— Ils voient pourtant nos coucous tourner au-dessus de leurs têtes, protégés par les Spad. Ils doivent bien se douter qu'une préparation d'artillerie est en cours.

— Les renforts arrivés du dépôt pour boucher les trous dans les compagnies viennent de monter en secteur, exténués par le voyage, explique Aumoine. Ces gosses n'ont pas les yeux dans leur poche. Ils ont aperçu les obusiers lourds et les pièces de marine sur chemin de fer passant en gare de Fismes. Ils racontent que les batteries s'installent sur les arrières, que les territoriaux creusent à la hâte des emplacements. Ils ont croisé des wagons plats chargés de tanks qui se dirigeaient vers l'ouest.

— Pour une attaque sur Laffaux ?

— Bien sûr, en liaison avec la IIIe armée d'Humbert et les Anglais. Toute la ligne se prépare à la bataille. Nous n'y échapperons pas. On commence à jaser dans les popotes. Le téléphone arabe fonctionne. Il paraît que le 18e corps partirait plus tôt que nous.

Ainsi les poilus sont-ils avertis. Plus question de se bercer d'illusions. La danse va recommencer. Le poids des victimes des deux journées des 16 et 17 avril n'arrête pas l'état-major. Pour une fois, Pétain et Nivelle sont d'accord : aucun changement n'est prévu dans le déroulement de l'offensive des quatre armées. Il ne faut espérer aucune atténuation du programme. Les généraux ont sans doute modifié à la baisse leurs objectifs lointains d'exploitation. Mais l'assaut est plus que jamais décidé.

Picart a même accueilli de nouveaux officiers, chargés de remplacer les chefs de bataillon morts ou blessés au 321e. Jean Aumoine dépend d'un cavalier du 30e dragons reconverti, Henri de Lamaison, aristocrate ardennais du recrutement de Mézières. Venu d'une région envahie et martyrisée, siège du Grand Etat-Major allemand et résidence du Kaiser, le commandant ne rêve que de reprise foudroyante de l'offensive.

Abandonnant les dragons, il a durant des mois travaillé à l'état-major du général Mazel, autre cavalier. Désespéré par la disgrâce de son chef, qui bloque sa propre carrière, il n'en a que plus d'ardeur et d'impatience à montrer ce que peut faire, dans l'assaut, un bataillon commandé par un Ardennais de retour dans les lignes.

Jean Aumoine redoute immédiatement l'excès de zèle d'un officier qui n'a jamais servi dans l'infanterie. Dès son arrivée au corps, Lamaison a exigé le salut réglementaire d'Arsène Bonnichon, ce qui a beaucoup surpris l'ancien manœuvre des usines Saint-Jacques. Depuis lurette, le rituel du salut au chef est épargné aux hommes de la tranchée. Ils obéissent à leur capitaine sans faiblir, car ils ont confiance en lui, mais les rapports de hiérarchie sont devenus beaucoup plus simples. On reconnaît un « planqué » à ce qu'il ignore ces usages. Arrivant au front, il exige des égards formels dont les poilus ont perdu l'habitude.

Pour neutraliser ce bleu du commandement, le remettre à sa place, le tendre, le doux et modeste mitrailleur Roger Nigon lui tend un traquenard. Il prétend que son engin est enrayé. Henri de Lamaison s'approche, croit pouvoir se risquer à une démonstration de tir. Il se place derrière le fusil Chauchat, vise la tranchée d'en face. Il a couché en joue, comme avec un Lebel ordinaire ! Erreur fatale. Aussitôt, la gifle !

Il se le tient pour dit, et ne prétend plus « s'imposer » aux hommes du 321e. Il comprend vite, Henri de Lamaison, que le bataillon n'est plus l'échelle du commandement réel. A la compagnie, le capitaine lui-même n'est plus que le coordinateur des actions, toujours organisées par les lieutenants au niveau des sections de trois escouades.

Henri de Lamaison, chef de bataillon, ne peut être que l'adjoint du colonel pour diffuser les ordres, recueillir et transmettre les informations. Il n'a rien à faire dans la troupe.

Ainsi Roger Nigon, Arsène Bonnichon et Roland Martin instruisent-ils désormais les bleuets de la classe 17 qui rejoignent les lignes. Les anciens se sont déjà initiés au maniement des armes nouvelles dont ils sont devenus champions, tous amoureux de leur VB ou du Chauchat. Des as du démontage des pièces, des réparations sous le feu de l'ennemi, exigeants et sourcilleux sur la propreté des armes. Promus caporaux ou sergents, ils assurent la relève des petits cadres de campagne tués par l'ennemi ; précieux dans les engagements, et familiers de la troupe dont ils sont eux-mêmes issus.

Tous les nouveaux venus ne sont pas des jeunes. Louis Feuillade, territorial de Roye, prisonnier avec Jean Aumoine des Allemands à Saint-Quentin, a réussi à s'évader et à se faire recruter. Jean est heureux de l'accueillir dans sa compagnie.

— Saint-Quentin est devenu une place forte, se lamente Louis. Ses habitants ont été évacués. Sa basilique est un observatoire et ses restaurants servent d'hôpitaux. Les *Feldgrau* se sont enterrés pour tenir cent ans, et ce sont les nôtres qui ont coulé leur béton. Travail forcé ! Les Boches sont inexpugnables. Nous ne reverrons jamais le beffroi. Ils le mineront avant de partir, si jamais ils partent.

— Nous y reviendrons, dit Jean. Un peu de patience !

Dans son escouade, le caporal Jules Porcher, instituteur à Montmarault, explique à Louis qu'il a renoncé aux téléphones pour reprendre rang dans les unités d'assaut. Il n'en peut plus de réparer les fils cassés, de risquer la mort pour une ligne ou un projecteur. Mourir pour mourir, autant sauter dans la tranchée d'en face pour en finir une bonne fois avec les Boches.

Jean l'engage aussitôt comme pourvoyeur de fusil-mitrailleur, à disposition de Nigon. Porcher charge la pièce sur son dos, non sans l'avoir protégée d'une toile à sac de terre. Il veut montrer sa force et sa minutie aux camarades ; justifier, en somme, son nouvel emploi. Mais pour lui, pas de différence notoire : le FM est moins lourd que les bobines de fils électriques.

Que faire du chasseur Courbet, déserteur repenti ? Jean n'hésite pas. Raymond Courbet était prote dans une imprimerie de Niort. Anar, comme tant d'imprimeurs. A verser dans la section de mitrailleuses qui vient de recevoir des Hotchkiss, plus résistantes que les Saint-Etienne... Courbet se met aussitôt au travail, sous la tutelle du sergent Denis Aucouturier, de son métier mécano au garage de la route de Paris, à Montluçon. Pour ces deux passionnés de mécanique, le nouvel engin n'a bientôt plus de secrets.

La section est encore au cantonnement sur le champ de bataille, en arrière des bataillons de premier choc. Le colonel Picart vient l'inspecter sur les lieux. Des ânes et des mulets doivent transporter les engins vers les tranchées allemandes de première ligne, dès la prise de celles-ci effectuée par les bataillons de la division de Nancy. Le génie aménagera les positions de tir pour empêcher les contre-attaques.

Les mitrailleurs Courbet et Aucouturier sont assurés de figurer aux premières loges. Ils ne s'en plaignent pas. Sûrs que leurs machines ne peuvent pas s'enrayer, ils les couvrent de soins en attendant de s'en servir. Leurs capacités techniques les ont désignés, sans contestation d'aucune sorte, pour figurer dans la force de frappe essentielle du bataillon. Ils en seraient presque fiers.

Reste à caser le dragon Scalpe. Pour Jean, une vieille connaissance. Pris à partie par les uhlans au début de l'offensive de Lorraine vers Sarrebourg en 1914, il avait été laissé pour mort et porté disparu.

— Mon cheval tué, assommé, évanoui, je me suis perdu dans le bois, explique-t-il au capitaine Aumoine qu'il est heureux de retrouver vivant ; il l'a connu caporal au 121e.

— Du diable, mon capitaine ! sourit le dragon. Vous avez fait du chemin !

— Toi aussi ! Pourquoi es-tu chez nous ?

Les uhlans l'ont fait prisonnier, expédié vers l'arrière dans un stalag du pays de Bade, au-delà du Rhin. Scalpe s'est évadé, après trois ans de détention. Il a profité de son affectation dans les équipes doublant les voies de chemin de fer de la vallée du Rhin pour fausser compagnie à ses gardiens et embarquer dans un train pour l'Alsace. A Strasbourg, il a changé de voie, grimpé dans un convoi de médecins et d'aides-soignants rapatriés par la Suisse, un échange accepté par les Allemands. Il a réussi à se faufiler à la frontière, grâce à la complicité d'un major.

A son centre de recrutement, plus de dragons montés. On l'a affecté au premier régiment qui demandait des renforts, et le voilà !

— Tu seras grenadier dans la section d'assaut, décide Aumoine. Je ne peux pas te fournir de cheval. A toi d'en capturer un chez les Boches, si le cœur t'en dit. Tu n'en auras pas besoin ici : prends ces œufs de Pâques, et glisse-les au chaud dans ta musette. Une bonne récolte !

Il désigne une pyramide de grenades quadrillées sorties d'une caisse dans l'abri.

— Le caporal Voisin t'apprendra le lancer. Ernest est passé maître dans l'attaque à main nue. Il t'expliquera : l'œuf doit éclater exactement sept secondes après le dégoupillage sous le nez des Allemands. Tu dois te confectionner un chronomètre dans le cigare. Ta vie dépend du compte exact du temps et de la précision du geste.

— Ils m'ont entraîné au camp de Mourmelon-le-Grand, affirme Scalpe. Ils avaient des scrupules à expédier un dragon dans la biffe sans l'avoir formé.

— Tu as deux jours pour devenir un grenadier d'élite. Cherche Voisin. Il instruit les bleuets.

Du bout d'une tranchée abandonnée, Ernest Voisin est en train d'effectuer une remontée vers les lignes en rampant, une démonstration d'approche impeccable, pour les bleuets épuisés par le plat ventre. A peine s'est-il redressé, prêt à lancer sa grenade d'un geste très ample en direction de l'ennemi, sans viser précisément une cible, qu'un feu nourri de mitrailleuses lui répond. Il a réveillé, au loin, les sentinelles de la Garde prussienne et provoqué un tir de semonce. Les bleus se sont jetés au sol, terrorisés par ce baptême inattendu.

— Vous en verrez d'autres, leur lance Ernest Voisin. Nous attaquons dans quatre jours sur Craonne.

S'ils ignorent tout du front, les bleuets de la classe 17 sont mieux informés sur l'état d'esprit de l'arrière — même sur le mouvement des armées — que les anciens, privés de permission depuis quatre mois.

Jules Malaval, ancien employé de mairie à Montluçon, a conservé dans sa poche un exemplaire du *Centre* dont les camarades s'arrachent les pages, à la popote du soir. Ils découvrent avec intérêt dans ses colonnes que le nouveau gouvernement russe veut une paix « sans conquête ni annexion », et qu'il adhère aux propositions du président américain Wilson. Les Russes, dit-on, poursuivent la guerre « jusqu'à la victoire décisive ». L'éditorial d'Alexandre Varenne l'affirme avec force.

— Il veut rassurer, dit Jules Malaval d'un ton pénétré. Mais Raymond Courbet m'a passé *L'Echo des marmites*, le journal de tranchée d'une unité voisine. Celui-ci précise qu'il n'y aurait pas un gouvernement en Russie, mais deux : celui des députés, et le soviet des ouvriers et des soldats qui demande la paix immédiate à n'importe quel prix, par le dépôt des armes. La situation n'est pas claire à Saint-Pétersbourg. Les Américains sont loin de débarquer. En attendant, nous sommes les seuls à nous battre.

— Tu oublies les Anglais, rectifie le caporal Porcher, l'instituteur de Montmarault. Ils attaquent sans relâche et leurs effectifs se renforcent. C'est écrit aussi dans ton canard. Pourquoi ne pas le mentionner ?

Mais Jules Malaval, imperturbable, poursuit sa lecture sans se soucier de l'interruption :

— Pressemane, député socialiste minoritaire de la Haute-Vienne, vient d'adresser au président du Conseil Ribot une lettre publique pacifiste. Naturellement, la censure a frappé. Pressemane proteste. Au moment où les Anglais ne sont pas sourds aux propositions de paix de l'empereur d'Autriche, voilà que les nôtres refusent toute discussion.

— Depuis deux ans, on nous parle d'ouvertures de paix. Elles n'aboutissent jamais, fait observer Porcher. Pour que le petit empereur Charles se décide à discuter, il faudrait que son cousin de Berlin soit d'accord. S'il veut jouer au petit soldat, l'autre aura vite fait de le remettre dans le bon chemin. Les Viennois crèvent de faim.

— On vient de fermer les pâtisseries chez nous, signale Malaval, sérieux, comme si la pénurie de choux à la crème pouvait indigner le poilu. Nous manquons de blé. Les Américains n'en livrent pas encore, les sous-marins allemands coulent leurs cargos dont les vivres nourrissent les requins, et la prochaine soudure s'annonce catastrophique. Le ministre Viollette vient de mettre deux mille ouvriers pâtissiers sur la paille.

— Qu'on nous les envoie au front, plaisante Porcher. Nous leur commanderons des brioches !

— Le sénateur Charles Humbert fait campagne pour le renvoi de contingents à l'agriculture et à l'industrie. Il estime que les restrictions seront sévères dans l'alimentation, et la livraison des munitions mal assurée, si l'on ne dispose pas de main-d'œuvre. Il prétend que l'on peut démobiliser sans risque trois cent mille hommes, parmi les plus âgés, afin de les mettre au travail à l'arrière.

— Ce Humbert n'est-il pas le directeur du *Journal* ? demande Porcher, les yeux ronds d'indignation.

— Si fait. Je te vois venir : la presse trahit !... Il se trouve que Humbert est un Meusien, un patriote.

— A voir de près ! coupe l'instituteur. Puisque tu es socialiste, tu n'ignores pas, comme tous les lecteurs du *Populaire*, ou du *Pays* caillautiste, que le capital international, allemand compris, n'a que trop intérêt à maîtriser la presse. A chaque permission, je me procure le plus de journaux possibles. Il faut s'informer, camarade. Clemenceau, dans *L'Homme enchaîné*, a expliqué que le ministre de la Marine Augagneur, un ami de Caillaux, était intervenu pour faire relâcher un navire neutre, les cales bourrées de nickel de Nouvelle-Calédonie, saisi sur ordre du tribunal des prises de Brest. Le cargo a repris sa route pour la Hollande. L'acheteur de la cargaison s'appelait Krupp. Pas un mot dans *Le Journal* d'Humbert. Tu vois qu'il faut se méfier des directeurs de canards, même meusiens. Ils peuvent aussi trahir.

Impavide, Jules Malaval passe à la rubrique sociale du *Centre*.

— Les munitionnettes ont défilé avec les cousettes sur les Champs-Elysées...

— Puissant mouvement de masses, raille Porcher.

— Tu ne crois pas si bien dire : cent mille personnes. Les ouvrières des usines d'armement sont près de quatre-vingt-dix mille dans la région parisienne. Elles sont vérificatrices et calibreuses, mais aussi forgeronnes, voire pontonnières dans les aciéries. Pour dix heures de travail par jour, elles touchent moins que les hommes : soixante-quinze centimes contre un franc cinquante l'heure, la moitié.

— Illégal, affirme l'instituteur. Notre Albert Thomas a fait voter l'égalité des salaires, à travail égal.

— A dix ou quinze francs par jour, intervient Chabot, un paysan de Durdat-Larequille, les ouvriers ne peuvent crier famine. Ma mère, seule au foyer, ne touche qu'un franc vingt-cinq en tant que femme de mobilisé, et cinquante centimes de mieux par enfant. Tout juste de quoi ne pas crever de faim, au prix de la miche de pain.

Jean Aumoine interrompt la discussion de groupe en pénétrant dans l'abri. Il connaît Adrien Chabot. Son père, mineur aux Ferrières, est mobilisé dans la territoriale. La mère survit par des travaux de couture et des ménages, avec deux enfants à charge. On vient de lui prendre son aîné pour l'envoyer à la guerre. Il ne sait comment ce gosse va accuser le choc du bond en avant.

D'une voix blanche, il annonce aux hommes :

— Revue d'armes à l'aube. Départ prévu en

secteur, demain 2 mai. En ligne, le 4. Dans trois jours sans doute, attaque générale.

Jean se lève avant l'aube, le 2 mai. Il veut parcourir les cantonnements de fortune des poilus de sa compagnie, vérifier l'état de propreté des armes et les stocks de munitions. Il compte organiser au mieux la marche en avant, colonnes par un, vers les positions d'attaque de la deuxième vague.

A la 3e compagnie, un rassemblement le surprend, à croire que les hommes n'ont pris aucun repos. Le caporal Emile Dutoit est au centre. Autour de lui, des bleuets, et quelques anciens qui cherchent à le retenir.

— Je ne partirai pas. Ceux de l'escouade le savent. Je n'ai jamais boudé la besogne, mais trop, c'est trop. Cette fois, ils n'auront pas ma peau !

Jean s'est avancé à dix mètres sans que personne le remarque. Il dévisage Dutoit qui, sonné, déprimé, accablé la veille encore par la mort de son copain Beaujon, semble avoir parfaitement repris ses moyens. Ses lourds godillots bien cramponnés dans la rocaille, il parle en orateur, cherche à convaincre. Ainsi prenait-il la parole, avant la guerre, devant les grévistes des fours à chaux, une fabrique de textiles dont les salaires étaient les plus bas de Montluçon. Un langage argumenté, précis, qui secoue les plus amorphes.

— Douze jours que nous sommes en ligne, et

des combats quotidiens. Demandez aux camarades qui reviennent de l'arrière ce qu'ils font des copains blessés. Ici, à Paissy, quand les premiers sont arrivés par milliers, ils ont dû attendre des heures avant d'être recueillis et soignés. Il en a défilé seize cents, en trois jours. Beaucoup sont morts de gangrène gazeuse. On les faisait boire dans des seaux à charbon. Combien ont résisté parmi ceux qui gagnaient l'arrière ? Les chefs nous juraient que tout était prévu. Ils vont recommencer, j'en suis sûr. Faites ce que vous voudrez. Moi, ils ne m'auront pas !

— Il a raison !

Arsène Bonnichon intervient de sa voix forte. Il ne veut pas lâcher Dutoit, le laisser seul en première ligne de la rébellion.

— On s'est moqué de nous ! enchaîne-t-il. Il fallait voir la pagaille, quand nous sommes montés au secours des compagnies décimées du 20e corps. Des Sénégalais débandés, des coloniaux sans chefs !

Jean Aumoine reste interloqué. Dutoit, Bonnichon sont ses hommes, des soldats sans reproches, toujours prêts au sacrifice.

— Les 75 nous tirent dessus, sans vergogne, incapables de détruire les premières tranchées boches. Ils gardent pour nous leurs saloperies d'obus. Chaque fois que nous montons à l'assaut, les barbelés sont intacts, les mitrailleuses aussi. Tac, tac, tac ! et les nôtres tombent ! Le désordre est tel, à l'arrière, qu'ils ne savent pas où nous sommes. Ils accablent d'abord les meilleurs, ceux qui ont réussi à franchir la ligne, à se porter en avant. Puis leur tir de barrage reprend, toujours sur nous ! Dans les trous, les boyaux, les survivants des sections sont mélangés, nul ne reconnaît plus les siens. Même les 155 nous tirent dessus, de loin. Vous devez savoir qu'ils ont des écarts de tir de cinq à six cents mètres, que leurs officiers ne peuvent rien contrôler. Combien de nous sont morts sous leurs obus ?

Les bleuets crient d'indignation. Jules Malaval donne le signal du ralliement en saluant le courage d'Emile.

— Nous sommes avec toi, camarade, affirme l'employé de mairie. Et nous ne sommes pas les seuls. Déjà, les soldats russes se sont mutinés dans la montagne de Reims. Ils ont chassé leurs officiers. Formons, comme eux, des comités de soldats !

— Nous ne sommes pas des Russes, crie Bonnichon. Nos officiers sont avec nous. Pour le meilleur et pour le pire, dit-il en désignant Jean Aumoine.

— Arrêtez ! crie le capitaine. En tenant ces discours, vous êtes déjà des mutins ! On en a fusillé à Vingré ou ailleurs pour moins que cela. Des hommes, choisis au hasard ! Connaissez-vous la justice militaire ? C'est la plus aveugle de toutes. Je ne veux pas vous voir mourir devant les pelotons. Emile, je t'en conjure, abandonne, rentre dans le rang ! Mes oreilles sont sourdes, mes yeux aveugles.

— Au diable les gradés, lance Malaval d'une voix forte. Vive la révolution, celle du peuple qui refuse la guerre !

Les bleus hésitent. Ils ignorent tout de la situation en Russie, de leurs brigades sur le front de Champagne, et la révolution leur fait peur. Le capitaine leur inspire confiance. Ils sont tout prêts à reprendre leur sac.

Mais le sergent Aucouturier intervient. Le chef de la section des mitrailleuses se souvient des assauts manqués du Chemin des Dames. Ce qu'a dit Bonnichon est à ses yeux la triste vérité.

— On se prépare à commettre les mêmes erreurs. Quand les chefs se trompent, énonce-t-il avec fermeté, il faut les en empêcher. Nous ne sommes pas un troupeau d'esclaves.

L'ancien mécano n'est en rien un révolutionnaire, pas même un syndiqué. Il a toujours travaillé dur dans son garage, et au régiment il a pris en main sa section avec une compétence admirée de tous.

— Nos canons ne peuvent pas détruire les défenses boches, ajoute-t-il, et il ne s'agit pas d'une question de réglage : ils ne peuvent rien dans les creutes, et les tranchées ennemies sont à contre-pente, impossibles à battre. Nous courons à un nouveau massacre.

L'intervention est décisive. De sa voix posée, sans emphase, Aucouturier vient apporter son secours à Dutoit et à Bonnichon.

— On nous destine à Craonne que les Boches ont récupérée en force, pierre par pierre.

Les nôtres y sont tous restés, expose à son tour Raymond Courbet, l'ancien imprimeur. Prendrons-nous leur suite sanglante sur ce plateau maudit ?

— Je vous ordonne de vous rendre ! hurle, dans le dos de Jean, le commandant de Lamaison de sa voix suraiguë. Je vous arrête, pour refus de monter en ligne et mutinerie.

Derrière lui surgit la prévôté, une escouade de gendarmes casqués qui braquent leurs fusils sur le groupe.

Dutoit, Bonnichon, Aucouturier et trois autres bleuets choisis au hasard, sont partis sans armes vers l'arrière, encadrés par les gendarmes.

— Leur compte est bon, dit Lamaison au PC du colonel. Conseil de guerre et peloton. Il n'y aura pas de grâce. Ils ne sont pas les seuls sur la ligne à refuser de partir. Il faut faire des exemples, sans faiblesse.

Jean Aumoine a perdu, il est catastrophé. Les camarades sont restés sourds à ses paroles de conciliation.

— Le 16 avril déjà, une division avait pris le départ, devant la ferme du Choléra, enlevé les deux premières lignes, résisté aux contre-attaques. Alors, six hommes, dont un caporal du régiment de Saint-Quentin, ont cru bon de refuser de partir. La mort, à coup sûr.

— Même s'ils ont été héroïques ? risque Jean.

— Hélas ! dit Picart, la discipline ignore la

pitié, et même la reconnaissance. Et je dirai plus, la justice.

De retour des premières lignes, où les bataillons de Nancy sont prêts pour l'attaque, le commandant Latouche vient d'entendre les propos désabusés du colonel.

— Le mouvement semble affecter toutes les armées, précise-t-il. Je reviens du front de Champagne, tenu par le général Mordacq, à Auberive. Dans ce secteur, le 17 avril, au second jour de l'offensive, une bonne partie de la troupe s'est mutinée. Mordacq est, certes, un mordant, un gagneur, mais il prend soin de ses hommes. On ne peut reprocher à cet ami de Clemenceau d'abandonner les blessés à leur sort, ni de laisser la troupe sans directives. Mordacq est un bon général, qui s'assure de l'appui de l'artillerie, exige des photos aériennes des lignes dévastées avant de lancer une attaque. Le 108e a refusé de monter en ligne.

— Les Gascons du 108e, de Bergerac, sont un régiment solide, plusieurs fois cité, dit Picart.

— Et plusieurs fois recomplété, corrige Latouche, au point qu'il ne compte pas que des Gascons dans ses rangs. Disons que les Gascons sont morts les premiers. Leurs remplaçants viennent de partout, des Charentes, de Corrèze et même du Finistère.

— Ils auront été remués par les rouges, interrompt Lamaison. Vous devriez les connaître mieux que personne, au 2e bureau, lance-t-il à

Latouche sur un ton de reproche et de suspicion.

— Aussi puis-je vous assurer que les mutins de Mordacq ne sont en rien des révolutionnaires. Pas de condamnés pour délit d'opinion, pas de syndicalistes ni de drapeaux rouges dans les rangs. Des cultivateurs non engagés, des petits commerçants. Nul antécédent politique.

— Alors, pourquoi la mutinerie ?

Jean pose la question sans attendre de réponse. Il veut s'entendre confirmer, pour être bien sûr qu'il ne rêve pas, que tous les régiments ont leurs Dutoit et leurs Bonnichon, que les siens ne sont pas des cas isolés.

— Mordacq, pour une fois, n'a pas pu organiser la montée en ligne du régiment le 17 avril. Trop de désordre sur les routes encombrées, des véhicules glissant dans la boue. Les camions prenaient du retard. Les hommes s'impatientaient. Quand ils ont enfin débarqué, ils étaient épuisés, nerfs tendus, reins brisés. Sur le sentier qui conduisait aux lignes, ils croisaient les convois de brancards, ce qui achevait de les démoraliser. L'attaque a commencé sans eux dans la forêt des Abatis. Ils sont arrivés sur place plus tard, du sous-bois bombardé, entièrement détruit, montaient alors les cris et les coups de sifflet des blessés appelant à l'aide. Rien n'était organisé pour les évacuer rapidement. Tout était prévu, sauf la défaite.

— Si je comprends bien, les hommes du 108e ont mis la crosse en l'air pour refuser un scandaleux carnage, une mort inutile, conclut Jean, sans être contredit par le colonel Picart.

— Il n'appartient pas aux soldats de décider si la mort est utile ou pas, scande Lamaison, glacial. Il leur revient de marcher au combat sans poser de questions, sans s'en poser, et, le cas échéant, de mourir. Seuls les lâches raisonnent autrement, ou bien les rouges, qui brûlent de retourner leurs armes contre les généraux qu'ils appellent des *cannibales*. Les conseils de guerre nous débarrasseront de cette racaille.

— A-t-on condamné les mutins ? s'inquiète Jean.

— A mort, pour douze d'entre eux, sur dix-sept prévenus. Mais ils ne seront pas exécutés, lui répond Latouche, rassurant. La grâce présidentielle jouera. Dieu merci, on ne tue plus au coin d'un bois, comme au temps des cours martiales. La procédure est accélérée, mais ce n'est qu'une procédure.

Jean Aumoine prend à part le commandant :

— Pourquoi ne pas gracier tout de suite les nôtres ? Nous savons bien qu'il s'agit d'un incident, d'une fatigue passagère.

— Ce n'est pas en notre pouvoir, explique Latouche. Lamaison les a remis aux mains des gendarmes. Le prévôt doit les faire comparaître devant la justice militaire. Il n'appartient plus à notre colonel, ni même au général de division d'intervenir. La procédure suivra son cours. Tout au plus Picart pourra-t-il témoigner au procès, et suggérer la grâce. S'il est cité !

Aumoine fixe dans les yeux le commandant de Lamaison :

— Je vous tiens pour un assassin !

— Et moi pour un lâche. Vous avez sciemment laissé se développer la rébellion. Vous n'êtes pas intervenu, que je sache !

— Messieurs, tranche Picart, vous seriez aux arrêts si nous étions en caserne. Je vous prie de regagner vos postes, et de tenir pour assuré que tout manquement à la discipline sera châtié avec la dernière rigueur.

— Le ver est dans le fruit, rien ne peut l'empêcher de pourrir. Ton régiment est déjà au rouge dans le fichier du GQG, déclare Latouche à Jean Aumoine qui rejoint, d'un pas lourd, les abris de sa compagnie. Si tu fermes les yeux, tu seras complice. Si tu châties, tu désigneras toi-même les pelotons chargés d'exécuter les camarades.

Il sort de la poche de sa vareuse un ordre déjà jauni, signé du colonel Baudinard, qui lui donne pleins pouvoirs pour nommer ou limoger les officiers sous le feu.

— Cet ordre est encore exécutoire, affirme-t-il. Le signataire n'a pas été remplacé. Je t'engage dans le renseignement aux armées. Tu me suis en mission, loin, très loin, à l'armée Humbert, par exemple, aux côtés des Anglais, tout près d'Amiens, ou d'Arras...

— Et j'abandonne les miens à la veille d'une attaque ! Pour qui me prenez-vous, Latouche ?

Voulez-vous donner des raisons de me mépriser à ce paltoquet en culotte de peau, qui m'a traité de lâche ?

— C'est bon. C'est moi qui resterai avec toi. Tu vas avoir besoin d'aide. Ne minimise pas les proportions de l'incident dont tu as failli être victime. Le gandin a raison, tu aurais dû réprimer tout de suite, pour éviter la gangrène. Laisse-moi te raconter l'histoire édifiante de la mutinerie de Mourmelon, il y a trois jours à peine.

— Mourmelon-le-Grand ? C'est à l'arrière !

— Précisément. Il s'agit encore d'un régiment formé dans le Sud-Ouest, le 20e d'infanterie de Marmande.

— Une autre unité du Sud-Ouest, comme par hasard !

— Cesse tes allusions géographiques. Les soldats du 20e proviennent aujourd'hui d'une quinzaine de départements, par le jeu des renforts attribués selon les disponibilités des dépôts et des convois de chemin de fer. Aujourd'hui, pour le 3e bureau du GQG, un biffin est un biffin. Il n'a plus, collée aux semelles, la terre de sa province. Il vient de partout, n'est rien d'autre qu'un matricule.

— Mourmelon-le-Grand fait partie, que je sache, du champ de manœuvre de Châlons.

— Exact ! Le régiment y loge dans les baraquements du camp d'instruction. Il appartient à la 33e division du général Eon, comme le 11e de Montauban, ou le 9e d'Agen, mais il est en réserve d'infanterie divisionnaire et reçoit des poilus de tous les dépôts, des bleuets surtout, sans être affecté à un secteur. Quand les soldats apprennent qu'ils vont monter en ligne, c'est la débandade. Deux cents d'entre eux quittent le baraquement et se dispersent dans les bois des environs.

— Portés déserteurs ?

— Ils sont absents au départ des compagnies, donc : refus de monter en ligne.

— Où devaient-ils se rendre ?

— Ils étaient prévus pour l'attaque du Téton, un des monts de Champagne les plus redoutables, déjà couvert de cadavres. La plupart ont rejoint spontanément. D'autres ont déserté. Les gendarmes les recherchent dans les gares. Ils en ont retrouvé une vingtaine, bons pour les travaux forcés. Un petit groupe d'irréductibles s'est barricadé dans une creute et résiste obstinément, prêt à faire feu en cas de tentative de répression.

— Le drapeau rouge ? Les cris de révolte ?

— « Mort à la guerre ! », « Assez de massacres ! » On a fini par les arrêter sans casse, le colonel leur a parlé, ils se sont rendus. Des bleus qui ont pris peur sous le bombardement. Ils ont voulu ensuite poser aux mutins.

— Bilan des sanctions ?

— Quinze condamnations, dont six à mort.

— A quoi peut-on les condamner, quand ils ne sont pas fusillés ?

— Aux travaux publics. En fait, ils cassent les

cailloux en Afrique pour la construction des routes. Ils en prennent pour cinq, dix ans. Le mouvement de Mourmelon-le-Grand a été traité avec la même indulgence relative que les autres. Comme si le commandement ne voulait pas désespérer le poilu en ajoutant l'horreur des pelotons d'exécution à celle des assauts sanglants.

— Le pouvoir lâche les rênes, constate Jean, il ne souhaite pas faire des exemples impressionnants.

— Rien à voir avec l'épidémie des mains mutilées de 1915. Pas de décimation, de « fusillés pour l'exemple ». Il y a des peines commuées, des « circonstances atténuantes » admises par les conseils. On cherche l'apaisement, pas la terreur.

— On arrête quand même les nôtres. Qui me dit qu'ils ne seront pas fusillés ?

— Peu probable : de bons états de service, pas de condamnations. Ils n'ont pas arrêté le seul qui pourrait figurer dans un fichier politique : le secrétaire de mairie Malaval.

— Je ne peux pas supporter l'idée qu'on va juger mon Dutoit comme un malfaiteur, et Bonnichon qui l'a défendu. Tout le monde sait, à la compagnie, qu'Emile a perdu la boule depuis la mort de son copain Beaujon. Mort pour rien, celui-là, comme tous les cadavres de la Sucrerie ou du plateau de Craonne, mort pour prendre des positions que l'on n'a pu tenir.

— Le colonel est intervenu en leur faveur,

assure Latouche. Il a très envie qu'on lui rende Aucouturier, l'excellent chef de la section de mitrailleuses. Son rapport est des plus indulgents. Il désavouera, sans le dire, celui du cavalier excité des Ardennes. Mais on nous les rendra. Les gens de Compiègne ne s'intéressent qu'à l'aspect politique des affaires. Ils me demandent de chercher la preuve d'un complot pacifiste international.

— Et vous avez trouvé ?

— Ça n'existe pas. Même les Russes se sont soulevés spontanément, précise Latouche, lorsqu'ils ont appris la révolution de mars en lisant le journal. Aucun émissaire ne les a contactés. Quant aux rebelles de Mourmelon-le-Grand, ils étaient cordonniers à Tulle, épiciers à Egletons, maçons à Bourganeuf, des villes de province sans industries où la CGT n'a pas de réseaux installés. Beaucoup, avant la mobilisation, étaient des cultivateurs, maîtres de petits domaines. Pas le moindre drapeau rouge parmi eux. Pas de *communeux*, ou de *communards*, comme ils disent. Les prétendus mutins demandaient seulement que les messieurs galonnés de Compiègne ne décident pas de leur sort sans leur reconnaître des droits.

Les popotes du 321e sont en état de fermentation, le 3 mai au soir. Loin d'apaiser la troupe, ou de l'intimider, l'arrestation des camarades provoque un réflexe immédiat de solidarité. Tout au long de la journée, des parlotes, des discussions rassemblent çà et là quelques poilus, de petits groupes se constituent. Une poignée d'entre eux se sont réunis autour de Courbet et de Malaval, à l'écart du reste de la compagnie, dans un éboulis de rochers, à l'entrée d'une creute où, assis en cercle, ils mangent dans leur gamelle et boivent à la gourde.

— Je comprends Arsène Bonnichon, dit Adrien Chabot, le bleuet de Durdat-Larequille. Quand mon père faisait grève à la mine des Ferrières, c'était par solidarité avec les camarades. On ne laisse pas arrêter un copain devant soi sans réagir. Nous aurions dû tous le suivre.

— La guerre n'est pas une manifestation syndicale, tente de le raisonner l'aumônier Balmont. L'ennemi est en face.

— Les lignes sont tenues, l'abbé ! le coiffe Malaval. Rassurez-vous, le front aura son contingent quotidien de morts. Les mutins ne sont pas des déserteurs.

— Qui parle de mutinerie ? demande Roland Martin, en revissant calmement sa gourde. Non, nous ne sommes pas des mutins. Nous demandons seulement à ne pas être engagés à la légère, comme en avril.

— Il faudra nous expliquer pourquoi nous avons, cette fois, plus de chances de l'emporter, renchérit le caporal Voisin, meilleur grenadier de la compagnie. Je n'ai rien entendu de tel. Nous ne sommes pas de la chair à canon, mais des combattants sérieux, expérimentés, dont on doit prendre l'avis avant de se lancer dans l'aventure.

— On a quand même arrêté les nôtres ! lance Jules Malaval que la modération de Martin exaspère. Il faut exiger leur libération. L'arrestation d'Aucouturier est parfaitement injuste. Qui peut contester son courage et ses capacités ? Il a été le premier à jeter son prestige dans la balance. Aidons-le, camarades !

A plusieurs reprises, Aucouturier, le sergent garagiste, a survécu à l'anéantissement de son nid de mitrailleuses. Il a formé les bleus. Les interventions de sa section ont été décisives lors des derniers combats. Elles ont stoppé les contre-attaques. Le sergent a été proposé par son colonel pour une citation à l'ordre de la division. Son autorité morale est incontestable. Marié et père de deux enfants, il n'a jamais fait de politique.

— Défilons demain, sans armes, devant le PC du colonel, propose Malaval.

— Vous prenez le risque de vous faire condamner par une initiative sans effets notables, l'avertit l'abbé Balmont. Vous obligerez le colonel à vous sanctionner pour refus d'obéissance, et votre manifestation annulera l'effet du rapport favorable qu'il a déjà expédié au conseil de guerre. Vous allez donner raison au commandant de Lamaison. Il obtiendra d'autres têtes.

— Rentre ton prêche, curé ! lance, gouailleur, l'anar Raymond Courbet. La guerre finira quand nous en prendrons, nous autres, la direction, en refusant de marcher dans leurs offensives.

Les applaudissements du petit groupe encouragent le déserteur de 1915 à poursuivre. Le prote d'imprimerie a l'habitude des discours. Il sait se faire entendre.

— Il ne s'agit pas de lâcher les lignes, scande Courbet. Pas du tout ! Ceux d'en face, de la bande à Guillaume, seraient trop contents ! Il faut obtenir des généraux qu'on tienne compte de nous. Nous jouons notre peau. Le droit à la parole est la moindre des choses. C'est un droit, entendez-vous ? Nous sommes des citoyens.

Les acclamations attirent l'attention de Jean Aumoine et du commandant Latouche qui rejoignent discrètement le groupe sans intervenir.

Le discours de Courbet a porté. Même le dragon Scalpe est ébranlé. Le caporal Porcher opine du chef. Cet instituteur, comme tous les anciens élèves de l'école de la République, y est sensible. Aumoine veut parler. Latouche l'en empêche.

— Laissez-les finir. Nous saurons ainsi ce qu'ils pensent vraiment.

Jean a le cœur serré. Le jeune Chabot intervient. Si Lamaison le surprend, il est perdu. Il sera de la prochaine charrette.

— Courbet a raison, déclare le bleuet de Durdat, le menton haut. Nous avons des droits, comme tout citoyen. Nous ne sommes pas les sujets du roi de Prusse, ni du tsar de Russie. Nous sommes libres et égaux. Nous avons autant le droit à la parole que les vieillards galonnés qui nous envoient au feu, sans rien risquer que nos vies. Nous sommes des Français comme eux. Empêcher l'ennemi de passer, soit ! Provoquer un nouveau massacre inutile, non ! Nous avons non seulement le droit, mais le devoir de le dire.

— Pas mal, pour un bleuet, commente à voix basse Latouche. Il a vite appris. Je crois qu'il a terminé. C'est à vous d'entrer en scène.

Son casque à la main; Jean Aumoine entre dans le cercle. Le silence se fait impressionnant. Le capitaine les regarde un par un, les yeux dans les yeux, avant de commencer à parler.

— Vous n'êtes pas au complet, leur fait-il observer. Il en manque six, les meilleurs d'entre nous. Ils reviendront. Il n'est pas possible de nous priver de leur courage au combat, de leur ardeur à défendre le pays, à obtenir la paix.

Les hommes baissent la tête. Ils hésitent à intervenir.

— Cette armée est la vôtre, dit Jean. La tienne, Adrien Chabot, comme elle est celle de ton père...

— Et celle d'Arsène Bonnichon, lance Raymond Courbet. Et d'Emile Dutoit !

— Et de Denis Aucouturier ! s'exclame Roland Martin, dont l'intervention inattendue provoque la surprise de Jean. Si Roland est parmi les meneurs, l'affaire est grave.

— L'armée est à tous les citoyens. Les officiers ne tiennent leur pouvoir que de la République, qui garantit vos droits. Vous ne devez pas craindre votre armée. C'est aux ennemis qu'elle doit se montrer redoutable.

— Alors, qu'elle nous rende Dutoit ! crie Malaval. Nous sommes tous Dutoit et Bonnichon.

— Et Aucouturier ! ajoute encore Roland Martin.

— L'armée a sa discipline et ses règles. Rien ne serait pire que d'influer sur un tribunal militaire par une manifestation de rébellion.

— Nous ne sommes pas des rebelles, mais des protestataires. Nous avons le droit de protester !

— Bien sûr, Courbet, mais l'armée n'est pas l'usine, et la grève de la guerre fait le jeu de l'ennemi. Le refus de monter en ligne est un délit puni par la justice militaire.

— Quelle justice ! proteste Malaval. Celle qui fait fusiller nos camarades par des soldats français, sous les plis du drapeau, en les désignant au hasard par décimation. Vous appelez cela la justice !

— Nous ne sommes plus en 1915, pendant *l'épidémie des mains mutilées*, répond Jean. Nous avons des conseils de guerre, avec procès instruit et défenseurs.

— Simulacre ! tonne Courbet. On les expédie à la douzaine. Le bagne ou le poteau ! Ils ne connaissent rien d'autre !

Le commandant Latouche prend sur lui d'intervenir, voyant Jean Aumoine débordé. Les esprits s'échauffent et la discussion commence à devenir bruyante. Il redoute l'arrivée du commandant de Lamaison.

— Vous êtes ici sept, huit, dit-il en les comptant du doigt. Vous discutez entre vous et vous en avez le droit. Vous parlez avec un officier et vous en avez le droit. Mais si votre réunion devient un meeting, vous tombez sous le coup de la loi militaire : attroupement séditieux. Le régiment est sous surveillance. Déjà six arrestations.

— Honteuses ! jette Courbet.

— Ce n'est ni à moi ni à vous d'en juger. Ce que je puis vous dire, c'est que, dans un quart d'heure, si cette agitation se poursuit, les gendarmes seront là. Vous n'aurez pas six accusés devant le falot, mais quinze peut-être, et nous ne pourrons plus rien pour vous, vous serez assimilés à des mutins. Dès que la prévôté intervient, la justice est saisie. Le prévôt est un magistrat.

— Nous ne sommes pas des mutins, dit Roland Martin en se levant pour rejoindre son abri.

Adrien Chabot le suit, au soulagement de Jean. Les bleuets, déconcertés, hésitent. Le caporal Porcher lisse sa moustache, perplexe.

— Nous allons former un conseil de compagnie, en attendant mieux, dit Malaval. Vous dites que nous sommes surveillés. A partir d'aujourd'hui, c'est le commandement qui est sous surveillance, et nous ouvrirons l'œil.

— Prenez vos responsabilités, conclut Latouche. Nous prendrons les nôtres. Il n'est pas interdit aux citoyens de discuter, à condition qu'ils ne discutent pas les ordres. L'exigence de discipline existe dans toutes les armées du monde, y compris l'américaine, dont nous attendons l'arrivée.

Le soir tombe. Les poilus quittent le cercle en silence, et d'un pas lourd. Jean Aumoine reste seul avec Latouche.

— Lamaison n'est pas intervenu.

— Il laisse mûrir le mouvement. C'est une technique connue de la police pendant les grèves, assure Latouche. Pour l'instant, pas de délit, les soldats parlent entre eux, c'est leur droit. Il compte les coincer sur le refus de monter en ligne. Il a déjà dû prévenir la prévôté.

— Pourquoi cet acharnement ?

— L'attaque est prévue à l'aube, dans quelques heures. Nous devrons faire mouvement pour prendre place dans les parallèles à l'arrière du 20e corps, en renfort. Si les nôtres refusent de marcher, ils deviennent des mutins, et les trois camarades déjà saisis par la justice sont indéfendables. Nivelle est en instance de départ. Pétain vient d'arriver. Dans l'intervalle, la casse peut être lourde. Il y a des Lamaison, et aussi des Courbet dans tous les bataillons. Les Boches peuvent dormir tranquilles. Nous allons nous battre entre nous.

— Cet affrontement n'aurait pas de raison d'être, regrette Aumoine, si nous avions à Compiègne de vrais chefs.

Latouche a déjà regagné le PC du colonel Picart quand, dans l'abri de Jean, surgit le lieutenant Bériot, hors de lui.

— Nous attaquons sur la ferme Malval, à la suite du 20ᵉ corps, et de là vers Craonne, dit-il. Les hommes l'ont appris, par un déserteur.

— Du 20ᵉ corps, c'est impossible !

— Et pourtant... Le soldat demandait asile, traqué par les gendarmes. Les nôtres l'ont recueilli.

— Quel régiment ?

— 69ᵉ. Un gosse de dix-neuf ans. Il a pris peur, au moment d'occuper les parallèles. Les anciens parlaient entre eux, devant lui, de Craonne. Ils critiquaient l'action de l'artillerie sur la ferme de Malval. Les destructions ne sont pas sûres. La place est truffée de creutes, les mitrailleuses nous attendent, intactes. Nous courons au massacre.

— Un refus collectif ?

— Pas du tout. Les deux régiments vont attaquer. Mais le bleu s'est enfui. Il a dit qu'il n'était pas le seul dans sa compagnie.

— L'as-tu interrogé ?

— Impossible, il a filé. Il n'ira pas loin.

— Tu sembles souhaiter sa capture...

— A Dieu ne plaise, je ne veux la mort de personne. Mais les gendarmes ont établi un cordon de surveillance à l'arrière. Il sera pris et fusillé.

— Que disent les nôtres ?

— Ils s'angoissent. Ils s'indignent d'abord qu'on les renvoie au casse-pipe, quand Nivelle lui-même a perdu sur toute la ligne et qu'on attend son remplaçant. Ils se disent bons à boucher les trous, à se faire tuer pour qu'on puisse afficher quelques succès, mêmes partiels, à la une des journaux, en attendant le verdict de la Chambre et de ses comités secrets. Personne ne croit plus au succès de cette offensive, et pourtant elle continue...

« Réaction inévitable, songe Jean Aumoine en se souvenant des propos de Latouche sur Compiègne. Tout se sait, quelque précaution que l'on prenne, au front plus vite qu'ailleurs, grâce au téléphone arabe. Ils savent que Pétain est nommé chef d'état-major, et que rien ne change pour eux. A croire que personne ne se soucie de leur sort. »

Bériot poursuit :

— Les plus expérimentés font remarquer que les avions français ont presque disparu, ils ne sont guère nombreux au-dessus de leurs têtes, pas plus que le 15 avril, quand se préparait le grand départ. Quant à l'artillerie, elle a montré son inefficacité.

— Un avis de technicien, de grenadier d'élite. Celui de Roland Martin, peut-être.

— D'autres, mieux informés.

— Sans doute Malaval ! Il doit être de la

minorité socialiste qui attend la paix du congrès de Stockholm qu'ils appellent « conférence internationale ». Après tout, s'il existe encore des gens assez stupides pour croire que le dernier mot restera au canon, d'autres pensent qu'il faut discuter immédiatement de la paix.

— Les pacifistes, assurément ! Mais l'opinion d'un Malaval n'est pas dominante, et d'ailleurs, il n'est pas informé. Ses propres amis, les députés socialistes, reviennent de Russie. Ils assurent que la République de Saint-Pétersbourg continue le combat. Non ! Le plus écouté dans la bande n'est pas Malaval, mais certainement Georges Michaux.

— Le sous-lieutenant qui vient de prendre le commandement d'une section ? Je le connais, il est de Varennes-sur-Allier, il sort de l'école normale de Moulins, et il a gagné tous ses galons au feu. Lamaison lui-même, si hostile aux gens de l'école laïque, fait son éloge.

— Il est adoré des soldats, parce qu'il explique clairement la guerre. Il est informé sur tout, et mieux que Malaval. Qu'un gradé comme Michaux prenne leur parti, épouse leur cause, rassure les poilus. Ils pensent qu'ils ont raison, puisque Michaux le dit.

— Et que dit-il ?

— Que le moment est venu de discuter d'une paix juste, sans indemnité, ni conquêtes.

— Wilson l'Américain le dit aussi. Mais il ne parle pas de l'Alsace et de la Lorraine. Et cela bloque toute négociation affirment nos Thomas et nos Sembat.

— Malaval demande si nous avons perdu assez de monde pour l'Alsace et la Lorraine, si nous devons en perdre un million de plus pour récupérer ces provinces. Michaux ne le suit pas sur ce terrain. Il estime, et tous les camarades aussi, qu'on a justement perdu assez des nôtres pour qu'en toute hypothèse nous rentrions chez nous à Metz et à Strasbourg.

— J'espère, tu m'entends bien, Bériot, que cette sinistre aventure se terminera au mieux pour la France et pour la République. Mais je ne puis m'empêcher de croire que Michaux et les autres ont raison de penser que cette reprise de l'offensive, sans bases solides, est une catastrophe.

Veillée d'armes au PC du colonel Picart. Les deux commandants, Lamaison et Latouche, ne se résignent pas à prendre du repos. Les hommes ne sont pas les seuls à se poser des questions.

Lamaison redoute Latouche, venu du GQG, et Picart le respecte. Ils trouvent tout de même étrange que le commandant en mission extraordinaire s'attarde seulement dans ce secteur du front, au lieu de le parcourir, d'un PC à l'autre, pour établir son rapport.

Pour le chef d'escadron Lamaison, cette insistance ne manque pas d'être suspecte. Le cavalier connaît les usages de l'état-major. Ancien de l'entourage du général limogé Mazel, il sait parfaitement que la *grande cabane* change, de la cave au grenier. De quel côté est celui-là ?

Avec son instinct de troupier, Latouche, comme du reste Lamaison, flaire la mutinerie. Il s'est attaché à Jean Aumoine. Si les choses tournent mal, il veut éviter que le jeune capitaine, son émule, son ami, ne se laisse emporter. Il le sent fragile, sensible au discours des poilus. Un Michaux, instituteur patriote, fait déjà figure de mentor dans la troupe en émoi. Si Jean bascule à son tour, toute la compagnie versera dans la mutinerie générale.

Le fond incontournable de l'affaire, c'est qu'on ne peut donner tort aux hommes de s'indigner. Connaissant la situation de Compiègne, et les rapports des généraux entraînés dans la valse des hommes politiques, Latouche sait que personne, au fond, ne voudra accepter la responsabilité de cette prolongation de la tuerie du Chemin des Dames. On en chargera Nivelle, pour solde de tout compte, et l'on repartira *ensuite* sur d'autres bases.

Ensuite, après le nouveau massacre. De même qu'un changement de ministère doit attendre le *pourrissement* de la situation du cabinet à la Chambre, de même laisse-t-on *pourrir* la guerre pour en changer la direction, sous la tutelle paterne de Pétain. Pour que la position de celui-ci soit assurée, un nouveau bain de sang est nécessaire, que l'on souhaite, certes, limité. Mais les hommes en font les frais.

Latouche vient d'apprendre que Picart a reçu notification de la mort de son fils, sergent au 4e zouaves, tué à quelques kilomètres de là, dans l'assaut donné par la division coloniale, le 21 avril. Il était sans nouvelles de lui depuis le 17. Maintenant, il sait. Latouche respecte son silence.

— Les Anglais vont attaquer, dit enfin Picart. Notre devoir n'est-il pas de les aider ? On est loin de la « méprisable petite armée anglaise » dont se moquait le Kaiser en 14.

Latouche est ému de l'anglophilie du colonel. C'est si rare, dans l'armée ! C'est vrai, les Canadiens, les Australiens et les Néo-Zélandais vont repartir, avec les recrues de Londres, du pays de Galles et d'Irlande. Il étreindrait le colonel. Qu'un homme qui vient de perdre son fils songe avec une certaine hauteur de vues au sens de la guerre le touche.

— Kerenski, ajoute Picart, vient d'engager Broussilov pour lancer une offensive. Pour un ministre de la Guerre socialiste, je n'y crois pas. En Russie, l'anarchie est profonde. L'ancien régime nous a trahis, le nouveau ne peut nous aider. La « puissance amie et alliée » fera la paix sans nous, soyez-en sûrs, et pourtant, c'est à cause d'elle que nous sommes entrés en guerre. Les Russes ne sont décidément pas mûrs pour la liberté. Seuls les Anglais sont des alliés efficaces. S'ils repartent, comment ne pas les soutenir ?

Latouche est étonné d'entendre un colonel

d'active raisonner aussi juste sur la situation. Il se croyait l'un des rares officiers d'opinion républicaine dans cette armée, voilà qu'il trouve un camarade. Il se garde de lui manifester sa sympathie, sous le regard inquisiteur du commandant de Lamaison.

Rien ne peut empêcher Picart de poursuivre. La mort de son fils semble l'inciter à parler selon sa conscience, sans plus de souci de son avenir.

— Personne ne détient la vérité, et surtout pas les partis, même socialistes. Le problème est de sortir de cette guerre, le plus tôt possible. Les hommes le sentent confusément, la solution n'est pas militaire. Pour cette raison, ils sont au bord de la révolte. Ils ont le sentiment que les politiques les envoient au feu par incapacité d'imaginer une issue acceptable. Mais si notre coup de collier, et celui des Anglais, peuvent être le prélude à des négociations, il faut marcher, et ferme !

Dans l'abri, la bougie vient de s'éteindre. Le colonel, au lieu de prendre congé des officiers pour s'étendre sur son lit de camp, en rallume une nouvelle, tout en faisant bouillir l'eau du café. Une veillée d'armes aux allures de soirée mortuaire, comme s'il gardait le corps de son fils.

— Je ne vois pas comment le pays et l'armée accepteront la prolongation du conflit un hiver de plus, soupire-t-il en se rasseyant.

— Il le faudra bien !

Le commandant de Lamaison bout sur place

depuis le début de la soirée. Il brûle de dire au colonel tout ce qu'il sait du mauvais moral de la troupe, en particulier de la compagnie de Jean Aumoine. Sans y paraître, il a été informé au plus juste de ce qui s'est dit à la réunion où le capitaine était présent, où il a pris la parole.

Lamaison a réuni tous les éléments pour un rapport soigné sur le moral de son unité. Il se demande s'il doit s'en ouvrir à Latouche, dont il ignore les opinions véritables. La « compréhension » du capitaine Aumoine à l'égard des soldats rebelles témoigne, à ses yeux, d'aveuglement et de faiblesse. Il est temps de rétablir l'ordre. Qui s'en chargera au 321e ?

Latouche sent l'hostilité de Lamaison, sans mesurer exactement jusqu'où peut aller son funeste désir de répression. Demain, sans doute, il s'en flattera à l'état-major de la division.

Il décide de le provoquer, pour le faire sortir de sa réserve :

— Le fossé se creuse entre les hommes et les cadres. J'éprouve ce sentiment dans chaque visite de secteur. Trop de bons chefs, proches de la troupe, sont morts. Les nouveaux venus viennent souvent des états-majors, où ils sont restés pendant toute la guerre. Savez-vous comment les poilus les présentent ?

— Je vous le demande, interroge Lamaison, prêt à bondir.

— Comme des *porcelaines de Chine, très décorées, mais craignant le feu*.

— Est-ce à moi que ce discours s'adresse ? glapit Lamaison.

— Vous sentiriez-vous concerné ? le nargue Latouche, la rage au cœur. Au Maroc, ces mêmes galonnés de bureau, on les appelait les *charognards*.

— Je vous en prie, messieurs, intervient Picart, reprenez votre sang-froid. Vous en aurez besoin demain. Veillez, je vous prie, à ce que le départ en ligne se fasse dans l'ordre, avec doigté. Le moindre éclat de votre part serait fatal, dit-il en fixant Lamaison.

Latouche se rend à tâtons dans l'abri qu'il partage avec le capitaine Aumoine. Bien sûr, Jean ne dort pas, ne rêve pas. Il attend l'aube sans impatience, prolonge sa veille solitaire comme si elle devait être la dernière.

Le pire peut arriver. Les propos des poilus l'ont convaincu qu'ils n'avaient plus la moindre illusion sur le rebond de l'opération Nivelle. Son échec a fait la preuve, une fois pour toutes, qu'aucune percée des lignes allemandes n'était possible à l'ouest, chez les Anglais comme chez nous. La relève effective de Nivelle par Pétain signifie à l'évidence que le gouvernement ne pense pas autrement. Il envisage de sang-froid un nouvel hiver de guerre.

Jean s'en indigne devant Latouche. Il n'a aucune raison de lui cacher ses sentiments.

— Si la troupe ne prend pas en main la situation, ils ne sauront rien faire d'autre que lancer de nouvelles offensives pour calmer l'opinion, impatiente d'en finir. Ils diront encore qu'elles sont destinées à hâter la paix. Comme ils le disent aujourd'hui, alors qu'ils savent que nous n'avons aucune chance de réussir. Dans ces conditions, n'est-ce pas un devoir que de refuser de partir, tout en tenant le front ? Comment donner tort aux hommes révoltés ?

— L'obstacle est infranchissable et cependant, il faut partir, affirme Latouche. Nous sommes au-delà de la raison, en pleine folie. Ce qui se passe dans ta compagnie touche sans doute l'ensemble du front. Qui croit encore au résultat d'une poussée ? Pétain ? Il n'a qu'une idée : gagner du temps. Nivelle ? Il sait parfaitement que nos troupes d'assaut ne sont pas inférieures à celles d'en face. L'attaque par bonds qu'il préconise, avec des armes modernes et de courtes préparations d'artillerie, est la seule possible, et pourtant, les hommes le savent ou le pressentent, elle ne peut réussir. Si les zouaves du 4e régiment et les chasseurs du 3e bataillon de Nancy ne peuvent franchir l'obstacle, c'est qu'il est infranchissable.

— Je ne vous le fais pas dire. En ce cas, pourquoi insister ?

— Parce que la partie de bras de fer est engagée. La troupe donne la réponse de la bergère au berger. Si certains commandants d'armées conviennent les premiers qu'il faut attendre, les poilus le veulent aussi. Mais les généraux ne peuvent pas attendre, et les poilus pas davantage. Si une chance de paix existe en cette année maudite, elle passe pour nous par l'occupation des crêtes du Chemin des Dames et des monts de Champagne, et pour les Anglais par celle des observatoires plongeant sur la ligne Hindenburg. On ne peut laisser dire au Kaiser que les Alliés ont perdu à l'ouest. Cela coupe les jarrets à tous les Allemands soucieux d'engager des pourparlers, à leurs alliés autrichiens, bulgares, turcs. La guerre est un tout, et nous n'en sommes qu'un maillon. Voilà pourquoi il faut repartir demain. Nous en avons trop fait, nous avons trop souffert pour nous arrêter en chemin.

— Allez donc expliquer cela aux poilus ! s'exclame Aumoine. Leur flanquer la frousse ne suffit pas. Ils sont prêts à tout subir, comme leurs camarades arrêtés, pour qu'on tienne enfin compte d'eux. Aucune considération générale n'influera sur leur colère. Les plus raisonnables, les plus sincères sont en tête, les plus braves aussi. Dites-le-moi en conscience, mon cher Latouche. Du fond de votre cœur, les condamnez-vous ?

Le commandant garde le silence, ébranlé par la détresse de Jean. Il pense aux arguments qu'il pourrait invoquer. Il songe aux désertions et abandons de postes, même dans les régiments d'élite de la *division de fer*. Le prévôt lui a certifié que ses hommes avaient arrêté quatre déserteurs du 69e régiment d'Essey-les-Nancy et du 2e bataillon de chasseurs de Lunéville. Les meilleures troupes sont touchées. Pourquoi pas celles de la *Gauloise*, l'héroïque division de Verdun ? Quelle surprise pour Passaga, son ancien chef, ferraillant toujours dans la région charnière de Berry-au-Bac, prêt sans doute à un nouveau départ de son corps d'armée, quand on lui apprendra que son vieux 321ᵉ s'est mutiné !

Qu'un jeune capitaine arrivé par le rang, endeuillé par la mort de ses trois frères, songe à lever la crosse en l'air avec ses hommes lui semble inconcevable.

— Il faut arrêter cette guerre. Je sais de source sûre qu'un voyage du prince Sixte de Bourbon, officier de l'armée belge, est prévu à Vienne dans quatre jours. Il doit y rencontrer son beau-frère, Charles de Habsbourg. En pleine offensive du Chemin des Dames, la tentative de négociation a continué, connue de Poincaré, qui a reçu le prince, et de Lloyd George.

— Pendant que les nôtres se faisaient tuer...

— L'empereur proposait de causer, oui, mon fils. Mais pas sans l'Allemagne. C'est donc un jeu pour Poincaré que d'éluder la négociation dont les Italiens ne veulent pas plus que nous. Jamais les Allemands n'ont eu l'intention de nous rendre l'Alsace et la Lorraine. Tout ce qu'on raconte sur la paix possible est donc de la blague. Pas de paix si l'on n'arrête pas le feu sur les lignes, en revenant au statu quo. On appelle cela la *paix blanche*. Es-tu bien sûr que nos poilus soient tentés de rentrer chez eux après un million de morts en pure perte ?

— Je ne suis sûr de rien. Les camarades — certains du moins — sont attentifs à la rencontre ouvrière internationale de Stockholm. Le slogan est la *paix des peuples*, pas la paix de victoire... La paix sans conquêtes ni annexions ni indemnités, c'est aussi la paix de Wilson. Pour les nôtres, c'est possible, à condition qu'on nous rende l'Alsace et la Lorraine, bien entendu. Si, du moins, c'est la volonté de ces provinces — exprimée par plébiscite — de redevenir françaises, ajouterait un Malaval. Pour le poilu, les buts de guerre dont parle Ribot au Parlement se résument à un seul : plus jamais de guerre. Je ne crois pas que les diplomates dont vous parlez soient prêts à rechercher cet objectif. Ils sont pris dans leur jungle de traités secrets, d'accords sous le manteau, de marchandage des provinces entre eux. Une diplomatie à l'odeur de sanie. Pour qu'ils comprennent, les hauts responsables, il faut que la protestation des peuples passe par notre révolte.

— Tu rêves, déplore le commandant Latouche. Personne ne connaîtra votre rébellion, et moins encore son châtiment. Vous serez garrottés au lacet.

4 mai 1917. A l'aube, le colonel Picart, blême après sa nuit blanche, fait sonner la diane. Les hommes accourent et prennent l'alignement. Les sous-officiers font l'appel, bataillon par

bataillon. L'adjudant Michalon se plante au garde-à-vous devant le commandant de Lamaison.

— Dix gradés, quatre-vingts soldats manquent à l'appel à la 13ᵉ compagnie, mon commandant.

Picart et Latouche s'approchent. Ils réalisent que Jean Aumoine n'est pas à la tête de ses hommes.

— Laissez-moi m'en occuper, mon colonel, décide aussitôt Latouche.

— Embarquement immédiat pour le front ! ordonne Picart.

Les sections avancent à pied, sac au dos, en direction des lignes, sous la surveillance du colonel. Pas un murmure dans le défilé. Lacassagne marche à pas pesants, en tête de son unité, salue le colonel au passage. Le lieutenant Bériot ne constate aucune absence dans sa compagnie. Tous sont résolus à reprendre le combat. Le colonel les fait partir d'urgence pour prévenir une aggravation de la mutinerie.

Lamaison a pris l'initiative, une fois de plus, d'alerter la prévôté. Un peloton de gendarmes, fusil chargé, baïonnette au canon, prend position au pied de la creute où se sont rassemblés les quatre-vingts mutins. Refus d'obéissance au moment de partir en ligne, c'est un cas de conseil de guerre.

Ont-ils pris Jean Aumoine en otage ?

Latouche veut s'en assurer.

A l'entrée de la grotte, un drapeau rouge est

planté. Le commandant n'y attache pas une importance particulière. L'emblème n'est pas celui de la révolution des soviets de soldats, mais le signal des manifestations syndicales les jours de premier mai. Nous sommes le 4 mai, c'est l'époque.

— Soldats en grève... bougonne Latouche. Où se croient-ils ? Sur le carreau des mines de La Ferrière ?

Au loin le canon tonne, puis se rapproche. Les Allemands sont-ils au courant des mutineries ? Rien ne permet de le penser. Aucune attaque significative pour profiter de la situation. Au reste, les troupes de première ligne tiennent.

Devant Aumoine, une sorte de comité de délégués s'est constituée. Les autres sont massés au fond de la creute, sans armes, sac à terre.

— Mon capitaine, dit respectueusement le sergent Nigon, encadré de Roland Martin et de Jules Malaval, nous refusons de nous mettre en route, tant que nous n'avons pas obtenu des garanties essentielles.

— Nous sommes des citoyens français sous les armes, ajoute l'instituteur Michaux, et les généraux qui nous commandent doivent connaître notre position. Assez de tueries imposées. Nous exigeons que l'on prenne en compte notre refus de monter en ligne, non comme un signe de lâcheté, mais de détermination à imposer une juste conception de la guerre : pas de massacres inutiles, nous voulons des actions concertées.

— Vous ne prétendez pas vous substituer à ceux qui dirigent les opérations, pour le salut de tous.

— Parle-nous du *salut*, quand nos propres artilleurs nous matraquent ! proteste Roger Nigon. Tu l'as vu comme nous.

— Les pertes de la semaine dernière, explique le sous-lieutenant Michaux, proviennent d'obus de 75 tirant par défaut de réglage sur nos lignes. Nous ne voulons plus de ces erreurs.

— J'ai protesté en temps utile, dit Aumoine, et Picart l'a fait aussi. Il a obtenu la fin des tirs.

— A-t-il la preuve que les lignes ennemies sont détruites, dans le secteur d'attaque ? interroge Martin. Allons-nous, une fois encore, découvrir en fin de course que les barbelés sont intacts ? Qui relèvera nos camarades couchés à mort ou blessés ?

— As-tu vu, Jean, l'état des chemins qui conduisent au front ?

C'est encore Roger Nigon qui parle. Le paysan de la route de Saint-Eloi est un observateur avisé. Son bon sens a plus d'une fois triomphé des embûches, des ordres impossibles à exécuter pour garder ses hommes en vie. Recalé dans sa jeunesse au certificat d'études, Nigon, mais bon mitrailleur et bon sergent. Les poilus l'écoutent.

— La confiance doit être réciproque, soutient Michaux. Nous sommes prêts à suivre, si l'on tient compte des exigences du terrain. Nous les connaissons mieux que personne. Je vous le dis franchement, mon capitaine : dans les conditions d'aujourd'hui, nous ne suivrons pas.

— Comment veux-tu que les équipes de brancardiers avancent dans ce fatras ? insiste Nigon. Nous avons du mal à nous faufiler, en colonne par un, dans ces passages qui vont devenir des coupe-gorge quand le canon boche s'en mêlera. Ni sécurité, ni soins. Tu veux nous faire massacrer, à coup sûr, en vertu d'un ordre donné dix kilomètres à l'arrière par des officiers n'ayant jamais vu le feu !

Ni exclamations, ni vociférations. Les leaders s'expriment calmement pendant que les autres restent silencieux, presque recueillis. Aucun discours politique. Nigon dépeint si bien la détresse profonde du poilu que toute parole venue de l'arrière serait inconvenante. Tout propos sur le sens de la guerre, sans efficacité. Ici, seul compte l'avenir immédiat, la ligne de l'horizon, l'angoisse des heures qui viennent.

— J'irai donc seul, dit Jean.

— Nous t'en empêcherons, répond Nigon, son ami de la communale.

Il fait barrage avec les copains Porcher, Voisin, Roland Martin, Adrien Chabot... Des gens de chez lui, des frères.

— Laissez-moi passer, leur demande Jean. Je vais parler au colonel.

Les poilus se massent vers l'entrée de la creute, prêts à l'empêcher de sortir.

— C'est un piège, hurle Malaval. Les gendarmes sont là !

Les hommes se saisissent de leur fusil.

— Laissez les armes ! dit Jean. Ne vous mettez pas en rébellion ouverte.

Le commandant de Lamaison entre seul dans la creute. Derrière lui, les gendarmes armés restent à portée, sans avancer.

— Je vous somme de vous rendre ! Vous êtes des mutins passibles du conseil de guerre. Vous serez tous arrêtés et jugés.

— Si vous ne prenez pas immédiatement le chemin du front ! rugit Latouche, en surgissant de l'ombre, bien décidé à offrir aux poilus une alternative.

— Il faut savoir qui croire ! grince Malaval, désignant du doigt les deux commandants. Choisissez, camarades, la mort en ligne ou le falot !

Les gendarmes, sur un signe de Lamaison, entraînent le perturbateur.

— Capitaine, dit le prévôt, s'adressant à Aumoine. Je vous demande de me suivre. Je vous arrête pour complicité de mutinerie.

— Vous n'avez pas besoin de le faire, répond Jean. Je suis mes hommes. S'ils sont des mutins, j'en suis un aussi.

La justice militaire

15 mai 1917. Pétain, fringant comme un jeune marié à ses noces, impassible à son habitude, accueille les premières informations sur les mutineries dans son bureau de la rue Saint-Dominique. Il ne croit pas au complot pacifiste et s'en ouvre à Serrigny.

— Calmez donc un peu les officiers du contrôle postal. Ils nous feraient croire que nous sommes à la veille de la prise du pouvoir des soviets dans l'armée. C'est exagéré.

— Pourtant, mon général, les premiers renseignements concordent. Les meneurs tiennent le même langage, se réfèrent à des tracts distribués dans les tranchées et repris dans les journaux du front, ces *canards* dont les poilus sont si fiers, où ils disent leurs quatre vérités aux généraux.

Pétain ne prend pas la peine de répondre.

— Accompagnez-moi à Compiègne. Barescut nous dressera l'état des lignes, secteur par secteur.

La voiture grise à fanion blanc du général en chef s'arrête devant le perron. Avant de gagner le premier étage, Pétain glisse avec élégance à Serrigny, son homme à tout faire :

— Voyez donc où je pourrais m'installer en dehors du palais. Nivelle est parti. Nous devons être désormais au plus près de la troupe.

Etonné par la sérénité du général au moment où toute l'armée s'apprête à entrer en mutinerie, Serrigny se met en chasse. On l'assure qu'il n'est pas de meilleur logement pour Pétain que l'hôtel de la Perche, au 15 de l'avenue Thiers, où le maire avait logé Nivelle. Le chef de cabinet vérifie les lieux, ne change rien au dispositif des chambres et des bureaux. Il sait que le général Pétain, en bon bourgeois de l'autre siècle, déteste les frais inutiles et les aménagements coûteux. S'il s'installe à Compiègne, c'est pour faire la guerre.

Serrigny retourne aussitôt au château où le général en chef a décidé de travailler. Pour cet homme d'ordre et de principes, pas de villa annexe, pas de retraite secrète. Il rompt avec les habitudes de Joffre et de Nivelle : tout se passera ici, au milieu de son état-major.

Barescut le répète sans cesse aux services : « Tout le monde travaille en commun. » Le bureau du major général de Barescut est le centre de décision, où les réunions quotidiennes se tiennent en présence de tous les chefs de service et de leurs collaborateurs.

Pétain veut voir son monde en permanence, pouvoir surgir à l'improviste au milieu d'une discussion d'officiers. S'il devait effectuer des travaux d'aménagement du palais, il ferait à coup sûr abattre les cloisons. Il ne respecte en matière de secret que celui du 2e bureau du général Dupont auquel il attache la plus haute importance. Celui-ci le renseigne non seulement sur l'ennemi, mais également sur le moral de ses propres soldats.

Philippe Pétain est sans doute le premier général en chef à prendre très au sérieux le rôle de l'opinion publique et de la presse. Tout ce qui peut l'éclairer sur le moral est précieux. Le colonel Zopff, chef de la Sûreté aux armées, est d'un esprit trop tortueux pour lui. Dupont, souvent conduit à lancer des enquêtes parallèles, lui paraît d'un jugement plus sûr.

— D'abord, voyons les opérations, dit le général en chef à Serrigny.

Depuis le matin du 15 mai, date de la nomination officielle de Pétain à Compiègne, le major général Barescut est sur le gril, avec les officiers d'état-major représentant les chefs des quatre armées concernées par l'offensive. Pétain n'a pas voulu déranger les généraux eux-mêmes. La sécurité de l'armée est d'abord leur affaire :

— Ils ne doivent, dit-il, quitter leurs PC sous aucun prétexte. Barescut fera la synthèse, avec l'aide de leurs collaborateurs.

Le général Buat, chargé de l'artillerie lourde sur voie ferrée, assiste à la réunion : un technicien engagé par Nivelle que Pétain a gardé en poste, parce que ses mastodontes deviennent l'arme principale des batailles.

— La reprise d'offensive a échoué à peu près sur toute la ligne, explique le major général, ainsi qu'il était prévisible. A la VIe armée, le général Maistre a arrêté les opérations dès le soir du 6 mai. Sur son aile gauche, les efforts du premier corps colonial se sont heurtés aux mitrailleuses non détruites, cachées dans les flancs du mont des Singes.

— Et les chars ? interroge Pétain.

— Ils ont attaqué fermement, encadrés par des cuirassiers à pied de la division Brécard. Ils ont déblayé la première ligne de défenses ennemies, avant de fondre sous l'effet des obus calorigènes. Les cuirassiers ont réussi à progresser du moulin de Laffaux au château de la Motte. Le 9e régiment a perdu tous ses officiers : Chasteignier est mort, et Carbuccia, et Wagner, tous tombés dans la tranchée du Rouge-Gorge. Le char du lieutenant Girardin a découragé une contre-attaque ennemie à lui tout seul.

— Maistre a-t-il, oui ou non, conquis la crête du Chemin des Dames ? s'inquiète Pétain.

— Nullement ! répond Barescut, catégorique.

Le major sait parfaitement que rien n'irrite plus le général Pétain que de lui « dorer la pilule ». Il veut la vérité, il l'aura.

— Sur les seize chars désignés pour l'attaque de la ferme Mannejean, trois seulement sont arrivés en première ligne. Ils ont réussi à détruire les barbelés et les nids de mitrailleuses, mais les Allemands ont contre-attaqué et le 37e corps n'a pu progresser. Quant au 6e, il a dû rendre les fermes Froidmont et de la Royère, dont la prise nous a causé tant de morts. On s'est aperçu trop tard que la ferme Froidmont était reliée par des souterrains aux creutes donnant sur l'autre versant du plateau. Les Allemands y amenaient des troupes fraîches et des mitrailleuses à notre insu.

— Ainsi, nous ne tenons pas la crête dans ce secteur, constate Pétain en s'approchant de la carte murale. L'ennemi reste maître de l'observatoire de l'Epine de Chevregny, à cent quatre-vingt-treize mètres !

— Le 6ᵉ corps de Maistre a perdu neuf cents hommes en deux jours, poursuit Barescut. Il a gagné, dans le meilleur des cas, quinze cents mètres. Un bataillon entier de chasseurs a été anéanti dans la tranchée de la Gargousse.

— Mais le 20ᵉ corps ? Le général Mazillier n'a pas l'habitude de reculer, assure Pétain, cherchant à mesurer toute l'étendue du désastre.

— A son approche, les renforts allemands sortaient de terre. D'un bond, il a atteint le Chemin des Dames, pris la ferme Malval. Deux régiments, dont le 69ᵉ, et deux bataillons de chasseurs ont été engagés et pratiquement éliminés par les rafales serrées des mitrailleuses.

Pétain ne s'inquiète pas outre mesure des défections. Il a lu le rapport du 2ᵉ bureau sur les désordres dans ce corps. Ils n'ont pas empêché les hommes de la division de fer de partir à l'assaut.

Dupont est déjà installé par Serrigny dans le bureau de Pétain quand celui-ci le rejoint, désireux de savoir comment s'est comportée au feu la *Gauloise*, où la mutinerie du 321ᵉ lui a été signalée. Le général en chef ne souhaite pas de témoins pour cette entrevue confidentielle. Le colonel se retire.

— L'attaque de la 133ᵉ division a été héroïque, à son habitude, l'informe le chef du 2ᵉ bureau du GQG. Ses régiments venaient en relève du 20ᵉ corps décimé, dont certaines unités étaient anéanties. Ils ont été dirigés, le 5 mai, au secours de deux divisions bloquées entre Hurtebise et Cerny, un secteur que le colonel Picart, commandant le 321ᵉ, connaît bien, pour y avoir déjà combattu. Ils ont prêté main-forte à ces unités très éprouvées, dont les survivants tenaient de leur mieux les tranchées conquises au corps à corps.

— Sans soutien d'artillerie ?

— L'artillerie était allemande, mon général : des batteries rapprochées, des nids de mitrailleuses mobiles, installés pendant la nuit dans des tronçons de tranchées. La contre-attaque sous la lune ne laissait aucun répit aux biffins du 321ᵉ, épuisés de fatigue et de froid dans leurs trous. J'avais un informateur sur place, qui a recueilli des témoignages. Le capitaine Lacassagne, chef de bataillon, lui a dit : « Nous avons avancé, fait des prisonniers, mais les Boches sortaient par des trous et nous tiraient dans le dos. » Quant au lieutenant

Bériot, 2e compagnie, il a affirmé : « Nous étions cent quatre-vingts au début de l'action. Il me reste quarante hommes. »

Pétain l'arrête d'un geste. Il a parfaitement compris : une attaque mal conduite, avec des moyens insuffisants, se heurtant à la nouvelle tactique allemande du champ de bataille d'armée.

— Les pertes ?

— Plus de douze cents hommes au corps d'armée, dans la seule journée du 5 mai.

— Ces braves poilus sont-ils repartis à l'assaut dans les mêmes conditions, le lendemain ? Sans le moindre refus d'obéissance ?

— Ils ont attaqué de nouveau à seize heures, après l'arrivée d'une colonne de vivres et de munitions, sans plus de succès. Les assaillants se sont trouvés pris entre deux feux, les mitrailleuses boches sortant toujours des creutes sur leurs arrières.

— Personne n'a songé à neutraliser ces creutes ?

— Impossible de les réduire au canon. Quand les sections d'assaut les ont découvertes, il était trop tard. Comment grenader des nids de mitrailleuses bétonnés, protégés par un glacis d'obstacles ?

— A quoi bon insister dans ces conditions ?

— Le massacre allait continuer toute la nuit si le général Maistre n'avait ordonné l'arrêt des combats à dix-huit heures.

— Les autres armées ont-elles poursuivi l'offensive ?

— Duchêne est parti le 5 mai, avec la Xe armée, à neuf heures seulement, pour laisser aux artilleurs le temps de régler leurs tirs. La veille, Hirschauer avait réussi à reprendre le village de Craonne, avec sa 36e division qui avait réalisé l'exploit de traverser de part en part tout l'isthme du Chemin des Dames, en sa partie la plus resserrée. Elle a obtenu des résultats remarquables.

— Cela ne m'étonne pas d'Hirschauer, dit Pétain.

Il se rappelle que ce général, d'origine alsacienne, était de ceux qui l'avaient soutenu dans son refus de toute reprise inconsidérée de l'offensive auprès du ministre Painlevé. Son attaque a obtenu des résultats spectaculaires : douze cents prisonniers de la Garde prussienne, un tunnel souterrain condamné à l'ennemi, des mitrailleuses détruites en quantité. Mais sa division d'assaut, malgré la préparation d'artillerie, est réduite à néant après une seule journée de combats acharnés. On a dû la remplacer en ligne le soir même du 5 mai.

— Hirschauer s'est arrêté ?

— Il a fait battre toute la nuit les positions allemandes par le canon. Mais les batteries boches surgissaient de partout, de la Bove, de Corbeny, de Juvincourt, de Claquedent. Elles réduisaient les nôtres au silence. Au matin, les aviateurs signalaient deux nouvelles divisions allemandes marchant sur Craonne. Le corps d'Hirschauer combattait depuis le 21 avril. Il devait tenir la ligne jusqu'au 8 mai. Son général demandait le renfort d'une division d'urgence.

— On entre dans la noria de Verdun, conclut Pétain. Toutes nos réserves vont y passer, comme je l'avais prévu. Il est temps d'arrêter la gabegie. Où en est-on sur le front de Champagne ?

Dupont traduit immédiatement : où en est le général Anthoine, l'enfant chéri de Pétain ?

— La IVe armée attaquait en liaison avec la Ve, qui n'a pu prendre les monts Spin et Sapigneul. Anthoine, malgré le tir groupé d'un puissant renfort d'artillerie, est resté cloué sur place.

Pétain esquisse un sourire. Il a réussi à détourner de la VIe armée l'essentiel de ses batteries lourdes, et quatre divisions de renfort au profit de la IVe, dont il avait la charge dans son groupe. Et pourtant, Anthoine n'a pu s'emparer, malgré les obusiers géants de 400 mm mis à sa disposition, du tunnel du Pithon et de la position très forte du mont Blond. Ses pertes en infanterie sont considérables, et Pétain l'avait prédit. C'était folie que de s'obstiner.

— Il est clair que la guerre marque un tournant, déclare le général en chef. La qualité des défenses allemandes n'est pas seule responsable de l'échec de Nivelle. Nous en avons terminé avec l'offensive du Chemin des Dames. Tout ce que nous pouvons faire, est conserver les quelques positions acquises en nous y retranchant très solidement, car les contre-attaques sont encore à prévoir. Je compte sur vous, Dupont, pour obtenir le maximum de renseignements sur la nouvelle tactique de champ de bataille d'armée inaugurée par Hindenburg.

— Voulez-vous des informations sur les mutineries, mon général ?

— Rien ne presse, répond Pétain.

Jean Aumoine est enfermé depuis bientôt trois semaines dans une baraque gardée par les gendarmes jour et nuit, au camp militaire de Mourmelon-le-Grand, près de Suippes. Le prévôt lui a enlevé son revolver mais laissé ses galons. Il est toujours le capitaine Aumoine, tenu au secret sur ordre du conseil de guerre, dans l'attente d'un jugement. Il ignore où sont détenus ses camarades, s'ils ont été ou non jugés. Il n'a reçu aucune visite.

Un gendarme lui sert trois fois par jour un repas sans mot dire. Il ne répond pas à ses questions.

— Puis-je avoir de quoi écrire ?

Le brigadier continue de faire le sourd. Le détenu mis au secret n'a évidemment pas le droit de recevoir ni d'expédier du courrier.

« Même le Masque de Fer, se dit-il, avait le droit d'écrire. Même le capitaine Dreyfus sortait de sa paillote de l'île du Diable. Ils me traitent en pestiféré. »

Pas de fenêtre dans la baraque. Seul un vasistas, grillagé de l'extérieur, laisse entrer un jour maigre dans la pièce, meublée d'un simple tabouret et d'un lit Picot. Tout condamné a droit à un défenseur. Pourquoi ce recours lui est-il interdit ? Est-il seulement accusé ? ou reclus au cachot sur simple mesure disciplinaire, pour un temps indéterminé ?

Sur une planche, il grave le compte des jours qui passent à l'aide d'un caillou crayeux arraché au sol de terre battue, car on lui a aussi retiré sa montre. On n'oserait traiter de la sorte un officier allemand prisonnier sans susciter les protestations de la Croix-Rouge.

Avec panache, il a pris la tête des siens quand ils ont été arrêtés. Sans doute imaginait-il qu'il serait détenu avec eux, qu'il soutiendrait le moral des siens jusqu'au poteau d'exécution où on les conduirait à coup sûr sous escorte, tambours battant pour couvrir le bruit de la salve. Et comme le maréchal Ney, il commanderait lui-même le feu des camarades.

On ne lui a pas laissé le bénéfice de son courage. Il a été aussitôt mis à l'écart. Les hommes de la compagnie ont dû embarquer dans un camion bâché, partir pour une destination inconnue. On a séparé le capitaine Aumoine du sous-lieutenant Michaux pour l'emmener dans la voiture du prévôt, au camp de Mourmelon. Il n'a subi aucun interrogatoire depuis le début de son incarcération. Ses papiers militaires sont toujours dans la poche de sa vareuse, ainsi que quelques objets personnels.

Il comprend que son châtiment, c'est d'abord l'isolement, l'humiliation de l'enfermement dans un cachot, tel un chien galeux en quarantaine. Il ne peut plus rien pour ses camarades, ignore leur destin. Il s'est sacrifié en pure perte.

Les ordres viennent sans doute de haut. Il ne s'agit pas de faire savoir à l'extérieur qu'un capitaine français du front a pris la tête d'une révolte. Non, il ne sera pas jugé, même à la sauvette, devant un tribunal de complaisance qui l'exécuterait en un quart d'heure, le temps de prendre son identité et de lui notifier la sentence. Pas question de lui donner la satisfaction profonde du martyre. Il est seulement oublié dans son trou, pour avoir failli au devoir. Disparu, en quelque sorte.

Il trouve étrange qu'on ne lui ait pas laissé son revolver.

« Pour eux, pense-t-il, c'était pourtant la meilleure issue. Un officier désespéré de son geste malheureux peut choisir le suicide, afin d'échapper au déshonneur. »

Ils ne songent même pas à le laisser mourir d'inanition. A quoi le destine-t-on ?

S'évader ? Il ne leur offrira pas cette opportunité. Etre tué dans le dos par un gendarme pour tentative de fuite comblerait sans doute leurs vœux. Ils seraient débarrassés de lui à peu de frais. Jean n'y songe même pas. Il n'a pas la vocation d'un déserteur.

Au lever du jour, à plusieurs reprises, il croit entendre des salves. Est-ce ici qu'on fusille ? Il doit être relégué dans un endroit perdu du camp militaire. Il n'entend pas la moindre agitation dans la journée, aucun bruit de troupe au défilé, pas d'arrivée de camions. Seulement les piétinements de la relève des gendarmes.

Un broc d'eau lui permet de se laver, mais le rasoir est interdit. Une barbe républicaine cache son collet, descend jusqu'à cacher sa croix de guerre qu'on a laissée en place sur sa vareuse. On ne lui a pas fait l'honneur de le dégrader sur le front des troupes. Il n'est ni coupable, ni innocent, seulement un oublié des mutineries, du grand mouvement de révolte de l'armée française contre la guerre des généraux. Sera-t-il un jour libéré par des mutins ?

Après un mois d'incarcération, il entend une vive altercation sur le seuil du baraquement. Une voix qu'il reconnaît tout de suite, celle du commandant Latouche.

— Ordre du Grand Quartier général. Deuxième bureau de l'état-major. Je dois interroger le prévenu Jean Aumoine aujourd'hui même.

— Je n'ai reçu aucune directive, répond le prévôt. Je ne puis vous permettre de rencontrer le capitaine Aumoine sans l'autorisation écrite du commandant d'armée dont je dépends. Cet officier est à la disposition de la justice militaire, sous le coup d'une inculpation.

— Il s'agit seulement d'un interrogatoire.

— Mes ordres sont formels : le secret absolu.

— Les conseils de guerre siègent en permanence dans ce camp, dit Latouche. Pourquoi cet officier n'est-il pas convoqué pour un jugement ?

— Je ne puis vous en dire plus, mon commandant. Adressez-vous à la justice militaire.

Encore des éclats de voix, un bruit de bottes sur les cailloux de l'esplanade, le vrombissement d'un moteur d'automobile.

« Le commandant a dû renoncer », se dit Jean Aumoine, qui parvient à saisir quelques bribes de commentaires des gendarmes.

— Le 2e bureau ! s'écrie le prévôt furieux. S'il avait fait son travail, nous n'en serions pas là.

— Les affaires ne cessent pas, bien au contraire ! ajoute une voix autoritaire de gendarme, sans doute d'un rang élevé. Et le GQG ne semble avoir qu'une idée fixe : passer l'éponge et relâcher les coupables.

— Je suis sûr que ce commandant du 2e bureau venait mettre au point une tactique de défense avec le prévenu. A nous d'ouvrir l'œil ! Maintenez le secret absolu, sans aucune concession. Le prisonnier ne doit voir personne. Ce sont les ordres.

Le commandant Latouche repart aussitôt pour le QG de la IVe armée dont dépend le prévôt. Il présente son ordre de mission, signé de Dupont, au colonel Spire, chef d'état-major. Il a bien connu Spire à Saint-Cyr et lui parle en confiance. L'autre l'accueille en camarade. Il connaît la loyauté de Latouche, son patriotisme.

Il sait que celui-ci n'a pas sur la guerre les idées étroites des vieux chefs, et qu'il comprend les souffrances de la troupe.

Le commandant lui explique qu'il doit interroger individuellement tous les officiers arrêtés sous l'inculpation de mutinerie. Ordre du 2e bureau. Les gendarmes lui mettent des bâtons dans les roues, gardent farouchement leur gibier et s'opposent, une fois sur deux, aux interrogatoires.

— Ils sont rendus nerveux par l'extension du mouvement, explique Spire. Les poilus ne les ménagent pas. Ils reprochent aux grands chefs leur mansuétude à l'égard des mutins. Dans un but d'apaisement, la politique retenue jusqu'au début de ce mois était, il faut en convenir, assez indulgente.

Latouche l'admet. Il sait, par Dupont, que le ministre de la Guerre Painlevé fait le siège de Pétain et de Poincaré jour et nuit, et parfois très tard dans la nuit, afin de leur arracher des concessions. Conscient qu'on a envoyé les hommes au casse-pipe, il pense que le seul moyen de reconstituer l'armée est de fermer les yeux le plus possible. Il redoute les répercussions à l'arrière d'une répression aveugle.

— L'indulgence s'expliquait assez bien au début, dit le colonel. Prenez la 18e division de Dillmann. Au 32e régiment de Châtellerault, les hommes ont été décimés dans l'attaque du 8 mai. Le 10, ils ont subi les lance-flammes. Le 13, ils sont enfin relevés mais, quatre jours plus tard, ils apprennent qu'ils doivent repartir en ligne. Ils refusent alors de marcher. Au lieu de retourner au massacre, ils obtiennent trois jours de repos. Le 22 mai, nouvel ordre d'attaque. On les relève dans la nuit du 23 au 24 mai seulement, au milieu d'un bombardement aux gaz. Nouvelle révolte de poilus. Huit hommes, cette fois, ont comparu en conseil de guerre, dont deux condamnés à mort et graciés par Poincaré.

— Qui ne trouverait pas cela normal ?

— Même mansuétude pour le 66e régiment de Tours, de la même division. En dépit de ce qu'on a raconté dans les tranchées, le général Duchêne n'a nullement donné l'ordre de la condamnation à mort d'un bataillon mutiné. Les quatre-vingt-huit coupables n'ont eu à subir que des peines de prison, un seul a écopé de dix ans de travaux publics. Il faut dire que le chef de bataillon avait rétabli l'ordre sans difficulté dans l'unité mutinée. Le général Pétain a été parfaitement tenu au courant de ces deux affaires. Les souffrances du 66e régiment étaient telles qu'on ne pouvait brutalement sévir. Pétain n'a pas désapprouvé cette politique. Il a seulement été surpris qu'un Duchêne, dont il connaît la dureté, s'y résigne.

— Il n'a pas usé de la même indulgence pour les condamnés de la 36e division du général Paquette.

— Les faits étaient plus graves. Un régiment du Sud-Ouest, le 18e d'infanterie, rentrait de Craonne où il avait subi, du 4 au 8 mai, des pertes effroyables : vingt officiers et huit cent vingt-quatre hommes. Unité glorieuse, à huit cents citations, fourragère imminente — il faut bien récompenser le sang versé à Craonne. Les hommes ne supportent pas ce carnage inutile. Ils n'ont que faire des médailles et des fourragères, ils ne songent qu'à sauver leur peau.

— On aurait pu les envoyer en permission, après la bataille !

— On ne l'a pas fait. Ou pas assez. Ils se sont mutinés le 27 mai, quand ils ont appris qu'ils devaient remonter en ligne pour remplacer des camarades défaillants ayant soi-disant chanté *L'Internationale* et lapidé leurs officiers.

— Est-ce exact ? L'a-t-on vérifié ?

— Les rapports concordent, mais les avis divergent. Dans les cantonnements de Villers-sur-Fère où la troupe était au repos, les hommes refusaient de monter en ligne à Craonne. Le colonel parvient à les raisonner. Mais des groupes se mettent à parcourir les rues de la petite ville en tirant des coups de feu et en chantant — a-t-on assuré — *L'Internationale*. Néanmoins, la plupart des soldats embarquent dans les camions, sauf le 2e bataillon. Le lendemain, les gendarmes interviennent. Soixante soldats sont emmenés à Fère-en-Tardenois, entre deux colonnes de pandores. Ils prétendent qu'ils prendront le train pour Paris, qu'ils iront parler à la Chambre des députés. L'un des leurs arrête un camion, un autre tire en l'air un coup de fusil. Ils finissent par rentrer dans l'ordre.

— Des condamnations ?

— Cette fois, oui. Jamais encore les poilus n'avaient attaqué les officiers. Ils ont giflé un gradé, bousculé les autres, tiré des coups de feu. Le 7 juin, douze soldats et deux caporaux sont passés devant le conseil de guerre. Cinq condamnations à mort. Poincaré n'a consenti à gracier qu'un mineur du Nord, Cordonnier, bon soldat au feu. Les autres seront exécutés à Maizy, sur l'Aisne, où ils sont internés.

— Réaction des officiers ?

— Les colonels et les chefs de bataillon se sont démenés pour obtenir l'indulgence. L'un des condamnés, le caporal Moulia, était un paysan landais cité deux fois pour son courage à Craonne, et deux fois blessé. Quatre membres du conseil ont appuyé son recours en grâce. Cela n'a pas suffi.

— Et les généraux ?

— Ils entrent dans une phase de répression. Hirschauer, dans son rapport sur la mutinerie du 18e corps d'armée, parle de « l'influence mauvaise de la presse ». Il accuse les grèves de Paris, la révolution russe. Duchêne, qui commande la Xe armée, se dit persuadé de l'existence d'une « campagne préparée, organisée ». Quant à Franchet d'Esperey, il met nettement en cause « une organisation internationale venant de Paris sous l'instigation des Allemands ».

Durant son trajet de retour au camp de Mourmelon, Latouche réfléchit à la cassure entre officiers et généraux sur ces affaires. Les huiles tentent d'accréditer le bruit d'un complot, ce qui dégage leur responsabilité dans les incidents. Elles ne veulent pas que la presse impute à leur imprévoyance, à leurs insuffisances, la mutinerie des soldats du front et préfèrent chercher des coupables dans la société civile, des agitateurs politiques à la solde de l'ennemi. Elles se refusent à prendre en charge la spontanéité de la révolte.

Quand il se présente, au petit matin du 10 juin, à la prévôté de Mourmelon-le-Grand, Latouche s'entend dire par l'officier de garde que le prévenu Jean Aumoine a été transféré vers une destination non précisée.

Le commandant ne s'en tient pas là. Il demande à voir. On l'autorise à pénétrer en automobile sur le territoire du camp, grâce au laissez-passer du quartier général de la IVe armée. Il découvre, non sans mal, le baraquement où le capitaine était gardé. Vide, porte ouverte, lit de fer replié. A voir l'infâme cabane recouverte de tôle ondulée, sans air et sans lumière, où l'on a osé enfermer durant plus d'un mois de canicule un capitaine de l'armée française, il se pose des questions sur le sort de son ami.

— Ce n'était pas un internement, mais une séquestration, déclare-t-il au prévôt. Vous en rendrez raison.

A l'évidence, on a déplacé le capitaine le lendemain du jour où il a tenté, en vain, de lui rendre visite. Prévoyant, et subodorant le retour de Latouche, le zélé prévôt de la IVe armée a fait diligence pour alerter la justice militaire : on cherche, par intrigue, à lui arracher un prévenu, a-t-il prétendu. Il a obtenu, sur-le-champ, l'ordre de transfert. Il assure Latouche que la destination du prévenu ne peut être divulguée. Secret militaire.

A quelles fins, cette lettre de cachet ? Sous quelle influence peut-on recourir ainsi à l'arbitraire ? Sans pouvoir le formuler clairement, Latouche soupçonne une action occulte, persévérante, du commandant de Lamaison, déterminé à obtenir le châtiment des mutins du 321e pour faire valoir en haut lieu sa ferveur répressive, au moment où les commandants d'armée sont amenés, devant la généralisation des mutineries, à durcir leur attitude. Les précautions ainsi prises, la consigne de silence absolu bien respectée, donnent à supposer que l'on a conduit Jean Aumoine devant une autre juridiction, plus sûre, dont on attend une sanction exemplaire.

Latouche présume que le général Anthoine, chef de la IVe armée, n'est sûrement pas à l'origine de ces consignes de dureté. Il est trop proche de Pétain l'endormeur, rétif à l'idée d'inaugurer son commandement par un bain de sang, pour tolérer dans son armée des persécutions occultes.

Anthoine ne peut certainement pas prendre le risque d'éliminer de sang-froid un officier dont la culpabilité est douteuse. Autant Pétain, son chef, a fait preuve d'ardeur répressive, recourant aux méthodes les plus barbares dans l'affaire des doigts coupés en 1915, autant il souhaite apparaître, en 1917, comme le *docteur tant mieux* qui ne frappe qu'avec discernement et modération les coupables des mutineries.

« Pour sûr, ils ont arraché Jean Aumoine à la juridiction d'Anthoine, se dit Latouche, pour le transférer chez un dur. » Duchêne par exemple, de la Xe armée. Justement, ce général vient d'être rattaché au groupe de Franchet d'Esperey, celui-là même qui tente d'accréditer en haut lieu la thèse du complot de l'Internationale.

Jean Aumoine est-il victime d'une manipulation ? Veut-on faire la preuve que les mutinés bénéficient de complicités puissantes dans le commandement, dénoncer une filière d'officiers félons ?

— Bien le bonjour, mon commandant ! Vous me remettez ? Je suis Auguste Lachaume, le chauffeur des vedettes.

Sur la Renault grise dont le sergent-chef vient de baisser la vitre, pas d'étoiles ni de fanions de général. Une simple automobile de service, venant de Compiègne.

— Je conduis le capitaine Lecat, dit fièrement Lachaume. Que devient votre ami, le capitaine Aumoine, que j'ai eu l'honneur de promener sur les territoires libérés de Noyon ?

Latouche ne répond pas. Il range sa voiture,

se rapproche de Lachaume qui ne se départ pas de son bagout *parigot*.

— Que fait Lecat à Mourmelon ?

— Il vous le dira lui-même, mon commandant.

Georges Lecat s'approche, le visage fermé. A sa démarche, à son air sévère, Latouche comprend qu'on a changé le jovial Bourguignon, très occupé à ne rien faire dans l'état-major de Nivelle. Il semble soucieux, méfiant, presque fuyant, et glisse simplement à Latouche, avant de claquer la portière de la Renault :

— Rejoignons-nous à Suippes. En face de la gare, hôtel des voyageurs.

Latouche se hâte de reprendre le volant pour le suivre. A-t-on transféré Jean au camp de Suippes, où l'on rassemble aussi des mutins ? Tout est possible, en cette période trouble où la justice militaire ne sait sur quel pied danser, prise entre les consignes de dureté observées par la plupart des généraux et la modération imposée par le ministère de la Guerre.

La ville de Suippes est encombrée de troupes quittant les cantonnements de repos pour monter en secteur, et de forts contingents de permissionnaires ivres de liberté qui attendent les trains pour Paris. L'armée est prise de folie, à se demander s'il reste des unités en ligne.

Le chauffeur Lachaume guette seul l'arrivée de Latouche, devant l'entrée de l'hôtel. Il fait signe au commandant de lui emboîter le pas.

Lecat l'attend dans une chambre du dernier étage, côté cour.

— Tu cherches Aumoine, je cherche Aumoine, nous cherchons tous Aumoine !

— A-t-il disparu ?

— Précisément. Dupont s'en inquiète. Je viens d'être rattaché à son service, dans la grande valse de réorganisation du GQG. Le major général Barescut voulait m'expédier dans une unité combattante. En bon artilleur, j'aurais rejoint de grand cœur ma batterie de 75 d'origine, si Dupont ne m'avait récupéré.

— Nous voilà donc sur la même piste, se réjouit Latouche.

— Je suis heureux de te voir. Dupont redoute que tu n'avances trop vite et trop loin dans la recherche d'Aumoine. On connaît votre amitié. Cela pourrait nuire à notre ami. Sais-tu qu'il est le seul capitaine mutin de l'armée française ?

— Il n'est pas mutin le moins du monde, affirme Latouche avec force. Laisse-moi t'expliquer, j'y étais.

— Le caporal Moulia non plus n'était pas un mutin, mais un héros de Craonne. Pris dans une manifestation, il aurait été fusillé avant-hier s'il ne s'était évadé, sans doute avec des complicités. Peu importe ce que pensait Aumoine. Pour certains, il est un symbole. On l'a maintenu au secret pour nourrir le dossier, chercher des preuves de sa collusion secrète avec les instigateurs du complot.

— En a-t-on trouvé ?

— Ils n'existent pas, naturellement, mais on peut en fabriquer. Cela s'est vu.

— Qu'en pense Dupont ?

— Personne ne peut jamais savoir ce qu'il a en tête. Il tient plusieurs fers au chaud. Si je suis parti à la recherche d'Aumoine, c'est à sa demande expresse. Il faut faire vite, m'a-t-il dit, je redoute une manipulation. Ou la mise en jugement du capitaine, orchestrée par la presse à grand spectacle, ou sa disparition pure et simple.

— Nous en sommes là !

— Hélas ! Je vois que tu ignores le climat parisien, et que tu n'as pas lu les journaux depuis longtemps. Clemenceau se prépare à attaquer le ministre de l'Intérieur Malvy au Sénat. Il veut sa tête.

— Il l'accuse d'avoir laissé se développer le pacifisme ?

— Plus que cela. D'avoir subventionné et protégé Almereyda, directeur du *Bonnet rouge*, une feuille pacifiste nourrie par l'argent allemand. Deux des complices de celui-ci sont en filature. Ils transportent l'argent du banquier Marx de Genève à Paris. Nous avons saisi un chèque, que le directeur du cabinet de Malvy a rendu à Almereyda.

— Ainsi, la thèse du complot se vérifie !

— Il y a pire. Le patron est sur la piste d'un député félon, le radical-socialiste Turmel, maire de Loudéac et membre de la commission de l'Armée à la Chambre. Nous cherchons encore la preuve, mais nous sommes sûrs qu'il livre aux Allemands des documents militaires secrets, contre argent comptant. Quand on se prépare à arrêter un député, à déposer un ministre, on peut fusiller un capitaine ! C'est une affaire de patience et d'opportunité. On attend juillet, quand les affaires politiques éclateront au grand jour.

— Que font les ministres socialistes ?

— Ils se préparent à quitter le navire. Au conseil du parti du 28 mai, les amis de Longuet ont réussi à rallier les majoritaires à l'idée d'une participation française à la rencontre internationale de Stockholm. Bien entendu, Ribot a refusé les passeports aux délégués. Il a déclaré au Sénat, il y a quatre jours à peine : « La paix ne passera pas par Stockholm, mais par la victoire ». Je suis prêt à parier que les socialistes, même Albert Thomas, ne feront plus partie du prochain gouvernement. Le ministre très socialiste des Armements, toujours en poste dans le cabinet Ribot, vient de déclarer au conseil de la SFIO qu'il acceptait l'idée d'un plébiscite en Alsace et Lorraine. Cela fait désordre ! Le climat politique est à la dureté. Thomas est condamné, malgré ses mérites.

— Mais Painlevé ?

— Lui non plus ne sera pas de la prochaine combinaison. Pour l'heure, il s'accroche à Pétain, tente de le maintenir dans la voie de la modération, avec l'aide de Poincaré qui déteste

Clemenceau. Il n'a pas d'efforts à faire. Le général en chef est acquis à l'idée d'une répression douce, mesurée, aussi discrète que possible et cependant ferme, volontiers sournoise. Il a longtemps attendu avant de lâcher la main à la justice militaire. Je crois qu'il dispose désormais d'un vaste champ de rébellion, suffisamment inquiétant pour qu'il obtienne les mains libres du pouvoir politique désorienté. Il veut compromettre les ministres dans la répression. Ainsi pourra-t-il apparaître comme le sauveur de l'armée.

— Que peut devenir Jean Aumoine, dans cette bourrasque ?

— Je n'en sais rien. Il faut nous séparer. Je dois mener mon enquête seul. Attends-moi au buffet de la gare. Je te dirai si le capitaine est ou non tenu au secret dans le camp de Suippes.

Latouche a repris son bâton de pèlerin. Jean n'était pas au camp de Suippes, pourtant très peuplé de mutins. A l'heure où il prend la route de Maizy, sur l'Aisne, où la prévôté a concentré une autre colonie de prévenus, un comité de guerre se tient à Paris, dans le bureau de Poincaré.

Le général Pétain y fait le récit de la mutinerie des 36ᵉ et 129ᵉ régiments d'infanterie. L'objectif des mutins, dit-il, était de « s'emparer des trains, de se diriger sur Paris et d'envoyer une délégation à la Chambre pour demander la paix immédiate ».

Ce 11 juin, Poincaré préside. Le petit homme vêtu de noir a la barbiche continûment pointée en direction du général en chef. Il boit ses paroles, convaincu que la mutinerie a des causes politiques.

Pétain lui sert tout chaud son potage préféré. Justement, le colonel Gerbillon vient de lui raconter que les soldats défilaient à Dormans en criant : « Vive la révolution ! A bas la guerre ! » Pétain a déjà écrit à Poincaré, le 3 juin, que « les meneurs étaient en rapport avec la Confédération générale du travail » : grève dans les usines d'armement, et maintenant grève de l'armée, le combat est le même.

Faut-il considérer les meneurs comme des agitateurs politiques ? Poincaré sait que le président du Conseil Ribot, jusqu'à présent, s'y est refusé. Il a nié en séance « l'existence d'un mot d'ordre ». Il n'a pas voulu faire le lit des extrémistes de la guerre totale, Clemenceau et l'ancien combattant Maginot. Il est resté à mi-chemin.

— Le 129e d'infanterie levé au Havre en 1914 était de la division Mangin, poursuit Pétain au Conseil. Une bonne troupe, qui n'a pas participé aux offensives d'avril. L'unité avait beaucoup souffert aux Eparges. On a sagement considéré qu'elle devait être instruite et recomplétée avant d'être affectée à la Xe armée de réserve. Ses soldats travaillaient à des organisations défensives de l'arrière du front. Ils n'ont été engagés que le 5 mai. Les pertes subies ont été lourdes, mais les bataillons ont été aussitôt retirés des lignes pour se reposer dans la Somme. Ils se sont rebellés le 28 mai pour protester contre la guerre. Le contrôle postal m'a informé, par des analyses détaillées que je tiens à disposition du Conseil, que l'agitation était due à l'action de meneurs venus de Paris.

Painlevé ne pose aucune question, comme s'il connaissait déjà les documents cités par Pétain et qu'il n'en contestât point l'authenticité.

— Plus grave est la mutinerie de la 41e division, poursuit Pétain, au camp de Ville-en-Tardenois. Encore une troupe au repos, qui refuse de monter aux tranchées. Le général Bulot, qui la commande, a été lapidé, traité de « buveur de sang ». L'unité, composée de Jurassiens, a participé l'année dernière à la bataille de la Somme, avant d'être engagée le 16 avril. Elle a été relevée le 12 mai, après une attaque sur le mont Spin. De bons soldats, égarés par de jeunes recrues venues de Paris qui diffusaient les mots d'ordre pacifistes de l'arrière.

— Il s'agit d'une unité surmenée, trop longtemps maintenue en ligne, plaide Painlevé.

— Sans doute. Mais les thèmes de la rébellion sont toujours les mêmes. Grave est l'attitude des chasseurs du 60e bataillon. Le 31 mai, ils ont refusé de monter au Chemin des Dames pour se porter au secours de la division marocaine très éprouvée. Les sanctions ont été exemplaires. Des chasseurs faisaient la « grève des bras croisés », comme à l'usine.

Poincaré est scandalisé par l'attitude de ce corps d'élite qu'il connaît bien, ayant servi lui-même dans un bataillon de ce genre. Aussi le récit de Pétain est-il, à ses yeux, bien venu : il apporte de l'eau au moulin des partisans du « complot », il prélude à la remise en ordre politique.

Pétain pose à ce moment ses conditions au Conseil. Les mutineries ont pris une ampleur telle qu'il demande des pouvoirs spéciaux. Par exemple, de faire exécuter un mutin quarante-huit heures après une sentence, sans attendre de grâce.

— Pour les crimes concertés et collectifs, la répression doit être immédiate et sans appel, sans instruction préalable.

Painlevé tente d'élever la voix, d'arguer de cas douloureux, de grâces nécessaires. Un député socialiste vient de prendre à la Chambre la défense d'un condamné à mort de dix-neuf ans, le soldat Lefebvre. Painlevé a réveillé Pétain en pleine nuit pour obtenir sa grâce. Refusée, au nom de la discipline. L'homme avait « braqué un fusil chargé sur un officier », il devait mourir. Painlevé se souvient de cet épisode douloureux. Il a cédé, donné carte blanche au général en chef pour faire exécuter un bleuet.

Devant Pétain, il se tait. Que peut-il dire ? Personne d'autre ne peut assumer la terrible responsabilité du retour à l'ordre dans l'armée.

— Qui est coupable du désordre ? interroge le président Poincaré.

— Au premier rang, la presse ! accuse Pétain. La presse qui, chaque jour, détruit le moral de la nation en ne parlant que de la révolution russe, de la vie chère, des grèves et de la paix, cette paix soi-disant prochaine, que beaucoup n'hésitent pas à qualifier d'imminente. Ensuite, la propagande, les papillons distribués gare de l'Est : « Assez d'hommes tués, vivement la paix ! Nos femmes et nos enfants veulent la paix ! »

Painlevé ne fait aucune objection à l'accroissement des pouvoirs du général en chef qui vient de faire fusiller sous sa responsabilité, sans recours en grâce, sept soldats dont le caporal Brunet, grenadier volontaire ayant capturé à lui seul soixante-quatre Allemands dans une tranchée. « Il est désormais impossible d'empêcher le nom de Pétain de rimer avec pétrin, se dit Albert Thomas, toujours présent au Conseil. Il met le bordel dans l'armée, en laissant fusiller les héros en colère. »

— Lors des incidents récents, ajoute le général de sa voix calme, le commandement ne semble pas avoir fait totalement son devoir.

Il vise les chefs d'unité, du capitaine au colonel, et il précise aussitôt :

— Certains officiers ont caché à leurs supérieurs les indices du mauvais esprit qui régnait dans leur régiment. D'autres n'ont pas témoigné de l'initiative et de l'énergie répressives nécessaires. L'inertie équivaut à la complicité. Je couvrirai de mon autorité, qu'on le sache, tous ceux qui feront preuve de vigueur et d'énergie dans la répression.

Painlevé soupire. Il ne peut en rien s'opposer. Pas d'amendement possible à la répression. La guillotine sèche, le peloton ! Dupont vient d'informer le ministre que les officiers sont eux-mêmes touchés. Il lui a montré des lettres de lieutenants, de capitaines, saisies par le contrôle postal. Le général Taufflieb, chargé de réprimer la mutinerie du 152e régiment, affirme que les gradés de cette unité sont « hésitants, aussi peu sûrs d'eux-mêmes que de leurs hommes ». Du moins n'ont-ils pas pris le parti des mutins. Dupont a signalé aussi au ministre l'arrestation d'un capitaine au 321e régiment d'infanterie.

— Un capitaine ? Qu'on le garde au secret, a dit simplement Paul Painlevé.

Latouche se présente aux gendarmes du camp de Maizy, sur le territoire de la Xe armée de Duchêne. Il sait d'avance qu'on lui en refusera l'entrée, parce que son ordre de mission est signé du chef d'état-major de la IVe armée. Loin de le refouler, le prévôt l'accueille au contraire avec empressement, comme s'il attendait sa visite.

— Je viens de recevoir le lieutenant Aumoine, capitaine à titre provisoire, précise-t-il. Vous pouvez naturellement l'interroger. Je vous demande seulement de ne pas fatiguer un officier affaibli par une longue détention. Je ne suis pas sûr qu'il veuille vous parler. Il refuse toute nourriture depuis son arrivée au camp.

Jean est-il au dernier degré du désespoir ? Latouche sait à quel point l'isolement complet peut détruire le moral. L'homme qu'on lui présente, enfermé dans une cellule éclairée par une fenêtre à barreaux, est méconnaissable. On l'a rasé de frais, en prévision d'une visite, et sa maigreur n'en est que plus impressionnante. A croire qu'il a refusé toute nourriture depuis un mois. Ses yeux noirs sont brillants de fièvre, son teint cireux.

— Où sont mes camarades ? demande-t-il aussitôt d'une voix moribonde. Sont-ils jugés, exécutés déjà ?

— Je n'en ai pas connaissance, répond Latouche en gardant la main de Jean serrée dans la sienne. Chaque tribunal siège dans son coin au niveau des Conseils de division, sans communiquer avec les voisins, sans harmoniser les sentences. Les gendarmes ont la consigne de se taire. J'ai eu beaucoup de mal à te retrouver. Mais enfin tu es là. Il faut t'en sortir !

— Ils les auront tous tués ! Chaque matin, dans ce camp, j'entends les pelotons vider leurs magasins de cartouches sur les pauvres bougres. Des pas, un défilé, les soldats s'éloignent, une décharge au commandement. Puis une dernière balle. On l'appelle le *coup de grâce*. Il permet en effet d'éviter la souffrance. La tête éclatée, le corps raidi. A quand mon tour ?

« Il délire, se dit Latouche. C'est l'effet de la

claustration. Il se sent coupable aux yeux des autres de survivre, il s'en veut d'être cloîtré, par privilège spécial. »

Jean poursuit son monologue enfiévré devant son compagnon muet.

— On ne tue pas un capitaine de l'armée française, n'est-ce pas ? Il y faut des formes. Que diraient les hommes, à voir profaner les galons ? On peut tuer un traître, cela peut s'imaginer, mais un mutin ! Pour les hommes, aucune importance, la justice ne compte pas, on les tue pour l'exemple... Mais on ne peut exécuter un officier pour l'exemple. S'il y a faute ou crime, s'il a trahi, failli au feu, alors oui ! Douze balles dans la peau, il les mérite. Un officier doit mériter sa mort. Il n'a pas le droit de mourir pour rien, pour un non-crime, pour l'exemple.

Latouche, qui se sent gagné par une pointe d'exaspération, laisse tout de même Jean vider son sac.

— Ma condamnation, c'est de mourir à petit feu, isolé de tous, oublié. J'ai voulu prendre leur parti, les défendre : crime impardonnable, inavouable ! Un officier pris du démon d'humanité ! Inconcevable ! Il fallait les dénoncer, les menacer, les châtier. Comme le commandant de Lamaison. N'a-t-il pas déjà obtenu leur tête ? Que ne prend-il aussi la mienne ? Il me banderait les yeux, commanderait lui-même le feu, sans vergogne !

Latouche reste encore un moment silencieux. A quoi bon tenter d'arrêter un délire ? Le capitaine est resté trop longtemps seul. Il n'est pas prêt pour le dialogue, il ne veut pas « entendre raison ». Il ne retrouve pas un ami, mais un public. Sa propre mère ne pourrait empêcher son monologue halluciné.

— Je vais m'évader, déclare Jean Aumoine, pris d'une brusque résolution. Je veux rejoindre les miens. Je brûlerai la tête du gendarme s'il le faut, mais ils m'auront à leurs côtés, le jour de leur mort. Qu'on m'arrache ces galons, qu'on me dégrade. Je suis avec Dutoit et Aucouturier !

— Encore faut-il savoir où ils se trouvent, dit Latouche, qui semble s'engager avec armes et bagages dans la folle entreprise de Jean.

— Ne sont-ils pas détenus dans ce camp ?

— Peut-être, je dois le vérifier, mais je puis t'assurer qu'aucune condamnation les concernant ne figure au tableau.

— Alors, ces pelotons de l'aube ?

— Tu dois apprendre que la moitié de l'armée française est en état de mutinerie, que les bataillons de chasseurs sont aussi touchés que les régiments de la coloniale. D'un bout à l'autre de la ligne de l'offensive, la mutinerie se répand comme une épidémie. Aucun secteur n'est à l'abri. Du moulin de Laffaux jusqu'à Auberive, toutes les unités sont contaminées. Les mutins parlent de marcher sur Paris. Le ministre Painlevé demandait hier à Dupont quelles unités étaient sûres, entre Soissons et Paris. Ils n'en ont trouvé qu'une seule.

— Alors, nous sommes perdus !

Les yeux fiévreux de Jean se font encore plus brillants, fixes, comme égarés. Il parle à une cadence follement rapide, lâche les mots en rafale :

— Dans une répression globale, le GQG ne fera pas le détail. Il n'y aura pas de circonstances atténuantes. Je vous donne, Latouche, quarante-huit heures de grâce pour me dire où sont mes hommes. Mon sacrifice n'a aucun sens s'ils ignorent que je marche avec eux au poteau. Si vous n'êtes pas de retour avant ce délai, je trouverai le moyen de me donner moi-même la mort. Je ne laisserai pas à Henri de Lamaison le plaisir du coup de grâce sur ma nuque.

Sortant de la baraque, le commandant avise un peloton encadrant un prisonnier. Il le suit, à bonne distance.

— Vous voulez assister à l'exécution ? lui demande le prévôt, doucereux. On fusille plusieurs fois par jour dans ce camp. Le conseil de guerre de division siège matin et soir, avec une courte pause pour déjeuner. L'après-midi, ils sont d'autant moins indulgents qu'ils ont pu l'être le matin. Ils rétablissent l'équilibre, assurent le bilan global de la journée.

— Qui sont les juges ?

— Des officiers rappelés, et pas des jeunets. Il n'est pas question de détourner du front les cadres responsables.

— Mais ces vieillards ignorent tout de la vie des tranchées, et des droits du soldat citoyen.

— A quoi bon ! Nul besoin de compétence ou d'expérience pour être juge dans un tribunal militaire. Un enfant pourrait lire le code. Dans tous les cas, c'est simple : la mort ou l'acquittement. Ils ne cherchent pas midi à quatorze heures.

— Mais les témoins, les avocats ?

— Pas le temps d'aller chercher des témoins. Les dossiers sont constitués par commissions rogatoires. Quant aux baveux, ils n'ont que dix minutes pour lire le dossier, autant pour voir leur client et pas davantage pour plaider. Le président écoute rarement les plaidoiries de ces étudiants en droit mobilisés, détournés des lignes le temps d'un procès. Son siège est fait avant l'audience. Pourquoi voulez-vous qu'il prenne des gants avec ces misérables mutins qu'il prend pour des tire-au-cul, des « mauvaises têtes », pendant que leurs copains se font casser la gueule en ligne ?

— Qui est le condamné ? Qui vont-ils fusiller ?

— Le caporal Dauphin.

— Est-il coupable ?

— Ni plus ni moins que les autres. Ils ont tous le même profil, des patriotes, souvent des héros, entraînés dans un mouvement de manifestations plus ou moins brutales. La sentence de mort est certaine quand ils ont fait usage des armes et menacé ou frappé les officiers.

— Est-ce le cas du caporal ?

— Le caporal Moulia, qui s'est enfui hier de

ce camp, était sans doute innocent. Il a été pris dans la masse. Quant à Dauphin, je ne sais que dire.

Latouche s'étonne de l'honnêteté du prévôt. Il lui parle franchement, étale ses doutes, semble contester la justice militaire. Pourquoi lui fait-il confiance ? Pour l'amener à des confidences, tester ses réactions, nourrir ses fiches de dénonciation ? Non, le capitaine gendarme est un brave homme. Son fils vient d'être tué en Champagne. Il n'aime sans doute pas les mutins, mais il déteste encore plus les exécutions.

Le peloton se prépare. Un aumônier se tient tout près du poteau où est attaché le caporal, les yeux cachés par un bandeau. La salve, le coup de grâce. Le corps est aussitôt placé dans un cercueil, évacué vers l'arrière.

— Où les enterre-t-on ?

— Dans les cimetières alentour, sans indiquer forcément aux familles le lieu de sépulture. Le caporal aura sur sa tombe la mention très hypocrite : « Mort pour la France », comme tous les autres.

— De quoi est-il coupable, au juste ?

— Il avait pris la tête d'une bande de chasseurs à pied du 70e bataillon de Grenoble. Des soldats criaient « Vive la Russie ! » dans les rues de Beuvardes, à trente kilomètres d'ici, vers le nord. Vers dix heures et demie du soir.

— Non pas « Vive la révolution ! ».

— Rien de tel dans le rapport. Ces bougres ne sont pas des militants pacifistes. Des braves, médaillés militaires pour quelques-uns. Ils criaient : « A bas la guerre ! A bas Poincaré ! A bas Ribot ! »

— Les députés le crient aussi à la Chambre.

— Ceux-là ne sont pas en uniforme. Ils ne parcourent pas les rues d'une petite ville du front en tirant des coups de feu. Deux officiers qui ont tenté de calmer les mutins ont été giflés, insultés. Le groupe, Dauphin en tête, a cerné la maison réservée aux cadres. Ils en ont brisé les vitres, forcé la porte. Les officiers ont dû prendre la fuite. Ils ont été poursuivis dans les vergers, sans être rattrapés. Ils ont disparu dans la nuit.

— Une vraie mutinerie, avec violences.

— Comme tant d'autres. Les chasseurs déchaînés ont incendié une baraque Adrian où des camarades refusaient de se joindre à eux. Ils ont tiré des coups de feu pour empêcher les non-mutinés d'éteindre l'incendie. Ils ont forcé la porte du poste de police pour libérer les prisonniers. Dans un autre baraquement, les chasseurs se sont battus entre eux. On compte trois blessés.

— Ont-ils essayé d'attraper un train pour Paris ?

— Non pas. Au petit jour, ils étaient calmés. Le général d'Armau de Pouydraguin, à cheval, venait prendre bonne note de leur repentir, non sans les menacer de châtiment.

— Combien de mutins ?

— Cent cinquante, environ. Un ordre d'informer a été délivré contre une trentaine d'entre eux. Treize ont été inculpés devant le conseil de guerre. Quatre seulement se sont vu infliger la peine capitale.

— Des grâces ?

— Trois exécutions, dont celle de Dauphin. Une seule commutation à vingt ans de prison. Il s'agit d'un bleuet de dix-neuf ans. Il avait pris un sergent à la gorge et lui avait lacéré la face. Le sergent a signé le recours le premier. Les généraux Pouydraguin et Duchêne ont insisté pour qu'il fût exécuté. Raymond Poincaré l'a finalement gracié pour des « raisons humanitaires ».

— Il n'a pas cru devoir gracier Dauphin.

— Un caporal ? Vous n'y pensez pas. Il avait pourtant trois citations. Quand l'aumônier lui a demandé les raisons de son acte, il a répondu : « J'avais bu, et puis on nous avait monté la tête ».

— Les autres aussi avaient bu. Le caporal n'avait sans doute pas conscience de mériter la mort. Il n'était d'ailleurs coupable que d'une manifestation séditieuse à l'arrière, non d'un abandon de poste, ni d'un refus de monter en ligne. Il est mort victime des circonstances actuelles et de son grade. S'il était resté dans le rang, au lieu de jouer au héros, il serait toujours vivant.

— Sans doute, dit le prévôt, mais il faut bien faire des exemples !

« Une justice de bonneteau ! » se dit Latouche. On tire des cartes truquées sur le parapluie ouvert et renversé, comme à la sortie du champ de courses. La mort est certaine, puisqu'elle est souhaitée, ordonnée presque en haut lieu. Que sont devenus les soldats de Jean Aumoine, les mutins de la *Gauloise* ?

Devant le mutisme, ou l'ignorance du prévôt, Latouche décide de remonter à la source. L'état-major de Duchêne ne dira rien, encore moins celui de Maistre, dont dépend la 133e division. On a certainement consulté le général Passaga sur la mutinerie de la *Gauloise*, qu'il a commandée à Verdun.

Il se renseigne. Le 32e corps de Passaga a donné dans le secteur de Sapigneul, à la Ve armée, puis au nord-est de Berry-au-Bac. Ses pertes sont telles qu'il a été retiré du front le 21 mai, pour être mis au repos vers Dormans. A partir du 4 juin, il a fait mouvement par étapes vers le camp de Mailly, où il doit présentement se trouver.

Passaga a eu sur les bras la grosse affaire de la 18e division qui a refusé le 17 mai de gagner le bois des Couleuvres. Deux condamnations à mort, deux grâces. Le général, estimé de ses hommes, n'a rien d'un buveur de sang. Il comprend qu'il faut leur ménager du repos et son corps d'armée reste au calme à Mailly, entre Fère-Champenoise et Vitry-le-François.

Il ne fait aucune difficulté pour recevoir en personne le commandant Latouche, du 2e bureau du GQG. Ses hommes sont à l'instruction, il reconstitue ses effectifs et veille aux tours de permission, se rendant lui-même à la gare de Mailly pour s'assurer de la régularité des convois conduisant les poilus vers l'arrière.

— Le chantier de la reconstruction de l'armée française est ouvert, dit-il au commandant. Outre les erreurs tactiques que nous connaissons et qui nous ont conduits à l'échec, on a trop négligé les hommes. L'égalité, ils y tiennent. Elle est pour eux le premier des droits et passe d'abord par le tour des permissions. C'est important, les permissions, le seul temps où ils sont sûrs de ne pas être tués. Je les fais afficher sur les baraquements, conformément aux ordres. Pas de passe-droits ni d'oublis. Chacun à son tour. Croyez-moi, Latouche, les mutineries sont d'abord une affaire de permissions.

Le commandant se souvient de ces gares assiégées par les poilus, attendant des heures l'arrivée d'un convoi. Officiers de la territoriale régnant en tyrans abusifs sur le service d'ordre débordé, et chefs de gare terrorisés. D'un jour à l'autre, les permissions suspendues, puis rétablies, puis de nouveau suspendues sans explications. Après trente-cinq mois de guerre, un commissaire de gare embarque encore d'autorité des poilus exténués dans des wagons à bestiaux, sans paille ni aménagements.

Latouche a vu des permissionnaires dormir sur le quai, dans une grande gare de l'Est, en plein air, la tête sur leur sac. Aucun baraquement, même de fortune, pour les accueillir. Ils sont en plus surveillés, dénoncés à leurs chefs de corps pour mauvaise conduite ou cris séditieux quand ils sont pris de boisson. Pas le droit de protester sans être traités de mutins.

— Au cantonnement, déplore Latouche, même mépris du troupier : pas d'appareils à douches, pas d'eau, des dortoirs où l'on dort serrés les uns contre les autres, sur des paillasses pleines de poux. Des vivres payés à prix d'or dans les boutiques des mercantis. Seul le vin ne fait pas défaut. On en voit le résultat.

— Pas chez moi, tout ça, coupe Passaga impatienté. Les hommes n'ont pas à se plaindre. Vous pouvez visiter les lieux si vous le souhaitez.

Latouche se rend compte que le général le prend pour un espion de Pétain. Il n'a pourtant qu'estime et admiration pour Passaga, l'un des vainqueurs de Douaumont. Il n'est pas venu à Mailly pour passer la revue des baraques Adrian, ou surveiller la distribution du pinard, désormais réglementée par le GQG.

— Je viens vous voir, mon général, à titre personnel, pour sauver la vie d'un camarade.

Passaga se fait encore plus méfiant. Il n'a pas d'affaire judiciaire en cours, pas de grâce à accorder, d'intervention auprès d'un conseil de guerre à expédier.

— Il s'agit d'un ancien de la *Gauloise*.

Le visage très mobile du général s'éclaire. Il a pour son ancienne division une sorte de culte et regrette qu'elle ait été à ce point maltraitée, qu'on ait dû y châtier des cas de rébellion.

Il se souvient alors d'avoir jadis recommandé ce Latouche à Nivelle pour le charger d'une mission de liaison avec l'armée britannique. L'« ami » de Latouche serait-il ce jeune capitaine parti avec lui sur Amiens, si efficace dans l'instruction du fusil-mitrailleur ?

— Il s'appelle Jean Aumoine, précise le commandant.

La violence de la guerre porte aussi préjudice à la mémoire. Un épisode chasse l'autre. Le général Passaga marque un temps avant de remettre le nom du capitaine.

— Ses soldats l'aimaient, se souvient-il enfin. Il obtenait d'eux ce qu'il voulait. Comment a-t-il pu flancher ? Je ne peux le croire.

— Ses hommes le suivaient, il les a suivis dans leur révolte, non sans essayer de les arrêter. Quand l'intervention brutale d'un officier supérieur bien intentionné, mais nouveau dans la troupe, a mis le feu aux poudres, il a été impossible de les tenir. Les voyant arrêtés par les gendarmes, Jean Aumoine a considéré que sa place était encore parmi eux.

— Où est-il ? Je vais le faire libérer.

— Au secret, depuis six semaines, mon général. Il est l'ombre de lui-même. Je doute qu'il puisse retourner au combat dans cet état. Même pour vous.

— Pourquoi pas ? Il n'a pas été jugé. S'il

l'avait été, je le saurais. On m'aurait demandé mon avis. Je l'enlève, de toute façon.

— Il ne veut pas sortir de sa prison sans connaître le sort de ses hommes.

— C'est un véritable officier. Cette répression est aveugle et stupide. On frappe les bons les premiers. Comme s'ils étaient en trop.

Il fait appeler le capitaine Desgrière, prévôt à la Ve armée.

— Qui connaissez-vous chez Maistre ? demande-t-il à son gendarme en chef.

— Le capitaine Duprat, mon général.

— Pouvez-vous lui demander d'enquêter pour retrouver les mutins du 321e d'infanterie de Montluçon. J'attends un rapport détaillé. Jugement, condamnation, affectation, au cas par cas. Vous avez quarante-huit heures au plus tard pour me rendre compte. Ces hommes sont à moi.

Duprat fait diligence. Natif de Montmarault, l'officier a commencé sa carrière à la brigade de Doyet-sur-Allier. Il connaît bien le caractère des Montluçonnais. Rien ne peut les fléchir, s'ils s'estiment dans leur droit. Une tradition de résistance paysanne venue des plus lointaines assemblées de village.

Le commandant Latouche l'a rejoint, chargé d'un billet signé du général Passaga et d'une lettre du prévôt de la Ve armée. Il est bien reçu au camp de Fismes, où sont enfermés les détenus de la VIe armée.

Pour le prévôt Duprat, l'affaire du 321e ne compte déjà plus. Il est entièrement préoccupé par les troubles des divisions du Soissonnais, qui se mutinent en chapelets, d'un corps à l'autre, depuis le début de juin. Quand Latouche le rejoint dans son bureau, il croise un peloton conduisant un homme à la mort.

— Les mutins du 321e arrêtés au début de mai ont été en partie libérés, lui explique le prévôt. On a jugé bon de les traduire en conseil de guerre, sur l'insistance du commandant de Lamaison, auteur d'un rapport accablant, qui avait pris sur lui d'exiger l'intervention de la prévôté. Il aurait dû réduire seul les mutins, sans avoir recours à nos services. Les hommes auraient ainsi échappé au tribunal. Dès qu'ils tombent entre nos mains, l'instruction et le procès s'ensuivent nécessairement. Ce commandant a suivi l'affaire jusqu'à sa transmission à la justice militaire, malgré l'avis du colonel Picart, son chef, qui aurait voulu l'étouffer.

— C'est le commandant qui commande au colonel ? Le monde à l'envers !

— Je sais d'expérience, dit le prévôt, qu'en cas de mutinerie, quel que soit le grade, le plus enragé l'emporte. C'est le cas de votre commandant de Lamaison. Picart n'a pas osé s'opposer à lui. Son zèle patriotique impressionne. Connaissez-vous un colonel capable d'arrêter les initiatives d'un chef de bataillon ultra-répressif, quand il sort d'un état-major d'armée ? Des six mutins du 2 mai, deux ont été condamnés à mort.

Latouche est stupéfait. La peine lui paraît lourde, surtout au tout début des mutineries.

— Deux sergents, précise le prévôt, reconnus coupables de refus d'obéissance.

— Dutoit et Aucouturier ? Quel gâchis ! Le chef d'une section de mitrailleuses et le meilleur FM de la compagnie. Les vieillards du Conseil imaginent-ils la perte pour le régiment ?

— Le colonel a, je crois, alerté Passaga, son ancien chef. Ils ont été graciés et condamnés aux travaux forcés. On a expédié les quatre autres en prison.

Le commandant songe que jamais Aumoine n'admettra l'idée que son camarade d'enfance Dutoit soit parti casser des cailloux sur les routes d'Afrique pendant dix ans. Encore moins Aucouturier. Lamaison le malfaisant a semé la révolte en profondeur. Il a poussé au châtiment de six hommes seulement coupables, strictement, d'avoir mal obéi à l'ordre de monter en secteur. Pour cette faute vénielle, ils auraient été acquittés quinze jours plus tard, quand on a jugé des chasseurs à pied d'un corps d'élite, au motif qu'ils avaient frappé des officiers et fait usage de leurs armes.

— Que sont devenus les autres, ceux du 4 mai ?

— C'est à n'y rien comprendre ! Des consignes d'indulgence ont-elles été données au tribunal, deux jours après la première affaire ?

Les gendarmes ont arrêté les dix-sept hommes de la 13e compagnie — celle de Jean Aumoine —, toujours sur l'ordre du commandant de Lamaison.

— Deux manifestants sur dix, compte Latouche. La proportion est élevée.

— Le colonel présidant le tribunal avait, dans son dossier, une note de Passaga expliquant que la 133e division, héroïque, n'avait pas cessé de combattre. Elle avait fourni des efforts très supérieurs à d'autres unités dans la reprise de l'offensive. Il convenait donc de considérer le mouvement d'exaspération des hommes avec la plus grande indulgence. Au demeurant, les compagnies du 321e n'étaient pas, au moment des troubles, en contact avec l'ennemi. On ne pouvait donc leur reprocher de n'être pas montées en ligne, tout au plus un refus d'obéissance au moment d'un rassemblement pour une marche vers le front.

— Excellent Passaga ! Un fantassin ! dit Latouche. Il connaît la valeur des hommes.

— Les cinq officiers du tribunal, excédés par les interventions continuelles du même commandant de Lamaison, déconcertés par les avis différents du colonel Picart enclin au pardon, n'ont pas eu besoin d'attendre les plaidoiries des avocats commis d'office. Elles ont été réduites, comme il est d'usage, à leur plus simple expression.

— Quel verdict ?

— Vous pouvez l'imaginer : des peines entre

deux mois et trois ans de prison. Le plus sévèrement frappé est un certain Jules Malaval, employé à la mairie de Montluçon. Il a cru bon de faire une déclaration politique devant le tribunal qui risquait d'empoisonner le climat. Le président l'a fait taire.

— Qui est pris dans le lot ?

— Tous, ou presque. Raymond Courbet l'anarchiste écope de trois ans, Roger Nigon de trois mois. Je vois les noms de Roland Martin, Octave Scalpe, un ancien dragon, Adrien Chabot, le caporal Ernest Voisin et Jules Porcher.

— Le tribunal vient de priver le colonel de la meilleure compagnie d'assaut du 321e. Un régiment désormais décapité. J'ignore si le zèle du commandant de Lamaison lui vaudra une promotion, mais il peut à coup sûr se flatter d'avoir fait le jeu de l'ennemi.

Le capitaine Duprat a communiqué à Latouche les données du dossier, mais n'a pas dit où étaient les hommes. Il vérifie lui-même au registre des entrées et sorties les évacuations de condamnés.

— Nous manquons de moyens de transport, explique-t-il. Ils peuvent être encore présents au camp, y compris les deux condamnés aux travaux forcés. Ceux-là sont tenus au secret dans une cellule à part. Ils seront évacués les premiers. Vous avez de la chance, dit-il en refermant son registre, aucun de ces soldats n'a quitté Fismes. Le commandement du camp a constitué une compagnie de travaux qui s'affaire à construire des baraquements. Voulez-vous les voir ?

— Je dois prendre des nouvelles d'Aucouturier et de Dutoit, répond Latouche, ainsi que d'Arsène Bonnichon. Mais vous n'avez pas évoqué le sous-lieutenant Georges Michaux, ancien instituteur et commandant d'escouade.

— Je n'ai pas ce nom sur mes listes, affirme le prévôt. Il est rare qu'on nous envoie des officiers. Ils sont traités à part.

— Peut-on savoir où ? J'ai mis un mois à retrouver le capitaine Aumoine.

— Je l'ignore. Sans doute attend-on, pour présenter ceux-ci à un tribunal, que les mutineries se soient calmées. L'exécution d'un officier n'a pas d'effets heureux sur le moral de la troupe, encore moins de l'arrière. Qu'il soit reconnu complice des mutins leur donne raison, surtout quand le chef est irréprochable. Vous devriez demander des nouvelles de ces deux hommes au QG du général Passaga. S'il est intervenu pour la compagnie, il aura certainement eu à connaître du sort des gradés.

— A Verdun, dit Latouche, deux lieutenants ont été fusillés.

— C'était Verdun. L'armée ne comptait pas cinquante-quatre divisions mutinées !

Au PC de Passaga, le commandant est aussitôt reçu par le général qui prépare l'entrée en ligne de la 165e division dont il veut faire une nouvelle *Gauloise*. Ses fantassins viennent de

Châlons et de Bar-le-Duc, mais aussi bien de Bretagne et de l'Aisne. De cette diversité, il a demandé au général Caron de constituer une troupe de choc capable d'attaquer de nouveau dans un secteur de Verdun en août, selon les dispositions du général Pétain. Il est question, depuis les mutineries, de monter des opérations sûres qui redonnent confiance aux poilus.

— Où sont vos hommes ? s'impatiente Passaga, j'en ai besoin. Tout de suite, dans une compagnie de choc !

Quand Latouche lui raconte que ces derniers sont transformés en terrassiers, il s'indigne.

— Nous reformons la IIe armée ! proteste-t-il avec véhémence. Celle de Verdun. Je vais exiger leur mutation. Personne d'autre n'en voudra. Vous pensez ! Des mutins ! Ils sont à moi. J'écris immédiatement au GQG.

Il demande à son chef d'état-major de prévoir immédiatement le transport de la compagnie Aumoine dans son camp. On régularisera plus tard. Passaga n'est pas un bureaucrate.

— Deux sergents ne sont pas récupérables, objecte le prévôt. Leur condamnation à mort a été commuée en travaux forcés. Ils doivent partir pour l'Afrique.

— La sanction est d'une injustice totale, intervient le commandant Latouche. Pour la 13e compagnie, deux jugements, à deux jours d'écart, entièrement à l'opposé. L'un d'indulgence, l'autre de la dernière sévérité.

— Qui sont les hommes concernés ? demande Passaga.

— Le premier commandait la section de mitrailleuses, précise Latouche. Médaille militaire, trois citations. Le second, un grenadier d'élite.

— Et vous voulez les faire crever à Biribi ? Sortez les dossiers, prévôt, j'en parlerai à Pétain lui-même. Les joyeux ne sont pas faits pour les chiens. Ils ont montré l'exemple, à Douaumont. Quoi d'autre ?

— Les officiers n'ont pas été jugés, mon général. Ni Aumoine, ni le sous-lieutenant Michaux.

Le général est appelé d'urgence sur le champ de manœuvre. Des hommes se sont blessés en tirant au fusil-mitrailleur. Les instructeurs demandés à Châlons ne sont toujours pas arrivés. Les accidents sont nombreux, aux lancers de grenades. Le général interrompt l'exercice tant que des éléments compétents ne seront pas en mesure de prendre en main les bleuets.

— Je veux Aumoine, dit-il à Latouche. Je prendrai aussi votre Michaux. Retrouvez-les sur-le-champ et rendez-moi compte. Pas de jugement pour eux, surtout pas. Une nouvelle affectation. Gardez l'affaire secrète tant que je n'ai pas obtenu le quitus du GQG.

Jean Aumoine est loin d'avoir retrouvé son équilibre quand Latouche lui rend de nouveau visite au camp de Maizy. Ses conditions de détention se sont pourtant améliorées. Une lucarne permet d'y voir clair dans sa nouvelle cellule. Il distingue toujours les bruits du camp, les arrivées de nouveaux prisonniers, les défilés de pelotons d'exécution, les départs pour le bagne. Il lui arrive aussi de surprendre des conversations de gendarmes sur les événements, et de se tenir ainsi au courant, par bribes, du vaste mouvement des mutineries.

— On les arrête, on les condamne, commente un des prévôts sous sa fenêtre, mais ils reviennent. A croire qu'ils ne purgent pas leurs peines.

— Crois-tu qu'on aurait assez de bagnes pour les y mettre tous ? l'interroge son collègue. On n'en a fusillé qu'une cinquantaine. Et les autres ? Toutes ces divisions mutinées ? On va libérer aujourd'hui, une fois de plus, le père Ladoume, du 142e territorial, un régiment de Bayonne. J'étais de service au conseil de guerre de la 11e division quand il a été jugé. Il a déjà été condamné cinquante-deux fois. Il est encore accusé d'une DE.

— Une désertion devant l'ennemi ?

— Oui, pas un APE ! Pour l'abandon de poste, il aurait trinqué davantage. Pas beaucoup plus. Quand ils disent qu'ils ont eu la frousse, on leur accorde les circonstances atténuantes. Tu les retrouves en ligne comme avant, à creuser les tranchées.

— La plupart regrettent leurs actes, devant le tribunal. Ils disent qu'ils n'ont pas été des *insti-*

gateurs. Ils écrivent une lettre à l'aumônier au moment de l'exécution, pour demander pardon.

— Ce que les conseils ne veulent pas, c'est qu'on prenne le tribunal pour une tribune. Les anars, surtout, les révoltent. On les comprend. Hier, j'ai conduit aux juges un anar. Bachelier ès sciences.

— Professeur ?

— Non pas, caissier aux Galeries Lafayette. Il a dit qu'il n'avait qu'un regret : l'échec de la révolution dans l'armée. Son compte était bon.

— On ne fusille guère que les anars, ou ceux du drapeau rouge, le vrai, celui de Russie. Les socialistes font marcher leurs députés. Difficile de fusiller un instituteur syndiqué, même s'il est caporal. Painlevé s'en occupe, et Poincaré absout. Politique d'abord. Le pauvre anar isolé en prend plein la gueule.

— Mais enfin, pour le gros d'entre eux, ces condamnés sont des paysans de chez nous. Pour eux, pas de politique, de la grogne, et les récoltes à rentrer dans leurs fermes. Ils se sont laissé entraîner parce qu'ils en ont par-dessus la tête de cette guerre interminable, qui risque de durer encore un hiver.

Jean reste sourd à ces discours, toujours les mêmes. Quand le commandant Latouche entre enfin dans sa cellule, il ne lui pose qu'une question :

— Et les miens ?

— Ils n'en ont pas fusillé un seul, le rassure Latouche. Tous ont été jugés. Ils remonteront, pour la plupart, en ligne dans un délai bref. Le général Passaga, qui les a protégés, veut les récupérer.

Jean s'inquiète. Il connaît son Latouche : celui-ci ne lui a pas tout dit. Il cherche simplement à lui remonter le moral.

— Ce que vous me cachez doit être impossible à exprimer, je le sens. Pourtant, vous devez tout m'avouer, s'il vous reste pour moi quelque estime.

— Comment peux-tu penser ainsi ? Crois-tu que je t'aide par pitié, par charité, par amitié ? Ta cause est juste, Jean ! Tu n'as rien à te reprocher, sauf d'avoir cherché à sauver tes hommes. Voilà pourquoi ils n'essaient même pas de te juger. Pas la moindre DE, pas d'OE, pas de ROE, ni même de RO sur ton dossier. Naturellement pas de CA[1]. Ton dossier est vierge, ton cas limpide. Si tu ne t'étais pas déclaré solidaire de tes mutins, tu n'aurais jamais été arrêté. C'est ton honneur de l'avoir fait, car ils n'étaient pas plus coupables que toi.

— Allons, dites-moi la vérité ! Qui a payé pour les autres ?

— Ceux de la première révolte, celle du 2 mai. Pas les bleus, ils n'ont eu que des peines légères. Mais Aucouturier, Bonnichon et Dutoit sont condamnés au bagne. Cinq et dix ans. Cela veut dire les bataillons d'Afrique.

1. Abréviations des dossiers de la justice militaire. CA : condamnation antérieure. DE : désertion devant l'ennemi. APE : abandon de poste devant l'ennemi. ROE : refus d'obéissance devant l'ennemi.

— La mort au soleil de Biribi, avec les droit commun, à cause d'un meeting de contestation des ordres. C'est une honte ! Je serai solidaire jusqu'au bout. Qu'on me juge !

— Va plutôt chez Passaga, avec ceux du deuxième conseil de guerre. Il te rendra ton commandement, car personne, que je sache, ne te l'a repris.

— Non ! s'entête Jean. S'ils me relâchent, qu'ils ne comptent pas sur moi pour les remords. J'exige de partager le sort de Dutoit, d'Aucouturier et de Bonnichon. Je ne pourrais plus les regarder en face si je les abandonnais à leur sort. Qu'ils me jugent ! Je crierai au tribunal : Vive la France ! vive l'armée française ! celle de la République, celle qui considère Emile Dutoit comme un homme libre.

Retour à Verdun

— Cet homme est malade, assure le commandant Latouche au prévôt. Il doit être interné sur-le-champ dans un service de santé.

Le gendarme en convient, Jean Aumoine tient à peine sur ses jambes. Il est pris d'accès violents de fièvre et de sudations, comme frappé par le palu. Il ne peut toucher à la nourriture. S'il meurt prisonnier dans un camp de mutins, on le dira empoisonné ! On tiendra la prévôté pour responsable ! Quel officier de gendarmes prendrait le risque de laisser dépérir un capitaine de l'armée française ?

Ainsi est-il évacué, pour trois mois, dans un hôpital militaire de Compiègne, où il est accueilli par les médecins d'une mission sanitaire suisse. Le commandant, usant de la crainte inspirée par le service secret du GQG, a obtenu pour lui une chambre propre, presque coquette, qui lui fera oublier les mutineries.

Il n'est plus question de poursuites contre Aumoine. Tout se passe comme s'il n'avait pas été arrêté, comme si son rôle dans la rébellion de sa compagnie était oublié, son dossier enterré. Il est soigné tel un blessé de guerre, aux côtés des camarades anglais, portugais, marocains, sénégalais.

Jean se rend compte peu à peu qu'il se trouve relégué dans le service psychiatrique, où l'on soigne les troubles nerveux profonds. Latouche a-t-il voulu le faire passer pour fou, dans son intérêt, afin de lui épargner définitivement toutes suites judiciaires ?

Sa chambre ne ressemble guère à une cellule et pourtant, il n'a plus ni uniforme ni papiers militaires. On l'a revêtu d'une tenue d'hôpital, des vêtements sans signe distinctif. Pas de chaussures, des sandales à semelle de liège. Veut-on lui faire oublier son identité, son passé ? Pas de visites, jamais de courrier. Le médecin-chef le persuade, à chacune de ses visites, qu'il ne retrouvera son équilibre qu'en évitant tout effort intellectuel, et en laissant en paix sa mémoire.

Les infirmières suisses parlent entre elles en allemand, aussi bien qu'en français ou en italien. Jean se souvient de Clelia, au prix de maintes cogitations. Pourquoi n'est-elle pas intégrée à ces équipes, puisque sa mère vit à Lugano ?

Le commandant Latouche a bien songé à faire intégrer la jeune fille dans l'équipe soignante, mais son influence n'est pas considérable au point de soustraire une infirmière aux effectifs tout juste suffisants de l'*Ambulance Millicent*, l'œuvre de la puissante duchesse de Sutherland, basée à Amiens, puis à Arras. Le professeur Koller, fondateur suisse de *La Source*, ne recrute pas de personnel britannique. Il a obtenu difficilement du gouvernement français la permission d'installer un hôpital à Compiègne, et n'a pas l'intention de débaucher le personnel des Alliés. Il vient en France avec armes et bagages, et son personnel suisse.

Sans doute est-il reposant, pour Jean, d'être soigné par de jeunes étrangères dont la sollicitude et l'empressement lui rappellent son séjour dans l'hôpital allemand de Sarrebourg, en 1914. Il y avait rencontré la jeune et belle Clelia von Arnim, devenue Clelia Bellini, du nom de sa mère, grâce au passeport fourni par l'administration bernoise.

Le souvenir de la jeune fille le fait renouer en douceur avec son passé. S'il oublie la mutinerie, il garde Clelia dans son cœur. Pour le docteur Koller, c'est un symptôme de guérison. La mémoire du patient est sélective, elle n'est pas pour autant détruite. Il faut assurément laisser faire le temps. Les maux les plus cruels sont encore ceux que le jeune capitaine se fait à lui-même.

Le fil rouge de Clelia peut-il le sortir du labyrinthe ? Le docteur Mallet, qui suit l'évolution de son état jour après jour, ne le souhaite pas encore. Jean a tissé son cocon d'oublis, il s'est aménagé un abri intérieur, une sorte de cagna bien enfouie dans le terreau de son inconscient. Il n'est pas prudent de l'en faire sortir trop vite, même avec le plus délicieux des concours.

Le praticien dévoué s'arrange pour que le courrier du malade n'entre ni ne sorte, et que ce Jean Aumoine reste strictement coupé de l'extérieur. Toutes les lettres libellées par lui au nom de Clelia Bellini sont archivées dans un registre à soufflet. Le médecin pense qu'aussitôt après leur lecture la jeune fille ne manquerait pas de se précipiter à l'hôpital, provoquant chez son malade une telle émotion que tout le traitement serait à reprendre.

Huguenot du Jura suisse, le médecin croit au travail intérieur de l'esprit qui reconstruit, dans la solitude et la douceur, ses mécanismes détruits. Jean n'a pas encore récupéré assez de forces pour surmonter ses idées fixes, ses bouffées de violence, ses désarrois incoercibles. Le praticien ne souhaite même pas les visites du commandant Latouche, associé au passé immédiat du patient. Il recommande en tout cas à l'officier d'éviter à Jean tout propos intempestif, quant aux suites de ce qu'il appelle pudiquement la *crise du commandement*. Le jeune capitaine a subi la violence des mutineries comme un véritable choc. Il faut provisoirement qu'il les oublie.

Au premier jour, quand, devant le professeur Koller, il diagnostiquait l'état critique dans lequel était arrivé son patient, le docteur Mallet décrivait les symptômes d'une hyperémotivité dont il ignorait les véritables causes. Sous l'effet des fièvres, de l'épuisement, des chocs psychologiques, de l'internement prolongé dans un lieu fermé et malsain, le *sujet* était en effet devenu nerveux, irritable, inapte à toute vie sociale, à plus forte raison à une éventuelle réincorporation. Il passait de la stupeur presque totale à l'agitation accompagnée de délire hallucinatoire. Ces phases violentes pouvaient s'atténuer avec le temps, de même que les amnésies lacunaires.

— Ces malades, avait expliqué Koller, sont très souvent affectés d'une sorte d'impuissance à penser, à décider, qui va jusqu'à provoquer l'hésitation des mouvements et de la parole, et ces troubles peuvent entraîner le mutisme. Une émotion trop forte provoquerait sans aucun doute un état de crise violente, avec paroxysme anxieux, vertiges, tremblements, hystérie peut-être.

— Aujourd'hui, le malade est en bonne voie de guérison. Plus de fixations hallucinatoires, de somnambulisme. Pas la moindre tentative de fugue. Encore un mois de repos absolu, et nous pourrons tenter une rééducation, conclut doctement le médecin-chef Mallet.

Pour ces raisons judicieuses, le *patient* Jean Aumoine doit donc demeurer isolé dans sa chambre insonorisée. S'il pouvait voir ou entendre ses voisins de cure, il retomberait dans *l'état émotionnel profond* que redoutent ses médecins.

Un sergent, isolé au fond du couloir, revient de Craonne. Il s'appelle Etienne Dorval : « une *gueule cassée* », se dit-il au service, avec une affliction affichée. L'homme a perdu sa mâchoire inférieure, il a le crâne défoncé et le visage couturé de cicatrices. Des visions d'horreur le réveillent la nuit. Il hurle la chanson de là-bas : « C'est à Craonne, sur le plateau, qu'on va laisser sa peau ! Car nous sommes tous condamnés, nous sommes les sacrifiés ! » Il bondit hors de son lit, cherche son fusil comme pour repousser une attaque. Il faut quatre hommes pour le maîtriser lors de ces crises violentes, et la *camisole* pour l'immobiliser.

Son voisin de palier, le caporal Mopin, n'émerge pas d'un état de passivité totale. Le docteur Mallet doit le faire alimenter par sonde, comme s'il avait perdu ses réflexes de mastication et de digestion.

Le malheureux a fait partie d'un peloton d'exécution et tiré sur un camarade. Bourdonnent encore à ses oreilles la batterie des tambours, les commandements brefs. Il se souvient d'avoir chuté à dix mètres du poteau, dans la boue humide, incapable de se servir de ses jambes. Il s'est trouvé mal à la vue du coup de grâce donné par son lieutenant. Depuis lors, il a de nouveau un semblant d'équilibre, mais les infirmières doivent le soutenir aux aisselles, tel un enfant, pour le forcer à faire quelques pas dans le parc.

Dépourvu de toute agressivité, refusant de parler même au médecin, il a été placé dans une chambre double. Son camarade de soins n'est pas moins déprimé : un jeune Britannique de vingt ans, Mike Douglas, que les services anglais ont demandé aux docteurs suisses d'héberger. Prote d'imprimerie à Londres, il a refusé d'être incorporé quand le gouvernement a décrété le service national.

Un statut d'objecteur de conscience existe en Angleterre. Il permet aux autorités d'affecter le jeune homme à l'arrière du front. Là, il reste habillé en civil, mais désigné comme objecteur par un insigne spécial, et affecté au secours aux blessés.

Constamment insulté par les soldats et les brancardiers, qui l'obligent à assister au retour des convois de blessés, le plantent à la porte du bloc opératoire devant un amoncellement de membres coupés, il est également contraint d'enterrer les bras et jambes, ruisselants du sang des braves.

Après une semaine de ce traitement, le mental de l'Anglais n'a pas résisté. Pris de folie douce, il s'est défait de tous ses vêtements, puis il a déambulé, complètement nu, dans les rues du village, avant d'être arrêté et fort brutalement traité par la police militaire. On le nourrit de bouillies, il n'accepte rien d'autre.

Dans ce voisinage affligeant, l'équilibre mental de Jean Aumoine dépend en grande partie de son isolement. A ses rares visites, le commandant Latouche ne constate pas d'amélioration notable, au contraire. Il lui semble que son ami s'enlise dans une épaisse indifférence. Il ne pose aucune question à son visiteur, ne lui manifeste pas d'amitié, n'évoque aucun souvenir commun. Pour le calmer, lui éviter les crises émotionnelles, ne le drogue-t-on pas en permanence ? s'inquiète le commandant.

Jean Aumoine a repris bonne mine, mais demeure l'ombre de lui-même. Sans doute a-t-il recouvré son calme, mais à quel prix ! Les médecins ont recommandé à Latouche de ne pas rappeler au patient son passé proche. C'est bien inutile : Jean Aumoine ne souhaite se souvenir de rien. Surtout pas de la guerre. Les journaux aussi lui sont interdits. Le docteur Mallet ne tolère que la lecture de romans faciles — à la rigueur *Le Feu* d'Henri Barbusse — ou d'ouvrages de vulgarisation scientifique que le capitaine annote avec passion. Il a demandé un livre spécialisé sur la technique de traitement de l'aluminium, que le professeur a fait venir de Paris.

— Pour lui, se dit Latouche, la guerre est finie. Il vit dans un autre monde, pacifié, sans éclats d'obus, sans cris de désespoir. L'hôpital est une oasis entourée de déserts.

Il ne se sent plus malade, et cependant ne demande pas à sortir, comme s'il craignait son retour sur terre, tombant de la lune comme Cyrano de Bergerac. A ce symptôme, le docteur Mallet reconnaît que le combat est encore loin d'être gagné.

Après un mois de ce traitement, Jean commence à se poser des questions sur son environnement. Sa chambre, si lumineuse, si douce, fraîche dans l'été brûlant, lui semble une cellule de luxe. On lui fait entendre de la musique exquise sur un phonographe neuf, fabriqué en Allemagne. Il se demande confusément si ce n'est pas un cadeau de Clelia. Les soignantes ont pour lui toutes les attentions, y compris celle de renouveler, sur sa table, un bouquet de fleurs.

Pourquoi n'est-il jamais autorisé à sortir ? La question finit par l'obséder à ce point qu'il prend le parti d'ouvrir la porte, de nuit, quand le service somnole et que la surveillance se relâche. Il veut savoir s'il est ou non prisonnier. Le couloir est désert, la lumière en veilleuse. Une chambre est ouverte, vers le fond. Il s'approche sans faire de bruit. Un homme s'est pendu au plafond. Hideux, monstrueux, son pauvre visage déjà noirci. C'est le sergent Dorval.

Jean est trop interdit pour appeler du secours, trop faible pour remettre seul son camarade dans son lit. Il parcourt longuement des yeux la chambre du suicidé, parfaitement identique à la sienne, où l'ancien héros de Craonne a vécu ses derniers instants.

Sur sa table de nuit, un livret militaire, une photo jaunie de mariage, prise à la sortie d'une église de campagne : un grand jeune homme brun, souriant, l'épousée à son bras.

Quel âge peut avoir ce Dorval ? Trente ans peut-être. Jean feuillette son livret : mobilisé à Verdun en août 1914, quatre citations, la médaille militaire. Laissé pour mort à Craonne, sauvé miraculeusement par un chirurgien adroit.

Du livret tombent des photos d'enfants blonds comme leur mère, et un trèfle à quatre feuilles. Lui a-t-on laissé la moindre chance de revoir les siens ? Les visites lui étaient interdites, pour lui éviter toute cause d'agitation.

« Encore un rendu fou par la guerre ! songe Jean, qu'un éclair de lucidité semble brusquement traverser. On a sauvé son crâne, pas son cerveau. »

Une infirmière surgit, découvre le pendu, donne l'alerte aussitôt. Comment le capitaine Aumoine se trouve-t-il dans cette chambre ? Attiré par le bruit ? Pourquoi n'a-t-il pas appelé au secours ?

Le docteur Mallet recommande le plus grand silence aux intervenants. Les infirmières condamnent les portes, pour éviter la sortie des malades. Un suicide peut les affecter. Il faut enlever le corps au plus vite, le faire disparaître dans un cercueil, l'enterrer discrètement, sans faire battre les cloches, au cimetière militaire dont les tombes sont nombreuses, autour de l'hôpital.

Pas de panique, surtout ! Mallet semble habitué aux suicidés. Celui-là ne l'étonne pas. Presque tous les hommes de la section de ce sergent Dorval étaient morts à Craonne. Il était un miraculé, relevé entre les lignes par des brancardiers courageux. Il répétait à chaque visite qu'il aurait dû mourir avec ses copains, qu'il ne retrouverait jamais sa famille. Qu'aurait-on fait, d'ailleurs, chez lui, d'un dingue en proie aux délires nocturnes, d'un malade incapable de supporter l'obscurité, d'un monstre dont le visage martyrisé terrorise les petits enfants ? Autant en finir tout de suite.

Après cet épisode dramatique, le docteur s'inquiète pour Jean Aumoine. Son patient est resté anormalement calme. La découverte du pendu aurait dû réveiller ses troubles émotifs. Rien de tel. Voilà même qu'il demande, pour la première fois, la permission de fumer une cigarette anglaise. Mallet n'a pas le cœur de la lui refuser.

— Vous craignez pour mon équilibre ? A tort, lui dit Jean, je suis guéri, si j'ai jamais été malade. Des morts comme Dorval, j'en ai vu des milliers, plus moches encore, perdant leurs tripes ou leur cervelle. La mort ne me fait pas peur, je suis vacciné. Mes trois frères, mes copains, tous y sont passés. Je me suis toujours dit : pourquoi pas moi ? N'est-il pas illogique, mon bon docteur Mallet, qu'un poilu de 14 mêlé à toutes les batailles soit encore en vie ? Cela relève du calcul des probabilités. J'étais de ceux qui devaient survivre. Le hasard, vous entendez ! Pas la chance.

« Il se trouve que je suis là, devant vous, moi, Jean Aumoine, capitaine à titre provisoire, mutiné avec ses hommes au pied du Chemin des Dames. Croyez-vous que j'aie perdu la mémoire ? Contrairement à mes camarades, et pour des raisons que j'ignore, je n'ai pas été traité en mutin, mais en paria, tenu à l'écart, tel un lépreux. Ma faute ? Dénoncer la guerre, moi, un officier, et m'être joint aux révoltés !

— Je vous en prie, Aumoine. Vous n'êtes pas ici au conseil de guerre. Vous n'avez pas à me convaincre. Je ne vous considère pas comme un accusé.

— Ni vous, ni personne. Nul n'a voulu de ma peau, pas même les Boches qui m'ont toujours manqué, quand ils me tenaient au bout de leur Mauser. Ils n'ont pas voulu m'entendre, les juges chenus et irresponsables du conseil. Ils ne l'auraient pas fait de toute façon, si j'avais comparu. Ils n'étaient pas là pour juger, mais pour condamner.

— Ils ont pourtant épargné vos camarades.

— Les miens n'ont rien fait d'autre que protester. On ne peut fusiller la moitié de l'armée française ! Non, ils ne m'ont pas jugé, parce qu'ils me savaient *vraiment* coupable. Je ne croyais plus à leur guerre, je lui déniais toute signification, tout avenir. Je voyais approcher très rapidement le mur au bout de la route. Est-ce tolérable ? Comment imaginer un officier couvert de citations, connu pour ses actions d'éclat, déclarant à la fois illicite et illégitime l'entreprise guerre telle qu'ils la conçoivent, les hommes des *buts de guerre* ? Avez vous lu *Le Feu*, d'Henri Barbusse ?

— Certes pas ! répond le médecin. Romain

Rolland, peut-être, que nous hébergeons en Suisse comme une sorte de réfugié apatride, mais pas Barbusse.

— Vous avez tort, soutient Jean, en désignant l'ouvrage devenu son livre de chevet. Il a reçu le prix Goncourt de l'année 1916. Ne vous récriez pas, oubliez vos opinions toutes faites, entendez ce qu'il dit de la guerre : « Cette guerre est une guerre sociale, qui fera faire un grand pas. Elle est dirigée contre nos vieux ennemis infâmes de toujours, le militarisme et l'impérialisme, le sabre, la botte, et j'ajouterai la couronne. »

— Ce discours ne me surprend pas vraiment. Nous avons beaucoup d'anarchistes en Suisse, dit le docteur Mallet, et même des bolchevistes, comme Lénine.

— Attendez donc la suite : « Notre victoire sera l'anéantissement du repaire central de Césars, de Kronprinz, de seigneurs et de soudards qui emprisonnent un peuple et voudraient emprisonner les autres. Le monde ne peut s'émanciper que contre eux. » A cela, docteur, je crois encore.

— Dieu soit loué ! Vous croyez en quelque chose !

— Attendez la chute, ne soyez pas si impatient : « Si je fais le sacrifice de ma vie, et si je vais avec joie à la guerre, ce n'est pas seulement en tant que Français, c'est surtout en tant qu'homme. » Je vais vous quitter, docteur, vous voyez bien que je suis sain d'esprit, puisque je repars pour la guerre.

— J'ai une surprise pour toi, annonce Latouche en entrant tout botté dans la chambre ouatée de Jean Aumoine et en déposant sur son lit une brassée de lettres.

— Mais ce sont mes lettres ! Misérable Mallet !

— Tu l'as dit. Le docteur a tout confisqué, afin de ne pas te causer d'émotions. Il faut le comprendre ! Il a peur des émotions comme les Anglais des fantômes. Et j'ai retrouvé ta Clelia. Elle se morfondait de ton silence. Devine où elle peut être ?

— Derrière vous, père Noël !

La jeune fille se jette dans les bras de son soldat, sans prendre le temps de retirer sa cape. Jean la soulève comme une enfant, jusqu'au plafond. Il tournoie avec elle, danse de joie.

Le commandant Latouche entraîne Mallet, qui voulait intervenir, hors de la chambre.

— Je ne suis pas médecin et je ne connais rien à la psychiatrie, mon bon docteur. Mais je suis sûr que si les émotions peuvent tuer, elles peuvent aussi guérir. Laissez donc à l'amour le soin de couronner vos efforts. Vous n'aurez plus à intervenir !

Quand il explique au professeur Koller, le patron de Mallet, que la jeune infirmière est la fille de la *marchesina* Bellini, de Lugano, le savant homme ne cache pas son empressement réjoui. La famille Bellini est l'une des bienfaitrices de la fondation.

— Que la jeune Clelia ne se hâte pas de repartir, surtout !

Il ne voit pas d'inconvénient à ce qu'elle soit logée quarante-huit heures à Compiègne. Il l'hébergera dans sa propre villa. Qu'elle ne se fasse aucun souci pour l'*Ambulance Millicent*, il arrangera tout avec la duchesse. Ce capitaine blessé au front, frappé dans son équilibre mental, n'a-t-il pas le plus urgent besoin d'une infirmière connue de lui ?

Deux jours de joie profonde en trois ans de guerre. Clelia et Jean sont les seuls enfants survivants dans leurs familles respectives. Ils ont perdu tous leurs frères. Ils se sont retrouvés par miracle, d'un bord à l'autre de la guerre, sans savoir ni pressentir qu'ils étaient destinés l'un à l'autre.

Cela fait-il partie du *calcul des probabilités* de l'ingénieur ? Sans doute, mais aussi peut-être, pense Clelia, de la protection que le Ciel accorde aux âmes éprises. La science elle-même n'est-elle pas arrivée, à force de découvertes rassurantes, au bord de l'improbable, de l'incertain, de l'aléatoire, laissant de nouveau place au mystère ?

La forêt de Compiègne n'est pas tout à fait épargnée par la guerre. Le front est trop proche pour qu'on l'ait vraiment oubliée. On y creuse, dans les clairières, des *épis* pour y loger de monstrueux canons sur chemin de fer, comme à Rethondes. Pour les amoureux, elle est un paradis sur lit de mousse, protégé de fougères géantes.

Ils filent vers le nord dans la région des monts, marchent en *sauvageon* et *sauvagine*, ainsi qu'on le dit à Compiègne des jeunes habitants de l'antique forêt.

— Chez nous, les bois, en marge des terroirs, sont le domaine resté libre, où la nature est telle que le Bon Dieu l'a faite, dit Jean, ivre de se retrouver en paix, de respirer l'odeur des bruyères et des tilleuls sauvages, ceux que l'on ne taille pas en boules au bord des routes.

Clelia, en riant, l'entraîne loin de ces tilleuls : ils lui rappellent l'allée de la guerre, à Berlin *Unter den Linden*, où son père et son frère défilaient à cheval devant le Kaiser, dans un régiment de dragons. Elle préfère les trembles, sensibles au moindre souffle de vent, ou l'acacia aux mille fleurs blanches, paradis des abeilles. Elle connaît tous les arbres de la forêt, Jean s'en étonne.

— Pendant que mon frère chassait à courre dans les bois de Bavière, avoue-t-elle, j'herborisais.

Ils ont tant marché qu'ils s'endorment dans la bruyère, se réveillent au soleil déclinant, perdus dans un site de pierres magiques, des mégalithes. Rentreront-ils ce soir ? La fraîcheur donne le frisson à Clelia qui se blottit un peu plus dans les bras de Jean.

Il faut regagner la ville, mais comment ? Toutes les allées se croisent et se recroisent dans un lacis incompréhensible, les voies royales toutes droites, les chemins de terre médiévaux. Jean déchiffre sur une pancarte de chêne, à hauteur d'homme à cheval : « Chaussée Brunehaut ».

— Partons vite, sourit-il. Brunehaut est une méchante reine. Elle a fait la guerre à son frère Chilpéric.

— Comme le Kaiser Guillaume à son cousin Nicolas ?

Elle éclate de rire. Nicolas II n'est plus redoutable, il est par terre. La Sainte Russie a interné son tsar, pour démence. Qui sait, si Guillaume partait à son tour en prison, peut-être la paix reviendrait-elle ? Elle hait le Kaiser car il a pris la vie de son frère.

— Les rois qui perdent les guerres finissent souvent mal, dit Jean.

Il se souvient des images terrifiantes du *Petit Lavisse illustré*, son livre d'histoire à l'école de Villebret : Brunehaut, promenée sur un chameau, attachée à la queue d'un cheval lancé au galop...

Ils se seraient perdus dans le grand bois sans l'apparition d'un religieux d'âge respectable, pieds nus dans ses sandales et couvert d'une longue soutane brune, marchant son chemin. L'œil vif et le pas alerte, il se dirige vers eux :

— Vous êtes épuisés, mes enfants. Je suis le père Malsy. Suivez-moi, je connais cette forêt comme mon bréviaire. Je vous ramènerai à Compiègne où je dis ma messe tous les matins.

Mais saluez au passage notre gros chêne de Saint-Jean. Il replie déjà ses ramages vieux de huit siècles pour passer encore une nuit, tranquille sur son aire glandeuse, par la grâce du Seigneur. Vous n'en ferez pas le tour : plus de huit mètres ! On dit qu'il a été planté par Saint Louis.

— Je n'en ai jamais vu de tel, admire Jean, même dans la forêt de Tronçais.

— Et l'autre chêne géant, son respectable voisin, a connu la tsarine, poursuit le moine, intarissable. Un gamin de quatre siècles, trente-cinq mètres à son faîte ! Le couple impérial de Russie l'a visité en 1901. Faites une prière pour l'impératrice Marie-Louise, l'épouse de Napoléon : elle a planté ce cèdre en 1810.

Il les mène tout naturellement jusqu'à l'entrée de l'hôpital, comme si l'habit de la jeune étrangère l'avait aiguillé.

— Que Dieu vous ait en sa sainte garde ! Et si, par chance, vous désiriez fermement vous unir l'un à l'autre pour la vie, sans tambours ni trompettes, dans la forêt des druides, au pied d'un chêne, demandez le père Malsy. Il est le marieur le plus célèbre du canton.

Le départ de Clelia rejette Jean sur la rive asséchée. Pour reprendre courage, il endosse son uniforme et se campe sur ses bottes.

— Je veux partir, dit-il à Latouche, mais qui voudra de moi ? Dois-je rejoindre mon vieux régiment ?

— Il n'en est pas question, répond le commandant, un peu vite. Je ne suis pas sûr que tu y serais bien reçu. Picart est nommé général et Lamaison est devenu colonel. Il rend la vie impossible aux poilus du 321e.

— Récompensé pour sa fermeté dans la mutinerie, grince Aumoine.

— Sans doute. Mais les grandes mutineries sont oubliées. Rien ne résiste au soleil de juillet, il faut voir au-delà de cet été pourri.

— En finir, dit Jean, retrouvant son courage. Finir ce que nous avons commencé.

— C'est l'opinion généralement admise, opine Latouche, flegmatique. Dans l'attente d'une affectation, tu es mon hôte au palais.

— A Compiègne ? Vous plaisantez ? Un mutin à l'état-major ? La sécurité militaire me ferait suivre dans les couloirs et jeter dans un cul-de-basse-fosse.

— Tu n'es pas plus mutin que moi, et le général Dupont m'a demandé de te couvrir. Nous partons du reste en mission spéciale, sur-le-champ. Prends ton sac et marche droit. Je signerai ta levée d'écrou à la sortie.

Nul ne les interpelle en chemin. Le docteur Mallet a dû faire le nécessaire, qui lève les yeux au ciel en les regardant partir. Pour lui, le patient n'est nullement remis de sa névrose. Mais on fait sortir si vite les blessés des hôpitaux !

— Ma voiture attend, dit Latouche, nous allons à Verdun.

— L'affaire du Chemin des Dames serait-elle terminée ? demande Jean, qui n'est nullement au courant des suites de la guerre.

— Ils n'ont pas arrêté de se battre. Le mont Cornillet, en Champagne, a changé plusieurs fois de mains. Le Doigt d'Hurtebise et, surtout, la creute du Dragon ont été l'objet d'incessants combats, mais limités en moyens. Les mutineries ont tout de même servi à mettre l'état-major en garde : plus d'offensives casse-gueule, plus de mouvements d'ensemble portant sur un million d'hommes. C'est fini ! Les mutins ont gagné ! Ils ont imposé aux généraux la prudence.

— Et pourtant, on se bat toujours sur le plateau de Californie ?

— Rien de comparable. Nous nous bornons à défendre nos positions. Nous restons sur la défensive. Les poilus le comprennent, ils font tout leur possible pour tenir, les bleuets comme les autres.

— L'arrière tient-il ?

— Beaucoup plus difficilement. Sans faire le résumé des gazettes, je te dirai seulement que de nouveau, le gouvernement est menacé.

— Incroyable ! répond Jean en secouant la tête. Un million d'hommes sont morts, et les batailles parlementaires continuent. Briand intrigue contre Ribot, et Clemenceau contre Poincaré. Se croient-ils en paix ? Alors, qu'ils la signent une fois pour toutes, s'il n'y a pas d'autre issue.

— S'ils pouvaient ! Mais il faut être deux pour

signer, et le camarade Guillaume croit encore qu'il peut gagner, en ramenant à l'Ouest ses divisions de l'Est, après s'être entendu avec les Russes. Il paie assez cher les bolcheviks pour obtenir cela d'eux, s'ils prennent le pouvoir cet automne. Les bougres ont déjà réussi à démanteler l'armée du tsar. Elle n'a plus d'officiers en état de marche. On s'est hâté de désarmer les Russes qui combattaient chez nous. Tous prisonniers au camp de la Courtine ! Ils auraient exporté leurs idées bolchevistes dans nos rangs.

— Et si les Allemands entraient à leur tour dans la révolution ?

— Il y a des signes. Ils ont évité les mutineries par la force, en déplaçant les éléments douteux vers l'est. Chez eux, la marine est l'arme la plus sensible. Nous savons, au 2e bureau, qu'une mutinerie vient d'éclater dans les équipages de la flotte des ports de Kiel et de Wilhelmshaven. Les marins ont mis sac à terre. Deux ont été fusillés sur le champ de tir de Wahn, près de Cologne. Ils criaient à tue-tête : « Nous sommes des patriotes, mais nous en avons assez de la guerre ! A bas la guerre ! »

— Le gouvernement allemand ne cède pas.

— Le chancelier Bethmann Hollweg a démissionné. Le Reichstag a voté une résolution confuse sur la paix. Le Kaiser a nommé un autre chancelier très falot. En fait, Hindenburg et Ludendorff sont devenus les vrais maîtres de l'Allemagne. Il ne faut pas s'attendre à la paix. Les Allemands crèveront de faim, mais la guerre continuera de plus belle jusqu'à son terme. Ils materont la révolution à la mitrailleuse, s'il le faut.

Jean se demande pourquoi Latouche l'entraîne sur la route de Verdun, si l'état-major ne médite pas de nouvelles offensives. Il a peine à croire que les Allemands y préparent une opération, après y avoir perdu un demi-million d'hommes.

— Prépare-toi à des surprises, l'éclaire enfin le commandant. Nous allons chez Passaga !

A Bar-le-Duc règne l'activité des grands jours. Le commandant demande la direction de la gare.

— Ouvre les yeux, dit-il à Aumoine, et mesure la différence.

Les convois de camions qui viennent de la *voie sacrée* débarquent non pas des blessés, mais des permissionnaires. A chaque bataillon sa rame, attendant sur le quai, portières ouvertes. Des wagons de voyageurs de troisième classe et non plus de marchandises de la compagnie de l'Est occupent les voies. Des dames de la Croix-Rouge servent du café et du lait aux soldats avant l'embarquement, offrent à poignées des madeleines de Commercy.

— On attend une visite de Pétain ? demande Jean, surpris par un spectacle aussi inhabituel.

— Il est passé par Bar-le-Duc la semaine dernière. Il a sans doute exigé ces mesures d'accueil aux soldats. Il visite, l'une après l'autre, toutes les villes du front. Il a rencontré dans leurs PC plus de quatre-vingt-dix généraux de division, autant dire toute l'armée. Sans doute est-il à Dugny, où nous allons.

— La 133e division est toujours au Chemin des Dames, objecte Jean.

— Aussi n'est-ce pas celle-là que nous allons rejoindre, mais la 165e.

Latouche se saisit d'un opuscule, offert en pile devant le guichet des billets.

— Prends un guide du permissionnaire. Il te sera utile : horaires, itinéraires, centres d'accueil. Une publication établie par le GQG.

Les piles sont enlevées en un instant par une compagnie de chasseurs. Ils consultent les tables des correspondances.

— Pour Epinal, il faut attendre, les informe leur capitaine. Le train n'est pas encore en gare. Il ne va pas tarder. Suivez-moi au foyer du soldat.

— Il a fallu des mutineries pour en arriver là ! commente Jean. Ils n'y auraient pas pensé avant, quand ils entassaient les hommes sur des lits de paille. Mais je ne vois plus les baraques des mercantis !

— Bouclées ! Ils vendaient le pinard cinquante pour cent plus cher. Le vin est interdit à l'achat dans les boutiques autour de la gare, si l'on en trouve encore au verre à la cantine. Plus d'ivrognes hurlant sur les quais.

— Comment font-ils, à la gare de l'Est ?

— Il en débarquait quatre-vingt mille par

semaine. Les flics avaient beau dresser des barrages, filtrer les comités d'accueil, les tracts pacifistes circulaient. Depuis le 1er juillet, les poilus venus du front sont attendus dans les petites gares bien gardées de la périphérie, à Pantin, aux Batignolles, à la Muette. Les permissionnaires n'ont plus droit à la gare de l'Est. C'est cela, la reprise en main !

Les rames se succèdent à la gare de Bar-le-Duc, et les sifflets stridents appellent les retardataires. Au retour, les camions embarquent les renforts prévus pour Verdun, rassemblés avec armes et bagages sur l'esplanade. Un bataillon de chasseurs à pied sort des cantines installées dans des baraques Adrian, où ils ont mangé chaud avant de prendre la route.

— Ceux-là n'ont pas été privés de gnôle dans leur café, remarque Jean.

Un groupe chante à tue-tête un refrain gaillard : « *Ah ! les fraises, les framboises, le bon vin que nous avons bu ! Les petites villageoises, nous ne les reverrons plus !* »

— Des chasseurs de Draguignan, explique le commandant. Ceux-là ne connaissent pas la chanson de Craonne. Ils viennent du dépôt. Des Bas-Alpins au jarret solide. Il en faut pour le Mort-Homme !

A peine ont-ils déposé leur sac qu'une file de camions se met en stationnement sur la place, devant la gare. Ils ne tardent guère à grimper pour rejoindre au plus tôt leur secteur.

— Ils arriveraient frais comme la rose, s'ils

n'avaient pas deux heures de poussière et de tapecul devant eux. On leur épargne seulement les attentes inutiles.

— Comment l'état-major a-t-il pu mettre en place ce mécanisme d'horlogerie en si peu de temps ?

— Pétain a pris lui-même les affaires en main. Question de coordination des différents services, de travail en commun. Le renfort des camions Ford américains a été précieux, ainsi que l'affectation de nombreux cadres sortis des écoles au service de régulation du colonel Doumenc. Quant aux chemins de fer, c'est une affaire de polytechniciens, il suffit de leur donner des ordres.

— Les poilus révoltés ne demandaient pas autre chose ! dit Jean. Comment a-t-on pu les maltraiter si longtemps ?

— Ne te réjouis pas trop vite, tempère Latouche. Autrefois, d'année en année, les gens de l'état-major avaient dans la tête que la percée était pour demain. Le bien-être des poilus était le cadet de leurs soucis. Ils ne songeaient même pas à construire un réseau de tranchées durable, ils étaient impatients d'en faire sortir les soldats pour les lancer à l'attaque. Si le général Pétain installe aux armées le confort des poilus, c'est pour qu'ils tiennent encore longtemps, très longtemps.

Le clocher de Dugny-sur-Meuse est en miettes, comme tous ceux de la région. Les artilleurs d'en face les ont pris pour cibles, croyant détruire des observatoires. Pas de soldats couchés sur la paille dans les ruines de l'église, ni de désordre dans les rues.

— Début 1916, au temps du général Chrétien, l'armée de Verdun avait installé son PC à la mairie de Dugny. Ils ont dû très vite déménager vers Souilly.

— Pétain y a-t-il visité son ancien état-major ?

— Naturellement, mais il a surtout fait installer à Dugny des cantonnements spacieux, confortables pour les unités, à l'aller et au retour des lignes. Il veut un vrai repos pour le soldat. Ses instructions sont d'aménager un temps de permission de sept jours pour une période de quatre mois. Les militaires de tous grades y ont droit.

— Pendant ces quatre mois, les séjours alternés de trois ou quatre jours en cantonnement doivent être, je suppose, du vrai repos. Est-ce possible à Dugny, si près du front ?

Latouche entraîne Jean vers une sorte de village de bois, toujours en construction. Les officiers de la territoriale ont commandé à des charpentiers italiens la pose des poutres sur des piliers de béton. Des équipes de plombiers s'affairent à installer des douches. Des camions déchargent des lits.

— On en livre cinq mille par jour aux armées, assure Latouche. Quatre cent mille ont été commandés d'extrême urgence. Jusqu'à présent, les soldats n'en avaient pas.

— Est-ce un cantonnement pour les Américains ? demande Jean. Je crois qu'ils ont déjà débarqué.

— Les premiers ont foulé le pavé de Saint-Nazaire le 1er juillet, explique Latouche. S'ils sont en ligne avant novembre, tout ira bien. Non, ces bâtiments sont destinés à la division Passaga. Le général en surveille lui-même les travaux. Tu peux voir les compagnies déjà au repos dans les baraques terminées, en haut de la pente.

Les soldats dorment, font leur courrier, jouent à la manille. Des Bretons cisèlent des douilles de 155 d'entrelacs floraux, d'autres des bagues en aluminium. Un village d'artisans placides, oubliant la guerre. Des officiers en tenue kaki photographient les hommes qui s'ébrouent joyeusement sous la douche.

— Ils sont de la mission du service de presse, précise Latouche. Pétain veut combattre l'image négative de l'armée dans les journaux. Il a créé un « groupe de correspondants de guerre français aux armées », tous en uniforme à casquette. Ils touchent de bons cachets mais doivent soumettre leurs articles à la censure. Un officier de l'état-major établit strictement leur itinéraire au front. Ils peuvent filmer, prendre des photos, à condition de n'écrire que des articles « ne portant pas atteinte au moral de la nation ».

— Des aboyeurs patentés, grince Aumoine,

des valets de pied du GQG, chargés de mentir pour la bonne cause, des bourreurs de crânes.

— Pétain a accusé la presse d'avoir provoqué, par ses articles négatifs, la révolte des soldats. La reprise en main passe par les journaux. Pas un seul « correspondant de guerre » qui échappe au strict contrôle du GQG. Pas de fuites possibles. Pour donner des nouvelles non censurées, notre presse publie des articles reproduits du *Daily Mail* et de la *Tribune de Genève*. Il existe toujours une presse libre, de plus de cent quotidiens, mais elle reçoit la même information prédigérée. D'ailleurs, comme tu peux le constater, les soldats au repos ne lisent pas la presse officielle. A quoi bon !

Dans la halle du village, un capitaine venu d'ailleurs, à l'uniforme kaki de l'infanterie de marine, a réuni une compagnie de chasseurs pour répondre aux questions des hommes.

— Autre innovation du GQG, commente Latouche : la « causerie d'officiers ». Pas de débat, des questions réponses toujours identiques.

Ils prêtent l'oreille :

— Et la révolution russe, mon capitaine ? Nos alliés vont-ils nous planter là ?

— Rien n'est moins sûr, répond l'officier. Si les Russes se sont révoltés, c'est pour chasser le dernier gouvernement du tsar qui voulait faire la paix avec les Allemands. Ceux-ci n'ont qu'une idée, se servir du grenier d'Ukraine, voler aux Russes leur subsistance. Ils se préparent à fondre sur eux comme des bêtes de proie. Ils seront dépouillés, asservis, occupés, exploités. Vous comprendrez sans peine que nos amis russes n'ont pas d'autre solution que de poursuivre la guerre et ils le savent parfaitement.

— Cet officier, dit Latouche, a bien préparé sa leçon. Il a reçu de l'état-major le document en six points établi par Pétain lui-même, pour indiquer à ces instructeurs bonimenteurs les angles d'attaque des problèmes politiques posés par la guerre.

Il sort la note de sa serviette, la tend à Jean qui parcourt rapidement les titres.

— Tu peux voir que tout y passe : la guerre sous-marine, l'arrivée des Américains, la paix blanche, les grèves de l'arrière, la responsabilité de l'Allemagne dans le déclenchement des hostilités, de sa « clique de hobereaux autour du Hohenzollern ».

— Rien sur Strasbourg et l'Alsace-Lorraine, remarque Jean. C'est une nouveauté.

— La question n'est pas dans l'optique du président Wilson, notre allié de la dernière heure, assure Latouche. Pétain ne fait plus la guerre de Joffre, mais celle des Alliés : il écarte tout ce qui peut diviser. Il a tout pris en main, même la propagande. Les Américains peuvent venir, il sait comment leur parler.

Les chasseurs quittent discrètement, par petits groupes, le prêche de l'officier de service, pour se retrouver à la roulante, installée sous une vaste tente.

— Où est Passaga ? demande Latouche au capitaine. A-t-il déserté la mairie de Dugny ?

— Il est au château de Billemont, sur une hauteur d'où il peut observer la cuvette de Verdun et la boucle de la Meuse à la jumelle. Nous sommes à moins d'une heure de marche.

— Allons à pied, dit Latouche à Jean. Tu admireras la belle organisation du front. La 165ᵉ division se prépare à monter en ligne. Le général doit régler avant de partir les emplacements des batteries lourdes.

A voir les obusiers géants installés dans une clairière savamment camouflée, Jean réalise que le temps du 75 « roi des batailles » est dépassé. Seuls comptent désormais les gros calibres, pour attaquer les défenses ennemies, les réserves d'infanterie bien abritées dans les *Stollen* et les convois de renforts.

Les nouveaux Spad les survolent, protégeant les coucous d'observation.

— Ceux-là nous donneront la victoire, prédit Latouche, malgré les grèves dans les ateliers d'aviation. Ils vont permettre aux nôtres de descendre les Albatros et les triplans de von Richthofen. Pétain a exigé et obtenu d'importants renforts d'aviation. Plusieurs escadrilles sont de retour sur les terrains autour de Verdun.

Jean ne peut s'empêcher de songer à Raymond. Ici, son jeune frère a trouvé la mort. Il ne sait toujours pas dans quelles circonstances.

S'il avait reçu à temps un de ces nouveaux modèles d'avions, plus rapides et mieux armés, peut-être serait-il encore vivant.

Les artilleurs de la batterie lourde se relaient auprès des pièces pour ajuster les réglages. A la buvette de la roulante, ils commentent les préparatifs de l'attaque.

— Les nouvelles pièces arrivent tous les jours, se réjouit un maréchal des logis. Nous aurons *une pipe* tous les six mètres, pour un front de dix-huit kilomètres, vous n'avez qu'à faire le compte !

— Pourquoi ne pas déjeuner là ? décide Latouche. Les artilleurs sont toujours les mieux servis, c'est connu !

— Le pinard vient de la coopérative, signale l'adjudant qui engouffre son haricot de mouton. Fini, le mercanti, son règne n'avait que trop duré ! Moi, j'aime les fayots, mais si vous préférez des verts, demandez au cuistot. Les armées reçoivent chaque jour cent wagons de légumes frais. Autant en profiter. Vous avez aussi des fruits du jour, ou presque, et du vrai pain blanc, pas comme celui de l'arrière !

— Vous êtes soignés comme des coqs en pâte ! le félicite Latouche.

— Attendons la suite. Pourvu que ça dure ! La danse n'a pas encore commencé.

Jean s'étonne. On a juré, pour calmer les mutins, qu'il n'y aurait plus d'offensive, et voilà de puissants préparatifs ! On aura menti, comme d'habitude.

— Depuis le début de juin, les Anglais attaquent au sud du saillant d'Ypres, comme ils l'ont toujours promis. Ils ont fait sauter, dans la nuit du 7 au 8 juin, à trois heures du matin, cinq cents tonnes d'explosifs. Les mines ont bouleversé de fond en comble le réseau des tranchées allemandes. Les douze divisions de l'armée Plumer ont enlevé Messines en une seule journée, et fait sept mille prisonniers.

— Aucune aide des Français, je suppose. L'armée était en pleine mutinerie.

— Pour tenir nos engagements, Pétain a tout de même délégué son homme de confiance, le général Anthoine, avec deux corps aux divisions sûres, coincées entre deux armées anglaises. Pas moyen de refuser le combat.

— L'ennemi s'est-il renforcé ?

— Les Allemands sont en train de contre-attaquer. Pour fixer leurs renforts, et aider nos alliés, une opération est envisagée ici, à Verdun. Le général Passaga nous le confirmera, je pense.

— L'infanterie a déjà presque le sac au dos, prévient le maréchal des logis. Son départ en ligne est imminent. Ne tardez pas, Passaga va quitter son château sous peu.

Aumoine et Latouche grimpent sur la route en lacet qui conduit à l'observatoire. Le général semble les attendre.

— Soyez le bienvenu parmi nous, je crois que le grand air vous fera du bien ! dit-il en fixant Jean de ses yeux clairs.

Un vrai sourire creuse les fossettes de son visage ridé :

— Votre compagnie vous attend !

Aumoine est accueilli par des cris de joie. Ils sont là, les mutins du 321e, récupérés dans l'armée de Verdun. Adrien Chabot est le plus enthousiaste. Son père est à la 165e, dans une compagnie territoriale chargée d'aménager les tranchées ennemies au premier assaut, heureux d'avoir retrouvé son fiston.

— Il en était ainsi en 93, dans les armées de la Révolution, dit Passaga. Les fils partaient avec les pères. Il n'en va pas autrement dans l'armée des citoyens de notre République.

Adrien ne quitte plus Roland Martin, maître grenadier, qui lui enseigne le tir au VB. Mutin calme mais déterminé, il a retrouvé son emploi par la grâce de Passaga, et poursuit l'instruction des bleus comme si rien ne s'était passé. Le colonel du 287e, qui les accueille, commande un régiment du recrutement de Saint-Quentin reformé depuis l'invasion de 1914 à Quimper, et fourmillant de Bigoudens.

Passaga le présente à Latouche. Loïc Leguen était chef de bataillon au régiment d'infanterie du Maroc pendant l'assaut de Douaumont. Il brûle de renouveler l'exploit sans trop de casse et sans douleur. La surprise, le bond en avant des groupes de spécialistes entraînés.

Octave Scalpe, le dragon, a pris du galon chez

les grenadiers. Son adresse l'a fait nommer sergent d'office, si mal vu qu'il fût des fantassins.

— Un as du VB ! Il place sa fourche comme un mousquetaire et ne manque jamais la cible, dit Passaga.

A croire que le général connaît individuellement toutes les recrues des armes spéciales. Il désigne de sa canne le matériel lourd monté sur le bât d'un mulet.

— Pas de porteurs, désormais. Une cavalerie d'ânes et de mulets au pas très sûr. Il le faut pour le Mort-Homme.

Chacun garde en mémoire le nom de la sinistre croupe, prise et reprise plusieurs fois au cours des batailles de 1916. Elle est encore aux mains des Allemands, et évoque aux anciens des massacres plus éprouvants que Craonne.

— S'il faut la reprendre, la division y restera, estime Jean Aumoine, désespéré de voir le commandement persister dans les mêmes erreurs.

— Rassurez-vous, enchaîne le général, nous attaquons sur la rive droite. Le Mort-Homme est de l'autre côté de la Meuse. Il est réservé, avec la Cote 304, à l'assaut du 13e corps de Clermont-Ferrand où servent, je crois, vos camarades du 121e, le premier régiment de Montluçon.

Le capitaine Aumoine se demande pourquoi le général lui donne presque personnellement ces précisions. A-t-il l'intention de le réintégrer au 121e ?

— Nous avons à prendre la côte du Talou et

Samogneux. Cela suffit à notre besogne. Loïc Leguen connaît bien les lieux. Vous n'aurez qu'à le suivre. Vous ne pouvez pas le perdre : il est toujours à l'avant, indestructible.

— L'artillerie suivra-elle ? ose demander Jean, qui a gardé le souvenir des attaques sans soutien désastreuses du Chemin des Dames.

Passaga n'estime nullement la question déplacée. Il considère comme étant de son devoir de calmer les angoisses de la troupe. Il désigne du bout de sa canne un passage d'escadrille à cocardes.

— Ceux-là ne font que survoler les lignes, pour aller chercher les chasseurs ennemis loin vers l'intérieur et purger le ciel. Nos trois mille canons n'ont pas terminé leur mise en place. La préparation prévue est de dix jours. Cela vous suffit-il ?

Le caporal Porcher, devenu sergent-chef et revenu à la section des téléphones, dispose d'une armée de téléphonistes qui chargent des rouleaux de fil sur les mulets et des batteries de postes de TSF dans un chariot.

— Nous soignerons les liaisons, poursuit Passaga, s'adressant à la fois à Latouche et au colonel Leguen. Guillaumat, qui commande désormais notre IIe armée, ne supporte pas les coupures. Des équipes se relaieront sans arrêt pendant l'attaque, c'est vital.

— Et pour les ordres donnés à l'artillerie ?

— La TSF devient plus sûre. Nous avons de nouvelles piles, plus maniables. Mais les signaux par projecteurs ne sont pas faits pour les chiens.

— Ils sont fragiles, mon général, ose encore le capitaine Aumoine, sous l'œil étonné de Latouche.

Passaga ne s'offusque de rien. Il semble au contraire rechercher les objections.

— Pas s'ils sont couplés en relais, en nombre suffisant. Savez-vous combien Napoléon voulait d'aides de camp chargés de transmettre le même ordre au même général ? Huit ! Eh bien ! Nous aurons huit projecteurs pour un ! L'expérience nous montre que la transmission instantanée des ordres épargne bien des vies.

Roger Nigon le mitrailleur, un des mutins les plus décidés, presse ses pourvoyeurs d'embarquer le matériel vérifié. Il se jette dans les bras de Jean, son ami d'enfance, dès qu'il l'aperçoit.

— Décidément, sourit Passaga, vous êtes ici chez vous !

Jean Aumoine fait le compte. Il vient de retrouver, répartis dans les sections d'assaut, presque tous les mutins de sa compagnie. Même Louis Feuillade, l'ancien territorial de Saint-Quentin, a repris du service, au lieu d'aller casser des cailloux sur les routes. Ernest Voisin, caporal grenadier, ne manque pas à l'appel. Il a formé tant de bleuets au lancer à l'exercice du matin que son bras s'est engourdi.

Le général a même obtenu de récupérer l'anarchiste Courbet et le socialiste minoritaire

Malaval, pourtant condamnés aux travaux publics. Il les a affectés à une compagnie de mitrailleuses, sachant d'expérience que les extrémistes de la gauche réussissent parfaitement dans ce sport. Sans doute pensent-ils que, étant la force principale d'un bataillon, ils acquièrent un précieux savoir qu'ils utiliseront au mieux le jour de la révolution. Il n'a pas été facile de les tirer des griffes de la justice militaire, mais le général a fait reconnaître en haut lieu que les travaux forcés en Afrique lui semblaient moins utiles qu'au front. Une fois affectés à une compagnie d'avant-postes, il a été plus simple de les recruter dans les unités combattantes.

Le général baroudeur a donc minutieusement pourvu ses sections d'assaut de « fortes têtes », estimant qu'un homme ayant le courage de se mutiner aurait aussi, sans doute mieux qu'un autre, celui de défendre sa peau, et que l'exemple de mutins placés en première ligne entraînerait le reste.

Il ne manque à l'effectif que quatre noms : le sous-lieutenant Michaux, le sergent Aucouturier, le sergent Dutoit et le mitrailleur Arsène Bonnichon. Jean en fait la remarque au commandant Latouche, qui esquisse un geste d'impuissance.

— Eh bien ! coupe Passaga. Il me semble que votre place est à la tête de ce bataillon. Les bleuets y sont aussi, vous les voyez autour de vous !

— Et les condamnés qui ont été injustement traités par le premier conseil de guerre ? Ceux-là, je ne les vois pas.

— Je le sais, dit Passaga. Ils revenaient de trop loin.

Il s'éloigne pensivement en direction de son PC, plantant là les officiers du régiment. Face à l'attitude résolue de Jean Aumoine, il lui vient brusquement à l'esprit qu'il n'a pas réussi à cent pour cent, sa tentative de reprise en main d'une unité mutinée. Aussi ne propose-t-il rien au capitaine, pour ne pas essuyer un refus. Il l'estime trop pour lui forcer la main.

Jean s'est d'abord senti gêné par la sollicitude excessive du général pour une petite section mutinée de compagnie. Latouche lui a expliqué que cette attention bienveillante était en réalité voulue par le GQG.

Quand Pétain a visité chaque général de division, il a demandé à Passaga de se rapprocher de sa troupe, de garder le contact avec les officiers, de veiller personnellement au moral. Le général ne fait qu'appliquer des ordres. Il les outrepasse pourtant quelque peu, en s'occupant lui-même, et avec quelle passion, d'une seule division de son corps d'armée, la 165e du général Caron, dont il veut faire une nouvelle *Gauloise*.

Il a obtenu facilement l'engagement des ex-mutins dans l'unité. Pétain a toujours dit, depuis qu'il s'emploie à réprimer des troubles, que les coupables ne doivent pas être retirés du front, mis à l'abri dans les prisons sécurisées du repentir, mais bien replacés au premier rang des combattants. Il serait injuste que les bons soldats trinquent, alors que les mauvais sont à l'abri des murs épais des cachots : au feu les mutins !

Jean est parfaitement conscient que Passaga vient de placer ses hommes au premier rang pour le casse-pipe, dans les sections d'assaut.

Doit-il prendre leur tête ? Oublier les condamnés sans même connaître leur sort ? Passer l'éponge sur la disparition de trois innocents ? Admettre la disparition du sous-lieutenant Michaux, son frère d'armes, son frère mutin ?

— Tu les retrouveras plus tard, lui assure Latouche. Dans les *bat' d'Af'*. J'ai été moi-même *tricard* en Afrique. J'ai commandé en second le 5ᵉ régiment de tirailleurs tunisiens. Je m'informerai et je les retrouverai. Je crois savoir que cette unité sera rappelée très prochainement en France.

— Mon capitaine, intervient de sa voix calme Roland Martin, placé à la tête d'une sorte de délégation des camarades, nous formons dans cette compagnie un corps franc. Vous être notre chef naturel, nous ne monterons pas à l'assaut sans vous. Remettez votre casque. La danse va commencer.

— Et n'oublie pas ton masque, ajoute Roger Nigon. Verdun empeste le gaz moutarde.

Etrangeté d'un temps où les officiers sont investis par les soldats. Passaga, Leguen, Aumoine, Martin, la confiance réciproque a tué la hiérarchie formelle pour lui substituer la vraie délégation d'autorité, celle du feu. Jean comprend que les hommes l'ont hissé sur le pavois. Il accepte de reprendre son grade et son rang car ils sont, à ses yeux, le pouvoir légitime.

Après les dix jours de préparation d'artillerie, la bataille s'engage sur un front de dix-huit kilomètres à Verdun, rive droite et rive gauche.

— Pétain n'accepte pas que Nivelle lui ait volé sa victoire en reprenant Douaumont. Il veut diriger les opérations de l'après-mutinerie sur un terrain qu'il connaît bien, celui de sa IIe armée, confiée désormais au général Guillaumat, un de ses fidèles. Tu peux être sûr, confie Latouche à Jean, qu'il va suivre le combat sur place, d'heure en heure. Il n'aura pas pris le moindre risque.

Le feu d'artillerie est terrifiant. La consommation de munitions est de six tonnes par mètre carré, c'est dire que la terre de Verdun est de nouveau criblée de centaines de milliers de cratères. Des obus de très gros calibre accablent le Mort-Homme et la Cote 304, permettant l'assaut tranquille de deux corps d'armée sur la rive gauche.

Jean Aumoine a pris le commandement du corps franc parti en premier pour tâter la résistance de la côte du Talou. Latouche est resté en retrait, au PC de Passaga. Il apprend le soir même que la Cote 304 vient de tomber et que la compagnie de Jean s'est rendue maîtresse de l'objectif. Les Allemands n'ont pas pu contre-battre le tir massif de l'artillerie. Le temps que leurs pièces lourdes se mettent en place, les positions étaient prises et bien gardées.

— Ils n'ont pas les moyens de réagir, explique Passaga à Latouche. Depuis juillet, leur artillerie de rupture est employée exclusivement contre le front anglais, car les attaques de Haig dans les Flandres n'ont pas cessé, bien au contraire. Nous sommes tranquilles sur ce front. Von Gallwitz ne sera pas renforcé. Il le sait, et ses contre-attaques manquent de vigueur.

Latouche se sent inutile, dans ce PC de rondins installé par Passaga tout près des lignes, juste en face de la côte du Talou. Il devrait être au contact de l'armée britannique, où se livre la vraie bataille. Jean étant réintégré dans son commandement, il n'a plus qu'à suivre Leguen, son nouveau colonel.

— La reprise en main se poursuit sans anicroche, affirme Passaga. Dites au général Dupont que nos mutins se sont conduits en braves. Pétain a choisi le terrain symbolique de Verdun pour leur redonner confiance par une victoire facile, où la supériorité absolue de l'artillerie livre pratiquement le terrain sans défense, par écrasement de l'ennemi. Les unités d'assaut ont eu moins de dix pour cent de pertes. C'est ainsi qu'il faut faire la guerre.

— Les mutins avaient raison, conclut

Latouche. Ils ont gagné ! Pas d'offensive non préparée. Des garanties avant l'attaque ! Des objectifs limités !

— Pétain a enfin obtenu les moyens de faire la guerre à sa manière. Ménager les hommes, c'est attaquer à bon escient, avec les moyens dont on dispose, et rien de plus, corrige Passaga.

— Ainsi, la guerre peut durer dix ans, ne peut s'empêcher de lâcher Latouche. « Patience et ténacité », dit Pétain. Fort bien ! Avec deux mille canons par secteur, nous arrivons tout juste à retrouver ici les lignes du front tenues en janvier 1916. Aucun progrès réel. On n'envisage plus de percée, mais des rectifications. Heureusement, les Anglais attaquent encore.

— Commandant, vous perdez le moral, dit Passaga. Toute l'artillerie allemande est massée dans les Flandres. Les Anglais, malheureusement, n'iront pas loin. Ils seront arrêtés à leur tour. Nous ne pouvons l'emporter que par une série de coups de poing plus meurtriers pour l'ennemi que pour nous, et à condition de surmonter le découragement. Cette victoire de Verdun est d'abord morale. L'armée est reprise en main, elle peut tenir.

— Pétain a pu gagner du temps grâce au sacrifice des Anglais, maintient Latouche. Grâce à Churchill, revenu au gouvernement et ministre des Armements, les *tommies* ne manqueront de rien et ne faibliront pas. Les Allemands ne nous font plus vraiment la guerre, à nous les Français. Ils nous tiennent seulement en haleine. Ils ont compris que l'Angleterre était leur pire adversaire, le seul obstacle sérieux à leur domination. Leurs sous-marins s'acharnent contre la flotte de Sa Majesté le roi George. Ils ont encore les moyens de bombarder Londres. Ils veulent faire céder l'Angleterre par des ouvertures de paix trompeuses. Ils ont saisi au bond la proposition du pape. Heureusement, Lloyd George ne s'est pas laissé prendre. Il sait trop bien que Hindenburg ne lâchera jamais ses bases de sous-marins de Belgique.

— Je vois que vous êtes impatient de revoir les Britanniques, concède Passaga. Ici, nous attendons plutôt les Américains. Pétain les souhaite dans les lignes de Lorraine, et devant Saint-Mihiel.

Le commandant Latouche rejoint Compiègne avec le sentiment d'avoir remporté sur ce front une victoire personnelle : la réintégration de son jeune ami Jean Aumoine au grade de capitaine dans le corps d'armée Passaga. Il serre avec reconnaissance la main du général fantassin.

Le soir, dans les tranchées conquises de la côte du Talou, Jean veille de près à l'évacuation des blessés allemands par les brancardiers de la compagnie. Il a lui-même interrogé un prisonnier de dix-neuf ans, déjà sous-officier dans un régiment de Rhénanie. Etudiant en philosophie à Heidelberg, Hanz Muller, mobilisé pendant une année entière sur le front russe, affecté au secteur de Verdun depuis le 1er juin, répond aux questions d'autant plus facilement que la guerre est finie, pour lui.

Il s'en réjouit sans doute, offre spontanément du chocolat et des cigarettes au capitaine, comme s'ils n'étaient plus ennemis. Il parle français avec accent, mais assez facilement.

— Vous ne manquez de rien en ligne, remarque Aumoine en désignant les piles de conserves amoncelées dans l'abri.

— Les civils ont faim, pas les soldats. Tout est réservé pour le front.

— La population manque de vivres ?

— Oui. Mais nous avons passé le *Kohlrübenwinter*, l'hiver des rutabagas, sans trop de plaintes. La ration calorique moyenne était de plus de mille trois cents par jour : trois cent soixante-quinze grammes de patates, un peu de pain et de viande, une pincée de sucre, une noix de beurre. Les Allemands sont solidaires et disciplinés, ils supportent. Nous aurons bientôt le blé des Roumains et des Ukrainiens, sans compter le fer du Donetz et le pétrole de Moscou.

— Ainsi, la guerre peut durer cent ans.

— Ou cent jours. La révolution russe n'est pas loin de chez nous. Nous avons un groupe de socialistes, Spartakus, hostiles à la guerre. Dans la Ruhr, en Sarre, à Leipzig, à Berlin même, les spartakistes manifestent. Connaissez-vous Rosa Luxemburg ?

Jean n'a jamais entendu parler de la militante pacifiste emprisonnée.

— Son influence est grande chez nous autres, étudiants révolutionnaires, dit l'*Unterofficier*.

— Je connais le nom de Liebknecht, dit Jean.

— Il est en prison. Savez-vous qu'en février de cette année vingt mille mineurs ont fait la grève à Essen ? Que les dockers de Kiel ont manifesté pour une paix immédiate ?

— Vous semblez vous en réjouir ? Seriez-vous pacifiste ?

— Certainement pas. Je souhaite que la guerre impérialiste aille jusqu'à son terme, la révolution. La paix des buts de guerre ne m'intéresse pas. Je n'ai pas envie que nos industriels se partagent au mieux de leurs intérêts le charbon et l'acier. La paix, dites-vous ? Sans doute, si elle est imposée par les comités de soldats, comme chez les Russes, et si les armes sont retournées contre les ennemis de la révolution.

— Je vois que vos révolutionnaires sont bouclés, et les ouvriers grévistes envoyés au front.

— Combien avez-vous fait de prisonniers dans nos lignes ? Des milliers ! Ludendorff le dit lui-même : « L'infanterie allemande n'est plus ce qu'elle était. » Et vous-mêmes, ne vous êtes-vous pas mutinés ?

— Comment le savez-vous ?

— Par des déserteurs, bien sûr. Ludendorff a interdit aux journaux d'en parler. Mais j'ai lu un entrefilet dans un tout petit journal de Rhénanie, par hasard. Ainsi, conclut l'étudiant, nous sommes quittes : vous attendez la révolution chez nous, nous l'attendons chez vous. Personne ne croit plus, dans nos rangs, aux paroles de l'instituteur qui disait à nos anciens, partant pour la guerre en 1914, d'aller se faire tuer joyeusement pour la patrie. Nous attendons la naissance de la nouvelle Allemagne, celle de Clara Zetkin et de Rosa Luxemburg, celle de toutes les femmes qui ne veulent plus de la guerre. Jamais !

Le *Gefreiter* philosophe est-il un provocateur ? Il parle avec tant de flamme, le regard fixe, que Jean le croit sincère.

Il interroge ensuite un *Feldwebel* barbu, blessé légèrement au bras, qui s'épouille avec soin en faisant griller les insectes sur le couvercle d'une boîte de cirage chauffée par une bougie.

— Je m'appelle Ludwig Hoffmann.

Il parle en allemand, Jean Aumoine a quelque peine à tout comprendre.

— Vous venez d'interroger cette crapule de spartakiste ? J'aurais dû le faire fusiller.

— Pourquoi vous êtes-vous rendus ?

— Ils ont tous levé les bras, dès que vous êtes arrivés. Les chefs eux-mêmes nous ont laissés tomber. On a affecté ici, à Verdun, des officiers de cavalerie que personne ne connaît. Quant aux soldats, de la racaille ! des mollassons ! Ils ne comprennent pas que nous avons enfin les moyens de gagner la guerre. Nous sommes maîtres de toute l'Europe, jusqu'au Dniepr. Et vous, Français, nous avons tué tous vos fils. Vous n'avez plus à nous opposer que les Noirs et les Arabes. Vous comptez sur les Américains ?

Nos sous-marins couleront leurs transports. Hindenburg est le plus grand général de ce temps. Vous êtes foutus.

— Conduisez ces hommes vers l'arrière, dit Jean, et veillez à ce qu'ils soient nourris.

— Il me semble, dit Roland Martin, que l'un des Boches veut nous écraser, et l'autre nous inoculer le virus de sa révolution.

— Tu oublies, répond Jean, la grande masse des pauvres bougres qui subissent comme nous la guerre et ne pensent qu'à rentrer chez eux. Ceux-là se rendent, il faut en convenir, plus volontiers cette année. Sans doute en est-il de même chez nous.

Latouche fait à Compiègne une entrée discrète dans le bureau du général Dupont, pour rendre compte du moral des unités engagées à Verdun. Il désire aussi s'informer sur le mouvement des troupes venues d'Afrique du Nord pour recompléter les unités en secteur.

— Pétain prépare une nouvelle affaire sur le Chemin des Dames, probablement pour octobre. Il prend son temps afin d'accumuler les moyens, lui dit Dupont. Il voudrait être sûr que les Anglais nous soutiendront. Vous connaissez ses rapports tendus avec le général Haig. Allez sur place pour vous renseigner précisément. Je veux savoir de quelles unités de soutien nous pourrons disposer à l'automne. Pétain veut à tout prix réussir son affaire. Le Chemin des Dames est un lieu explosif. L'armée sera définitivement guérie quand le général en chef aura obtenu qu'elle consente à monter une fois encore à l'assaut de Craonne ou du plateau de la Malmaison.

— C'est une folie ! s'exclame Latouche. Veut-on provoquer de nouvelles vagues de mutineries ? Alors que le pays attend la conclusion prochaine d'une paix de compromis, persuadé qu'elle peut survenir d'un jour à l'autre ?

— Rien n'est moins sûr, répond Dupont, lui tendant un rapport du service de censure. Lisez les lettres d'officiers et de soldats. Vous y verrez l'heureux effet de l'offensive de Verdun. La troupe reprend confiance, c'est certain. Sur le Chemin des Dames, les poilus en ont assez d'être bombardés tous les jours. Les artilleurs ennemis guettent le moindre mouvement. L'idée d'une offensive bien préparée comme à Verdun, portant sur un objectif précis, fait son chemin peu à peu dans les esprits.

Latouche parcourt la note. Même refrain au fil des lettres d'officiers : la paix est impossible avec le régime allemand, même si elle est souhaitée à la base. « Tant que le peuple allemand ne se débarrassera pas de la dynastie des Hohenzollern, dit un capitaine du front de Craonne, les chances de paix resteront problématiques. »

Le rapport cite la lettre d'un poilu jugée significative : « Si nous devons passer encore un hiver dans les tranchées, autant que ce soit à l'abri du canon. » Un chasseur à pied en position devant Craonne écrit : « Les événements de Verdun sont de nature à nous rendre l'espérance. »

— Ne vous fiez pas trop au rapport sur le courrier. Ils en extraient ce qui peut nous faire plaisir. Mais ils prennent le soin de souligner cette tendance pour la première fois. En réalité, poursuit Dupont, nos bonshommes commencent à souhaiter que nous réagissions. Ils en ont assez d'encaisser sans répondre. Le canon tonne tous les jours à Craonne et le seul moyen de le faire taire est d'attaquer les plateaux au-delà de la crête. Les Boches ne cessent pas de déclencher des contre-attaques sur toute la ligne, à Cerny, Ailles, en Champagne sur le Cornillet, le mont Haut, le Téton, le Casque. Ils y perdent du monde, mais ils ne laissent pas les nôtres au repos. Sans doute ont-ils eux aussi besoin d'entretenir le moral de leur armée, en lançant des opérations partielles.

— L'échec des Russes n'est pas de bon augure.

— Pour Kerenski, certainement. La Russie est sans gouvernement ferme. Il ne faut plus compter sur elle. Le Boche cogne d'autant plus fort chez nous qu'il nous sent peu sûrs, flottants, désireux d'attendre les secours américains. L'offensive de Pétain s'impose de toute façon.

— Les attaquants de Verdun ont beaucoup souffert des gaz, rappelle Latouche. N'en sera-t-il pas de même au Chemin des Dames ? A quand les masques efficaces ?

— Leurs chimistes améliorent chaque jour les obus, assure Dupont. Les alertes aux gaz se multiplient dans les lignes. Nous avons de plus en plus de blessés, que les majors ne savent pas soigner, les aveugles surtout.

— Que fait Pétain ?

— Il organise à Paris des *cours des gaz* pour les officiers. Ils y suivent des stages fréquents, pour se tenir au courant des progrès de la chimie d'outre-Rhin, et des ripostes à organiser.

— C'est à qui emploiera les gaz les plus nocifs et les plus dangereux !

— La durée du stage est malheureusement insuffisante, trois jours. Mais cela suffit pour donner l'alerte, et obtenir le port du masque presque en permanence, y compris pour les chevaux, les ânes, les mulets et les chiens sanitaires.

— Quelles unités sont prévues pour l'attaque sur le Chemin des Dames ? demande Latouche.

— Toujours les mêmes, les coloniaux d'abord. On a raclé le fond de tiroir des tirailleurs d'Afrique du Nord. On y reprend la conscription. Regardez ce télégramme : le 5e de tirailleurs, où vous avez servi, débarque demain à Marseille. Il comprend un bataillon de *joyeux* avec d'anciens mutins parfaitement repris en main. Certains viennent du 321e. A vous de voir ! dit Dupont, mi-figue, mi-raisin. J'ai pensé que vous seriez intéressé. Je lis sur la liste les noms des sous-officiers. J'y reconnais ceux qui furent les compagnons d'un certain capitaine Jean Aumoine.

Le bal de la Malmaison

Au soir du 26 août 1917, les hommes de la compagnie Aumoine popotent sur la côte de Talou, proche de Verdun, avec le sentiment du devoir accompli. Les prisonniers allemands une fois expédiés vers l'arrière, les roulantes remises en place, les poilus épuisés ne parlent pas de victoire, mais d'avenir immédiat : vont-ils poursuivre longtemps l'ennemi sur ce champ de bataille, ou partir au repos pour préparer une autre affaire ?

Dès lors que la guerre leur semble bien menée, avec le souci constant d'épargner le soldat, elle devient acceptable. Le tour des permissions est affiché au PC du colonel Leguen. Chacun peut s'attendre à partir aux dates prévues. Pour un combattant de Verdun, c'est une sacrée satisfaction !

A la tombée de la nuit, le grenadier Martin, très pâle, le visage décomposé, s'approche d'Aumoine, et désigne du bras sans pouvoir dire un mot une crevasse déjà assombrie par la chute du soleil. Jean lui emboîte le pas aussitôt. Là, sur un lit de brindilles, le père Chabot tient son fils Adrien mort dans ses bras.

On l'avait oublié au soir de la bataille dans le décompte des survivants. On le croyait sauf, il a le crâne enfoncé, les yeux fixes. Le vieux, psalmodiant des paroles sans suite, essuie de son mouchoir à carreaux le sang déjà séché sur le front disloqué. Adrien Chabot fait partie des dix pour cent de pertes revendiqués par le général de la division comme une sorte de record dans son rapport au PC d'armée. Ils peuvent être satisfaits, les grands chefs, on n'a tué, à la 13e compagnie, que le petit Chabot. Cela ne fait jamais qu'une mère de plus en larmes quelque part en France, et un père au bord du suicide.

Jean Aumoine dévisage le cadavre comme pour en graver l'image dans sa mémoire, prend la main déjà raide et glacée dans les siennes, pour lui rendre sa chaleur. Il ne trouve pas un mot pour consoler le père désespéré. Que lui dire, que chacun ne ressente ? Ceux du groupe se sont approchés en silence. Certains prient, d'autres s'allongent à ses côtés, prêts à passer la nuit car ils veulent enterrer leur compagnon au grand jour, pas à la sauvette. Ils veillent leur mort, le gardent près d'eux, afin qu'en aucun cas les ramasseurs de cadavres ne le jettent à la fosse commune.

Jean Aumoine rentre à son PC, titubant et blême. Le docteur Mallet avait raison. Une forte émotion peut le faire rechuter. Il nage de nouveau dans l'abîme où l'on repousse férocement les souvenirs, où l'on décline son identité sans y croire, où l'on renonce à se regarder dans une glace. Au matin, quand l'aide de camp du colonel lui demande de se mettre en tenue pour une cérémonie à la citadelle de Verdun, il se laisse vêtir de son uniforme adéquat par son ordonnance, sans protester, comme un enfant.

La clique du régiment lui déchire les oreilles. Le bruit des godillots défilant sur la rocaille résonne dans son crâne douloureux. Puis les sensations s'émoussent, tout se brouille et se confond. Aumoine est bien présent, au garde-à-vous, mais son esprit est monté au ciel. Est-ce lui qui reçoit la Légion d'honneur des mains du général Guillaumat ? Il entend la citation, pourtant lue d'une voix forte, comme dans un murmure confus. Au moment où le général lui épingle la médaille, le capitaine vacille, se laisse choir. Il a perdu connaissance.

— Cet officier est fatigué, constate Guillaumat. Il doit prendre un long repos.

Le voilà de nouveau allongé dans sa chambre aux couleurs de dragée, dans l'hôpital de Compiègne. Il a dormi quarante-huit heures d'affilée, sous l'effet d'un calmant. Les infirmières se relaient, guettant son réveil pour appeler le docteur Mallet. Quand Jean Aumoine rouvre enfin les yeux, le visage cireux, les traits tirés, c'est pour demander à grands cris son sac, son casque et ses bottes. Est-il prisonnier en Allemagne, qu'on ne le laisse pas partir ?

— J'ai un travail à achever ! crie-t-il. Vous ne m'empêcherez pas de retrouver mes camarades.

Il se lève, mais s'écroule aussitôt aux pieds de

Mallet qui fait signe aux brancardiers de le conduire dans la salle des radios. Ses jambes ne le portent plus.

— Tout est normal, et rien ne va ! dit le docteur en montrant les clichés des radios au professeur Koller qui s'inquiète.

— Il est sous le coup d'une très forte émotion, répond cet homme sage. Reconduisez le traitement habituel par les calmants chimiques. Pas d'autre thérapeutique ! Nous ne pouvons rien faire de plus qu'attendre. Votre patient passe par des phases d'exaltation frénétique et de complet abattement, au point de ne plus dominer ses mouvements. Surveillez-le de très près. Il s'en tirera sans doute un jour ou l'autre. Pour lui, le temps s'est arrêté.

Une semaine de sommeil forcé, et Jean reconnaît à son chevet le visage anxieux du commandant Latouche, retour de mission de liaison à l'état-major du maréchal britannique Douglas Haig.

— Je te donne quinze jours pour te remettre, lui dit-il. Tu viens d'être nommé capitaine de l'armée française à titre définitif. Ils tiennent à toi, à Compiègne. Ils t'ont trouvé un poste sur mesure.

Il connaît Aumoine : un anxieux actif. Il faut l'arracher à lui-même, le pousser sur la route. Il ne peut sortir de son abattement profond dans la solitude. Ces médecins suisses sont incorrigibles. Ils ont encore recours à la méthode de l'isolement qui ne peut donner, avec un Jean Aumoine, que des résultats négatifs.

Le capitaine se lève sans aucun effort. Il se souvient parfaitement que tous ses camarades sont au front, s'en veut de les avoir lâchés. Il est prêt à les rejoindre. Sa place est parmi eux jusqu'au bout.

— A quoi me destine-t-on ? demande-t-il en bouclant son sac.

— Une compagnie de *joyeux*, échappés du bagne. Tu y retrouveras Michaux, Bonnichon, Aucouturier, Dutoit. Ils sont déjà en ligne, sur le Chemin des Dames.

Aumoine ne fait aucune objection. Pour ces hommes, le commandement a choisi le pire. Raison de plus pour les rejoindre. Plus encore que la bande des Passaga, ils ont besoin de lui.

La vallée de l'Aisne est redevenue, au début du mois d'octobre, le boulevard de l'armée française qui prépare une nouvelle offensive, comme si rien ne s'était passé sur ces lieux en avril.

Jean Aumoine s'étonne que le commandant Latouche l'accompagne jusque-là, au lieu de regagner le GQG, comme il en avait l'intention. Il l'a surpris en conversation presque familière avec le colonel.

— Je reprends, comme toi, un poste en secteur, explique Latouche à Jean. Dupont m'a lâché, le temps d'une campagne. J'ai servi dans ce régiment de tirailleurs. Le colonel Pigeat a bien voulu m'accepter comme adjoint : me voilà lieutenant-colonel, à titre provisoire bien sûr. Le tableau d'avancement est aussi serré dans la guerre que dans la paix, pour ceux de l'active au moins. Je suis heureux de prendre place dans ce régiment avec toi, cher Jean !

Pigeat ne cesse de rouspéter. On ne lui a pas laissé le temps de former ses tirailleurs.

— A peine connaissent-ils le maniement du Lebel, grogne-t-il. Pas d'exercices, encore moins de manœuvres dans le bled. Ils ont fait leurs classes à Maison-Carrée, à peine arrachés à leurs douars par les gendarmes ou les gardes champêtres.

— Vous dites *arrachés* ? s'étonne Latouche.

— Ignorez-vous que cette unité de tirailleurs est ici par miracle ? Nous manquons terriblement d'effectifs là-bas. Le Constantinois flambe, les Aurès sont en révolte. Un sous-préfet vient d'être assassiné, ainsi que plusieurs personnages officiels. La levée de la classe 17 a provoqué la révolte dans le bled. Les chefs de famille refusent de laisser recenser leurs fils. Des *moudjahidin* en armes tiennent les montagnes. Nous avons dû leur envoyer des bataillons de zouaves et des spahis, pour les en déloger.

« Les révoltés s'attaquent aux conseils de révision, brûlent les papiers de recrutement. Ils proclament la république, *al Bublik*, l'insurrection contre les Français. Les *joyeux* ont participé à la répression, à l'incendie de fermes et de villages, aux saccages de récoltes. La guerre n'est pas terminée là-bas, six mille hommes battent le bled et les montagnes. Vous pouvez imaginer le moral de nos recrues indigènes. Ils partent malgré eux, regrettant souvent de n'avoir pu prendre le maquis.

— De mon temps, précise Latouche, nous n'avions aucun mal à lever des hommes. Il suffisait de demander des volontaires, à qui l'on donnait une prime. Un bal populaire, une fanfare, quelques danseuses et le tour était joué !

— On s'est aperçu, poursuit le colonel, que les mercenaires recrutés de cette manière étaient de moins bons soldats que les appelés. Nos tirailleurs, surtout des hommes levés au titre de la conscription, ne sont pourtant pas partis volontiers. Les anciens ont assez raconté, dans les familles, les horreurs du front français, pour que les conscrits manifestent le moindre enthousiasme. Ils sont, de plus, faiblement instruits. Heureusement, nous avons les *joyeux*.

— Des bataillons disciplinaires ? s'inquiète Jean.

— Par tradition, l'infanterie légère d'Afrique se recrute dans les prisons et les bagnes : des citoyens condamnés par les tribunaux civils et militaires. Des insoumis, voués aux travaux publics d'Orléansville et de Bougie, ou détenus dans les pénitenciers militaires de Douéra, Bossuet et Aïn El-Beïda.

— Tout est changé depuis la guerre ! affirme Latouche.

— Certes ! On expédie les compagnies de tricards au baroud, soit en Afrique du Nord en cas de rébellion, soit en France. La répression des mutineries nous a fourni un nouveau contingent. Le gouvernement général a pensé, d'accord avec Paul Painlevé, qu'il fallait renvoyer les mutins au front. Pour nous, c'est une aubaine ! Ces hommes aguerris sont les meilleurs soldats du régiment.

— La discipline est-elle sévère ?

— Pas plus qu'à la Légion. Et tout donne à penser que les hommes se conduisent aussi bien au feu. Vous les jugerez à l'usage, dit Pigeat à l'adresse de Jean Aumoine. Je serais étonné qu'ils vous déçoivent. Ils n'avaient qu'une idée, en Algérie, où ils étaient soumis aux travaux les plus éprouvants : rentrer en France. Ils montraient peu d'enthousiasme pour les opérations de répression dans le Constantinois. Ils brûlaient des douars sans pouvoir saisir le moindre butin. Pour ces crapules de *droit commun*, le rapatriement est une bénédiction. « Quitte à faire la guerre, disent-ils couramment, autant mourir pour le pays. »

— Comment s'entendent-ils avec les tirailleurs ?

— Ni bien, ni mal. Ceux-ci ne les considèrent pas comme de vrais soldats, au plus des supplétifs. Il faut dire que les chefs des douars ont envoyé à l'armée les plus mauvais sujets, mais surtout les plus pauvres, des illettrés mal nourris, peu aptes à porter les armes. Des sélections ont été opérées pour éliminer les incapables, les faibles, les malades. Vous avez les meilleurs, mais ils ne savent pas se battre. Les disciplinaires ne connaissent souvent que les batailles au couteau ou les rixes de bordels. Mais les mutins sont remarquables, ils entraînent les autres.

Le mouton de la nouba est nourri à la popote, comme un soldat. L'animal est sacré. Il défile à la tête du régiment. Les tirailleurs le cajolent : une mascotte, qui rappelle le pays. Sur un banc, à l'écart, des Européens sirotent de l'anisette, comme dans les bistrots d'Alger. Ils l'ont apportée dans leurs bagages pour bien montrer qu'ils viennent de là-bas. Ils affectent de parler avec l'accent pied-noir, comme si l'Algérois leur avait procuré une nouvelle identité, rendant vierge leur casier judiciaire.

Le sous-lieutenant Michaux, le premier, reconnaît Aumoine. Les autres se lèvent pour l'accueillir. Emile Dutoit sanglote presque de joie. Arsène Bonnichon étreint Jean entre ses bras puissants, tatoués comme ceux d'un vrai bagnard, et l'embrasse quatre fois sur les joues, à la mode des cousins du Biachais. Le sergent Aucouturier, impeccable dans sa tenue kaki, lui serre les mains avec effusion.

— Depuis le temps qu'on s'est perdus ! s'exclame Emile.

— C'est bon de se retrouver, dit Jean. Il y en a tant que nous ne reverrons plus.

Le bataillon confié au commandant Latouche

par le colonel Pigeat intègre l'unique compagnie des *joyeux* à deux unités de tirailleurs. Les soldats sont en cantonnement sur les hauteurs de Pargnan, au-dessus du village-pont d'Oeilly. Là, les bataillonnaires destinés à l'assaut de Craonne traversent l'Aisne.

— On a engagé, en avril 1917, le premier régiment de marche de tirailleurs algériens dans le massif de Moronvilliers, explique Pigeat. Il a fallu le dissoudre : un bataillon entier avait été massacré sous le feu des mitrailleuses. Il nous reste peu de temps pour exercer mes hommes au lancer de grenades. A Maison-Carrée, je n'en avais pas la possibilité. On ne me livrait pas ces armes, réservées aux zouaves. Les tirailleurs n'avaient droit qu'au Lebel. Ils ont été reçus triomphalement à Marseille, et fêtés tout le long du parcours, les bleus d'Afrique du Nord ! Vous aurez un sous-officier kabyle, Boudjadi, dans votre bataillon, poursuit Pigeat. Il a vingt ans tout juste et son brevet supérieur. C'est le plus instruit. Il veut poursuivre ses études, devenir technicien. Il fait déjà fonction d'instructeur et de chef de section, avec le grade d'adjudant. Il apprend à ses camarades le tir à la mitrailleuse, pour constituer une section spéciale dans son bataillon.

Jean Aumoine a remarqué la réserve des camarades de la compagnie disciplinaire à l'égard des tirailleurs. Les hommes ne se parlent pas entre eux, restent étrangers les uns aux autres.

— Au combat, nous devons être solidaires, explique-t-il à Arsène Bonnichon, qui a découvert les Arabes en Algérie. Ces gens-là sont parfois plus instruits que toi. Ils valent infiniment mieux que les repris de justice de Bab el-Oued ou du quartier blanc de Tunis et d'Oran qui peuplent ta compagnie. Demain, c'est peut-être Boudjadi ou Alloua Abbas qui te sauvera la vie.

Arsène admet. Alloua Abbas a déjà noué des liens avec le sergent Aucouturier, qui a repéré ses dons pour l'entretien de la mitrailleuse. Il l'a affecté à la section de Boudjadi, dont il a entrepris la formation sur des Hotchkiss tout juste sorties de l'usine. Il s'entend parfaitement avec le sergent Bacouche, issu du quartier juif de Constantine, à qui le sergent Arsène Bonnichon consent à apprendre le maniement délicat du fusil-mitrailleur Chauchat, non sans lui imposer sottement, au début de l'instruction, le rite cruel de l'initiation à la *gifle*.

— Alloua Abbas, raconte le colonel à Latouche, est d'une famille courageuse de Kabylie, bien décidée à sortir ses enfants de la misère grâce aux études. Le père a orienté son aîné vers l'école normale d'instituteurs. Alloua apprend l'électricité. Les Kabyles constituent dans leurs villages des communautés indépendantes. Ils ne sont pas soumis au pouvoir des chefferies, ni des institutions religieuses, cela ne les empêche pas de croire en Allah.

— Je me souviens qu'à Maison-Carrée, explique posément Latouche, les vieux officiers du régiment partageaient les réticences du gouvernement général pour la levée des troupes indigènes. Ils préféraient les mercenaires aux mobilisés. Ils choisissaient ces mercenaires eux-mêmes, comme sur un marché aux esclaves, se débarrassaient des « mauvaises têtes », des paresseux et surtout des indigents. Le système du volontariat favorisait le système conservateur des notables musulmans. Ceux qui partent avec la conscription échappent à cette pesante tutelle. Ils pensent servir l'avenir de l'Algérie en brisant le corset de *ses* notables, qui jouent le jeu de *nos* colons.

— Il ne faut pas parler à nos recrues d'un engagement pour de l'argent, assure le colonel. Ils en sont indignés. C'est une manière, disent-ils, de les avilir. Donne-t-on des primes aux soldats français ? La chair arabe se paie à la foire aux soldats. C'est intolérable, et nos responsables ont fini par le comprendre. Nos hommes ne sont pas des volontaires. Ils veulent les mêmes droits que les Français, et acceptent les mêmes devoirs.

— Ceux du Constantinois doivent avoir leurs frères ou leurs pères au maquis, suppose Jean.

— C'est en effet possible et ce n'est pas contradictoire. Pour Boudjadi, notamment. Son père est un chef de la rébellion. Il lutte pour faire valoir ses droits. Cela n'empêche pas le fils d'avoir répondu à la conscription. Sans doute une façon, pour lui, d'entrer dans la modernité. Il pense que les révoltes à l'ancienne sont archaïques, sans efficacité et sans avenir. Sous l'uniforme, les Français sont obligés de le reconnaître, de l'admettre à égalité. Il prend ses grades, suit les pelotons, reçoit des décorations, au même titre que les autres.

Emile Dutoit, qui a compris ce que souhaite son camarade capitaine, invite sans tarder deux ou trois sous-officiers de tirailleurs à une table de la popote, où vient s'asseoir aussi Jean Aumoine. Bacouche n'est pas en reste, et Bonnichon les rejoint.

— Alloua Abbas, te sens-tu français ? demande Jean de but en blanc à son voisin.

— Pas du tout, mon capitaine, je suis et je reste kabyle. Mais je suis heureux de combattre comme un Français, dans le camp de la République. Si nous avions une république de Kabylie, elle aurait son drapeau à côté du vôtre. Elle l'aura peut-être un jour, quand nous serons capables de nous administrer nous-mêmes, comme l'écrivent les nôtres dans le *Cri de l'Algérie*.

Le caporal El Aziz Kessous est déjà instituteur en Petite Kabylie. Il corrige les propos de son camarade, va beaucoup plus loin que lui pour justifier sa présence dans l'armée française.

— Nous ne sommes pas des *béni-oui-oui*, mon capitaine. Nous n'admirons pas éperdument tout ce qui vient de chez vous, nous ne mendions pas les grades, les médailles ou les prébendes. En combattant pour la liberté — c'est bien ainsi que je l'enseigne à l'école

— nous luttons aussi pour la nôtre, pour l'abolition du système colonial.

— Arsène Bonnichon a de la chance, déclare Mohamed ben Zelmat, sergent aux galons tout neufs, issu d'une famille des Aurès. En venant au monde, il jouit du droit de vote garanti à sa majorité et de ses droits civiques. Nous n'avons pas tout cela, nous, les indigènes. En prenant l'uniforme, nous devenons d'un coup vos égaux.

— Il faut une guerre pour que les colons comprennent, conclut Bacouche. Nous sommes tous égaux au casse-pipe, nous, les mobilisés d'Algérie. La mort est une grande niveleuse. Les Français d'ici le savent, il faudra bien, un jour, le faire admettre à ceux de là-bas.

Le colonel a donné l'ordre d'ériger une mosquée en planches dans la clairière, afin que les musulmans puissent y suivre leur culte. Les plus surpris sont les Kabyles, qui s'étonnent toujours de voir la République laïque laisser se multiplier en Kabylie les églises et écoles chrétiennes — considérant sans doute les non-Arabes qui la peuplent comme un gibier de conversion plus facile pour les bons pères blancs. S'il est vrai que les catholiques peuvent prier dans leurs églises, même détruites, qu'ils ont des aumôniers dans les régiments, rien de tel pour les adeptes du croissant. Ils n'en ont, du reste, nul besoin.

— Nous sommes heureux de cet hommage, dit à Jean le caporal Kessous, mais un musulman peut prier, partout dans le monde, sans mosquée à proximité. Il lui suffit d'un tapis de prière et d'un coran. Tous les croyants ont rangé dans leur sac, en quittant leurs douars et leurs villages, le texte sacré. Même les illettrés. Nul besoin d'autre objet, ni de lieux de culte. N'importe quel frère peut en aider un autre au moment de la *bonne mort*. Nous n'avons d'exigences que pour les funérailles. Nous ne pouvons dormir en terre chrétienne. Elle doit être purifiée.

Entièrement repris par l'action, le capitaine Aumoine a oublié ses angoisses pour se donner à sa nouvelle mission. Il obtient du colonel un certain panachage des sections, afin d'éviter toute rupture entre les *disciplinaires* et les tirailleurs. Le commandant Latouche soutient sa demande.

— Les volontaires étaient trop peu nombreux dans ces unités indigènes en 1914, explique-t-il. On a dû former des bataillons mixtes de tirailleurs et de zouaves, de musulmans et de pieds-noirs, et les résultats de ce mélange ont été très encourageants. La troupe sera beaucoup plus homogène et résistante, si elle est tissée de fils différents, harmonieusement mêlés.

Jean travaille à écrémer la compagnie, pour constituer une sorte de corps franc de volontaires. Cette section particulière, soixante hommes au maximum sur deux cent cinquante, marchera en tête des groupes d'assaut, repérant et préparant le terrain, attaquant la nuit les postes de mitrailleuses à la grenade.

Chez les joyeux, les partants ne manquent pas : un voyou des Batignolles, René Pataud, dit Nénesse, condamné à dix ans de travaux forcés, s'estimerait déshonoré de ne pas être retenu pour un groupe d'assaut. Il roule des épaules comme un légionnaire et aime arborer les tatouages de ses bras musculeux.

Jules Basdevant, le perceur de coffres récidiviste, le suit comme son ombre. Le plus acharné est Edouard Detaille, un imprimeur réfractaire au pur parler parisien, spécialisé dans l'impression des billets de banque. Il est enchanté de côtoyer, dans le groupe, le juif pied-noir Bacouche et les volontaires tirailleurs, le sergent Zelmat et le caporal Kessous, qui s'attachent aux pas du mitrailleur Bonnichon.

Personne, dans la bande, ne conteste les grades attribués par le colonel aux tirailleurs qui tiennent naturellement leur rang dans la hiérarchie, chargés chacun d'une escouade d'une quinzaine de volontaires choisis avec soin, aussi bien chez les disciplinaires que dans les rangs des bleus venus des douars.

L'entraînement commence aussitôt, dans les carrières de l'Aisne. Jean ne néglige aucun détail, familiarise les nouveaux venus avec tous les types modernes d'armement, insiste sur la nécessité d'emporter une pelle au combat pour creuser sans cesse et sans faiblir des trous individuels assurant la sécurité.

Le commandant Latouche n'a pas à intervenir pour imposer l'amalgame. Celui-ci se réalise lors de chaque marche de nuit, où les tirailleurs montrent leur capacité à ramper sans bruit et sauter, poignard en main, sur les sentinelles, aussi bien que les anciens. Une expédition soigneusement préparée permet de progresser sous le bombardement jusqu'au plateau de Craonne, perpétuel enjeu des combats.

Les tirailleurs découvrent le champ des morts, endurent les plaintes des blessés, non secourus depuis la nuit dernière dans les trous d'obus, réalisent, à la lumière des fusées, l'horreur d'un champ de bataille. Pas un de ces bleus ne flanche.

Ils suivent Aumoine qui leur apprend à progresser par bonds d'un trou à l'autre, à cisailler les barbelés, à balancer les grenades à vingt mètres dans les tranchées. Les longues randonnées nocturnes entraînent la troupe, qui peut parcourir sans fatigue excessive vingt kilomètres de terrain difficile. Les anciens des travaux forcés sont les derniers à se plaindre. Tout vaut mieux pour eux, pensent-ils, que de mourir d'insolation sur les routes d'Afrique.

Le soir, les hommes veillent ensemble autour des braseros dans une caverne aménagée, où la compagnie trouve aisément place. La fraîcheur de la fin de septembre annonce l'automne et les temps de mélancolie. Pour oublier le dépaysement, éloigner l'hiver qui se profile, les Kabyles chantent ensemble, et Kessous révèle aux Français ses dons de conteur d'histoires sentimentales et colorées. Pataud l'accordéoniste lance les airs de la Butte, repris à l'harmonica par Aucouturier, le virtuose des bals de Biachais.

Surpris par une fraternisation aussi spontanée, Latouche s'en ouvre au colonel :

— Si nous avions tenté jadis, au quartier de Maison-Carrée, le quart de la moitié de ce qui se passe dans cette compagnie, nous aurions eu sur le dos toutes les autorités réunies, le général en tête. Des générations de gouverneurs se sont refusées à lever des conscrits, pour maintenir les indigènes dans leur état de subordination.

— La colonie, c'est la colonie, dit le colonel. Ce n'est pas la France, quoi qu'on en dise.

— Un ami anglais m'a raconté l'histoire de la levée, aux Etats-Unis, des quatre premiers régiments de Noirs, destinés à combattre chez nous. L'un d'eux a été recruté dans le Bronx, à New York. On entraînait les soldats en Caroline du sud. Les Blancs de cet Etat anciennement esclavagiste ont manifesté avec violence pour qu'on retire leurs fusils aux nègres. Quand on les a embarqués pour la France, dans le port de New York, le transport a été sabordé, ils ont failli périr noyés.

20 septembre 1917 à Compiègne. Le général Maistre entre au palais pour la réunion de neuf heures. Il est en avance, sachant que Pétain est un maniaque de la ponctualité. Les gendarmes

ouvrent la porte du salon où se tient Barescut, l'aide-major général des opérations. Pétain lui-même préside. A sa droite, le général-artilleur Buat, grand maître de l'ALGP, l'artillerie lourde à grande puissance. Il s'agit de préparer, dans le détail des moindres figures, le grand bal de la Malmaison.

Maistre, responsable de la VIe armée qui doit donner l'assaut, fait les réserves les plus vives :

— Le Chemin des Dames a très mauvaise réputation dans la troupe, commence-t-il. L'échec du 16 mai est le premier responsable des mutineries.

— Je sais, coupe Pétain. C'est pour cela qu'il faut l'arracher sans pertes à l'ennemi.

— Une nouvelle opération manquée dans cette région produirait un effet désastreux, poursuit Maistre, sans se laisser démonter par l'immobilité « marmoréenne » du visage du général en chef, ni par son regard bleu d'acier.

— Nous savons tout cela, général, s'impatiente Pétain. Avez-vous, oui ou non, les moyens de lancer l'assaut en temps utile, je veux dire, par temps convenable ?

— Il nous faut à tout prix la certitude de réussir, affirme avec force le général d'armée. La première condition de cette certitude est une supériorité écrasante en artillerie.

Pétain fait signe à Buat. C'est à lui de répondre, ce qu'il fait toujours en traçant des figures et des chiffres sur une feuille de papier :

— Pour vous donner un ordre de grandeur,

nous avions rassemblé cinquante mille fantassins à Verdun lors de la dernière offensive du mois d'août ; nous alignons soixante mille artilleurs sur ce même front de dix-huit kilomètres : comme vous pouvez le noter, dix mille artilleurs de plus ! Je disposais alors, à moi seul, de plus de cent pièces lourdes. Pour renouveler l'exploit, il me faut aujourd'hui deux mille wagons acheminant cent vingt mille tonnes d'obus de divers calibres. Je précise qu'il s'agit seulement de pourvoir à sept jours de tir.

— Vous les avez déjà, coupe Pétain.

Le général Dupont fait son entrée. Le sourcil du général en chef esquisse un frémissement. Dupont est coutumier de ces retards.

— Je viens de recevoir un télégramme chiffré de nos agents de Laon, annonce celui-ci en exhibant le texte souligné en rouge : quatre divisions fraîches de l'ennemi sont signalées dans la région. Elles viennent d'arriver par voie ferrée de la plaque tournante de Maubeuge.

— Je le sais, dit Pétain, nous l'avons appris de source anglaise. Le maréchal Douglas Haig m'a demandé de les immobiliser, le temps de poursuivre son offensive sur le saillant d'Ypres. J'ai promis quarante-huit heures de bombardement lourd, à partir du 6 octobre. Buat est au courant.

Vexé d'avoir manqué son effet, Dupont avance d'une voix doucereuse pour se rattraper :

— Nous avons devant nous cinq divisions, dont deux de la Garde prussienne.

— Comment le savez-vous ?

Dupont jette sur la table deux pattes d'épaulettes régimentaires et des insignes saisis sur des prisonniers. Il est imbattable au petit jeu du repérage des unités ennemies. Il les suit individuellement depuis août 1914 et connaît jusqu'aux noms des colonels successifs.

— Les réserves ? s'inquiète Barescut.

— Deux régiments d'une sixième division, déjà en place derrière le Chemin des Dames. Il faut compter six autres divisions échelonnées trois par trois, à quelques kilomètres de distance. N'oubliez pas la tactique du champ de bataille d'armée inaugurée par le premier quartier-maître général Ludendorff.

— Nous n'en ignorons rien, s'impatiente Pétain. L'artillerie ?

— Deux cent cinquante batteries s'efforcent, depuis quatre ou cinq jours, de paralyser nos préparatifs, intervient le général Buat. Grâce aux renforts d'aviation obtenus récemment, nous avons réussi à les localiser, pour la plupart. En nous basant sur notre dernière estimation, elles sont en mesure de nous gratifier de deux cent dix mille obus. Nous en tenons six cent trente mille à leur disposition, soit un rapport approximatif de trois pour un.

— Reste à prévoir une date de départ, tranche Pétain. Il faudra tenir compte du temps. Pas d'offensive possible sans le soutien total de l'aviation. Sa carence est largement responsable du premier échec, celui du 16 avril. En tout état de cause, Buat commencera sa préparation le 17 octobre. Nous aviserons ensuite pour fixer la date du départ, en fonction du temps.

— Nous avons prévu une succession de coups de main pour sonder l'état des lignes ennemies, en profitant du bombardement, ajoute Barescut.

— Je ne veux pas d'attaque d'infanterie si les réseaux de barbelés et les mitrailleuses d'arrêt ne sont pas détruits, souligne Pétain. Qui comptez-vous employer pour ces sondages ?

— Des corps francs, pris dans différentes unités, répond Barescut. Des hommes entraînés spécialement au terrain. La VIe armée me propose des Somalis, dont l'acuité de vue nocturne est exceptionnelle.

— Il en reste peu, objecte Dupont. Ceux qui n'ont pas été tués à Verdun sont morts sur le Chemin des Dames. Ils sont toujours dans la première vague.

— On vient de me signaler la disponibilité d'un corps franc de *joyeux* et tirailleurs amalgamés. Une formation très originale.

Pétain, intéressé, tend l'oreille.

— Le nom du capitaine ?

— Jean Aumoine, un quasi-mutin, glisse Dupont, qui connaît son homme.

Pétain ne fait pas d'objection. Au contraire, il aime à voir qu'on utilise les soldats les plus douteux aux tâches les plus périlleuses.

Par petites étapes, le corps franc d'Aumoine a

quitté le cantonnement de Pargnan pour descendre, en camion, la vallée de l'Aisne jusqu'à Vailly. Jean a soigneusement repéré, chaque nuit durant une semaine, les pentes du Chemin des Dames et les entrées de creutes, jusqu'aux villages entièrement détruits d'Aizy et d'Ostel, où les unités du 11e corps du général de Maudhuy, appartenant à la VIe armée de Maistre, sont en place.

Voilà le capitaine Aumoine ramené de plus de trois ans en arrière : c'est en août 1914 qu'il avait entendu parler pour la première fois de ce Maudhuy, un ancien colonial chargé par Joffre de conduire l'offensive de Lorraine qu'il avait superbement manquée à Sarrebourg.

Jean programme sa première reconnaissance dans la nuit du 21 au 22 octobre. Il a reçu par pli secret la carte d'état-major au cinq millième annotée de la main du général Buat, avec indication précise de la zone déjà couverte par la première vague de bombardements. Sa mission est d'en connaître exactement les effets sur le terrain.

La nuit est lugubre, sur la ligne du Chemin des Dames. De l'Epine de Chevregny, à deux cents mètres d'altitude, les observateurs allemands doivent sonder à la clarté aveuglante des fusées les abords de la position, épier à la jumelle le moindre mouvement dans les ravins. Une pluie glacée accable les hommes du corps franc tapis dans une tranchée de l'avant.

Les canons français tonnent toute la nuit.

— Prenez garde, mon capitaine, le tir des 75 se raccourcit, observe le sergent Mohamed ben Zelmat. Il vaut mieux reculer, ils vont tomber sur nous.

Au signal, les hommes s'égaillent sur cent mètres à l'arrière, creusent en vitesse des trous, attendant la fin de l'orage.

— Partons tout de suite, avant les autres, décide Aumoine. Un bataillon du 170e régiment d'infanterie nous suit. Il va provoquer le tir de l'artillerie allemande, ce qui permettra à nos artilleurs de régler le leur sur l'emplacement des batteries ennemies. Nous devons précéder ces biffins. Ils ne pourront aller loin. Le tir de barrage va les accabler. Leur départ est prévu dans l'après-midi.

Dissimulé derrière les pierres entassées d'une maison en ruine, Arsène Bonnichon ouvre le feu d'une rafale de Chauchat tirée sur la hanche, au juger. Le tirailleur Zelmat, habitué aux montagnes des Aurès, bondit sur la pente, court à toute allure en zigzag, et lâche une volée de grenades dans une tranchée. Aumoine le talonne, pistolet en main.

— Les lâches ! Ils sont partis, s'exclame Zelmat dépité.

— C'est toujours ainsi pendant les bombardements. Ils abandonnent les premières positions pour éviter les pertes. Attention, ils vont revenir.

Aucouturier et Boudjadi, prêts à tirer, ont déjà mis leur mitrailleuse en position au bord d'un cratère de la tranchée ennemie, très malmenée par les obus français.

Le jour qui se lève offre un spectacle désolant au corps franc : pas le moindre Boche dans les abris. Des fusils abandonnés, des débris de fil de fer, de fils de téléphone, de chevaux de frise et de tôles ondulées. Des cadavres déjà refroidis, des casques troués, des grenades à manche abandonnées en vrac, à même le sol.

— Ils ont été surpris par le premier bombardement, note Jean Aumoine, qui ordonne à René Pataud de découper les pattes d'épaulette des morts et de saisir leurs papiers et plaques d'identification.

Un second bond en avant les porte à la deuxième ligne. Ni barbelés, ni trous de cavernes pour gêner l'avance. Tout est noyé dans les cratères des obus géants.

Sans mot dire, Zelmat tire Jean par la manche et lui désigne le bonnet plat d'un Boche ! Un coup de Lebel, l'autre disparaît. Les hommes s'éparpillent pour éviter une salve, craignant le feu de représailles d'une mitrailleuse enterrée. Zelmat s'approche en rampant. Sous une plaque de béton, une descente d'escalier. L'Allemand a coiffé son casque. Il lève les bras pour se rendre.

— Attention à l'abri ! crie Jean. Ils sont tous planqués.

Il s'approche à son tour de l'escalier.

— Rendez-vous !

Pas de réponse. Après une deuxième sommation tout aussi inutile, Jean fait signe à Zelmat.

Le sergent lance aussitôt deux grenades. Un bruit assourdissant, de la fumée. Des voix : *Kamarad !*

Bonnichon couvre l'entrée de l'abri de son fusil-mitrailleur. Bruits de bottes dans l'escalier bétonné. En apercevant l'Algérien, le *Feldwebel* lance un ordre guttural. Les premiers sortis se jettent à terre. Les autres restent dans l'abri, craignant d'être massacrés.

— *Auf ! Schnell !* dit Aumoine en ajustant le *Feldwebel* qui se redresse, pâle comme un mort.

Le caporal Kessous le pousse du canon de son Lebel vers l'arrière.

— Vous, prisonnier !

Les derniers *Feldgrau* sortent de l'abri, sans armes, la musette autour du cou.

— Fouillez-les ! dit Jean. Ils peuvent cacher des armes et nous tirer dans le dos.

Jules Basdevant se précipite au butin. Rien dans les poches ni dans les sacs, sauf des montres, des brosses à dents, des rasoirs et des peignes. Pour les plus prévoyants, quelques boîtes de conserve et des gourdes de schnaps.

Impossible d'aller plus avant. La troisième position est bien gardée, et les nids de mitrailleuses ne sont pas détruits. Ils tirent à la moindre alerte.

L'artillerie française doit recommencer son travail sur les positions exactes notées par Jean sur la carte du secteur. L'infanterie, à l'abri derrière cette troisième ligne de positions, se tient prête à intervenir. Tous les *Stollen* sont à ce niveau. Sur la deuxième ligne, le groupe d'Allemands capturés était seulement chargé de surveiller le front, et de se replier aux premiers obus dans les abris.

D'autres sont là, échelonnés tous les cent mètres, que Jean décide de négliger. Les troupes d'assaut s'en chargeront. Il prévient le PC du colonel du 170e régiment d'infanterie de la possibilité d'une contre-attaque violente de l'ennemi à partir de sa troisième ligne. Puis il passe à l'interrogatoire du *Feldwebel*.

Il a saisi sur lui une lettre écrite la veille au soir, adressée à sa famille dans le Brandebourg. Le sous-officier appartient au 20e régiment de la 5e division de la Garde. Il se nomme Karl Schmidt.

La lecture de sa lettre est édifiante. Les effets du bombardement français en première ligne ont été terrifiants. Les obus provoquaient un tremblement continu du sol. La veille, les Allemands ont subi une attaque aux gaz. Beaucoup des leurs sont morts asphyxiés. Ils présentent les mêmes symptômes : les nerfs de la poitrine sont tétanisés, impossible de respirer. Heureusement, Karl a mis son masque. Il affirme que deux creutes ont été détruites par les obus lourds, qu'on a retiré des trous fumants des dizaines de tués et de blessés. Le commandement s'attend à l'attaque imminente des Français. Karl fait ses recommandations à son épouse. Qu'elle n'espère pas recevoir de ses nouvelles avant longtemps. Il sera sans doute fait prisonnier.

L'homme est accablé, hébété presque. Il répond aux questions par monosyllabes. Il sait que les Français vont attaquer le fort de la Malmaison. Les renforts ? Ils viendront en temps voulu, après la riposte de l'artillerie allemande, si celle-ci n'est pas détruite. Leurs avions ? Les chasseurs français les ont abattus par douzaines. Le ravitaillement ? Correct.

Pataud, dit Nénesse, prend Aumoine à part. Il a fouillé avec soin la sacoche prise au *Feldwebel*. Sous la doublure, il a découvert une poche secrète. Il en tire un document de l'armée française, adressé à un PC de l'avant par le QG de la VIe armée et mentionnant l'heure H, cinq heures quarante-cinq, le 23 octobre.

Jean siffle entre ses dents. Tout recommence. Déjà, le 16 avril, les Boches étaient prévenus des date et heure de l'offensive Nivelle, par un document saisi sur un zouave prisonnier. Il interroge le *Feldwebel*, lui demande des explications :

— Papier français, répond l'Allemand, saisi par équipe spéciale sur un prisonnier, hier soir. Officier de liaison.

— Ce n'est pas tout, dit Nénesse.

Il tend à Jean un ordre d'alerte en allemand pour les troupes de première ligne. Il est bref, et le capitaine le déchiffre sans peine : alerte donnée aux Allemands dès cinq heures trente, et début de la contre-batterie à la même heure.

— Repli immédiat ! lance Jean Aumoine. Le

sergent-chef Aucouturier prendra le commandement de la section.

Ce qu'il vient d'apprendre est trop grave pour que le général Maistre n'en soit pas aussitôt averti. Il gagne l'arrière, au PC du 170e régiment. Le colonel, occupé à préparer son attaque, n'y est pas.

— Etes-vous sûr de vos liaisons téléphoniques ? demande-t-il à l'officier de garde.

Aumoine insiste. Il doit avoir directement en ligne le QG de Maistre. Impossible. On ne peut appeler de ce poste que la division. On lui suggère très sérieusement l'envoi d'un pigeon voyageur.

Le capitaine bouscule l'officier et se saisit du téléphone de campagne. La division ? Il parvient à la joindre. Une liaison brouillée, à peine audible.

— Passez-moi le QG d'armée immédiatement.

— Impossible. Nous ne sommes reliés qu'au corps d'armée du général de Maudhuy.

— Ici le capitaine Aumoine. Quel est votre nom ?

— Lieutenant Passy, mon capitaine.

— Je vous garantis le conseil de guerre si vous ne me branchez pas tout de suite sur le QG d'armée.

Le lieutenant, après plusieurs manœuvres fébriles, obtient enfin la communication. Jean se présente, donne des indications précises sur l'origine et la nature des documents. Il a bientôt au bout de la ligne le chef d'état-major du général Maistre en personne.

— Félicitations, capitaine. Vous avez fait du bon travail.

Il n'en dit pas plus. Jean apprendra le lendemain, en rejoignant au repos son corps franc, que Maistre a seulement avancé l'heure de l'attaque à cinq heures quinze, avant le lever du soleil.

La capture du *Feldwebel* prussien par la section Aumoine vient peut-être de sauver du désastre les troupes d'assaut de la dernière offensive de Pétain.

La veillée d'armes est interminable, dans le secteur tenu par la division coloniale. Dans l'obscurité, Jean Aumoine a du mal à retrouver ses tirailleurs. Il tombe d'abord sur les grand-gardes du régiment d'infanterie coloniale du Maroc. Un caporal le prend pour un espion. Le capitaine se fait reconnaître à la lanterne, scrute le visage des sentinelles : des bleuets habillés de kaki ont pris la place des morts de Douaumont et du Chemin des Dames.

Les pertes ont été lourdes dans cette unité d'élite, les 16 et 17 avril, et l'artillerie allemande a décimé les colonnes. Il ne reste guère qu'une centaine de soldats du recrutement de 1916. Ils sont les seuls à s'être assoupis sur leurs couchettes, à l'abri d'une grotte. Les jeunes ne ferment pas l'œil. Ils attendent l'heure de l'attaque, attentifs aux récits d'un sergent-chef qui dénombre toutes les ruses de l'ennemi, tous les traquenards de l'éperon maudit.

Plus loin, Jean se heurte à un piquet du 4e zouaves, autres héros de Douaumont, qui portent lors des prises d'armes la fourragère aux couleurs de la médaille militaire. Des sections d'assaut ont passé la journée à repérer les boyaux conduisant aux parallèles de départ. Exténués, les hommes se reposent avant d'en remonter. Les anciens ont plié leurs chéchias rouges sous leur épaulette, pour la coiffer au moment du dernier assaut, celui de la victoire.

Jean s'étonne de constater, à la veille de la bataille, à quel point les hommes de ces unités d'élite, nouveaux sous l'uniforme de la coloniale, ont pu conserver intacte, après tant de massacres, leur soif de vaincre et de s'illustrer dans les plus durs combats. Comme si la mort, au 4e zouaves, devait se mériter.

Tous ne viennent pas d'Afrique. On les recrute dans les dépôts et ils ne sont pas des volontaires. Mais ils reçoivent, en arrivant en secteur du front, une sorte d'initiation grâce au récit, répété inlassablement par les anciens, des glorieux engagements passés. On leur demande de s'en montrer dignes, pour entrer à leur tour dans la légende des zouaves.

« Ainsi se préparent sans doute, dans les creutes d'en face, les bleus des régiments de la Garde prussienne », se dit Jean Aumoine. La force des deux armées repose sur ces combattants du premier choc. Il est faux de dire que le schnaps ou la gnôle leur tiennent lieu de viatique au moment de franchir les parallèles. Ils ont surtout bien intégré la culture très particulière des troupes d'élite.

Qu'elles meurent plus et mieux que les autres leur permet de figurer en tête des parades de victoire, d'avoir les honneurs des journaux, d'entretenir la légende de la guerre des héros.

« Un zouave mort est l'égal d'un autre biffin, se dit le capitaine. Ils sont, l'un comme l'autre, les ouvriers de la grande entreprise d'équarrissage qui allongera les corps, au soleil de midi, sur les pentes crevées de trous d'obus du plateau sinistre de la Malmaison. »

Où sont cachés les tirailleurs ? Jean les trouve enfouis dans les carrières de Sermoise, plus éloignées des parallèles d'attaque. Ils auront plus de chemin à faire que les autres pour s'élancer à l'assaut. Ils se sont aménagé de confortables couchettes dans les couloirs souterrains, à l'abri des bombardements.

Arsène Bonnichon ne dort pas. Il initie le sergent Zelmat à la manille. Bacouche tape les cartes avec conviction sur une caisse de cartouches, à la lueur du camion dynamo qui fournit de la lumière crue toute la nuit au cantonnement. Emile Dutoit interrompt la partie pour accueillir le capitaine :

— Une boîte de homard ? Un verre de bordeaux ? Il coûte cher, mais rien n'est trop beau, trop bon pour ceux qui vont partir. Nos amis algériens ne veulent pas en goûter, même une lampée.

— Il faut être à jeun, déclare Zelmat, pour entrer au paradis d'Allah !

Les tirailleurs ont été bien traités. Les carrières leur offrent un vrai repos avant la tempête. Beaucoup ont réussi à s'endormir sur les paillasses.

Latouche et le colonel Pigeat sont les derniers à rester éveillés : ils se répètent sur la carte le scénario de l'attaque, étudient les pièges possibles, consultent les derniers messages délivrés par les téléphonistes. L'avancement de l'heure du grand départ les oblige à désigner des volontaires pour des patrouilles de nuit. Il s'agit de trouver des repères clairement identifiables et de marquer les passages prévus des colonnes. Les premiers éléments attaqueront avant l'aube. Il faut qu'ils puissent se déplacer sans se perdre.

Toujours prévoyant, Jules Basdevant, le perceur de coffres, n'attend pas la dernière heure pour nettoyer ses armes et vérifier son contingent de grenades. Ses cartouchières pleines reposent au pied de sa couchette, il brique sa baïonnette avec acharnement. L'adjudant Boudjadi roule son barda dans une toile de tente qu'il portera en bandoulière.

La musette garnie de quatre jours de vivres, les tirailleurs sont réveillés, pour ceux qui ont réussi à trouver le sommeil, avant quatre heures du matin. Ils vérifient une dernière fois leur équipement, masque à gaz, deux bidons pleins d'eau et de vin, les grenades. Ils resserrent les bandes molletières distendues, pour ne pas être gênés dans leur course folle, jettent un regard attendri sur leurs godillots bien graissés qui seront bientôt couverts de boue. Il est temps pour tous de sortir du paradis protégé de la creute pour entrer dans l'enfer.

Le 23 octobre 1917, la VIe armée française s'élance à l'assaut du fort de la Malmaison, à l'ouest de la ligne du Chemin des Dames.

On ne peut imaginer temps plus détestable. A trois reprises, Pétain a dû remettre le départ. Il n'est pas question de différer de nouveau : cela permettrait aux Allemands de préparer minutieusement leur contre-attaque.

Grisaille, brouillard, opacité d'une nuit sans lune et boue jusqu'à mi-jambe dans les tranchées. Jean Aumoine plaint les poilus des deux divisions d'attaque du 11e corps. Ils ont subi trois fois l'angoisse extrême de l'attente dans les parallèles. Un départ reculé de jour en jour sur ordre du haut commandement.

Ils vont glisser dans la boue, balayés par un vent violent, sans rien voir à dix mètres. Pas d'avions au-dessus d'eux, ils n'ont pu décoller. Jean et son corps franc, après quelques heures de repos, rejoignent en secteur d'attaque la division coloniale où le régiment de tirailleurs est en première ligne. Le capitaine devra, après son exploit, rentrer dans le rang pour commander la compagnie d'assaut dans son entier.

L'ordre de marche est simple : nettoyer les carrières où sont postées des mitrailleuses sous abris, grimper au fort de la Malmaison, traverser le plateau de l'Orme et redescendre au nord par le mont des Tombes.

— Un parcours insensé, marmonne le commandant Latouche à l'oreille d'Aumoine. Nous y laisserons notre peau.

Les carrières de Bohéry ne sont guère hospitalières. Elles dominent la coulée de l'attaque française entre le plateau des Marraines et celui des Roches, où sont creusées des tranchées garnies de mitrailleuses qui prennent les attaquants sous leurs tirs croisés.

Elles forment de nombreuses creutes, dont chacune offre plusieurs accès et est reliée par un tunnel au fort de la Malmaison. Le commandant Latouche a eu beau confronter les résultats des patrouilles de reconnaissance, il ne peut se faire aucune idée de la complexité des défenses ennemies.

Il pressent seulement le danger, ayant pu repérer de multiples entrées de creutes.

— L'attaque ne peut réussir, dit-il au colonel.

Pigeat lui fait signe de le suivre. Ils sortent de leur caverne pour émerger dans la nuit obscure, illuminée d'innombrables fusées. Des lueurs rouges éclairent l'horizon : non pas le jour qui se lève, mais le fort de la Malmaison qui brûle.

— Si les calculs de Buat sont exacts, dit le colonel, il vient de recevoir soixante-dix obus monstrueux de 400, un millier de 240, sans compter les 270, les 220, et bien sûr les 155. Tous les calibres lourds de l'armée française se sont donné rendez-vous au bal de la Malmaison. Je puis vous garantir qu'il n'y a plus âme qui vive à l'intérieur du fort.

— Mais les abords, les accès ?

Pigeat demande à Latouche toute son attention. Dans le lointain, une sorte de bruit de crécelles ininterrompu, comme celui des cigales en Provence.

— Les mitrailleuses allemandes ? s'étonne Latouche, intrigué par ces pétarades diaboliques qui ne correspondent à aucune attaque de l'infanterie française.

— Depuis cinq jours, quatre-vingts de nos mitrailleuses rassemblées en une sorte de batterie géante arrosent en tir indirect les entrées ou les sorties de creutes. Pas de ravitaillement possible pour les Allemands tapis dans les tranchées ou les abris de l'avant, pas de convoi de munitions dans les boyaux. Les Prussiens qui nous font face n'ont jamais expérimenté cette pluie continue de balles qui les empêche de mettre le nez dehors.

— Les champs de barbelés ont-ils été fauchés ?

— Radicalement. Les crapouillots rassemblés par milliers ont fait le ménage.

— Je suis surpris du silence de l'artillerie allemande. Cela ne présage rien de bon. Ils se réservent pour la contre-attaque.

— Ils auront besoin de se renforcer très

sérieusement, avant de pouvoir entreprendre de neutraliser les nôtres. Ne craignez rien, Latouche, cette fois notre supériorité est absolue. Nous prendrons le fort de la Malmaison sans pertes notables.

— Nous avons en face de nous les régiments *Augusta* et *Franz Joseph*, les meilleurs de l'armée allemande, objecte Latouche. Je crains pour les tirailleurs, qui n'ont jamais vu le feu.

Le sergent Alloua Abbas amène au PC les premiers prisonniers, fier de son exploit. Ils ont été capturés dans la tranchée Casse-Tête.

— Tous les nôtres chantent déjà la *Madelon* de la victoire, exulte-t-il. Nous avons pris la Casse-Tête à la baïonnette.

Les sous-officiers allemands semblent assommés par le combat. Le *Feldwebel* explique qu'il a subi le bombardement depuis dix jours, que sa compagnie a été réduite à une poignée d'hommes. Un tremblement de terre ! Le *Gefreiter* a les traits tirés par plusieurs nuits de veille. Sa tranchée était devenue intenable. Plus de lignes, plus de boyaux ni d'abris, le canon avait tout détruit. Les hommes survivaient dans des trous.

— Jugez vous-même, dit Pigeat à Latouche. L'attaque est en bonne voie de réussite.

— Je pars en reconnaissance, dit le commandant. La danse ne fait que commencer.

Latouche ignore que le premier mouvement, très rapide, a porté les hommes assez loin des lignes de départ. Il doit courir pour rattraper ces lignes d'assaut.

En place depuis quatre heures du matin dans les parallèles, la compagnie de Jean Aumoine s'est portée tout de suite en avant.

Il est en tête, suivi d'Emile Dutoit et du sergent Zelmat. Les lourds fusils-mitrailleurs sont chargés sur les épaules des plus solides, et très vite mis en batterie.

Il est cinq heures quinze, il fait nuit noire. Les joyeux et les tirailleurs grimpent comme un seul homme sur les pentes délavées, creusées d'ornières et de trous d'obus. La tranchée du Casse-Tête est de bonne prise. Elle a reçu tellement de patates de crapouillot, d'obus à ailettes, que Jean a du mal, dans l'obscurité, à en distinguer les lignes.

Une autre section de zouaves s'est emparée sans peine de la tranchée dite de la Fourragère Jaune. Les assaillants ont couru sans discontinuer sur quatre cents mètres. Le terrain glissant, encombré d'obstacles, n'a pas arrêté leur élan. En dix minutes, ils étaient sur l'objectif.

Jean galope plus vite encore, bondissant d'un trou à l'autre, sous le tir des mitrailleuses. Il faut neuf minutes à la première escouade du sergent-chef Alloua Abbas pour atteindre la Casse-Tête.

La nuit est éclairée par le phosphore des obus incendiaires. Les canons allemands ont riposté. Dans la tranchée, les tirailleurs s'abritent de leur mieux.

Pour une fois, les batteries françaises les épargnent. Le feu roulant est en avant d'eux, sur les Allemands. Les pièces lourdes réduisent au silence les batteries ennemies. Dans la tranchée, des morts nombreux, des agonisants, des blessés à évacuer, des prisonniers sortant des trous, bras levés, que Jean fait envoyer aussitôt au colonel Pigeat. Une demi-heure après le début de l'assaut, les premières lignes de tranchées sont prises.

Alors seulement, Latouche retrouve Jean Aumoine, attentif à tout, distribuant ses ordres aux chefs d'escouade.

— Il faut poursuivre, leur dit-il, sans prendre de risques. L'ennemi peut contre-attaquer.

Dans l'obscurité, le seul moyen de progresser est de suivre le capitaine en file par un. Le jour se lève, mais la visibilité est faible. Dans le brouillard et la fumée, on n'y voit pas à dix mètres.

— Nous marchons sur l'ouvrage Leibniz, lance Jean au commandant Latouche. Retournez à l'arrière, vous n'avez pas de masque à gaz !

Le commandant s'obstine. Il saute dans la tranchée à la suite d'Edouard Detaille qui vide son stock de grenades. Pas de réplique. Les Allemands sont morts ou absents. Ils ont abandonné la position.

Une mitrailleuse crépite.

— Française ? demande Jean.

— Attention, prévient Latouche, c'est une Maxim !

Le servant boche caché dans un trou vise les tirailleurs par-derrière. Un tirailleur tombe. C'est le caporal Kessous, blessé à mort. Bacouche fait un bond gigantesque et balance sa grenade. La mitrailleuse se tait.

Les tirailleurs n'ont pas le temps d'enterrer leur camarade. Ils disposent son corps dans la direction du levant, pendant que l'adjudant Boudjadi récite par cœur un verset du Coran. L'instituteur ne franchira plus jamais les portes de son école de Tizi Ouzou.

Il faut attaquer à revers les carrières de Bohéry, toujours aux mains de l'ennemi. Latouche fait signe à Jean. Un formidable vrombissement résonne sur le plateau. Les pierres des chaussées crissent sous les chenilles, la fumée des moteurs répand un nuage noir, les tirailleurs hurlent de joie : les chars !

— Abritez-vous ! hurle Latouche.

Les lourds Saint-Chamond bombardent les positions des carrières. Les balles ricochent gaiement sur leurs carapaces, indifférentes à la mitraille. Ils progressent péniblement sur le terrain malmené par les obus, glissent sur la glaise détrempée, et réduisent les nids de mitrailleuses ennemis, sans être atteints par leurs canons d'infanterie qui tirent à l'abri des entrées de cavernes.

— Obstruez les creutes ! ordonne Jean à la compagnie de mitrailleuses déjà mise en batterie.

Aucouturier donne ses ordres. Les fusils-mitrailleurs se mettent aussi de la partie. Un feu nourri accable l'entrée nord de la creute, par où arrivent les renforts aux lignes allemandes d'abris bétonnés, bien sûr orientées vers le front français.

— Il faut purger les *boîtes à pilules*, dit le sous-lieutenant Michaux. A moi les grenadiers !

Les hommes s'approchent en sautant d'un trou à l'autre, sous la protection du tir des chars. Ils lancent toutes leurs réserves de grenades dans les entrées de l'ouvrage continu. Les Prussiens résistent encore. Jean ordonne de balancer des grenades lacrymogènes. Ils se rendent enfin. A six heures quinze, l'ouvrage est enlevé.

Les chars poursuivent déjà leur attaque, cahin-caha sur le terrain défoncé, en direction du fort de la Malmaison.

— Peut-être est-il déjà pris, dit Latouche.

Aumoine compte ses hommes. Beaucoup de blessés, peu de morts. Seul le sous-lieutenant Michaux, chef de section, manque à l'appel. Il a été tué net dans l'attaque des carrières de Bohéry. Dutoit, Bonnichon et Aucouturier l'ont vu tomber, atteint d'une balle en plein front. Il s'avançait seul debout, sans prendre la peine de s'abriter, dans une marche suicidaire.

— Il faut poursuivre, ordonne le capitaine à ses sergents, sauter dans la tranchée de la Carabine, et gagner le grand fossé du fort.

Les zouaves sont déjà passés par là. On reconnaît leurs cadavres, de plus en plus nombreux à l'approche du fort. Les mitrailleuses ennemies ont dû être neutralisées pièce par pièce.

— Le fort est sans doute pris, en effet. Cela fera un beau communiqué, commente sobrement Jean.

Pas plus que celle de Douaumont, la reconquête de la Malmaison n'est héroïque. Dans cette guerre, les combats anonymes sont les plus durs, ceux qui provoquent la mort de milliers d'hommes fauchés par les rafales dans le gris de l'attaque à l'aube. Le zouave qui plante le fanion de sa compagnie sur le fort, à six heures du matin, a eu seulement la chance d'être à portée et de pouvoir bondir. Beaucoup de ses camarades sont morts pour lui permettre ce geste décisif.

La compagnie de Jean Aumoine défile en colonne devant le fort déjà conquis, pour marcher sur le village de Chavignon, autre objectif du régiment.

« Interdit d'attaquer avant neuf heures trente, le temps de laisser balayer le terrain par notre artillerie, pour éviter de nouvelles pertes » : un agent de liaison apporte cet ordre de l'état-major de division.

Le capitaine Aumoine en profite pour faire enterrer les morts. Michaux d'abord, dont il creuse lui-même la tombe avec Dutoit, Aucouturier et Bonnichon. A son côté, la tombe du caporal Kessous, enseveli dans une toile de tente, le tertre recouvert de pierres blanches. La compagnie rend les honneurs par une salve tirée spontanément, sans commandement. Des balles en l'air, des balles perdues, traçant le chemin des âmes vers le ciel.

— Fouillons les *boîtes à pilules*, dit Jean Aumoine. Je n'aime pas que des tireurs isolés nous arrosent dans le dos.

Ils découvrent un lacis de galeries souterraines qui partent des abris bétonnés. Basdevant est en tête, porteur d'une lampe à acétylène, suivi par la patrouille des disciplinaires. Jean ne veut pas leur laisser le sale travail. Ils peuvent à tout moment sauter sur une mine.

— Regardez, mon lieutenant, souffle Edouard Detaille. Des *Minen* reliés par un fil. N'avancez pas, tout peut sauter.

— Appelez le génie, dit Latouche. Il faut désamorcer. Deux abris déjà ont explosé. Les Allemands en retraite ne laissent rien au hasard.

— Pas besoin du génie ! Laissez faire Basdevant. C'est son emploi, assure Doudou Detaille.

Le monte-en-l'air approche ses mains boueuses du fil, qu'il débranche avec une prudence de Sioux.

— Ces messieurs peuvent entrer, la voie est libre.

Une vingtaine de poilus découvrent alors un vaste abri, capable de protéger une section contre les tirs des pièces lourdes. Les Allemands l'ont évacué, abandonnant munitions et réserves de vivres, pour aller s'installer derrière leur troisième position.

A ce moment, les murs de béton se mettent à

trembler, des fissures se forment, comme sous l'effet d'un bombardement violent. Il n'en est rien : des bouffées de gaz jaunâtres, suffocantes, suintent du plafond. Jean a le temps d'apercevoir des *Minen* dissimulés en hauteur, dans les interstices. C'est un piège. Les bombes viennent d'exploser en lâchant une charge lourde de gaz moutarde.

— Les masques, mettez les masques !

Des tirailleurs négligents suffoquent, hurlent en se protégeant les yeux, les narines. Les autres ajustent frénétiquement les masques. Au-dehors, on entend des ordres, des appels au secours.

— Vingt hommes intoxiqués ! Les appareils Tissot, vite !

Des artilleurs d'une batterie voisine accourent, à l'appel de Latouche qui a réussi à gagner la sortie. Aumoine organise l'évacuation des siens. Il faut les tirer l'un après l'autre de l'abri, dans le brouillard verdâtre du gaz qui imprègne les vêtements.

Plusieurs tirailleurs gazés sont évacués vers l'arrière. Pour compléter l'effet retard des *Minen* de gaz moutarde, l'artillerie ennemie lâche des obus à croix jaune sur le réseau de tranchées.

— Evacuation ! presse Latouche.

Le réseau de boyaux est devenu entièrement opaque. Les tirailleurs courent en se courbant au ras du sol, pour retrouver l'air pur du mont des Tombes, en haut du plateau descendant vers la vallée de Chavignon.

Des tranchées allemandes leur barrent la route. Les *joyeux* arrachent leurs masques pour attaquer à la grenade, puis à l'arme blanche. Pas de quartier pour les piégeurs d'abris. Le corps à corps, féroce, n'épargne pas les blessés.

Latouche sort son revolver pour empêcher les *nettoyeurs* de percer à la baïonnette les corps ensanglantés. Une file de prisonniers, mains en l'air, est évacuée vers l'arrière, aussitôt fauchée par les explosions rapprochées, serrées, des 77 allemands tirant presque à bout portant : tués par leurs propres obus.

La marche vers Chavignon est épuisante. Le bois couronnant le plateau est jonché de cadavres, accumulés dans les postes désertés par l'ennemi, que les grenadiers tirailleurs ont dû faire sauter l'un après l'autre.

Jean Aumoine engage la compagnie dans un chemin creux. Une clairière, une batterie ennemie abandonnée, deux pièces intactes, deux autres détruites. Les artilleurs ont planté là leurs fourgons d'obus.

Bonnichon quitte la file pour achever un cheval blessé. Il ne peut supporter la souffrance des animaux. Aucouturier saisit par la bride deux mulets oubliés, bien bâtés et la tête recouverte d'un masque à gaz. Il fait hisser sur leurs dos deux Maxim intactes, avec leur chargement de bandes.

— Prends l'ensemble du matériel et fais-en

bon usage, dit-il à Bacouche. Tu feras tes débuts de mitrailleur.

Des Allemands surgissent hors des cagnas derrière Aumoine, qui, surpris, empoigne son revolver. Nul n'aurait pu supposer, au cœur de cette clairière, que des survivants pussent encore sortir de terre.

L'ennemi pousse à ce point l'art du camouflage que l'ouverture de l'abri est quasiment au pied du capitaine, dissimulée dans un bosquet. Un lieutenant blessé s'en extirpe, la main tenant sa mâchoire ensanglantée. D'autres le suivent, les bras en l'air.

Alloua Abbas descend les marches de l'escalier. Ils sont une trentaine sous terre, prêts à évacuer leur abri effondré. Un obus de lourd calibre est parvenu à percer la couche de béton. La plupart des occupants sont blessés. A voir sortir les derniers Prussiens, les tirailleurs tirent en l'air, signe de victoire.

— Les pelles et les pioches, hurle Latouche pour couvrir le tumulte. Embusquez-vous, la riposte ne va pas tarder.

Impossible de freiner l'élan des sections. Les *joyeux* débordent au pas de charge le bourg de Chavignon entièrement rasé pour dégringoler la pente vers le canal de l'Oise à l'Aisne.

Les tirailleurs sont en tête, ils dépassent des fermes en ruine, attaquent à la grenade, en rampant, des nids de mitrailleuses embusqués dans les décombres d'une tuilerie.

Le capitaine Aumoine, débordé, ne peut plus

donner d'ordres. Les mitrailleuses d'Aucouturier n'ont pas le temps de suivre cette avance infernale. La ruée des tirailleurs est irrésistible. Plus de tranchées pour les arrêter, la voie est libre. Ils jettent en l'air godillots et bandes molletières pour entrer pieds nus dans le canal.

Il est midi. Le soleil est de la partie. Le capitaine, qui a rejoint la compagnie, n'a pas le cœur d'abréger le bain de la victoire. Les hommes pataugent, barbotent, éclaboussant les rives et lançant des cris d'allégresse, comme si l'ennemi n'existait plus.

Une salve de 77 calme cet enthousiasme. Sur l'autre rive se sont retranchés les fusiliers prussiens, déjà inexpugnables.

Impossible de creuser sous leur feu, il faut reculer, s'abriter derrière les rochers, profiter des trous d'anciens boyaux recouverts par le bombardement de la nuit précédente.

Le colonel vient aux avant-postes, redoutant une contre-attaque meurtrière.

— Avez-vous une idée de la bataille ? lui demande Latouche.

— C'est une victoire, d'après le PC de la division. Le front allemand est réellement reporté sur la rivière Ailette. L'éperon du Chemin des Dames serait entièrement en notre possession.

— Avec quelles pertes ?

— On parle de quatre mille hommes seulement tués et blessés, pour l'attaque des deux corps d'armée.

— C'est beaucoup !

— A peine huit pour cent des effectifs engagés, si l'on en croit l'état-major.

— J'ai vu prendre sans efforts la Malmaison. Les zouaves n'ont pas trop souffert, pour une fois.

— Plus qu'on ne le dit, affirme le colonel. Un simple chef de bataillon de zouaves, Henri Giraud, a réussi à hisser le drapeau tricolore.

— Il finira général, grince Aumoine. Voilà qu'il signe son exploit !

Les biffins de la 129e et les chasseurs alpins ont plus souffert que les zouaves. Ils ont dû prendre le plateau de Moisy jusqu'au mont des Singes. Une rude besogne.

— Les Allemands se rendaient comme des moutons, signale Latouche. A croire que le bombardement les a démoralisés.

— Douze mille prisonniers, plus de deux cents canons lourds capturés, sans compter les mitrailleuses, c'est inespéré, assure Pigeat. Je pense que Pétain n'en demandait pas tant. Pour lui, la vraie victoire est d'avoir rendu son moral à l'armée française.

Pendant toute la nuit, les tirailleurs et les *joyeux* ont d'abord creusé des positions croissantes, puis un véritable réseau de tranchées le long du canal. Les salves de 77 leur ont vite fait comprendre à quel point ils étaient vulnérables, sur le terrain détrempé et marécageux des rives, sans le moindre buisson pour échapper aux observateurs ennemis.

Aucouturier a installé un nid de mitrailleuses non loin de la rive, sur un tertre aménagé, renforcé de poutrelles de fer arrachées à l'écluse voisine, de plaques de tôle, de rondins. Il peut battre de ses rafales la rive adverse, interdire le franchissement du canal s'il dispose d'un stock suffisant de munitions. Une caravane de mulets conduite par l'adjudant Boudjadi fait le tour des postes, livrant des caisses de bandes. Les fusils-mitrailleurs sont postés dans les ruines de l'écluse, autour d'Arsène Bonnichon, devenu expert dans le tir des Chauchat.

Jean s'étonne du zèle déployé par les anciens mutins. La réussite de l'offensive, le bond en avant spectaculaire depuis la montée pénible sur le Chemin des Dames, semble avoir galvanisé les hommes.

Surtout, l'invulnérabilité. A force de tripler les artilleries divisionnaires et de rameuter toutes les grandes gueules du général Buat, les fantassins ont pu attaquer dans des conditions de sécurité relatives.

Le canon a bien gagné cette fois la bataille, offrant enfin le terrain dégagé à l'infanterie. Ici s'est vérifiée une théorie, s'est appliqué un principe.

Une constatation qui ne rassérène pas, bien au contraire, le capitaine Aumoine. Le colonel étant reparti vers son PC, il peut parler librement, dans son abri encore précaire, avec son vieil ami Latouche.

— Ils doivent plastronner, ceux de l'état-major, se délivrer des satisfecit.

— Sans voir que demain, les Allemands seront les premiers à changer de tactique, fait remarquer le commandant. Les premiers à imaginer une autre figure de guerre, à surprendre, écraser, accumuler de nouveau les morts par milliers. Et tout sera à reprendre, avec un autre Pétain, peut-être. Le colonel m'a assuré que Foch, si longtemps en disgrâce après l'affaire de la Somme, avait repris sa place au GQG.

— La relève est prête, la valse peut continuer.

Le commandant Latouche se lève, prend son sac, coiffe son casque, sans oublier son masque à gaz.

— Je dois retourner à Compiègne. Rien ne se passe ici. Les hommes recommencent à s'enterrer. Les ordres sont clairs : organiser le terrain conquis, comme ils disent, rendre la ligne infranchissable et installer de beaux observatoires tout neufs sur la crête. Je suis presque sûr que Buat fait déjà démonter les grosses pièces pour les porter à l'ouest, sur Saint-Quentin, où les Anglais jouent une forte partie.

— Vous rêvez, répond Aumoine. Si vous croyez que Pétain va aider les Anglais ! Il ne songe qu'à faire le lit de qui l'a nommé, pour qu'il puisse s'y coucher tranquille. Le ministre Painlevé va être content. Défensive sur toute la ligne !

— Tu retardes, Jean !

— Paul Painlevé n'est-il plus ministre de la Guerre ?

— Il est président du Conseil, depuis le 13 septembre. Il n'y restera pas longtemps.

— Pourquoi ? La victoire peut donner des ailes, même aux civils.

— Ici, nous avons tenu. Grâce à vous tous. Il paraît même que nous avons gagné ! C'est l'arrière qui craque. Le gouvernement, à cause des affaires d'espionnage et de trahison non réprimées, ne peut se maintenir.

Seul Pétain peut donc triompher tranquille. Il est enfin le vainqueur de Verdun et celui du Chemin des Dames. Au prix de petites opérations bien menées, bien monnayées, un bon rapport pour un investissement judicieux. Des victoires de père de famille. Avec un minimum de pertes. Il a déjà son bâton de maréchal dans sa giberne.

— Il l'aura dès qu'il sera limogé, conclut Aumoine. Comme Joffre.

Latouche ne peut sortir de l'abri pour quitter le front. La nuit est tombée et le bombardement allemand commence. Les fusées rouges éclairent sinistrement les bords du canal. Le commandant rentre en hâte, courbant les épaules.

L'artillerie ennemie vise les rives du canal, les ravins, les cuvettes avec une très forte concentration d'obus toxiques. La nappe de gaz envahit la vallée, s'insinue dans les tranchées, se coule dans les trous.

Latouche a mis son masque. Les lunettes sont

embuées, il les essuie fébrilement : la lumière de l'acétylène a sauté, on n'y voit goutte. Des cris dans l'abri, des hurlements, des halètements oppressés.

Pris dans la nappe de gaz moutarde, Bacouche, fou de douleur, sort du PC du capitaine pour tenter de respirer. Il a mis son masque trop tard.

Il dévale la pente vers le canal, comme pour y plonger. Il se prend les pieds dans les défenses du poste de mitrailleuses d'Aucouturier, qui fait tirer au hasard droit devant ses hommes masqués, pour les rassurer.

Dans l'abri, les hurlements s'amplifient. Aucun secours à attendre de l'extérieur. Vont-ils crever comme des rats enfumés ?

Le commandant Latouche sent, tout près de lui, Jean Aumoine sur le point de défaillir. Il respire normalement, mais ses lunettes sont crevées. La douleur aux yeux est intolérable.

Le gaz s'est accumulé au fond de l'abri. Il faut sortir. Au-dehors, la brise d'avant l'aube fait le ménage le long du canal. Latouche y traîne Jean titubant.

— Brancardiers, au secours ! Le capitaine est touché !

Personne ne répond. Les secours n'arrivent pas. Dans son trou, le mitrailleur Bonnichon a entendu l'appel. Il hèle son voisin Emile Dutoit.

— Jean Aumoine ! crie-t-il, ses mains en porte-voix. Jean est blessé !

Sous les obus qui tombent encore, répandant

une nouvelle couche de brouillard mortel, ils enjambent les corps des camarades étouffés pour rejoindre le couple titubant de Latouche soutenant Aumoine.

Le sergent Bonnichon charge le capitaine sur ses épaules. A tâtons, ils gagnent le tertre où sont embusquées les mitrailleuses, relativement épargnées grâce à la brise qui assainit d'abord les monticules.

Aucouturier, prudent, a prévu des brancards à l'intérieur de son réduit. On transporte Jean au poste de premiers secours, dans le bois.

— Sale affaire, dit l'infirmier à Latouche. Il respire, il survivra, mais ses yeux sont brûlés. Il ne retrouvera jamais la vue.

La surprise de Noël

Noël 1918. Dans la ferme de Villebret, Marie Aumoine s'active, prépare le petit déjeuner de Jean. Elle ne peut pas croire que la guerre est finie depuis plus d'un mois. Le 11 novembre, les clairons de l'armistice ont mis fin aux combats. On lui a rendu son dernier fils, aveugle.

Elle l'attendait depuis longtemps. L'armée avait réservé à Jean le parcours de tous les hôpitaux pour gazés : Compiègne, puis Amiens, puis le Val-de-Grâce à Paris, puis encore Orléans, où les malades mouraient chaque jour, trois mois, six mois parfois après leur blessure, les plaques d'allergie étouffant leurs muqueuses. La mort à retardement : pour un gazé terrassé au front, dix morts en puissance, cent handicapés à vie.

En a-t-il suivi, des files d'aveugles de guerre, dans les cours et les couloirs hospitaliers ! Les mains sur les épaules des camarades, ils avancent en monômes tragiques, guidés par une infirmière. Chacun les prend en pitié. On leur parle comme à des enfants, on leur donne la main pour les aider à marcher. Tout ce que l'armée peut leur offrir se résume, en définitive, à une canne blanche et à un retour au foyer.

Marie lui sert son café fumant. Son Jean, du moins, est revenu. Désarmé comme un gosse en bas âge, tendre et si désireux de bien faire. Ses trois autres fils ne rentreront pas. Léon, Raymond, Julien, fauchés dans leur première jeunesse. Leurs corps éparpillés dans la cendre des batailles, impossibles à rapatrier. Le maire parle d'un monument aux morts, à Villebret. Quelle initiative admirable, impitoyable, de la part de ces hommes politiques cherchant à se faire pardonner la guerre ! Les noms des soldats tués, une fois inscrits en lettres d'or sur le marbre, ne les feront pas revenir.

Marie réprime un sanglot, quand la bonne odeur de la brioche de Noël attire le petit Léon, dit Junior, ou Léon II, le fils de l'aîné des Aumoine et de Marguerite, la fille Bigouret. Un bel enfant de quatre ans, qui se tient tout près de la cuisinière. Marie se souvient que jadis, les siens étaient là tous les quatre, à mordre à belles dents les gâteaux de la fête, quand ils étaient enfants. Ils tournaient autour de ses jupes pour happer les friandises, chaparder à l'avance une cuillerée de la crème vanillée dont elle nappait les œufs en neige.

Les souvenirs l'assaillent : elle revoit la naissance de chacun de ses fils, leur premier jour d'école, les noces de Léon l'aîné, son départ à la guerre ; elle entend encore sonner le tocsin tragique d'Huriel, repris lugubrement par tous les clochers des alentours. Les images se succèdent dans sa mémoire : la naissance du petit Léon, peu après l'annonce de la mort de son père soldat.

Marguerite est restée pendant toute la guerre auprès de Marie, dévouée comme si elle était sa propre fille, dans la grande ferme où l'on n'entendait plus que les cris joyeux de l'enfant. Les oncles étaient partis à leur tour, loin du pays. Quelle attente atroce, après la disparition de Julien !

Les souvenirs, gais ou tragiques, s'égrènent dans la mémoire de Marie : la visite de la gentille Albertine, la jeune épousée de Raymond à l'église Saint-Pierre, l'accueil de la ville à l'aviateur de Verdun, le désespoir à l'annonce de sa disparition tragique... Et Gabrielle, la tendre amie de son Julien, si belle et triste dans sa stricte robe noire ! L'ancienne « première » de chez Patou était venue se faire connaître de la mère de cet artilleur, qu'elle avait eu tout juste le temps d'aimer, sans l'épouser...

Veuves et belles comme le jour, déjà disparues dans la nuit de l'oubli. Les reverra-t-elle jamais, ces épouses d'un jour qui ont aimé ses fils ? Comme elle, sans doute sont-elles abîmées dans la solitude, déchirées par le chagrin.

Passent et défilent les ombres oppressantes, dans la pièce sombre seulement égayée par l'odeur du café fumant. Depuis plus d'un an, la guerre est finie pour Marie. Elle ne trotte plus chaque jour chez le maire, pour lui demander des nouvelles du front. A quoi bon ? Elle n'attend plus rien de la guerre, qui lui a tué les siens.

Il ne lui reste que son Jean, dont les yeux ne verront jamais plus le soleil d'avril illuminer les fleurs blanches du prunier fourchu du jardin.

Elle a passé l'année entière à attendre son retour. Une longue année de soins inutiles, de séjours prolongés et déprimants dans les hôpitaux de l'armée, comme si l'on avait honte de rendre aux familles leurs enfants mutilés, infirmes, amoindris, méconnaissables. Quand on le libère enfin, elle revoit encore Jean descendant de l'ambulance à croix rouge, cherchant ses marques à tâtons sur l'allée du porche, frappant l'escalier de pierre avec sa canne, essuyant les larmes de ses yeux martyrisés pour se jeter dans ses bras. Il ne la voyait pas, il l'entendait, la respirait. Elle était tout près de lui. Enfin.

Après tant d'épreuves, son retour avait été une fête. Marie n'avait plus en tête que le bonheur de l'accueillir sous son toit, de lui faire oublier ses souffrances d'hier et l'humiliation d'aujourd'hui. Non, il n'est pas un infirme, il apporte dans cette maison la joie de sa présence.

Au village, la désolation avait gagné tous les foyers. L'année 1918 avait été la pire de toutes. On avait de nouveau jeté les bleuets dans les batailles de la Marne, du Soissonnais, de Champagne, plusieurs centaines de milliers de morts de la dernière saignée. La classe 19 partait déjà sous les drapeaux. Un quart d'heure avant l'armistice, on mourait encore au front, une dernière gerbe de sacrifiés sur la Meuse, ou sur la Somme.

Après les Bouin, les Bouguin eux aussi ont perdu leur jeune fils. Le père est revenu du front infirme. Où sont-ils les Chabot, les Duval, les Javelon ? Si le maire persiste dans son idée funèbre de dresser un monument aux morts, les noms des hommes inscrits sur la pierre seront beaucoup plus nombreux que les survivants. Marie a du moins cette pauvre consolation : l'un de ses fils est sauf.

Avec courage, Jean balise ses déplacements dans la maison, mémorise les lieux, trouve des repères dans la nuit, perçoit les obstacles, refuse toute aide pour monter ou descendre les escaliers de sa chambre.

— Je suis comme notre jument blanche, dit-il à Marie. Ne trouve-t-elle pas seule le chemin d'Huriel ?

Il se refuse à passer le reste de sa vie en attendant la mort, hanté par les souvenirs atroces des champs de bataille, enfermé dans sa solitude sans pouvoir se rendre utile aux autres.

— On peut vivre sans voir, lui a dit le bon docteur Mallet à Compiègne, apprendre à développer ses autres sens. C'est une affaire d'éducation, de volonté. Vous y parviendrez sans peine.

Gaspard Michot, le mécanicien de la ligne d'Eygurande, était venu lui rendre visite à l'improviste, au deuxième jour de son retour. A son habitude, il avait appris le premier la nouvelle de l'arrivée de Jean Aumoine en gare de Montluçon. Il lui avait fait cadeau d'une petite pierre magique, brillante et bleutée, une galène.

— Je l'ai rapportée de Confolens. Ce bout de sulfure de plomb peut te mettre en contact avec le monde entier si tu sais t'en servir. Il détecte les signaux de radio. Tu n'es plus seul, Jean, je vais te construire un poste. Tu pourras plus tard émettre. Viens me rejoindre au club des sans-filistes. Tous les copains s'y sont mis, ainsi que les enfants des copains. L'avenir de la radio est sans bornes. Grâce à cette petite pierre, nous constituons déjà une chaîne, une ronde d'amis de par le monde.

Jean, aidé par Marguerite, s'est ingénié à recevoir des ondes. Il n'a saisi que des bribes de messages radio de l'aérodrome de Montluçon tout proche. Il n'importe, il s'est conforté dans l'idée qu'il pourra, grâce à la technique, entrer dans l'univers nouveau des sons.

L'oreille, le toucher : le docteur Mallet lui a procuré un guide-main, une invention très simple lui permettant d'écrire sur une feuille de carton avec un poinçon-stylo. Bigouret lui a fait découvrir l'alphabet du génial Louis Braille. Jean peut lire, travailler, commander au libraire de l'avenue de la Gare des ouvrages venus de Paris sur les débuts de la radio sans fil, et surtout apprendre à lire au petit Léon.

L'enfant ne le quitte pas. Ce matin de Noël, il se réveille plus tôt que d'habitude, comme pour ne rien manquer des préparatifs de la fête. Aussitôt habillé, il court prendre son oncle par la main, l'entraîne en promenade à travers champs et dans les bois. Jean se souvient alors, pour les chasser aussitôt de sa mémoire, des longues marches tâtonnantes des patrouilles de nuit sur les plateaux décharnés de Verdun. Aucun éclair de fusée ne l'aveugle plus, dans le ciel calme du Bourbonnais. Le bruit du canon a disparu dans les lointains. La guerre est finie, que diable ! même si l'on a du mal à le croire.

Pendant que Léon II court devant lui, il avance sur le chemin dans l'obscurité totale, sans aucune difficulté, retrouve intacts ses réflexes de baroudeur, progressant seul dans les fourrés sur un tapis de feuilles sèches. Il tâte les branches des arbres pour baliser son itinéraire, et retrouver sans difficulté la sortie du bois.

Avec une force inouïe reviennent à sa mémoire les bruits de son enfance, amplifiés par son infirmité : il entend, plus distinctement que jamais, le vol frémissant des oiseaux, le piétinement sourd des vaches au retour des prés, le murmure cristallin de l'eau du Cournoron, le ruisseau du domaine où son père lui construisait jadis des moulins de bois.

Il découvre qu'il lui reste aussi la parole. Il peut apprendre, explorer l'immense domaine de la connaissance pour transmettre aux autres ce qu'il sait. Léon est son fils, désormais. Il doit l'aider à s'instruire. L'instituteur Bouin l'y a encouragé :

— Il y a tant à apprendre aux jeunes, quand les aînés ont disparu.

— Il faut être clair, lui a répondu Jean. Je parlerai volontiers aux enfants de ton école. De tout, sauf de la guerre.

La promenade se poursuit, loin dans les champs. L'enfant gambade, s'éloigne, revient en courant. Jean lui demande de chercher du houx dans le bois de Tigoulet. Il veut faire une surprise à Marie.

L'objectif est d'explorer le bois sans s'y perdre. Il s'avance prudemment, prend l'enfant par la main. Au toucher du tronc, il distingue les chênes rugueux, les lisses bouleaux, les feuilles jaunies et persistantes des charmes. Il apprend à Léon à les identifier, lui fait répéter leurs noms. Le gosse pousse un cri de joie : il a repéré le houx à ses fruits rouge vif. Jean s'approche, touche les feuilles vernissées aux pointes acérées. Sans se piquer, il sort son Opinel pour couper lui-même, avec adresse et patience, les rameaux druidiques, témoins du plus lointain passé. La récolte est magnifique. Jean imagine l'éclat des branchages sur la nappe blanche de Marie.

Un bruit de charrette se fait entendre sur les cailloux du chemin :

— Il faut rentrer, dit-il à Léon. Les Bigouret sont arrivés, sans doute. Nous serons les derniers à table pour la fête.

L'enfant aperçoit une carriole arrêtée devant le perron :

— Dépêchons-nous, dit le bambin à Jean. On

n'attend plus personne. Nous serons les derniers.

Jean progresse sur le sentier aussi vite que Léon II, comme s'ils faisaient la course. Il tend l'oreille en franchissant le porche. Il s'est trompé. Il ne perçoit pas la voix sourde de Bigouret, mais le cri de joie de Clelia. C'est la surprise de Noël.

Albertine, Gabrielle, Clelia, la plus belle de toutes. La joie de Marie est douce-amère. Elle est à la fois heureuse de voir ces deux enfants réunis, et inquiète du long silence de Jean, qui ne lui a jamais parlé de Clelia Bellini depuis son retour. Avaient-ils rompu ?

Clelia ne l'a pas quitté aux premières étapes de ses consultations. Dès qu'elle a appris sa blessure par le commandant Latouche, elle s'est rendue à Compiègne où elle a découvert, avec un abominable effroi, les yeux sans expression de son cher amour.

Les médecins lui ont dit qu'ils n'avaient pas d'espoir. Les ravages du chlore sont sans rémission. Pas plus que les majors elle n'a eu le courage de donner à penser à son cher blessé qu'il pourrait un jour recouvrer la vue.

A chacune de ses visites, elle lui a répété que son infirmité n'était pas un obstacle à leur amour. A Orléans, un chirurgien lui a donné l'ombre d'un espoir, une opération peut-être... Au Val-de-Grâce, les professeurs ont été au contraire formels. Rien à tenter.

Jean, de visite en visite, devenait plus pessimiste, et presque morose. Clelia lui rappelait régulièrement ce moine capucin, rencontré lors d'une promenade dans la forêt de Compiègne, qui se disait prêt à les marier sur-le-champ. Touché par son amour au-delà du possible, Jean ne se sentait pas le droit de lui imposer une vie gâchée par son infirmité, quand bien même il deviendrait, après une séparation cruelle, doublement infirme.

Il avait un jour demandé à la santé militaire la permission de partir chez sa mère, et n'avait plus donné de ses nouvelles à Clelia depuis.

Marie regarde le jeune couple. Ils sont beaux, faits l'un pour l'autre. Pourtant, elle sent que le cœur de Jean se brise. Elle devine ses scrupules et les comprend.

— Clelia est allemande par son père, italienne et suisse par sa mère. Son frère est mort à la guerre. Elle est infirmière dans une ambulance britannique. Tu sais que nous nous aimons depuis toujours.

Marie se souvient d'une longue confidence de Jean à son retour de captivité en Allemagne. Elle sait que la jeune fille l'avait aidé à s'évader, puis était entrée en France avec lui. Depuis cet épisode, il ne lui en a plus rien dit.

— Son père est comte du Saint-Empire, et sa mère cantatrice, précise Jean, étalant ainsi la différence de condition d'une famille à l'autre.

A la tenue de la jeune fille, à son élégant maintien, à ses mains fines et soignées, Marie l'a compris. Pourquoi a-t-elle choisi de se présenter seule dans une famille inconnue, d'un pays lointain ? Pour venir chercher Jean, bien sûr !

— Ma mère nous attend à New York, annonce Clelia à Marie, à la fin du repas. Je vous demande la permission d'y accompagner votre fils chéri. Un professeur très réputé de l'université de Boston a réussi des miracles en opérant des blessés américains. Il leur rend la vue ! Jean pourra retrouver ses yeux ! Il faut partir au plus vite.

« *Mon bateau partira demain pour l'Amérique, et je ne reviendrai jamais... guider mon ombre aveugle en ces rues que j'aimais.* »

Jean se récite ces vers du canonnier Apollinaire, mort de ses blessures et dont il connaît par cœur certains poèmes de guerre. Marie contemple ce fils qu'on va encore lui enlever : ce front dégagé, cet ovale régulier du visage, cette bouche expressive, mobile, ces dents éclatantes. Le voit-elle pour la dernière fois ? A peine rentré, va-t-il repartir, dans les bras de cette jeune sirène ? Elle est touchée par la délicatesse des sentiments qu'il lui témoigne : il la rassure, il ne veut rien précipiter. A l'évidence, pour l'épargner.

— Il faut y aller, insiste-t-elle. Tu ne peux refuser cette chance extraordinaire.

Clelia sauterait de joie, si elle ne craignait de blesser le cœur meurtri de Marie Aumoine.

— Notre bateau attend, sur les quais de Brest. Le *George Washington* vient de conduire en

France le président Wilson pour la conférence de la paix. Il embarque en retour des blessés américains. Nos places y sont réservées. Quand Jean reviendra pour vous embrasser avant nos noces, il vous verra de ses yeux ! Vous ne perdez pas un fils, vous le retrouverez intact.

Ils sont partis.

Marie garde le silence. Ni Bigouret, ni le petit Léon ne réussissent à la distraire. Elle pressent que la jeune étrangère, si belle, si sensible, vient de la déposséder de son dernier fils, pour toujours. Elle ne peut s'en affliger, elle garde pour elle son chagrin, et se sent brusquement très seule. La vie lui pèse, ses jambes sont roides, son cœur bat, ses yeux deviennent fixes. Elle a trop perdu pour pouvoir retrouver ses forces. A quoi bon vivre, quand les siens sont morts ou disparus ? Comme la mère d'André Bouin, elle se laissera mourir à petit feu, jour après jour, recroquevillée au coin de sa cheminée, sans jamais plus prendre le soleil.

Deux jours passent. Ils sont déjà loin, les amoureux d'Amérique, sur le pont du bateau, peut-être. Ils regardent mourir les côtes françaises dans le soleil couchant, et le sillage du navire qui dilue doucement, dans l'écume inconsistante, la mémoire de leur passé. La vie s'éloigne des villages ravagés de l'Europe sans souffle, des ruines des champs de bataille. Un monde est mort. Le soleil, pour une fois, se lèvera-t-il à l'ouest, pour Jean Aumoine ?

Marie le souhaite de tout son cœur. Dans le

naufrage de sa vie, c'est le seul espoir qui lui reste.

Au courrier, ce matin, elle a trouvé une lettre signée du lieutenant-colonel Latouche. Celui-ci raconte qu'il a quitté l'armée et s'est retiré dans sa propriété de Mont-de-Marsan, demande des nouvelles de Jean, et précise qu'il serait heureux de faire, prochainement, un voyage jusqu'à Villebret pour le retrouver. Marie repose le pli en haussant les épaules, fatiguée. A l'occasion, quand Jean lui communiquera son adresse aux Amériques, elle transmettra.

« Lamentable ! pensera sûrement son fils avec amertume à la lecture du courrier de son vieil ami. Ils ne l'ont même pas fait colonel ! »

Le petit Léon est couché. Sa mère Marguerite est montée dans sa chambre. Plus de lumières aux fenêtres du village, ni de carrioles sur la route. La ferme entre comme un navire sans capitaine dans le silence absolu de la nuit. Pourtant, Marie entend hennir Pâquerette, la jument blanche. Elle ne se trompe pas. Quelqu'un vient, pousse la porte. C'est Julien !

Elle le reconnaît à peine, tant ce retour du disparu de Verdun est miraculeux. C'est lui, c'est bien lui, avec ses mains brûlées, son visage ravagé. L'horrible guerre lui a pris tous ses fils. Voilà qu'elle lui en rend un, épargné par hasard, revenu du rivage des morts.

— Mon Julien ! Mon petit !

Marie laisse enfin libre cours à ses larmes, en le serrant dans ses bras. Ils restent ainsi longtemps, l'un contre l'autre, sans parler, n'osant croire à la paix revenue. Et pourtant, elle est de retour, et la vie avec elle, et Julien en vie ! Dieu soit loué ! Le rideau du drame de la fin d'un monde tombe à Villebret, petit bourg de l'Allier, au foyer d'une famille martyrisée, sur le retour du fils perdu.

Repères chronologiques de 1917-1918

L'année **1917** est celle de toutes les angoisses. Depuis janvier, le général en chef Robert Nivelle prépare, en liaison avec les Anglais, l'offensive dite du Chemin des Dames, précédée et contrariée du **15** au **20 mars** par l'opération Alberich, qui permet aux généraux allemands Hindenburg et Ludendorff de raccourcir leur front entre Arras et Noyon, et de construire une nouvelle ligne infranchissable de défenses.

La révolution russe du **8 mars** oblige les alliés de l'Ouest à précipiter le mouvement. Ils craignent en effet que la nouvelle république de Kerenski ne poursuive pas longtemps le combat, et que les Allemands aient la possibilité d'attaquer à l'Ouest avec toutes leurs forces réunies. Heureusement, le **2 avril**, le Sénat américain a voté l'entrée en guerre. La course de vitesse est engagée.

Le **16 avril**, les Français s'élancent à l'assaut. Le **17**, ils ont perdu tant de soldats que l'opération apparaît comme un échec. Mais l'intervention anglaise oblige le ministre de la Guerre Painlevé à continuer, à respecter les accords conclus. Les Français doivent donc de nouveau repartir à l'assaut, les **4** et **5 mai**.

Les mutineries, touchant la moitié des divisions de l'armée françaises, ont alors commencé, elles sont à leur maximum en juin et déclinent en juillet. **Depuis le 19 mai**, les offensives sont arrêtées sur le front français.

Elles reprennent, partielles et bien préparées, sous le commandement du nouveau général en schef Pétain (nommé le **15 mai**) qui lance, le **20 août**, l'offensive de Guillaumat à Verdun, et le **23 octobre** celle de Maistre à la Malmaison.

En **1918**, la guerre reprend à l'Ouest, après la signature de la paix de Brest-Litovsk entre Allemands et bolcheviks, le **3 mars**. Ludendorff lance sa première offensive à l'Ouest le **21 mars**. **Le 26**, Foch est nommé coordinateur des forces alliées à Doulens. Le **9 avril**, il arrête une deuxième offensive allemande dans les Flandres. Le **27 mai**, troisième offensive : les Allemands franchissent la Marne, menacent Paris. Quatrième offensive, le **15 juillet**, de part et d'autre de Reims. Le **8 août**, une contre-attaque alliée oblige les Allemands à reculer sensiblement. Ils ne seront plus en mesure de reprendre l'initiative et signeront l'armistice, le **11 novembre**, après l'éclatement de la révolution en Allemagne et le départ en exil de l'empereur Guillaume II.

L'engagement de la 26e division en 1917

La 26e division d'infanterie, dont fait toujours partie le 121e régiment de Montluçon, est alors commandée par le général Pauffin de Saint-Morel.

Elle occupe divers secteurs, de **janvier à mars 1917**, avant d'être engagée dans la poursuite de l'ennemi lors de l'opération Alberich, sur le front de Noyon, du **17** au **19 mars**. Elle avance alors jusqu'au canal Croizat.

Mise au repos et retirée du front du **19** au **31 mars**, elle participe le **13 avril** à l'opération franco-britannique contre la position Hindenburg. Elle est alors rattachée au 13e corps d'armée de la IIIe armée du général Humbert.

Du **26 avril** au **16 mai**, elle est en retrait du front, au repos dans la région de Guiscard.

Du **16 mai** au **15 juillet**, pendant la période des mutineries, elle occupe un secteur entre Grugies et Sélency.

Du **15 juillet** au **7 août**, elle est en stage d'instruction au camp de Mailly.

Du **7** au **31 août**, elle est transportée sur le front de Verdun et participe à la bataille à partir du 20 août.

Du **31 août** au **22 septembre**, elle est au repos vers Triaucourt.

Du **22 septembre** au **25 décembre**, elle est transportée en camion vers Clermont-en-Argonne, où elle occupe un secteur entre Avocourt et l'Aire. Elle sera ensuite retirée du front jusqu'au **2 février 1918.**

L'engagement de la 133e division d'infanterie en 1917

Surnommée la *Gauloise*, la division est commandée, du **3 mars** au **19 décembre 1916**, par le général Passaga, avant de passer sous les ordres du général Valentin.

Elle comprend le 321e régiment d'infanterie de Montluçon et fait partie, en janvier, de la IIe armée de Verdun, avant de passer à la IVe armée, puis, en mars, à la Ve armée du général Mazel, enfin à la VIe armée de Mangin en avril. Elle participe à l'offensive du Chemin des Dames et le régiment de Montluçon est pris par deux mutineries au début de mai.

Le **10 janvier 1917**, elle est transportée par voie ferrée dans la région de Verdun.

Du **9 février** au **21 mars**, elle est au repos et en travaux dans le secteur de Juvigny.

Du **21 mars** au **14 avril**, elle fait mouvement vers l'ouest, vers Lizy-sur-Ourcq.

Du **14** au **20 avril**, elle se déplace vers Longueval et elle est engagée, du **16** au **19 avril**, dans la deuxième bataille de l'Aisne.

Du **20 avril** au **9 mai**, elle occupe un secteur

du Chemin des Dames, entre Cerny et le sud de Courtecon.

Les **5** et **6 mai**, elle attaque les positions allemandes.

Du **9 mai** au **3 septembre**, elle est retirée du front, puis transportée dans la région de Dunkerque. Elle reste dans cette région jusqu'à la fin de l'année, affectée à la Ire armée, puis participe, les **26** et **27 octobre**, à la deuxième bataille des Flandres.

Table

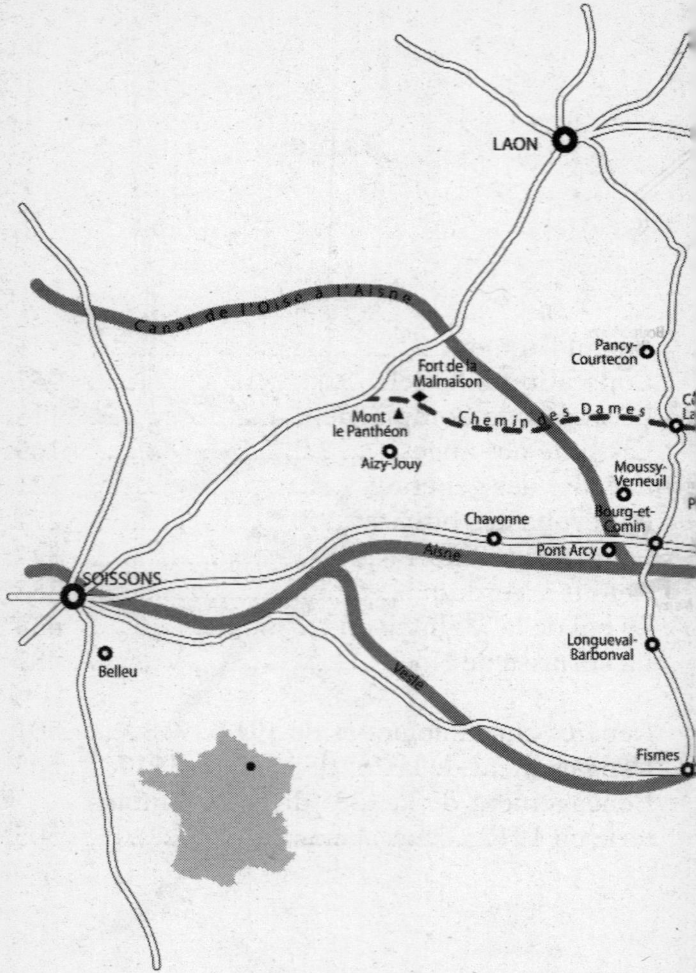
LAON
Canal de l'Oise à l'Aisne
Pancy-
Courtecon
Fort de la
Malmaison
Mont
le Panthéon
Chemin des Dames
Aizy-Jouy
Moussy-
Verneuil
Chavonne
Bourg-et-
Comin
Pont Arcy
Aisne
SOISSONS
Belleu
Vesle
Longueval-
Barbonval
Fismes

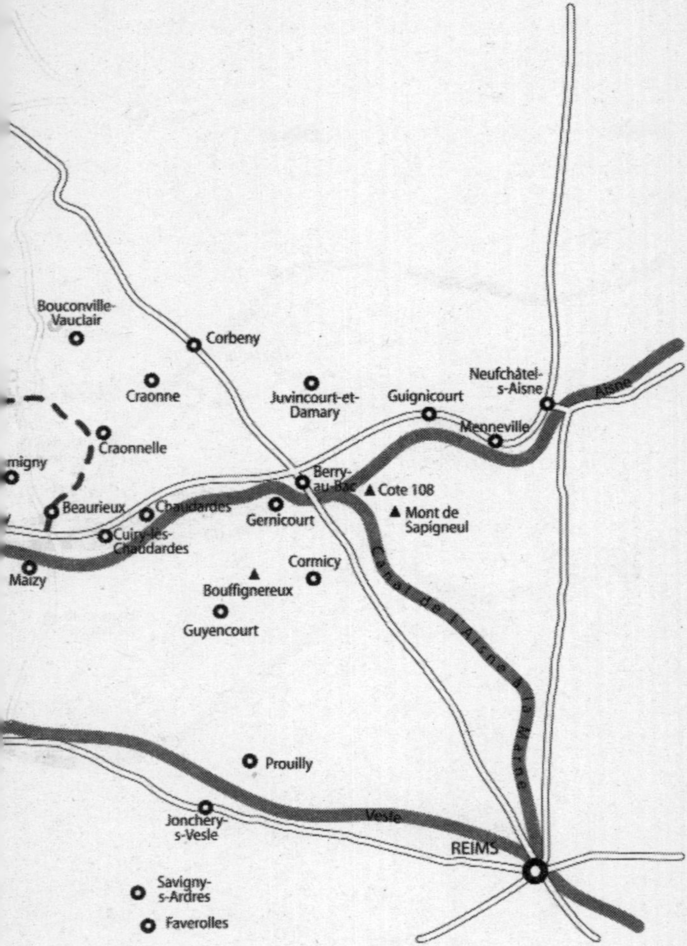
Bouconville-
Vauclair
Corbeny
Craonne
Juvincourt-et-
Damary
Guignicourt
Neufchâtel-
s-Aisne
Aisne
Menneville
Craonnelle
migny
Berry-
au-Bac
Cote 108
Mont de
Sapigneul
Beaurieux
Chaudardes
Gernicourt
Cuiry-lès-
Chaudardes
Maizy
Cormicy
Bouffignereux
Guyencourt
Canal de l'Aisne à la Marne
Prouilly
Jonchery-
s-Vesle
Veste
REIMS
Savigny-
s-Ardres
Faverolles

Du même auteur :

OUVRAGES D'HISTOIRE

L'Affaire Dreyfus, PUF, 1959.
Raymond Poincaré, Fayard, 1961 (Prix Broquette-Gonin de l'Académie française).
La Paix de Versailles et l'opinion publique française. Thèse d'Etat publiée dans la « Nouvelle Collection scientifique » dirigée par Fernand Braudel, Flammarion, 1973.
Les Souvenirs de Raymond Poincaré, publication critique du XIe tome avec Jacques Bariéty, Plon, 1973.
Histoire de la radio et de la télévision, Plon, 1974.
Histoire de la France, Fayard, 1976.
Les Guerres de Religion, Fayard, 1980.
La Grande Guerre, Fayard, 1983 (Premier Grand Prix Gobert de l'Académie française).
La Seconde Guerre mondiale, Fayard, 1986.
La Grande Révolution, Plon, 1988.
La Troisième République, Fayard, 1989.
Les Gendarmes, Olivier Orban, 1990.
Histoire du monde contemporain, Fayard, 1991, 1999.
La Campagne de France de Napoléon, Editions de Bartillat, 1991 (prix du Mémorial).
Le Second Empire, Plon, 1992.
La Guerre d'Algérie, Fayard, 1993.
Les Polytechniciens, Plon, 1994.
Les Quatre-Vingts, Fayard, 1995.
Les Compagnons de la Libération, Denoël, 1995.
Mourir à Verdun, Tallandier, 1995.
Vincent de Paul, Fayard, 1996.
Le Chemin des Dames, Perrin, 1997.
La Victoire de 1918, Tallandier, 1998.
La Main courante, Albin Michel, 1999.
Les Poilus, Plon, 2000.
Les Oubliés de la Somme, Tallandier, 2001.

ROMANS, ESSAIS ET CHRONIQUES

Lettre ouverte aux bradeurs de l'histoire, Albin Michel, 1975.
Histoires de France, Chroniques de France-Inter, Fayard, 1981 (Prix Sola Calbiati de l'Hôtel de Ville de Paris).
Les Hommes de la Grande Guerre, Chroniques de France-Inter, Fayard, 1987.
La Lionne de Belfort, Belfond, 1987.
Le Fou de Malicorne, Belfond (Prix Guillaumin, conseil général de l'Allier), 1990.
Le Magasin de Chapeaux, Albin Michel, 1992.
Le Jeune Homme au foulard rouge, Albin Michel, 1994.
Vive la République, quand même !, essai, Fayard, 1999.
Ce siècle avait mille ans, essai, Albin Michel 1999 (Prix d'histoire de la Société des gens de lettres).
Les Aristos, essai, Albin Michel 1999.
L'Agriculture française, essai, Belfond, 2000.
Les Rois de l'Elysée, essai, Fayard, 2001.
Le Gâchis des généraux, essai, Plon, 2001.

Composition réalisée par JOUVE

Imprimé en France sur Presse Offset par

BRODARD & TAUPIN

GROUPE CPI

La Flèche (Sarthe).
N° d'imprimeur : 27049 – Dépôt légal Éditeur : 53780-01/2005
Édition 1
LIBRAIRIE GÉNÉRALE FRANÇAISE – 31, rue de Fleurus – 75278 Paris cedex 06.
ISBN : 2 - 253 - 06808 - X

⊕ 30/3044/2